BASTEI
LÜBBE
TASCHENBUCH

BASTEI LÜBBE TASCHENBUCH

JASON DARKS SONDERAUSGABEN IM TASCHENBUCH-PROGRAMM:

Paperback
73500 Hexenküsse

Jumbo-Bände
73 952 Die Hölle auf Erden
73 953 Grüße aus dem Fegefeuer
73 954 Schreie aus der Unterwelt
73 955 Jenseits der Angst
73 956 Wenn aus Freunden Monster werden
73 957 Hexen – Geister – Teufelsdiener
73 958 Wenn die Hölle dich verschlingt
73 959 Rückkehr aus dem Reich der Toten
73 960 Baphomet II
73 961 Das Schicksal des Templers
73 962 Im Namen des Schwarzen Tods
73 963 Hexenfluch
73 964 Der dunkle Gral
73 965 Morganas wilde Meute

Kultausgaben
73 966 Wie alles begann
73 967 Die Conollys
73 968 Suko und Shao
73 969 Jane Collins – Privatdetektivin
73 970 Die Hexe Jane Collins
73 971 Glenda Perkins
73 972 Kommissar Will Mallmann
73 973 Mallmann und der Schwarze Tod
73 974 Mallmanns letzte Fälle
73 975 Myxin, der Magier
73 976 Die Schöne aus dem Totenreich
73 977 Arkonada und der Planet der Magier
73 978 Doktor Tod
73 979 Die Gründung der Mordliga
73 980 Lupina und Vampiro-del-mar
73 981 Lady X
73 982 Die Mordliga greift an
73 983 Werwolf-Fest und Zombie-Terror
73 984 Tod der Mordliga!
73 985 Doktor Tods Ende

JASON DARK

Die Welt des

JOHN SINCLAIR

ICH GEGEN DEN WÜRFEL DES UNHEILS

VIER SPANNENDE KULTGESCHICHTEN

BASTEI
LÜBBE
TASCHENBUCH

BASTEI LÜBBE TASCHENBUCH
Band 73 986

1. Auflage: September 2010

Vollständige Taschenbuchausgabe

Bastei Lübbe Taschenbücher
in der
Bastei Lübbe Gmbh & Co. KG

Lektorat: Rainer Delfs
Titelbild: © shutterstock / Bliznetsov
Umschlaggestaltung: Kirstin Osenau
Satz: Wildpanner, München
Druck und Verarbeitung:
Norhaven A/S
Printed in Denmark
ISBN 978-3-404-73986-8

Inhalt

DER SEELEN-VAMPIR

Vor uns gähnte der Schlund!

Eine düstere, unheimliche Tiefe, schwarz wie Tinte und einen Geruch ausströmend, der an fauliges, brackiges Wasser erinnerte und in dem auch noch eine andere Komponente mitschwang.

Leichengeruch!

»Und da sollen wir runter?«, fragte Suko.

Ich hob die Schultern. »Wird uns wohl nichts anderes übrig bleiben.«

Mein Freund und Kollege schaute sich um. Hinter mir und jetzt vor ihm öffnete sich das Gewölbe. Eine unter der Erde liegende Felshalle, vor Jahrhunderten entstanden, mit Geröll übersät und einem schmalen eingefurchten Bett, ein Zeichen, dass hier einmal ein schäumender Fluss seinen Weg gefunden hatte.

Wo das Licht unserer Lampen nicht mehr hinreichte, gab es die Eisenleiter. Sie klammerte sich an das raue, rissige Gestein und führte nach oben, wo der Wind um die kantigen, grauen Felsen jaulte.

Davon war in dieser Tiefe nichts zu merken. Bis auf unsere Stimmen war es ruhig.

Suko drehte sich wieder um. Der Strahl seiner Lampe fand jetzt den Eingang des vor uns liegenden Schachts, er riss einen breiten hellen Streifen in die Schwärze, der sich verdoppelte, als ich ebenfalls hinunterleuchtete.

Eine Treppe.

Stufen, die man kaum mehr als solche bezeichnen konnte. Eigentlich mehr Fragmente. Es war lebensgefährlich, dort hinabzusteigen, aber wir wussten keinen anderen Weg und mussten ihn nehmen.

»Wer geht zuerst?« Suko schaute mich an.

»Immer der, der fragt«, erwiderte ich und grinste meinem Freund aufmunternd zu.

»Leuteschinder!«, beschwerte er sich. »Aber mit mir kannst du es ja machen.«

»Eben.«

Suko drückte sich an mir vorbei. Er wurde noch vorsichtiger, als er seinen rechten Fuß auf die erste Stufe stellte und das Gewicht ein wenig verlagerte.

»Scheint zu halten«, murmelte er.

»Dann ab!«

Ein Geländer gab es nicht. Im spitzen Winkel leuchteten wir nach unten, als wir die feuchten, bröckligen Stufen in die uns unbekannte Tiefe stiegen.

Mittlerweile hatten wir uns an den scheußlichen Geruch gewöhnt, obwohl sich bei mir noch immer der Magen umdrehte, daran war nun nichts mehr zu ändern.

Beide hofften wir, am Ende der Treppe den Erfolg vorzufinden, den wir uns wünschten.

Es ging um Tote. Oder Fast-Tote, denn es war etwas passiert, das man als scheußliches Verbrechen bezeichnen konnte. Als wir davon hörten, wollten wir es erst gar nicht glauben, aber die Tatsachen sprachen dagegen.

Irgendjemand stahl sterbende Menschen aus Krankenhäusern. Nicht nur eine Person war verschwunden, sondern mittlerweile vier. Zwei Frauen und zwei Männer.

Junge Leute wohlgemerkt, die an einer unheilbaren Krankheit litten oder durch einen Verkehrsunfall so schwer verletzt worden waren, dass keine Hoffnung mehr bestand.

Dies alles geschah in einer düsteren Ecke von Cornwall, dicht an der Küste, wo die Dörfer noch weit auseinandergezogen waren und die Menschen mehr für sich lebten.

Das alles wäre kaum aufgefallen, wenn nicht ein alter Pfarrer Verdacht geschöpft hätte. 70 Jahre zählte der Mann, er war beruflich nicht mehr tätig, inoffiziell jedoch besuchte er die Menschen, die ihm ihre Sorgen und Nöte anvertrauten. Der Pfarrer erfuhr von den makabren Diebstählen, und er wollte wissen, was dahinter steckte.

Ein Wort war gefallen. Man hatte es nur flüsternd gesagt, aber der Pfarrer hatte es öfter gehört.

Der Seelen-Vampir!

Diese Horrorgestalt, von der keiner wusste, wie sie überhaupt aussah und die vielleicht nur ein Märchen war, sollte die Schwerkranken gestohlen haben.

Der Pfarrer lachte die Menschen nicht aus. Er stellte Nachforschungen auf eigene Faust an. Nach langem Suchen fand er heraus, dass die todkranken Menschen in den Felsenwirrwarr der Küste geschleppt worden waren und dort verschwanden.

Der Pfarrer entdeckte auch die Höhle. Aber er war mutig genug, um sich einzugestehen, dass er allein nun nicht mehr weiterkonnte. Also informierte er die Polizei.

Der Land-Gendarm hätte sicherlich nichts unternommen, deshalb wandte sich der Geistliche an uns, an Scotland Yard. Wir waren für solche Dinge zuständig. Wo die normalen Ermittlungsmethoden der Polizei versagten, griffen wir gewissermaßen als Feuerwehr ein und hatten, ohne zu übertreiben, bereits beachtliche Erfolge erzielt, wenn auch Misserfolge nicht ausblieben, wie bei unserem letzten Fall, als es uns nicht gelungen war, die Schädelkette zu zerstören.

Sir James Powell, unserem Chef, musste der Pfarrer wohl sehr imponiert haben, denn er hatte nichts dagegen, uns nach Cornwall zu schicken, wo wir mit dem Geistlichen zusammentrafen.

Ich arbeite gern mit den Kirchenmännern zusammen, denn sie hatten sehr viel Verständnis für unsere Arbeit gezeigt und uns bei manchem Fall helfend zur Seite gestanden.

Natürlich war der Pfarrer nicht mit in die Tiefe gestiegen, das ließen seine alten Knochen nicht mehr zu, dennoch hatte er uns den Weg hervorragend beschreiben können.

Wir fanden einiges vor, was den Fall verdächtig machte. Da waren die nachträglich in den harten Fels geschlagenen Leitern und jetzt die Treppe, die in den Schacht führte und verdammt tief war, denn ihr Ende sahen wir im Licht der Lampen nicht.

Suko blieb so plötzlich stehen, dass ich fast gegen ihn gelaufen wäre. »Kannst du nichts sagen?«, zischte ich.

»Sorry, John, aber wo führt die Treppe deiner Meinung nach hin? Wo kommen wir raus?«

»Wenn ich das wüsste, hätte ich mich da unten aufgebaut und dich in Empfang genommen.«

»Mein Gott, was bist du wieder grantig.«

»Geh weiter, Dicker!«

Auch ich setzte meinen Fuß wieder vor. Es war ein regelrechtes Tasten. Diese verfluchte Treppe konnte man mit einem Albtraum vergleichen. Sie passte mir überhaupt nicht, und immer wieder liefen wir Gefahr, auf dem feuchten Untergrund abzurutschen.

Suko leuchtete direkt vor seine Füße, während ich den hellen Strahl an ihm vorbei und weiter in die Düsternis gleiten ließ. Deshalb sah ich auch zuerst das Ende der Treppe.

»Wir haben es gleich geschafft«, flüsterte ich Suko zu. Oben in dem Gewölbe hatte jedes gesprochene Wort irgendwie seltsam nachgehallt, hier unten in der stickigen Luft waren sie nur schwer zu verstehen.

Suko hob ein wenig den Kopf. »Viel ist nicht zu sehen ...«

»Vor allen Dingen keine Menschen.«

»Hast du vielleicht den Seelen-Vampir hier erwartet?«

»Das nicht gerade. Aber doch mehr, als jetzt zu sehen ist.«

»Vielleicht erleben wir noch eine Überraschung.«

Wir hatten uns weiterhin nur im Flüsterton unterhalten. Obwohl wir beide nicht darüber sprachen, spürten wir dennoch, dass sich die uns umgebende Atmosphäre irgendwie verändert hatte. Natürlich war die Luft schlechter geworden, aber es gab noch etwas anderes, nicht Greifbares, was gefährlich und unsichtbar in diesem Schacht lauerte.

Das Grauen ...

Genau – dieser unheimliche Gast begleitete jeden unserer Schritte. Ich hatte das Gefühl, als würden wir uns dem Zentrum eines schrecklichen Schauplatzes nähern, wo eine unheimliche Brut ein gefährliches Erbe hinterlassen hatte.

Auch ich spürte es kalt über meinen Rücken laufen. Wir waren bereit, ohne Zögern zu unseren Waffen zu greifen, wenn es die Situation erforderte.

Noch geschah nichts.

Suko und ich erreichten unangefochten das Ende der Treppe und konnten uns umschauen.

Wir blieben vor der letzten Stufe stehen. Gemeinsam schwenkten wir die Lampen im Kreis und fanden uns in einer noch tiefer liegenden Höhle wieder.

Leer war sie nicht.

»Was ist das denn?«, flüsterte Suko, als er zur Seite ging und auf einen Haufen alter Lumpen deutete, die in einer Ecke der Höhle lagen. Ich stand günstiger und trat näher.

Mit der Lampe deutete ich auf die Kleidungsstücke.

Meine Lippen verzogen sich, als ich die Lumpen erkannte. Nein, man konnte sie nicht als Kleidungsstücke bezeichnen. Was wir da zu sehen bekamen, waren alte Hemden.

Leichenhemden!

Ich kannte sie genau, denn diese Hemden zog man den Todkranken in manchen Hospitälern über. Sie waren praktisch der letzte Beweis, dass es mit dem Kranken zu Ende ging.

Es kostete mich Überwindung, meinen Körper zu beugen und mit der freien Hand eines der Hemden zu packen und hochzuheben. Es faltete sich auseinander, wir sahen gelbe und graue Flecken auf dem Stoff, aber auch dunkelrote Spritzer.

»Das ist ja Blut«, flüsterte Suko, der neben mich getreten war.

Ja, es war Blut, das da am Kragen des Hemdes klebte. Ich ließ das Totenhemd zur Seite flattern und schaute mir auch die anderen an. Sie sahen fast alle gleich aus.

In diesem Gewölbe war etwas Schreckliches passiert, das stand für uns fest.

Wir durchsuchten es. Nicht weit von den Leichenhemden entfernt fanden wir eine Liege. Ein altes Feldbett, das aussah, als hätte man es vom Sperrmüll geholt.

Eine Matratze lag auf den Sprungfedern. Sie war zum Teil zerrissen und zeigte gelbliche Flecken. Außerdem strömte sie einen starken Verwesungsgeruch aus.

»Wer hat hier gehaust?«, fragte Suko und schaute mich an, als ob ich ihm die Antwort geben könnte.

»Ich weiß es nicht.«

»Und wohin ist der oder sind diejenigen verschwunden?«, formulierte der Inspektor weiter.

Diese Frage war gut. Wir hatten niemanden gesehen. Den Weg, den wir gekommen waren, hatten unsere unbekannten Gegner also nicht genommen. Es konnte noch einen anderen Ausgang geben.

»Hörst du nichts?«, fragte Suko plötzlich.

»Nein, wieso?«

Er deutete in die Runde.

»Da ist doch ein stetiges Brausen, das irgendwo immer gleich klingt.«

Der Schein seiner Lampe machte meine Bewegung mit und strich geisterhaft über die hohen Wände.

Suko hatte recht. Auch ich hörte es. Zuvor war es mir nicht aufgefallen, ich hatte mich zu sehr auf diese unheimliche Höhle konzentriert. »Es kann nur das Meer sein«, folgerte ich.

Der Meinung war auch Suko.

»Wir befinden uns also in Höhe des Meeresspiegels«, sagte ich weiter und überlegte einen Moment. »Es wäre eigentlich ganz natürlich, wenn sich die Benutzer der Höhle einen zweiten Ausgang verschafft hätten. Denn sonst säßen sie, falls mal etwas schiefgeht, in der Falle.«

»Bravo, großer Mr. Holmes«, lobte der Chinese. »Begeben wir uns also auf die Suche.«

Der Vorschlag war gut. Wir teilten uns die Arbeit. Suko nahm die von der Treppe aus gesehen linke Hälfte der Höhle in Augenschein, ich die andere.

Der Boden war fest, da gab es keine Spuren, die auf einen Ausgang hingedeutet hätten. Es blieben die Wände. Mit dem Griff unserer Berettas klopften wir sie ab.

Wir gingen dabei methodisch vor. Zoll für Zoll, von unten nach oben, wobei ich in Kopfhöhe aufhörte. Ich wartete darauf, dass es hohl klang. Bei mir nicht, aber bei Suko.

Ich hörte das Geräusch, drehte mich um, und Suko tat das Gleiche. Er leuchtete gegen eine bestimmte Stelle der Wand. »Da ist etwas«, erklärte er.

»Und du bist dir sicher, dass du nicht gegen deinen Kopf geschlagen hast?«, fragte ich, während ich zu ihm ging.

»Das hätte sich anders angehört.«

»Wie denn?«

»Voller, weil ich so viel Gehirn habe.«

»Ja, ja, Stroh leitet eben nicht so«, sagte ich und klopfte ebenfalls gegen die bewusste Stelle an der Wand.

Mein Partner hatte sich nicht getäuscht. Dort klang es tatsächlich hohl. Demnach musste sich hinter dem Stein eine Öffnung befinden. Nur – wie bekamen wir das Loch frei?

Suko und ich konzentrierten uns auf die nähere Umgebung. Der Chinese war in die Knie gegangen. Er leuchtete den unteren Teil ab und auch ein Stück davor den Boden.

Ich beschäftigte mich mit der oberen Seite und hörte plötzlich Sukos leises Lachen.

»Was ist los?«, fragte ich.

»Ich habe was gefunden. Einen Hebel. Komm, schau dir das mal an, Alter.«

Ich kniete neben Suko und sah dort, wo der Boden und die Wand im rechten Winkel zusammenstießen, einen kleinen Hebel. Er glänzte matt, und wir konnten feststellen, dass er aus Metall bestand.

»Lässt er sich bewegen?«

»Das wollte ich soeben herausfinden.« Suko fasste mit zwei Fingern nach dem Hebel, drückte ihn nach rechts und auch nach links. Das heißt, er wollte es, aber das Ding rührte sich nicht von der Stelle.

Es war wie in alten Spukschlössern mit eingebauten Geheimgängen. Uns hatte eine fiebrige Spannung erfasst, und als mein Partner den Hebel zu sich heranzog, da tat sich etwas.

Innerhalb der Mauer entstand ein gewaltiges Knirschen. Stein kratzte auf Stein. Zwischen den Hälften klebte Staub, befanden sich kleine Steinkrümel, diese wurden zermalmt, und das dabei zu hörende Geräusch ließ eine Gänsehaut über unsere Rücken rieseln.

Der Kutter transportierte eine makabre Fracht. In der Tat standen vier pechschwarze Särge an Deck. Särge, in denen die Geschöpfe lagen, die man als tot bezeichnen konnte.

Und die Besatzung des Schiffes bestand aus Wesen, die ebenfalls ins Reich der Schatten gehörten.

Am Ruder stand eine Frau.

Ganz in Leder war sie gekleidet. Es hatte die gleiche dunkle Farbe wie ihr Haar, zwischen dessen Strähnen das bleiche Gesicht mit dem halboffenen Mund leuchtete.

Aus den Lippen stach etwas Helles. Es ragte aus dem Oberkiefer hervor und war neben der Maschinenpistole eigentlich das Markenzeichen dieser schwarzmagischen Person.

Die Frau war ein Vampir.

Und sie hörte auf den Namen Lady X.

Eigentlich hieß sie Pamela Barbara Scott, aber den Namen wollte sie vergessen. Er erinnerte sie zu sehr an ihr menschliches Leben, das sie einmal geführt hatte. Sie war eine Terroristin gewesen, bevor sie von Solo Morasso in die Mordliga aufgenommen wurde.

Als ehemalige Terroristin konnte sie unter anderem ein Boot steuern, ein Flugzeug lenken, mit Waffen umgehen und kannte sich auch in gewissen technischen Dingen aus.

Ideal für eine Führerin.

Und eine Führerin war sie, denn sie hatte nach der Vernichtung des Solo Morasso die Mordliga übernommen.

Zu diesem schwarzmagischen Verein zählten noch Xorron, Herr der Untoten und Zombies, sowie Vampiro-del-mar, der sich Kaiser der Vampire nannte.

Und dieser Uralt-Vampir befand sich ebenfalls an Bord.

Auf ihn ging eigentlich alles zurück. Er hatte dafür gesorgt, dass Lady X in diesem Teil von Cornwall aktiv werden konnte, denn Vampiro-del-mar hatte sich an gewisse Dinge erinnert, die tief in seiner Vergangenheit lagen.

Und da war ihm ein Name aufgefallen.

Tarrasco, der Seelensauger.

Ein heimliches Monster von dem zahlreiche Legenden

berichteten und das immer dann auftauchte, wenn Menschen im Sterben lagen. Sobald der Tod sie ereilte, riss Tarrasco die Seelen an sich, um so weiter existieren zu können.

Das war im Prinzip alles.

Lady X interessierte sich dafür, als sie davon hörte. Und sie hatte die Zustimmung gegeben, nach Cornwall zu fahren, um Tarrasco dort zu suchen. Sie hatten ihn gefunden. Tief in den Felsen, verborgen in einer Höhle, wo er seinem schrecklichen Treiben ungestört nachgehen konnte.

Auch in der heutigen Zeit holte er sich noch die Seelen der Menschen, damit er die Kraft für ein weiteres schreckliches Leben bekam. Die Leichen interessierten ihn nicht mehr. Dafür aber Lady X, denn sie hatte an Toten immer Interesse, weil sie die Leichen für ihre Zwecke nutzen wollte.

Vier Leichen befanden sich auf dem Kutter. Der Seelen-Vampir hatte sich in der letzten Zeit sehr viel Kraft geholt.

Er befand sich nicht an Bord, wollte aber zu ihnen stoßen, wenn die Zeit reif war.

Mit den vier Leichen hatte Lady X etwas Besonderes vor. Sie waren praktisch Geschenke, die ihr der Seelen-Vampir überlassen hatte.

Es war nicht einfach, den Kutter zu steuern. Nahe der Küste gab es zahlreiche Riffe. Sie lagen zumeist unterhalb der Wasserfläche und waren kaum zu sehen.

Doch die Untote hatte Glück. Sie erreichte mit ihrer schaurigen Fracht das Meer, ohne eine Havarie gehabt zu haben. Als sie dann Schritte hinter sich hörte, wandte sie sich um.

Vampiro-del-mar kam.

Furchterregend sah er aus. Ein riesiges, gefährliches Monster, das Gesicht zerrissen und zerfurcht, in den Augen ein unheimliches Leuchten, und die beiden Vampirzähne ragten wie lange gebogene Stahlstifte aus seinem Oberkiefer, sodass sie fast an die Zähne eines Säbelzahntigers erinnerten.

Lady X ließ ihre Blicke über die Gestalt des Monsters gleiten.

»Was willst du?«, fragte sie.

»Blut!«

Es war ein schweres Ächzen, das aus dem Maul des Uralt-Vampirs drang, und die Scott lachte hämisch. »Das kann ich mir vorstellen, aber es gibt nichts.«

»Wir haben vier an Bord«, erwiderte der.

»Die sind tot!«

Vampiro-del-mar ballte die kräftigen Pranken zu Fäusten. »Du denkst nur an dich, Lady X. Aber ich bin auch da, und ich muss Blut haben, um existieren zu können.«

»Das kriegst du.«

»Wann?«

»Wenn wir da sind!«

Da lachte er grollend auf. »Wir haben noch Tage vor uns, so lange kann ich nicht warten …«

»Das musst du!«

»Nein!«, schrie er und drehte sich um. Mit wuchtigen Schritten verließ er den Steuerstand, um sich an Deck zu begeben.

Lady X schaute ihm nachdenklich hinterher. Von Beginn an hatte ihr Vampiro-del-mar nicht gefallen. Damals, als sie noch als menschliches Mitglied zur Mordliga zählte, hatte der Uralt-Vampir ihr Blut gewollt, war aber nie an sie herangekommen, weil Doktor Tod sie noch gut schützte. Durch ein Versehen war Lady X ebenfalls zum Vampir geworden und stand nun auf der gleichen Stufe wie Vampiro-del-mar. Und sie hatte die Führung der Mordliga an sich gerissen.

So wie Lupina von einem Imperium der Werwölfe träumte, dachte Lady X an eine Allianz der Vampire. Bevor es so weit war, musste sie noch Gegner aus dem Weg räumen, die ihr gefährlich werden konnten. Nicht nur John Sinclair, der Geisterjäger, gehörte dazu, es existierten auch andere auf der Welt, die Jagd auf sie machen würden und die Waffen besaßen, die man zerstören musste.

Einer dieser Männer lebte in Rumänien.

Marek hieß er.

Man nannte ihn auch Marek, den Pfähler!

Dieser Name sagte eigentlich genug. Marek, der Pfähler,

hatte es sich zur Aufgabe gemacht, die Blutsauger zu jagen, wo er konnte. Er war schon ein älterer Mann, aber sein Erbe vergaß er nicht. Über die Jahrhunderte hatte seine Familie zu den Vampirjägern gehört, und der Eichenpflock, mit dem er die Blutsauger töten wollte, war uralt. Er hatte ihn vererbt bekommen, ein Marek gab diesen Pfahl immer weiter. Seinen ältesten Sohn weihte er jeweils kurz vor seinem Tod in die Geheimnisse der Vampirjagd ein, und so war über die Jahrhunderte hinweg der Name Marek zu einer Gefahr für die Blutsauger geworden.

Das wusste auch Lady X, und sie hatte sich vorgenommen, diesen Namen auszulöschen.

Dies allerdings war nicht so einfach. Sie musste erst Erkundigungen einziehen. Natürlich wusste John Sinclair über Marek Bescheid, ihn aber hätte sie nie fragen können, deshalb hatte sie sich an einen Helfer gewandt, der auf den Namen Tarrasco hörte.

Er stammte aus Rumänien und war vor langer, langer Zeit aus diesem Land geflohen, als es einem Marek fast gelungen wäre, ihn zu vernichten. Mit einem Kutter und versteckt in einem Laderaum, war er nach England gelangt, wo ihn keiner kannte und er seinen schaurigen Trieb weiterhin stillen konnte.

Blut wollte er nicht.

Er war eben der Seelensauger und schöpfte aus ihnen die Kraft, die er benötigte, um weiterhin existieren zu können. Es war zu einer Begegnung zwischen Lady X und ihm gekommen. Gut war auch, dass Vampiro-del-mar von Tarrasco wusste, so hatte er für Lady X sprechen können.

Von Tarrasco hatte die ehemalige Terroristin erfahren, wo sie Marek, den Pfähler, finden konnte. Ansonsten verband die beiden schwarzmagischen Wesen nichts mehr.

Nur einen Gefallen hatte Lady X dem Seelensauger noch erweisen müssen. Sie sollte die Leichen mitnehmen, um sie irgendwo dem tiefen Meer zu übergeben.

Särge befanden sich immer an Bord eines Schiffes, auf dem

sich Vampire aufhielten. So gab es keine Schwierigkeiten, die Toten unterzubringen.

Die Scott schaute auf die Uhr.

Sie verglich die Zeit mit dem Kurs, den sie eingeschlagen hatte, rechnete nach und nickte zufrieden.

Ja, das war zu schaffen. Auf hoher See sollten sie von einem Schiff übernommen werden, das sie in Richtung Südosten brachte. Es war alles genau geplant. Verantwortlich dafür zeichnete sich unter anderem Logan Costello, ein Mafiaboss, der sich auch der heimliche Herrscher von London nannte.

Es gab nichts, wo seine schmutzigen Finger nicht drinsteckten. Und so war es ihm ein Leichtes, einen Kapitän zu finden, der diese schwarzmagischen Geschöpfe, ohne lange zu fragen, an Bord nahm.

Über uns entstand eine Öffnung. Der große Stein, mehr eine herausgeschnittene dicke Platte, wurde in einen Gang geschoben, der uns dunkel und finster entgegen gähnte.

Wir taten noch nichts, blieben erst einmal sitzen und leuchteten in den Gang hinein.

Dass wir das Ende des Stollens nicht sahen, lag an dem Knick, den er machte. Aber wir hörten das Rauschen deutlicher, für uns ein Beweis, dass sich die Öffnung zum Meer hin nicht mehr weit entfernt befinden musste. Aufrecht konnten wir nicht gehen. Wir mussten schon die Köpfe einziehen.

Diesmal ging ich vor. Geduckt bewegte ich mich über Geröll weiter. Mir fielen Tropfen in den Nacken, da sich an der Decke Feuchtigkeit gesammelt hatte. Das Wasser fand seinen Weg und rann unangenehm kalt meinen Rücken hinab.

Schon bald hatte ich den Knick erreicht, schaute nach vorn, atmete auf und drehte mich zu Suko hin um.

»Ich sehe den Ausgang«, erklärte ich.

Das war zwar ein wenig übertrieben, im Prinzip stimmte es jedoch. Vor mir sah ich einen helleren Fleck, durch den sich allerdings einige dunkle Schatten zogen.

Es waren Zweige eines sperrigen Busches, der den Ausgang des Stollens tarnte.

Mit beiden Händen drückte ich das Zeug zur Seite, hatte freie Sicht und spürte schon die Nässe, wie sie als Sprüh gegen mein Gesicht geweht wurde.

Suko drückte eine Hand in meinen Rücken. »Geh schon, oder willst du hier festwachsen?«

»Das hatte ich nicht vor.« Ich schob meinen Körper weiter, gelangte auf trockenen Grund und sah bereits die gewaltigen Felsen, die hier den Strand markierten.

Es waren übermannsgroße Klötze, die bizarre Schatten warfen. Überhaupt imponierte mir die gesamte Kulisse, die sich unseren Augen bot, und wir beide blieben stehen, um das Bild in uns aufzunehmen.

Da war erst einmal der Himmel.

Er zeigte eine seltsame Farbe. Grau sah er aus, aber auch noch hell, denn hinter den langen, dünnen Wolken musste noch das Licht einer untergehenden Novembersonne lauern, die so viel Kraft hatte, um durch die Wolken zu scheinen.

Zudem wehte ein starker Wind. Überfallartig hieb er gegen uns, wühlte die Haare auf und spielte mit unserer Kleidung. Vor uns wuchsen die Felsen in das Meer hinaus, und starke Wellen rannten gegen den Strand an, wobei sie von den ins Meer wachsenden Felsen gebrochen und zu einer Brandung wurden.

Die hellen, langen Schaumstreifen quirlten zwischen den Felsen, ein nie abreißender Wasservorhang stand in der Luft, und erst dicht vor unseren Füßen verlief sich das letzte Wasser.

Auch glaubten wir, auf dem Wasser einen dunklen Gegenstand zu sehen. Suko machte mich darauf aufmerksam, wobei er gleichzeitig seinen Platz verließ und auf einen der höchsten Felsen stieg. Von dort winkte er mir.

Ich verstand das Zeichen und folgte ihm.

Nebeneinander blieben wir stehen. Von dieser Stelle aus hatten wir einen guten Überblick, und jetzt entdeckte ich das

Boot ebenfalls. Es hatte nur wenige Lichter gesetzt. Der Steuermann schien sich innerhalb dieses Gewässers kaum auszukennen, denn der Kahn bewegte sich ziemlich dicht bei den gefährlichen Klippen.

Wie ich schon erwähnte, es war ein seltsames Licht, das an diesem Teil der Küste herrschte. Ein Zwielicht, das alle Konturen hart und überdeutlich hervortreten ließ, und deshalb konnten wir auch bis zum Schiff schauen.

Etwas stand an Bord.

Zuerst glaubten wir beide an eine Täuschung, dann aber sahen wir die Gegenstände genauer.

»Das sind Kisten«, meinte Suko.

Er musste laut sprechen, damit er von mir verstanden wurde. Ebenso laut gab ich zurück: »Kisten sind es, Alter, aber ganz besondere, wenn mich mein Holzauge nicht täuscht. Du hast doch den großen Falkenblick, schau mal genau hin.«

Keinem von uns beiden war wohl zumute, und ich spürte den Schauder, der meinen Körper erfasst hielt. Was im ersten Augenblick wie Kisten wirkte, waren in Wirklichkeit Särge!

Vier Särge standen an Deck!

Ich schluckte.

»Damit hätte ich nicht gerechnet.« Suko sprach es aus und schaute mich dabei an. »Verdammter Mist, da sind wir zu spät gekommen. Die haben die Höhle mit dem makabren Diebesgut geräumt.« Mein Freund schaute mich an. »Was machen wir jetzt? Wir haben kein Boot.«

»Wir alarmieren die Küstenwacht. Mit der alten Barkasse sind sie den modernen Booten unterlegen. Los, komm!« Ich drehte mich um, wollte vom Felsen springen, als ich einen Blick, es war rein zufällig geschehen, in die Höhe warf.

Man kennt ja die Steilküsten Cornwalls von zahlreichen Bildern und Fotografien. Sie sehen aus wie helle, in der Mitte durchgeschnittene Berge, diese gewaltigen, sich dem Himmel entgegenschraubenden Wände, die praktisch dem Verlauf der Küste folgen und sie nachzeichnen. Sie sind oft Hunderte von Yards hoch.

Auch vor unseren Augen wuchtete so eine gewaltige Wand in den Himmel. An der Abbruchstelle schimmerte sie hell, und oben auf ihrem Rand sahen wir eine Gestalt.

Wieder musste ich an das Licht denken, denn es sorgte dafür, dass sich die Gestalt wie ein Scherenschnitt dort abhob.

Sie stand nicht nur da, sie wehrte sich!

»Suko!« Ich deutete nach oben, mein Partner schaute ebenfalls, und beide wurden wir blass.

Denn wir hatten den Mann erkannt, der dort seinem Mörder heftigen Widerstand leistete.

Es war der Pfarrer, der uns geholfen hatte!

Die nächsten Sekunden waren für Suko und mich so schrecklich, dass mir einfach die Worte fehlten, unsere Gefühle zu beschreiben.

Wir waren hilflos ...

Ja, das war das Schlimme daran. Wir erkannten, dass dort oben auf dem Felsenrand ein Mensch um sein Leben kämpfte, und wir standen hier und konnten nicht eingreifen.

Für einen Schuss war die Entfernung zu weit, und so mussten wir untätig mit ansehen, wie der Pfarrer immer weiter auf den Rand der hohen Klippe zugedrückt wurde.

Es war grauenhaft.

Ich hörte Suko sprechen, verstand jedoch seine Worte nicht. Sein Gesicht zeigte eine seltsam graue Farbe, und ich wusste, dass ich bestimmt nicht anders aussah.

Der Pfarrer konnte es nicht schaffen. Er war einfach zu alt und auch zu schwach.

Wir hörten seinen Schrei.

Der Mann musste eine so große Angst ausstehen, dass der Schrei sogar das Rauschen der Brandung übertönte. Und es war der letzte Schrei in seinem Leben, denn plötzlich ruderte der Mann mit den Armen, trat nach hinten, machte genau einen Schritt zu viel und schaffte es nicht, das Gleichgewicht oder die Standfestigkeit zu behalten.

Er fiel.

Wie eine Puppe sah er aus, als er während des Falls mit Armen und Beinen wirbelte. Und diesmal drang kein Schrei über seine Lippen. Stumm raste er in den Tod.

Die Zeit, in der er sich in der Luft befand, war nicht zu stoppen. Für mich jedoch wurden die schrecklichen Sekunden zu einer Ewigkeit. Dann war der Körper zwischen den Felsen verschwunden.

Wir hörten das Aufprallgeräusch nicht, das donnernde Rauschen der Brandung übertönte alles, aber der Pfarrer hatte keine Chance, den Fall zu überleben.

Vor Grauen geschüttelt, blieben wir auf dem Fleck stehen, starrten zum Felsrand hoch und warteten auf seinen Mörder.

Der zeigte sich!

Er besaß die ungeheure Frechheit, sich an den Rand des Felsens zu stellen und in die Tiefe zu schauen. Dabei erfasste ihn ein Windstoß und wirbelte einen langen dunklen Mantel in die Höhe, sodass der Mörder aussah wie eine schwarze Fledermaus.

Im nächsten Augenblick hörten wir sein Lachen.

Es war so triumphierend, laut und gellend, dass es sogar das Tosen der Brandung übertönte. Dabei hielt er den rechten Arm vorgestreckt, die Hand war zur Faust geballt, und er drohte uns mit einer finsteren Gebärde. Noch einmal lachte er gellend auf, dann drehte er sich um und verschwand.

Wir schauten uns an.

In Sukos Augen schimmerte es feucht. Die Hilflosigkeit hatte den harten Mann geschockt. Auch in meinem Hals steckte ein Kloß, ich war einfach nicht in der Lage, mich durch Worte verständlich zu machen. Zu tief saß der Schrecken.

Nur zögernd hob ich den Arm und deutete dorthin, wo der Pfarrer ungefähr liegen musste.

Suko war einverstanden. Er folgte mir, als ich vorging. Wir konnten nicht normal gehen, sondern mussten von Felsen zu Felsen springen. Meine Beine zitterten dabei. Den unheimlichen Mörder zu verfolgen, hätte keinen Sinn gehabt, sein Vorsprung war einfach zu groß.

Schließlich erreichten wir den Ort des Unglücks. Der Wind hatte den fallenden Mann abgetrieben. Er lag dort, wo die Reste des schäumenden Wassers abliefen.

Wir stellten uns rechts und links des Pfarrers auf. Ihm konnte keiner mehr helfen.

Sein Gesicht war seltsamerweise nicht verletzt. Es lag im Wasser, die Augen waren aufgerissen, und auf den Zügen lasen wir noch immer den Schrecken, den der Geistliche in den letzten Sekunden seines Lebens erlitten hatte.

Dieses Bild prägte sich bei mir ein. Ich sah es immer dann, wenn das schaumige Wasser ablief und klar geworden war.

Suko schielte in die Höhe.

Der Mörder befand sich nicht mehr dort. Leer präsentierte sich die Felskante.

»Wer war es?«, schrie Suko plötzlich. »Verdammt, wer hat das getan?«

Mich hatte das Entsetzen verstummen lassen, deshalb hob ich nur die Schultern.

»Der Seelen-Vampir?«

»Möglich.« Ich wusste nicht einmal, ob Suko das Wort verstanden hatte, denn ich drehte mich bereits um und schaute dorthin, wo die Felsen in das Meer hinauswuchsen.

Wir hatten das Schiff gesehen, und danach suchte ich. Die Umrisse hatte ich mit denen eines Fischkutters vergleichen können, aber wir sahen von dem Boot nichts mehr. Die Dunkelheit hatte es verschluckt.

Es war inzwischen finsterer geworden. Die Kanten der Felsen traten nicht mehr so deutlich hervor, sie bildeten jetzt hohe, seltsame zerfließende Gegenstände, und das auslaufende Meerwasser zwischen ihnen zeichnete helle, schaumige Streifen.

Wir mussten wieder zurück.

Ich deutete dorthin, woher wir gekommen waren. Suko nickte, er war ebenfalls einverstanden.

Dazu sollte es vorerst nicht kommen, denn aus der Dunkelheit lösten sich zwei gewaltige Schatten. Seevögel sind nicht so groß. Und Seevögel haben auch keine glühenden Augen.

Diese Schatten waren andere Wesen.

Vampire!

Lady X hatte ein wenig Angst davor, dass Vampiro-del-mar durchdrehen würde und die Besatzung angriff. Denn sie wollte auf keinen Fall auffallen. Marek war wichtiger.

Mit diesem Tarrasco hatte sie großes Glück gehabt. Ihn schien wirklich der Teufel geschickt zu haben, sie hatte ihn genau zur richtigen Zeit getroffen, um ihn über Marek auszufragen.

Das passte Vampiro-del-mar nicht, weil er andere Dinge vorgehabt hatte. Er hatte sich mit Tarrasco zusammentun wollen, um auf die Blutjagd zu gehen. In letzter Zeit war er schlimm geworden. Man durfte keinen Menschen in seine Nähe kommen lassen, der Uralt-Vampir vergaß alles und fiel über seine Opfer her.

Er wurde unkontrollierbar!

Lady X spielte mit dem Gedanken, ihn auszumerzen. Sie wog immer öfter Vor- und Nachteile dieses Monsters ab. Bisher hatte sie sich noch nicht dazu überwinden können, ihn abzuservieren, wenn er jedoch so weitermachte, würde es nicht mehr lange dauern. Dann war er reif für die Garbe aus der Silberkugel-MPi.

Lady X glaubte fest daran, dass er nicht widerstehen konnte. Er war keine Lupina, die die Kugel geschluckt hatte und noch lebte, nein, Vampiro-del-mar konnte es sicherlich nicht schaffen. Bei ihm überwogen wirklich die Nachteile. Lady X war ehrlich genug, um sich dies einzugestehen. Sie dachte an die großen Aufgaben, die vor ihr lagen. Wenn es ihr gelang, auf dem Balkan Fuß zu fassen und vor allen Dingen Frantisek Marek zu erledigen, hatte sie im Reich der Finsternis einen ungeheuren Triumph errungen.

Sie hoffte nur, dass alles glatt lief und sie ohne Schwierigkeiten Rumänien erreichte.

Das Ruder hielt sie fest umklammert. Die Blicke aus ihren kalten Augen glitten über das Meer, das sich als gewaltige, wogende Fläche vor ihr ausbreitete.

Es war inzwischen dunkel geworden. Auf der Wasserfläche schimmerten keine Lichter, für die Scott ein Beweis, dass sich keine Schiffe unterwegs befanden.

An das Schaukeln des Kutters hatte sie sich längst gewöhnt. Sie merkte es überhaupt nicht mehr, und wenn eine Welle quer anlief, glich sie diesen Schlag durch ein geschicktes Drehen ihres Körpers rasch wieder aus.

Dann hörte sie ein anderes Geräusch.

Ein wilder, uriger Schrei drang an ihre Ohren, und sie kannte nur einen, der ihn hätte ausstoßen können.

Vampiro-del-mar!

Lady X stellte das Ruder fest, griff nach ihrer Maschinenpistole und rannte aus dem Steuerhaus …

Fledermäuse – Vampire …

Gewaltige Schatten, die den dunkler werdenden Himmel noch mehr verdüsterten.

Wo kamen sie her?

Diese Fragen stellten wir uns, bevor wir nach rechts und links geduckt wegtauchten, um zwischen den Felsen Deckung zu suchen.

Sie jagten mit dem Wind heran. Er trieb diese gewaltigen Geschöpfe voran, die ihre Schwingen ausgebreitet hatten und über die Meeresoberfläche segelten. Wahrscheinlich hatten sie uns schon entdeckt, denn sie nahmen den direkten Kurs auf uns.

Ich kannte Wesen dieser Art. Schon des Öfteren hatte ich sie gesehen und auch gegen sie gekämpft, wobei es Suko und mir gelungen war, zahlreiche von ihnen zu vernichten.

Die Riesenfledermäuse, auch rote Vampire genannt, gehörten zu Vampiro-del-mar, einem Mitglied der Mordliga. Dieser Uralt-Vampir war ein Todfeind von uns. Vor unendlich langer Zeit hatten die roten Vampire einmal auf seiner Seite gestanden, waren dann in den langen Schlaf gefallen und erweckt worden.

Die erste Begegnung mit ihnen hatten wir in Deutschland auf der Schwäbischen Alb gehabt, weitere waren gefolgt, und es war uns gelungen, die großen Blutsauger zu vernichten.

Allerdings nicht alle. Wie viele sich noch von ihnen herumtrieben, wussten wir nicht. Eins stand fest. Wenn sie in der Nähe waren, dann befand sich Vampiro-del-mar ebenfalls in der Nähe.

Das alles ging mir durch den Kopf, bevor ich mich zwischen den Felsen in Deckung warf. Die Beretta hatte ich längst gezogen, denn mit geweihten Silberkugeln konnten wir den Blutsaugern an den Kragen gehen und sie vernichten.

Von Suko entdeckte ich keine Haarspitze, konnte mir jedoch vorstellen, dass er in ebenso guter Deckung lag wie ich und die Riesenvampire nicht aus den Augen ließ.

Ich dachte automatisch an Vampiro-del-mar. Wo seine Diener auftauchten, war er selbst auch nicht weit, und wenn ich an Vampiro-del-mar dachte, fiel mir automatisch Lady X ein.

Tarrasco, Vampiro-del-mar und Lady X!

Ein Dreieck, das sich vor meinem geistigen Auge aufbaute. Nur fragte ich mich, in welcher Verbindung sie miteinander standen?

Die Blutsauger kamen näher.

Schaurig sah es aus, wie sie ihre Schwingen bewegten und die Gunst des Windes ausnutzten. Hinter ihnen stand wie eine Leinwand ein dunkelgrauer Himmel, unter ihnen befand sich die schwarze Fläche des Meeres, die nur dort lange, helle Streifen zeigte, wo das Wasser von den Felsen gebrochen wurde.

Für einen Schuss war die Entfernung zwar günstig, ich hielt dennoch inne und wollte erst feuern, wenn die Riesenvampire noch näher heran waren.

Suko dachte ähnlich, auch er hielt seine Kugeln zurück, und fast sah es so aus, als würden sich die beiden schwarzmagischen Wesen überhaupt nicht für uns interessieren.

Sie blieben über dem Meer, stiegen höher und zogen dort ihre Kreise. Ich musste meinen Kopf in den Nacken legen und löste mich aus der Deckung, sodass ich die Vampire jetzt besser verfolgen konnte.

Suko hatte es mir nachgemacht. Er winkte mir sogar zu, als er auf einer etwas schräg abfallenden Felsplatte stand. Er rief dann: »Verstehst du das, John?«

»Nein.« Ich blieb nicht mehr stehen, sondern begab mich springend und hüpfend zu meinem Freund und Kollegen. Die Felsen waren glatt. Manchmal lag auf ihnen eine grüne, glitschige Schicht, sodass ich achtgeben musste, nicht auszurutschen.

»Da stimmt doch was nicht, John!«, erklärte Suko und deutete in die Höhe. »Schau dir diese Viecher an. Sonst konnten sie es nicht erwarten, uns zu packen, jetzt gehen sie uns aus dem Weg.«

»Vielleicht haben sie einen Auftrag?«

»Wer sollte ihnen den gegeben haben?«

»Vampiro-del-mar.«

Suko lachte. »Hast du ihn gesehen?«

»Bewusst nicht, aber ich denke da an das Schiff. Vielleicht hält er sich dort verborgen.«

»Verdammt, da kannst du recht haben.«

Nach dieser Antwort schwiegen wir und beobachteten nur noch. Beide hatten wir uns breitbeinig aufbauen müssen, denn die Windstöße jagten fast überfallartig auf uns zu und zerrten an unserer Kleidung.

Die beiden Vampire stiegen noch höher. Sie waren inzwischen so weit von uns entfernt, dass wir ihre roten Augen nicht mehr erkennen konnten, aber sie hatten auch bereits den Rand der gewaltigen Felswand erreicht, von wo der Pfarrer heruntergefallen war.

Und dort landeten sie.

Unsere Augen wurden groß, als wir das sahen. Wie Vögel

aus der Urzeit ließen sie sich nach unten gleiten, berührten den Boden und waren unseren Blicken entschwunden.

Mein Freund und ich schauten uns an.

»Verstehst du das?«, fragte mich der Inspektor.

»Nein. Ich weiß nun, dass wir hier verdammt ungünstig stehen. Wir sollten so rasch wie möglich da oben hin …«

»Nein, warte noch …«

Suko brauchte nicht weiter zu sprechen. Wie er sah auch ich die beiden Riesenvampire. Nur waren sie diesmal nicht allein, sie hatten jemanden zwischen sich genommen und trugen ihn.

Es war der Mörder des Pfarrers!

Er krallte sich an den kurzen Unterkörpern fest, flog mit ihnen hoch über uns und schaute in die Tiefe, und wir glaubten, sein Gesicht als einen weißen Fleck zu sehen.

Er begann zu lachen.

Es war das gleiche Gelächter, das er uns schon einmal entgegengeschleudert hatte. Wild, höhnisch und triumphierend, und wir hatten abermals das Nachsehen.

Die beiden Vampire waren seine Verbündeten. Sie hielten ihn fest umkrallt und schafften ihn weg.

Noch immer konnten wir nicht genau erkennen, wie er aussah, aber er machte mit seinem langen, vom Wind aufgeblähten Mantel selbst den Eindruck eines Blutsaugers.

Für wenige Sekunden konnten wir noch seinen für uns deprimierenden Anblick in uns aufnehmen, dann verschluckte ihn die Dunkelheit wie ein gewaltiges Loch.

»Den sehen wir vorerst nicht mehr wieder«, sagte Suko und senkte seine Waffe.

Mir blieb nichts anderes übrig, als ihm zuzustimmen. Unseren Platz verließen wir schnell, er war uns zu feucht. Von der Brandung her schäumte ein nie abreißender Gischtregen zu uns herüber.

»Der Fall hat also mit einer Pleite begonnen«, stellte Suko fest, als wir den trockenen Felsen erreicht hatten und dicht an der hohen Felswand stehen blieben.

»Ja, es kann nur besser werden.«

»Fragt sich, wo wir den Hebel ansetzen sollen«, meinte Suko und wischte die Feuchtigkeit aus seinem Gesicht. »Jetzt, wo der Pfarrer tot ist, habe ich kaum eine Idee.«

»Wir müssten uns bei den Dorfbewohnern erkundigen.«

»Die werden uns Fremden auch gerade noch etwas sagen.« Suko blieb pessimistisch.

Ich winkte ab. »Irgendwie ist das alles für mich nur noch zweitrangig. Mir machen die roten Vampire viel mehr Sorgen.«

»Wobei man sich fragt, ob es tatsächlich die roten Vampire waren. Du hast ja nichts erkennen können.«

»Kennst du andere?«

»Nein.«

»Also können wir davon ausgehen. Und auch davon, dass sich ihr Herr und Meister in der Nähe befindet, Vampiro-del-mar.«

»Wobei Lady X wahrscheinlich nicht mehr weit wäre«, fügte Suko hinzu.

»Eben.«

»Man müsste nur den roten Faden finden, der die drei verbindet«, sprach mein Freund weiter.

»Das werden wir.« Mit dieser Antwort drehte ich mich um und drückte die Büsche zur Seite, um wieder in den Stollen zu tauchen. Suko blieb noch.

Als er mir schließlich folgte, sah ich ihn die Schultern heben. »Keine Spur von den Biestern.«

»Damit habe ich gerechnet.«

Im Licht der Lampen fanden wir den Weg zurück. Abermals überfiel uns der Verwesungsgeruch. Innerhalb der untersten Höhle wurde es besonders schlimm. Die Totenhemden streifte ich mit einem Blick und schüttelte mich.

Suko schritt bereits die Treppe hoch. Die Lampe wies ihm den Weg. Der helle Strahl glitt über die Stufen, tanzte weiter, aber niemand ließ sich blicken.

Dieser geheimnisvolle Seelen-Vampir schwebte längst über dem Meer. So dachten wir damals.

Dass alles ganz anders kommen würde, wohin uns der Fall schließlich noch führen sollte und in welche Gefahren wir gerieten, das konnten wir zu dem Zeitpunkt nicht einmal ahnen.

Wir machten uns an den Aufstieg und dachten auch an die Bergung der Leiche. Der Pfarrer sollte auf alle Fälle ein ihm würdiges Begräbnis bekommen …

Vampiro-del-mar betrat den freien Teil des Decks. Innerlich kochte er, wenn man bei ihm überhaupt von Gefühlen sprechen konnte. Er war erregt, die Sucht nach Blut spülte wie eine gewaltige Welle hoch, und er würde es nicht mehr länger aushalten.

Ihm war egal, wie die Scott darüber dachte. Zudem konnte sie es sich nicht leisten, ihn mit Silberkugeln zu töten, schließlich waren sie aufeinander angewiesen.

Er sah die Särge!

Wohl geordnet standen sie in einer Reihe. Es waren vier. Schwarz schillerten sie. In der Nähe brannte nur eine Leuchte. Sie hing an einem Pfahl und schaukelte bei jeder Bewegung des Schiffes auf und nieder. Oftmals spritzte die helle Gischt über Bord. Sie hatte einen feuchten Film auf die Särge gelegt, und das Licht der Lampe brach sich in zahlreichen Tropfen.

Vampiro-del-mar war nicht so trittsicher wie Lady X. Er hatte Mühe, sein Gleichgewicht zu halten, stampfte breitbeinig über Deck und näherte sich den vier Särgen.

Davor blieb er stehen.

Damit die Totenkisten bei jedem starken Überholen des Kutters nicht umkippten, waren sie vertäut worden. Man hatte die starken Seile an den Griffen befestigt und die anderen Enden mit der Bordwand verbunden. So hielten sie.

Vampiro-del-mar starrte auf die Sargdeckel. In seinem verwüsteten Gesicht zuckte und arbeitete es. Er befand sich unter einem ungeheuren Drück, beugte sich vor und stützte zwei Pranken auf die feucht glänzenden schwarzen Deckel.

Sekundenlang verharrte er in dieser Haltung, und ein Stromstoß schien durch seinen Körper zu laufen, als er plötzlich etwas hörte.

Nein, das war nicht das Klatschen der Wellen gegen die Bordwand, das war ein anderes Geräusch.

Ein tiefes, unheimliches Stöhnen …

Und es war vor ihm erklungen, im Sarg!

Jetzt geriet die gewaltige Gestalt des Vampirs ins Zittern. Aus seinem Mund drangen fürchterliche Laute, die sich mehr nach einem Röcheln und Stöhnen anhörten, bei ihm jedoch eine Art von Triumphgebrüll sein sollten.

Einer der Toten lebte noch.

Und er hatte Blut.

Blut für ihn, damit er erstarkte!

Vampiro-del-mar stieß ein tiefes, grunzendes Lachen aus. Plötzlich war er besessen. Dieser Tarrasco hatte die Seele des Menschen an sich gerissen und sich gleichzeitig geirrt.

Der Mensch innerhalb der Totenkiste lebte. Deutlich war er zu hören, und Vampiro-del-mar geriet in eine Art Fieber. Er schaute zu, wie er den Deckel lösen konnte, sah die straff gespannten Seile und musste sie erst lösen.

So stark diese Taue auch waren, seinen Kräften hatten sie sicherlich nichts entgegenzusetzen. Wenn der Uralt-Vampir einmal anfing, dann war er nicht zu stoppen, von keiner Macht der Welt, höchstens von einer geweihten Silberkugel.

Er fetzte das Seil in einer wahren Wut förmlich von den Sarggriffen und schleuderte das lose Ende weg. Mit den drei anderen Tauen verfuhr er ähnlich.

Die Bahn war frei!

Man hatte die Deckel nicht verschlossen, das wusste der Blutsauger genau. Seine Pranken fuhren über das feuchte Holz, er fühlte nach den Griffen, ertastete die Verschlüsse, öffnete sie und konnte nun den schweren Deckel anheben.

Für ihn eine Kleinigkeit.

Seine Hände griffen zu, und er wuchtete den Deckel mit einem einzigen Griff nach oben.

Jetzt lag die »Leiche« frei!

Selbst dieses Untier zitterte vor Spannung. War es eine Leiche, war es keine? Hatte er sich getäuscht?

Er stierte mit seinen glasartigen Augen in den Sarg.

Dort lag eine Frau.

Eigentlich noch ein Mädchen.

Blass, bleich. Mit fahl wirkenden Haaren, die sich zu beiden Seiten des Kopfes ausgebreitet hatten. Das Gesicht sah seltsam schmal aus, spitz stach die Nase daraus hervor, die Lippen bildeten nur einen Strich.

Zitterten sie vielleicht?

Vampiro-del-mar schaute noch genauer hin.

Das Licht der einzigen Bordlampe schaukelte. Es erreichte nur hin und wieder mit seinem Schein den Sarg, und es warf mehr Schatten als Helligkeit.

Einmal streifte ein schwacher Schein über das Gesicht der im Sarg liegenden Person. Die Haut schien für einen Moment gelblichrot angemalt zu sein, und in dieser kurzen Zeitspanne sah der Vampir das Flattern der Augendeckel.

Er fuhr in die Höhe, breitete seine Arme aus, das Gesicht wurde durch eine Verzerrung noch entstellter, und ein grauenhafter Schrei drang aus seinem geöffneten Mund.

Sein Opfer.

Sein Blut!

Er stieß seine Arme wieder nach vorn. Mit großer Wucht, sodass sie schon bald an geschleuderte Lanzen erinnerten, und die Pranken gruben sich in die Haut an den Schultern des Mädchens.

Er riss das Opfer hervor.

Kaum befand es sich mit ihm auf gleicher Höhe, als er das Röcheln vernahm, das aus dem Mund des Mädchens drang.

Es war ein verzweifeltes Atemholen, der Mund blieb offen, und die linke Pranke des Vampirs fand zielsicher das blonde Haar, wobei sie den Kopf nach links zur Seite drückte.

So straffte sich das Fleisch am Hals.

Weit öffnete Vampiro-del-mar sein Maul. Er sah die Adern

unter der dünnen Haut, die langen, aus dem Oberkiefer wachsenden Zähne schienen zu vibrieren, und es waren genau die Sekunden vor dem alles entscheidenden Biss …

Da traf ihn der Hieb!

Lady X war wie ein Schatten herangeflogen. Der Uralt-Vampir hatte nichts bemerkt, die Gier nach dem Blut des Opfers überdeckte alles, deshalb konnte er dem Treffer mit dem Lauf der Maschinenpistole auch nichts entgegensetzen.

Es klatschte in seinen Nacken.

Lady X hatte im Sprung zugeschlagen, und ihr Körpergewicht zusätzlich mit ihrer Kraft in den Hieb hineingelegt. Es war ein Treffer, den man mit einer tödlichen Explosion vergleichen konnte. Ein Mensch hätte ihn nie überstanden, aber Vampiro-del-mar war kein Mensch, sondern eine untote, gefühllose Bestie.

Und doch zeigte dieser brutale Schlag seine Wirkung.

Er brachte den Blutsauger aus dem Gleichgewicht und drosch ihn nach vorn genau auf den offenen Sarg zu.

Zuerst fiel das Mädchen hinein. Vampiro-del-mar krachte auf sein Opfer, drehte sich jedoch blitzschnell, kippte damit den Sarg um und riss einen Arm hoch, sodass der nächste wuchtige Hieb nicht sein Gesicht, sondern den Arm in Höhe des Ellbogens traf.

»Du verdammter Hund!«, fluchte die Vampirin und gebrauchte Worte aus ihrer ehemaligen Terroristen-Zeit. »Du Dreckskerl hast dich über meine Anweisungen hinweggesetzt und …«

»Sie war nicht tot!«, brüllte Vampiro-del-mar schaurig. »Sie war nicht tot, verdammt!« Er schoss aus der offenen Totenkiste hoch, und in einem irren Anfall drosch er seine Pranke gegen die Brust der Lady X.

Der Stoß, das schwankende Schiff – die Scott konnte sich nicht mehr fangen und torkelte zurück. Dabei taumelte sie fast über das gesamte Deck, bis sie mit dem Rücken gegen den

Aufbau des Steuerhauses krachte, wo sie stehen blieb und den Kopf so wild schüttelte, dass ihr langes Haar flog.

Vampiro-del-mar begann zu lachen, als er den Weg der Lady X verfolgte. »Du wirst mir nichts mehr befehlen!«, grunzte er, bückte sich und riss sein Opfer abermals in die Höhe.

Das Gesicht des Mädchens glich dem einer Toten. Die Augen waren verdreht, jegliches Leben hatte die Pupillen verlassen, der Mund stand offen, am Hals zuckte eine Ader.

Vampiro-del-mar senkte seinen hässlichen Schädel.

Dann biss er zu.

Das sah auch Lady X. Sie hatte sich wieder gefangen, lehnte mit dem Rücken an der Verkleidung des Ruderhauses und umkrampfte ihre Maschinenpistole.

In ihrem Innern kochte eine Hölle. Die Waffe in ihrer Hand zitterte. Ihr Zeigefinger hatte längst den Weg zum Abzug gefunden, und sie stand kurz davor, zu schießen.

Das Bild vor ihr prägte sie sich besonders deutlich ein. Durch die schwankende Sturmlaterne wurde der Schein im regelmäßigen Rhythmus auf das Paar geschleudert und riss es immer wieder deutlich hervor.

Vampiro-del-mar hatte sein Opfer wie eine Puppe hochgehoben und an sich gedrückt. Hart war der Griff, er glich einer Zange. Wen das Monster einmal so fest in den Klauen hielt, den würde es nie und nimmer mehr loslassen.

Von seinem Gesicht war nur das Profil zu sehen. Er hatte es nach unten und zur Seite gebeugt, weil seine gefährlichen Vampirzähne die Schlagader suchten und auch fanden.

Vampiro-del-mar saugte das Blut des Opfers.

Diese rote Flüssigkeit tankte er auf, sie gab ihm Kraft, er brauchte sie, denn sie garantierte ein Weiterleben dieser Bestie.

Lady X nahm das Bild in sich auf. Sie stand wie eine Statue am Ruderhaus, in den Augen funkelte es, der Hass war nicht mehr zu unterdrücken. Wind fuhr über das Deck, wühlte ihre Haare wie eine Fahne hoch. Gischt sprühte als feiner Regen an den Bordwänden hoch, all das merkte sie nicht, sondern hatte nur Augen für Vampiro-del-mar.

Fast eine Minute stand sie unbeweglich. Sie schaute zu, wie Vampiro-del-mar das Blut des Mädchens trank, und der Ausdruck in ihren Augen wechselte allmählich.

Hatten der Hass und die Wut darin gestanden, so verschwand dies, und ein anderes »Gefühl« blieb zurück.

Gier!

Nicht umsonst war Lady X eine Vampirin. Sie brauchte das Blut ebenfalls, nur konnte sie sich beherrschen, besser jedenfalls als der Uralt-Vampir, aber sie sah nicht ein, dass sie ihm das Opfer allein überlassen sollte.

Der Vampir bot ein Bild, dass die Scott einfach nicht übersehen konnte. Sie sah es Vampiro-del-mar förmlich an, wie gut es ihm tat, ein Opfer gefunden zu haben.

Dann fiel er nach vorn.

Gleichzeitig brach er in die Knie. Dabei drückte er sein Opfer auf die Planken, ohne es loszulassen.

In diesem Moment gab sich Lady X einen Ruck. Sie konnte und wollte nicht mehr länger zusehen, jetzt musste sie ihn packen, sonst blieb für sie nichts übrig.

Er sah sie, obwohl er so beschäftigt war. Bevor Lady X ihn erreichte, ließ er sein Opfer los und sprang auf. Federnd geschah dies, als wäre er mit neuen Kräften angefüllt.

Die beiden starrten sich an.

»Was willst du?«, keuchte er.

»Blut«, erwiderte die ehemalige Terroristin heiser. »Auch ich brauche es, verdammt!«

Der Supervampir lachte. Um den schrecklichen Mund herum zeigte das verunstaltete Gesicht rote Flecke, die sich bis zum Kinn hin verteilt hatten. Der Vampir hatte nicht alles Blut auffangen können, was aus den Adern gesprudelt war.

»Nimm sie«, sagte er zu Lady X. »Du kannst sie nehmen und ihr restliches Blut trinken. Schließlich gehören wir zusammen.« Er lachte so kreischend auf wie selten.

Lady X warf ihm einen kalten Blick zu, dann schwang sie ihre Maschinenpistole über die Schulter und fiel auf die Knie. Dicht neben dem blassen, fast blutleeren Mädchen kam sie auf.

Sie beugte ihren Kopf vor. Weit öffnete sie den Mund, schob die beiden weißgelb schimmernden Zähne vor, und im nächsten Augenblick schlug sie zu.

Damit bewies sie, was sie in Wirklichkeit war. Ein schwarzmagisches, finsteres, grausames Wesen, nicht besser als die anderen, trotz ihrer menschlichen Gestalt.

Auch sie brauchte Blut.

Und sie trank.

Vampiro-del-mar stand daneben. Sein Blick glitt über das Meer. Momentan trieb das Boot steuerlos über die Wellen. Zum Glück hatten sie den unmittelbaren Bereich der Klippen hinter sich gelassen, sodass sie nicht in Gefahr liefen, aufzulaufen.

Nach einer Weile löste sich Lady X von der schmalen, blondhaarigen Gestalt. Sie richtete sich auf. Das Gesicht zeigte einen entspannten, zufriedenen Ausdruck, die mit Blutstropfen beschmierten Lippen waren zu einem Lächeln verzogen.

»Was ist mit den anderen drei Leichen?«, fragte sie.

»Schauen wir nach.«

Lady X nickte und sah zu, wie Vampiro-del-mar die Taue zerriss und die Sargdeckel anhob.

Zwei Männer sahen sie. Sie lagen auf dem Rücken. Wächserne Gesichter starrten die beiden Blutsauger an. Weit aufgerissen waren die Münder, die Kieferknochen schienen sich verkantet zu haben. Eine grässliche Totenstarre hielt die Leichen umfangen.

»Tot«, sagte Vampiro-del-mar. »Tarrasco hat ihre Seelen an sich gerissen …«

»Schließ die Särge wieder.« Lady X warf noch einen Blick auf die beiden anderen.

Eine Frau, schon älter, lag so in dem Sarg, als hätte sie sich zum Schlafen hingelegt. Eine Hand jedoch stand hoch. Da waren lange Fingernägel zu sehen, die an Haken erinnerten. Die Nägel wuchsen noch eine Zeit weiter, auch wenn der Mensch tot war.

Der zweite Mann hatte bereits einen Teil seiner Haare

verloren. Als der Wind in den offenen Sarg fuhr, wehten sie davon. Die Hände des Toten schienen ineinander verknotet zu sein. Er bot mit seiner wächsernen Haut einen furchtbaren Anblick.

Die Särge wurden wieder geschlossen.

Beide Vampire waren zufrieden. Sie hatten ihren Durst gestillt und ein junges Mädchen ebenfalls zu einem Blutsauger gemacht.

Noch lag es auf den Planken. Verkrümmt. Die Gischt hatte Tropfen auf ihrer bleichen Haut gebildet.

»Wie heißt sie eigentlich?«, fragte Lady X.

»Ich weiß es nicht.«

Die Scott blickte auf das blondhaarige Geschöpf. Es würde sich bald erheben und ebenfalls in den Reigen der Vampire eingereiht werden. Zu diesem Zeitpunkt allerdings ahnte die ehemalige Terroristin noch nicht, welch eine Zeitbombe sie sich mit dieser Tat ins eigene Nest gelegt hatte.

Jetzt sah sie erst einmal das Licht, das dicht über der dunklen Wasserfläche aufblitzte.

Zweimal kurz, dann zweimal lang.

Das Zeichen!

Bevor die ehemalige Terroristin ins Ruderhaus hastete, sagte sie zu Vampiro-del-mar: »Halte dich bereit. Sie sind da, um uns abzuholen …«

»Und sie?«, fragte der Uralt-Vampir, wobei er auf das blonde Mädchen deutete.

»Leg sie so lange in den Sarg …«

Suko und ich atmeten ein paar Mal tief durch, als wir endlich die Unterwelt verlassen hatten. Es war grauenhaft, in diesen von Leichengeruch durchdrungenen Gängen herumzulaufen, aber uns war keine andere Möglichkeit geblieben.

Beide ruhten wir uns minutenlang aus. Suko suchte dabei den Himmel ab, aber von dem Seelen-Vampir und den beiden Fledermäusen fand er keine Spur.

Die Provinz Cornwall wird im Allgemeinen als die windigste Ecke Englands bezeichnet.

Davon konnten wir ein Lied singen, denn über die Felsen pfiff der Wind und schüttelte uns regelrecht durch. Wenn wir nach rechts blickten, fiel er auf das gewaltige Meer, das wie eine wogende schwarze Fläche zu unseren Füßen lag.

Ein wirklich ungezähmtes, wildes Land.

Der nächste größere Ort hieß Porthleven. Dort mussten wir hin, wenn wir den Bergungstrupp alarmieren wollten.

Viel Zeit konnten wir uns nicht mehr lassen. Der Pfarrer sollte noch in der folgenden Nacht zwischen den Klippen weggeholt werden, ich wollte ihn da nicht liegen lassen.

Wir fuhren ab.

Natürlich würden wir bleiben. Der Seelen-Vampir musste ausgelöscht werden. Wir hatten ihn zwar noch nicht aus der Nähe gesehen, wussten nicht, wie er aussah, aber wir kannten seine schreckliche Arbeitsweise. Vier Tote waren mehr als genug.

In Porthleven brannten nur wenige Lichter. Der Ort hatte einen kleinen Hafen. Er lag in einer winzigen geschützten Bucht, sodass ihn Schiffe auch bei Sturm anlaufen konnten.

Wir sahen die Polizeistation dort, wo sich das Zentrum des Ortes befand. Zwei Polizisten taten Dienst.

Sie hatten es sich bequem gemacht, als wir eintrafen, und sie bekamen große Augen, während sie sich anhören mussten, weshalb wir sie aufgesucht hatten. Selbst das Wort Scotland Yard riss sie nicht vom Hocker. Schweigend setzten sie ihre Mützen auf und gaben danach Alarm.

Der Bergungstrupp bestand aus freiwilligen Helfern. Die Männer hatten Routine, das sahen wir sofort. Sie seilten sich geschickt ab und legten den zerschmetterten Körper des Pfarrers auf eine Trage, die sie abschließend hoch hievten.

Ich hatte beschlossen, dass der Mann in sein Heimatdorf gebracht werden sollte. Es lag etwas nördlich von Porthleven, abseits der Straßenverbindung und nicht so nahe an den Klippen.

Der Ort hieß South Trebone. Eine Kirche, ein Friedhof, eine kleine Leichenhalle und ein Gemeindehaus waren vorhanden. Nur eine Polizeistation gab es in South Trebone nicht.

Wir machten den Bürgermeister mobil. Er hieß William Biggle und bekam einen Schock, als er den Toten sah. Über sein Gesicht lief ein Zucken. Er begann plötzlich zu weinen, und wir standen schweigend neben ihm. Dieser Mann trauerte wirklich, es war nicht gespielt.

»Wie ist es passiert?«, fragte er schließlich.

»Darüber können wir später reden. Wir müssen nur den toten Pfarrer aufbahren.«

»Ja, ja, ich sage dem Zimmermann Bescheid. Er ist gleichzeitig Totengräber und hat den Schlüssel zur Leichenhalle. Wollen Sie mitkommen?«

»Nein, wir warten hier.«

»Gut, es dauert nicht lange.«

Die Polizisten, die aus Porthleven mitgekommen waren, gaben sich ein wenig unruhig. Sie sagten nichts, aber wir verstanden, was sie wollten. Sie hatten keine Lust, noch länger in dem Kaff zu bleiben. Ich erklärte ihnen, dass sie gehen konnten.

Fast fluchtartig verließen sie uns.

»Seltsame Leute«, sagte Suko.

»Die Menschen hier sind anders als in London oder Manchester. Eben noch kernig.«

»Na, ich weiß nicht …«

Der Bürgermeister kam wieder zurück. In der letzten halben Stunde schien er um Jahre gealtert zu sein. Das Gesicht war eingefallen, über den Wangenknochen spannte sich die Haut, die Lippen zuckten, und das dunkle Haar hing ihm in die Stirn. Er war wesentlich kleiner als ich und musste zu mir aufschauen, wenn ich mit ihm redete.

»Können wir uns hier ungestört unterhalten?«, erkundigte ich mich bei ihm.

»Ja, wir gehen zu mir. Meine Frau ist zu ihrer Schwester gefahren. Die Kinder sind aus dem Haus. Bei mir hört uns keiner.«

»Das ist gut.«

Sein Haus lag nicht weit entfernt. Es war ein schmaler Backsteinbau, dafür jedoch zwei Etagen hoch. Die Fassade selbst war kaum zu sehen, weil wild wachsender Wein und Efeu daran hochrankten.

Vor dem Haus brannte eine alte Laterne. Ihr Schein schimmerte milchig in der Dunkelheit.

Der Bürgermeister führte uns in sein Arbeitszimmer, das sich an ein Wartezimmer anschloss.

Ein Rathaus gab es in South Trebone wohl nicht. Alle anfallenden Arbeiten erledigte der Mann von diesem Platz aus.

William Biggle bot uns Plätze an. Wir nahmen in den hochlehnigen Ledersesseln Platz und schauten uns um.

Der Bürgermeister zog seine braune Cordjacke aus und verließ mit einer gemurmelten Entschuldigung den Raum. Das Zimmer war gemütlich eingerichtet. Wir saßen in der Sesselgruppe, es gab den alten dunklen Holzschreibtisch, Regale, die so wuchtig waren, dass die glatten Aktenschränke kaum auffielen.

Die Deckenlampe brannte nicht, sondern nur die Stehlampe, wo wir saßen. Das Licht spendete eine gewisse Wärme und verbreitete eine gemütliche Atmosphäre. Man konnte sich in dem Zimmer wohl fühlen. Dazu trugen auch die kleinen Fenster mit den geteilten Scheiben bei. Von den Windgeräuschen vernahmen wir nichts, weil die dicken Mauern sie dämpften. Wärme strahlte ein grüner Kachelofen aus. Er stand uns gegenüber, war ein gewaltiger Klotz und schien schon einige Jahre auf dem Buckel zu haben.

Wir hörten Schritte, Biggle kam zurück. Er trug ein Tablett. Darauf standen drei Gläser und eine bauchige Flasche.

»Es ist ein guter Whisky«, sagte der Bürgermeister, bevor er die Dinge auf dem kleinen Tisch abstellte. »Sie sollten ihn probieren. Malzwhisky.«

»Mal zu«, sagte ich.

Auch Suko nahm einen kleinen Schluck. Ich verzog anerkennend den Mund.

»Ja, das Getränk ist tatsächlich gut«, lobte ich, auch Suko nickte höflichkeitshalber, er machte sich jedoch nichts aus Alkohol.

»Ich bekomme die Fässchen immer aus Schottland geschickt. Dort wohnt ein Freund von mir.«

Ich stellte das Glas ab. Leider waren wir nicht hier, um gemütlich am Kachelofen zu plaudern, uns hatten andere, schreckliche Dinge zu William Biggle geführt. Darüber wollten wir mit dem Bürgermeister reden.

»Mr. Biggle«, sagte ich. »Sie wissen selbst, welcher Grund uns zu Ihnen geführt hat, und wir möchten gern von Ihnen Näheres erfahren. Der Pfarrer kann uns nun nicht mehr helfen.«

»Leider.«

»Was wissen Sie über den Seelensauger?«, fragte ich direkt.

Biggle hob den Kopf, blickte uns an und schaute danach auf seine Hände, die er nebeneinander gelegt hatte.

»Es ist eine schlimme Geschichte«, murmelte er, »ich sage bewusst nicht Legende, denn dieser Begriff scheint ja überholt zu sein.«

»Es wurden Verbrechen verübt«, stellte mein Freund und Kollege fest.

»Ja. Zuletzt am Pfarrer.«

»Und zuvor?«

William Biggle schaute meinen Partner an. »Vier Menschen, Sir. Alle aus der Umgebung von South Trebone. Zwei Frauen und zwei Männer ...«

»Hat sie der Seelensauger geholt?«

»Man muss davon ausgehen.«

Der Bürgermeister zeigte sich für meinen Geschmack ein wenig verschlossen. Ich wollte, dass er mehr redete und sagte ihm dies auch. »Mr. Biggle, wir kommen nicht weiter, wenn Sie sich verschlossen wie eine Auster geben. Mein Kollege und ich sind nicht aus Spaß hier in Cornwall, es geht schon um den Seelensauger oder Seelen-Vampir. Der Pfarrer hat uns informiert.«

»Es ist ja nichts bewiesen!«

Ich schüttelte den Kopf. »Da irren Sie sich, Mr. Biggle. Mein Kollege und ich haben Spuren des Seelen-Vampirs gesehen. Sie kennen sicherlich die alte Höhle an der Steilwand.«

»Ja, aber wir waren nie dort. Da geht man nicht hin«, erklärte der Bürgermeister.

»Weshalb?«

»Es ist zu gefährlich.«

Ich winkte ab. »Wie dem auch sei, Mr. Biggle, wir waren da, sind in die Höhlen gestiegen und haben dort einige Entdeckungen gemacht. Nicht nur, dass es nach verwesenden Leichen gerochen hat, nein, wir fanden auch Totenhemden …«

»Wie das?« Er schreckte regelrecht auf.

»Die Totenhemden der letzten vier verschwundenen Personen.«

Da senkte Biggle den Kopf.

»Von Ihnen, Mr. Biggle, möchten wir wissen, wo die vier Personen verschwunden sind. Wann und wo hat man sie zum letzten Mal gesehen? Das müssten Sie uns sagen.«

»Ich kann es nicht.«

»Haben Sie sich nicht darum gekümmert?«

»Nein.«

Ich warf Suko einen Blick zu. Schon die ganze Zeit über hatte ich mich gewundert, wie seltsam der Bürgermeister reagierte. Und jetzt wunderten wir uns weiter. Dieser Mann war für uns eigentlich keine Hilfe. Er gab einsilbige Antworten, aber mit Erklärungen hielt er sich zurück. Hatte er etwas mit der Sache zu tun?

»Sie haben sich also für das Verschwinden der Todkranken nicht interessiert?«, fragte Suko weiter. »Und Sie haben auch nicht die Polizei eingeschaltet?«

»Ja und nein.«

»Das verstehe ich nicht.«

»Es gibt bei uns keine Polizeistation. Zudem wussten die Polizisten aus dem Nachbarort Bescheid. Sie aber kümmerten sich nicht um den Fall.«

»Bestimmt nicht wegen Überlastung«, sagte ich.

»Nein, das hatte einen anderen Grund. Sie wollten nicht.«

»Seltsam, diese Dienstauffassung.«

»Mr. Sinclair.« Biggle schaute mich mit seinen großen Augen an. »Sie hatten Angst.«

»Vor dem Seelensauger?«

»Ja, Mr. Sinclair. Alle haben Angst. Ich, die Dorfbewohner, die Menschen in den Nachbarorten, sie kennen die Geschichte des Vampirs, der Seelen an sich reißt. Das ist ein Fluch, der uns getroffen hat, dem kann sich niemand entgegenstemmen. Der Pfarrer hat es versucht. Sie sehen ja, was daraus geworden ist.«

»Wenn man nichts unternimmt, wird man immer verlieren!«, behauptete ich.

Da lachte er bitter auf. »Das ist leichter gesagt, als getan. Sie kennen die Gegend hier nicht, Sir. Die ist völlig anders, glauben Sie mir. Sie kommen aus London und können Cornwall nicht mit den Maßstäben der Großstadt messen.«

»Da haben Sie recht, Mr. Biggle, aber auch wir sind keine heurigen Hasen mehr. Wir haben Erfahrungen in diesen Dingen, wissen, wie man gegen Vampire und ähnliche Geschöpfe ankämpft. Haben Sie mal den Seelensauger gesehen? Oder vielleicht andere Vampire? Diese riesigen Fledermäuse. Sie wissen ja, dass sich Vampire manchmal in Fledermäuse verwandeln und umgekehrt.«

Biggle zeigte sich verwirrt. »Wie meinen Sie das?«

»Nun, haben Sie schon in dieser Gegend hier Riesenvampire gesehen? Rote Fledermäuse, fast so groß wie fliegende Drachen, die man ja aus gewissen Filmen oder Büchern kennt?«

William Biggle starrte mich mit offenem Mund an. Dann schüttelte er den Kopf. »Nein, Sir, nein! Die habe ich noch nicht gesehen, ehrlich nicht. Solche Drachen …«

»Fledermäuse!«, korrigierte ich.

»Gibt es die denn?«

Ich hatte beschlossen, das Thema zu vergessen, und schüttelte den Kopf. »Lassen wir das! Berichten Sie lieber, was für Leichen geraubt worden sind.«

»Das sagte ich Ihnen doch. Zwei Frauen und zwei Männer.«

»Okay, das wissen wir. Kannten Sie die Unglücklichen persönlich?« Diesmal fragte Suko.

»Ja.«

»Vom Ansehen?«

Biggle schluckte plötzlich. Sein Adamsapfel hüpfte auf und nieder. Schweiß hatte sich auf seiner Stirn gesammelt. Die Lippen bildeten einen dünnen Strich in einem Gesicht, das die graue Farbe von Beton angenommen hatte.

»Was ist mit Ihnen, Mr. Biggle?« Meine Stimme klang besorgt, denn uns fiel auch das Zittern auf, das den Mann erfasst hielt.

»Sie – Sie haben mich vorhin gefragt, ob ich die verschwundenen Personen kenne?«

»Ja, das haben wir.«

»Ich kannte sie alle vier. Aber eine Frau besonders gut. Es war meine eigene ...«

Lady X dachte nicht mehr an die zurückliegenden Ereignisse. Sie konzentrierte sich voll und ganz auf die Gegenwart, und die war für sie schwierig genug.

Beide Schiffe mussten so dicht aneinander heranfahren, dass sie von dem Kutter auf das andere Schiff umsteigen konnten. Eine Nacht-und-Nebel-Aktion. Gefährlich, aber trotzdem noch relativ günstig, denn es herrschte weder Nebel noch Sturm.

Lady X besaß kein Steuermannspatent. Für sie wurde es eine schwierige Aufgabe, denn die Wellen trugen den Kutter immer gefährlich nah an die Bordwand des anderen Schiffes heran.

Es war ein Hochseefrachter. Im Vergleich zu dem Kutter ein Gebirge. Als der Kutter wie ein Schatten neben der Bordwand des Kahns auftauchte, da wurde von dort Licht eingeschaltet. Zwei breite Strahlen fielen nach unten, zeichneten zuerst zuckende Kreise auf die dunkle Wasserfläche, wurden geschwenkt und erreichten ihr Ziel.

Jemand schrie ein Kommando. Im nächsten Augenblick flogen Taue. Sie klatschten auf das Deck. Vampiro-del-mar erwachte zu einer fieberhaften Hektik. Er fasste die Tauenden und machte sie am Poller fest. Auf dem Frachter geschah das Gleiche. Wenig später schwenkte an Bord des Schiffes ein Kran aus. Ein stählerner Arm. Über eine Rolle lief ein starkes Seil nach unten, das an seinem Ende einen Lastkorb in Form einer Palette hatte.

Vampiro-del-mar hievte die ersten beiden Särge auf das Traggestell. Die Winde begann zu arbeiten, quietschte dabei erbärmlich, dann wurden die Särge in die Höhe gezogen.

Alles ging glatt.

Auch die nächste Fracht gelangte an Bord. Das war der Zeitpunkt, als Lady X ihren Platz am Ruder verließ und sich mit schwankenden Schritten der langsam herabsinkenden Plattform näherte. Zuletzt wollten Vampiro-del-mar und sie an Bord des Frachters gehen.

»Löse die Taue!«, ordnete Lady X an.

Der Uralt-Vampir gehorchte.

Kräftige Hände zogen die Taue in die Höhe. Bevor der Kutter abtreiben konnte, betraten Vampiro-del-mar und Lady X die Plattform. Es gab einen Ruck, als sie in die Höhe gezogen wurden.

Unter ihnen verschwand der Kutter. Wellen rollten heran und trieben ihn weiter ab.

Die Scott verschwendete an den kleinen Kutter keinen Blick mehr. Er hatte seine Schuldigkeit getan.

An Deck des Frachters wartete der Kapitän. Obwohl er aus London gewarnt worden war, zuckte er dennoch zurück, als er Vampiro-del-mar sah, und er schlug hastig ein Kreuzzeichen.

»Lassen Sie das!«, zischte Lady X.

Der Kapitän zitterte. Außer ihm standen noch zwei Offiziere an Bord, die das Manöver geleitet hatten. Die Mannschaft hatte man unter Deck vergattert, denn es sollte möglichst keiner erfahren, was als Fracht an Bord genommen worden war. Nach wie vor herrschte die Meinung unter den Seeleuten, dass es ein Unglück geben würde, wenn man Särge geladen hatte.

»Schafft sie schnell weg«, sagte der Kapitän. Er war ein kleiner Bursche mit flinken Augen und hieß Romanescu.

Die beiden Offiziere nickten. Auch Vampiro-del-mar half mit. Er trug einen Sarg, während die Offiziere sich zu zweit mit einer Totenkiste abmühten.

Lady X und der Kapitän schauten ihnen nach.

»Wer liegt darin?«, fragte Romanescu.

»Leichen!«

Knapp und kalt gab die Vampirin die Antwort, und der Kapitän wurde noch blasser. Als Lady X danach noch ihre gefährlichen Vampirzähne zeigte, wurde seine Furcht so groß, dass er verzweifelt die Hände rang.

Die ehemalige Terroristin aber lachte. »Wissen Sie nun, wer hier an Bord das Kommando übernommen hat?«

»Ja.«

»Okay, dann sind wir uns einig. Und nun volle Kraft voraus. Ich will nach Rumänien. Dort erwartet man uns …«

Romanescu drehte sich fluchtartig um und rannte in Richtung Brücke. Nur heimlich schlug er die Kreuzzeichen und rief alle Heiligen des Himmels an.

Der Tod war an Bord gekommen, und das wusste er …

Auf dem Küstenwachtschiff »Cornwall Star« hatte man die Meldung über Funk erhalten. Die Männer sollten nach einem Fischkutter Ausschau halten, der vier Särge geladen hatte.

Der Kapitän schüttelte den Kopf. Er war ein alter Seebär, so etwas jedoch hatte er noch nie erlebt. Ein Schiff mit vier Särgen, wo gab es das denn?

Sicherheitshalber fragte er noch einmal zurück und erhielt die Bestätigung.

»Gibt es denn keine weitere Beschreibung des Schiffes?«, wollte er wissen.

»Nein.«

»Dann viel Vergnügen.«

»Das wünschen wir Ihnen, Kollege.«

Der Kommandant schüttelte wütend den Kopf, bevor er sich über seine Karten beugte. Sein Stellvertreter trat zu ihm. Gemeinsam legten sie den Kurs fest, den sie fahren wollten.

Sie kannten sich bei Suchaktionen aus. Diesmal wurden sie leider nicht aus der Luft unterstützt, deshalb mussten sie große Kreise fahren und hoffen, dass sie den Kahn irgendwann stellten.

»Von wem ist die Anordnung gekommen?«, wollte der zweite Mann auf dem Wachboot wissen.

»Ich kenne den Typ nicht. Soll ein hoher Beamter bei Scotland Yard sein, wie mir scheint.«

»Wie heißt er denn?«

»John Sinclair«, erwiderte der Kommandant.

Sein Stellvertreter pfiff durch die Zähne und nickte. »Ha, den kenne ich.«

»Woher?«

»Nicht persönlich, James. Aber ich habe ihn mal aus der Ferne erlebt. Ist noch gar nicht so lange her. Da ging es um eine Insel, die vor der Küste liegt. Ich hörte hinterher, dass man sie Hexeninsel genannt hat.«

»War etwas daran?«

»Klar. Da muss es schwer rundgegangen sein, wie mir jemand erzählte. Es war auf jeden Fall keine Finte.«

Der Kommandant legte seinen ausgestreckten Zeigefinger gegen die Stirn. »Ob wir da mal nachforschen?«

»Du meinst, wir sollen da nachschauen?«

»Ja.«

»Wäre nicht schlecht. Ich würde jedoch vorschlagen, dass wir erst einmal unsere Kreise drehen.« Der Zweite grinste. »Vielleicht laufen wir ganz zufällig die Hexeninsel an.«

Der Besatzung des Bootes wurde erhöhte Wachbereitschaft

befohlen. Sie hielt sich bis auf den Zweiten an Deck auf und suchte mit starken Nachtsichtgeräten die dunkle Wasserfläche ab.

Der Bug des Polizeibootes teilte die heranrollenden Wellen. Rechts und links der Bordwände liefen sie als helle, schaumige Streifen aus. Manchmal gischtete Wasser über, das sehr schnell wieder ablief.

Die Suchaktion sollte auf zwei Stunden begrenzt bleiben. Die waren fast vergangen, als einer der Leute den Kutter entdeckte. Zuerst sah er nur ein in der Luft schwebendes Licht. Der Kurs wurde ein wenig geändert, und das Wachboot hielt auf das Licht zu.

Dann erkannten die Männer die Umrisse des Kutters.

»Das ist er, kein Zweifel«, sagte auch der Kapitän. Sie liefen ihn jetzt direkt an, gingen dann längsseits und enterten den Kahn. Er war leer.

Kein einziges Besatzungsmitglied hielt sich auf dem steuerlos treibenden Schiff auf. Die Männer durchsuchten es vom Heck bis zum Bug, sie fanden keine Spuren.

Nur Blut sahen sie im Licht starker Scheinwerfer. Betroffen blieben sie neben den dunklen großen Flecken auf den Deckplanken stehen und schüttelten die Köpfe.

»Welch ein Drama hat sich hier nur abgespielt?«, fragte einer der Leute und schluckte.

Keiner konnte ihm eine Antwort geben.

Bis der Kapitän anordnete, das fremde Schiff in Schlepp zu nehmen und in den Hafen zu schaffen.

Mehr konnten sie nicht tun. Da auch keine Leichen gefunden wurden, gab es für den Kommandanten nur zwei Möglichkeiten. Entweder schwammen die Besatzungsmitglieder in der See, oder sie waren von einem anderen Schiff übernommen worden.

Mein Gott, das war schrecklich. William Biggle hatte seine eigene Frau an den Seelensauger verloren. Nach dieser Antwort sah ich den Bürgermeister aus einem anderen Blickwinkel an. Nun konnte ich auch seine Reaktionen verstehen.

»Ja, Mr. Sinclair, so sieht es aus«, sagte er leise, griff nach seinem Glas und trank einen Schluck.

Wir schwiegen, denn wir wussten nicht, was wir in diesen Sekunden sagen sollten.

Schließlich räusperte ich mich und fragte: »Mr. Biggle, wie lange ist Ihre Frau bereits verschwunden?«

»Seit ungefähr zwei Wochen.«

»Und sie war krank?«

»Ja, todkrank. Sie litt an Leukämie, war nicht mehr zu retten und verfiel zusehends.«

»Wo hat der Seelen-Vampir sie geholt?«

»Aus dem Krankenhaus geraubt, einen Tag bevor sie nach Hause kommen sollte. Ich wollte sie wieder zu mir nehmen, dann sie sollte in ihrem Bett sterben ...« Bei den letzten Worten hatte seine Stimme sehr leise geklungen. Er holte ein Tuch aus der Tasche.

Suko und ich schauten uns an. An und für sich hätte es jetzt der Anstand geboten, dass wir den Mann in seinem Schmerz allein ließen, aber das ging nicht. Wir mussten weiter mit ihm reden, es stand zu viel auf dem Spiel.

Wir ließen ihm Zeit. Ich trank noch einen kleinen Schluck von dem hervorragenden Whisky, während Suko auf den Ofen schaute und die Stirn in Falten legte. Mein Freund und Kollege fühlte ähnlich wie ich. Der Bürgermeister hatte Schweres hinter sich.

»Wissen Sie«, sagte er nach einer Weile. »Mary und ich, wir haben uns sehr geliebt. Wenn man fast dreißig Jahre verheiratet ist, dann kann man ohne den anderen nicht mehr sein, wenn Sie verstehen, was ich meine.«

»Natürlich.« Ich nickte.

»Bitte, fragen Sie weiter. Sie tun ja nur Ihre Pflicht, Gentlemen.«

»Nach dem Verschwinden Ihrer Frau, Mr. Biggle, haben Sie da keine Nachforschungen angestellt?«, wollte ich wissen.

»Nein.«

»Gab es dafür einen Grund?«

Er nickte. »Den gab und den gibt es in der Tat, Sir. Ich hatte Angst. Einfach Angst.« Er sprach jetzt mit drängender Stimme. »Ich weiß nicht, ob Sie es begreifen können. Aber alle in diesem Dorf haben Angst. Die Existenz des Seelensaugers lastet wie ein Fluch auf den Menschen. Sie kommen nicht dagegen an, das müssen Sie mir glauben. Einer hat es versucht. Der Pfarrer. Jetzt ist er tot. Wir leben hier in Cornwall, weitab von London. Für Sie sind wir vielleicht nicht einmal zivilisiert oder so ähnlich. Sie können sich schlecht in unsere Psyche hineindenken. Vielleicht haben Sie noch nie in Ihrem Leben Angst verspürt, ich kann Ihnen sagen, Sir, es ist grausam.«

Der Mann hatte unrecht. Ich wollte ihm jetzt nicht aufzählen, wie oft ich schon Todesangst verspürt hatte, aber ich konnte es ihm nachfühlen. Die Angst kann einen Menschen verändern, ihn regelrecht fertig machen und auch seine Seele zerstören.

»Wie haben es denn Ihre Mitbürger aufgenommen?«, fragte Suko. »Andere Familien haben doch ein ähnliches Schicksal hinter sich.«

»Das stimmt, aber auch Sie taten nichts. Sie hofften nur, dass sie nicht die Nächsten sein würden.«

»Er holt sich nur Kranke?«

Biggle nickte auf Sukos Frage. »Das stimmt allerdings. Nur kranke Menschen geraten in seinen Bann. Er scheint darauf zu lauern, dass jemand im Sterben liegt, um dann zuschlagen zu können.«

»Wissen Sie zufällig, ob jemand im Sterben liegt?«, erkundigte ich mich leise.

»Sie meinen hier im Dorf?«

»Ja.«

Die Mundwinkel des Mannes zuckten. »Das ist auch so ein Problem, Sir. Früher sind die Menschen nicht so schnell oder hintereinander krank geworden.«

»Wie soll ich das verstehen?«

»Alle Fälle passierten in den letzten Wochen. Über dem Ort liegt ein Fluch! Der Fluch des Seelen-Vampirs.«

»Den es schon länger gab?«

»Natürlich, Mr. Sinclair. Er treibt sein Unwesen bereits seit Jahrhunderten, wenn man den alten Geschichten glauben darf. Ungefähr seit zweihundert Jahren.«

»Und wo kam er her?«

»Nicht von hier.« Biggle griff zur Flasche und schenkte sich noch einen Whisky ein. »Der Seelen-Vampir, der auch Tarrasco heißt, stammt aus Rumänien.«

»Was?« Das war in der Tat eine Überraschung. »Sind Sie da sicher, Mr. Biggle?«

Der Bürgermeister genehmigte sich einen Schluck. »Ja, Sir, dessen bin ich mir sicher. Tarrascos Heimat ist Rumänien, das klassische Land der Vampire.«

Wir waren in der Tat mehr als überrascht, denn damit hatten wir nicht gerechnet.

Mein Partner hatte einen eigentümlichen Ausdruck im Gesicht, den ich bei ihm sonst nur kannte, wenn er über ein schweres Problem nachdachte.

»Rumänien also«, murmelte ich. Sollte uns die Spur vielleicht noch in dieses Land führen? Nein, Tarrasco hatte seine Heimat hier gefunden, ebenso wie die Opfer.

Ich wandte mich wieder an den Bürgermeister. »Wie war es möglich, dass er nach Cornwall kam?«

»Das weiß niemand, Sir. In der Legende spricht man von einem Schiff, das ihn gebracht haben soll. Als blinden Passagier.«

»Und dann?«

»Hat er hier weitergemacht und den Menschen die Seelen ausgesaugt.«

»Nicht das Blut?«

»Nein.«

»Wie sieht er aus?«, wollte Suko wissen. »Hat man ihn gesehen? Gibt es eine Beschreibung?«

»Dazu kann ich Ihnen kaum etwas sagen. Mir jedenfalls ist er noch nicht über den Weg gelaufen.«

»Aber es gibt Zeugen?« Mein Partner ließ nicht locker.

»Ja, die existieren. Er soll aussehen wie ein Graf. Groß und dabei düster, weil er schwarze Kleidung trägt. Er soll sehr bleich sein, ein Angstmacher.«

Ich nickte. Die Beschreibung kam hin. Ich brauchte nur an das Wesen zu denken, das von den beiden roten Vampiren davongetragen worden war.

Aber wieso hatten sie ins Spiel eingegriffen? Was hatten die roten Vampire mit diesem Tarrasco zu tun? Da musste Vampiro-del-mar dahinterstecken!

Ich erkundigte mich noch einmal bei dem Bürgermeister nach den roten Vampiren und erhielt abermals eine negative Antwort.

Er hatte sie nie gesehen. Auch nichts von ihnen gehört. Es waren für ihn unbekannte Wesen.

Ich wollte das Thema nicht weiter vertiefen und dachte daran, dass noch eine Frage offen war. »Mr. Biggle, ich hatte Sie vorhin gefragt, ob es Kranke im Ort gibt. Sie haben mir ein wenig zu ausweichend geantwortet. Gibt es Kranke in South Trebone?«

Er nickte. Sein Gesicht zeigte Qualen. Für mich ein Beweis, dass ich voll ins Schwarze getroffen hatte.

»Und wer ist es?«

»Lilian Lancaster.«

»Eine ältere Frau?«

»Nein«, flüsterte Biggle, »ein junges Mädchen, Sir. Gerade achtzehn Jahre alt geworden. Seit zwei Tagen liegt sie bewegungslos und apathisch in ihrem Bett.«

»Haben Sie einen Arzt gerufen? Oder ihre Eltern?«

»Nein, Sir. Das hat doch überhaupt keinen Sinn. Ich glaube nicht daran, dass uns ein Arzt dabei helfen kann, wirklich nicht.« Er wischte fahrig über seine Stirn und schluckte ein paar Mal trocken. Der Bürgermeister war mit seinen Nerven so ziemlich am Ende, das konnten wir alle leicht feststellen.

»Lebt das Mädchen allein?«

»Bei ihren Eltern.«

»Ach ja, entschuldigen Sie.« Ich war auch schon durcheinander und schaute Suko an.

Der Chinese stemmte bereits seine ausgebreiteten Hände auf die Sessellehnen. »Ich glaube, John, dass wir es einmal versuchen sollten. Diese Lilian interessiert mich wirklich.«

Der Meinung war ich ebenfalls. Ich wandte mich an Bürgermeister Biggle. »Können Sie uns vielleicht den Weg erklären, oder wollen Sie mit uns kommen?«

Er hob die Schultern. »Wenn es sein muss.«

»Es wäre besser, denn Sie kennen die Lancasters. Da die Menschen hier, wie Sie selbst gesagt haben, ein wenig eigen und Fremden gegenüber misstrauisch sind, möchte ich Sie bitten, uns zu begleiten.«

»Das werde ich dann tun.«

Der Bürgermeister stand ebenfalls auf und zog sich seine Cordjacke über. Auf einen Mantel wollte er verzichten.

»Es sind nur ein paar Schritte«, erklärte er.

Den Schlüssel nahm er mit, öffnete die schmale Haustür und ließ uns den Vortritt.

Wir schauten auf eine dunkle Straße. Es brannten nur sehr wenige Laternen. Das Licht konnte man mit dem Wort spärlich umschreiben. Einige gelbe Flecken, die in der Luft hingen, dies war schon alles.

Ich trat ein paar Schritte vor, schaute nach links und auch nach rechts. Da stutzte ich.

Links führte die Straße nicht geradeaus weiter. Sie schlug einen kleinen Bogen, mehr eine Kurve. Genau im Scheitelpunkt dieser Kurve tauchte etwas auf.

Ein gewaltiger Schatten schwebte etwa in Dachhöhe heran, wurde vom Licht für einen Moment erfasst, und ich glaubte, zwei glühende Augen zu erkennen.

Ein roter Vampir!

Lilian Lancaster sah aus wie eine Tote.

Sie lag in ihrem Bett, die Augen hielt sie geöffnet, und sie starrte auf die schräge Holzdecke mit den dunklen Balken, die rechts und links des schmalen Fensters vorbeiführten.

Seit zwei Tagen rührte sie sich nicht mehr. Die Krankheit war urplötzlich über sie gekommen, ein erschreckendes Siechtum, das rasend schnell ihren Körper lähmte. Sie konnte sich kaum noch rühren, es fiel ihr schwer, selbst die Fingerspitzen der auf der Decke liegenden Hände zu bewegen.

Sie aß nichts mehr, sie trank auch nichts. Stundenlang starrte sie die Decke an und horchte auf die sie umgebenden Geräusche.

Nachts, wenn der Wind sehr stark vom Meer herüberwehte, dann fing er sich in den Sparren des alten Dachs. Er ließ die Ziegel klappern, sodass eine schaurige Melodie ertönte, die sie von früher her kannte, sie jetzt allerdings nicht mehr erschrecken konnte.

Lilian war nicht allein im Haus. Ihre Mutter befand sich in den unteren Räumen, allerdings war der Vater nicht erreichbar. Er fuhr zur See, auf der Südamerika-Route. Man erwartete ihn erst kurz vor dem Weihnachtsfest zurück.

Aber Weihnachten oder andere Festtage waren für Lilian bedeutungslos geworden, seit sie in ihrem Bett lag und sich kaum rührte. Es interessierte sie nicht mehr, sie wollte auch keine anderen Menschen sehen, nur die Mutter ließ sie ins Zimmer. Anderen Besuch hatte sie abgewehrt.

Das junge Mädchen bereitete sich auf das Sterben vor!

Eine grausame, erschreckende Tatsache.

Hin und wieder, wenn es über sie kam, bewegte sie ihre Lippen. Niemand sollte hören, was sie sagte, die Worte waren für ihn bestimmt, für ihn allein.

»Er wird kommen«, raunte sie. »Ich spüre seine Nähe, in dieser Nacht holt er mich …«

Lilian atmete plötzlich schneller. Das hatte sie in den letzten Tagen nie getan, stets war ihr Atem flach geblieben, nun drangen beinahe stöhnend klingende Geräusche aus ihrem offenen Mund. Sie erwartete ihn, den Meister, ihren Meister.

Obwohl sie ihn noch nie gesehen hatte, wusste sie genau, wie er aussah. Er war wie die Nacht, dunkel, ein Schatten, unheimlich und dennoch schön. Sie wollte ihm alles geben, denn sie hatte längst seine Gedanken in ihrem Kopf gespürt.

Er kündigte sein Kommen an …

»Ja!«, hauchte sie. »Ja, komm zu mir. Ich will dir meine Seele geben. Du nur sollst sie bekommen, denn du wirst erstarken und deine Macht ausdehnen. Jeder, der dir seine Seele gibt, wird es gern tun, auch ich, großer Meister.«

Nach diesen Worten schwieg sie erschöpft. Es war ein wenig viel für sie gewesen, denn sie hatte in den letzten Stunden fast nur geschwiegen. Auch während die Mutter sich im Zimmer befand, hatte sie nichts gesagt.

Am Nachmittag, bis in den Abend hinein, war die Mutter außer Haus. Sie hatte eine Putzstelle angenommen, um für sich und die Familie ein paar Pfund nebenbei zu verdienen.

Im Nachbarort reinigte sie die Zimmer der kleinen Schule. Den Weg legte sie mit dem Fahrrad zurück, aber es fiel ihr immer schwerer. Vor allen Dingen im Winter.

Noch war es still im Haus. Aber das alte Holz arbeitete. Hier und da knackte es. Der Lampenring unter der Decke verbreitete einen trüben Schein. Die Lampe selbst war schmal. Der Lichtschein jedoch breiter, dass er wie ein Rettungsring aus Licht wirkte.

Hinter dem kleinen Fenster nistete die Dunkelheit. Kein Laternenschein traf die Scheibe, sodass die Deckenleuchte im Zimmer die einzige Lichtquelle war.

Wann kam er endlich?

Lilian wartete sehnsüchtig. Er hatte sie in den letzten Tagen derart bearbeitet, dass sie kaum noch an etwas anderes denken konnte. Und er hatte ihr angekündigt, dass sie sich bereithalten sollte.

Ein Geräusch!

Es war ein Knacken, und es kam von unten, wo sich die Haustür befand.

War das der Meister?

Lilian rührte sich nicht, steif blieb sie in ihrem Bett liegen. Nur ihre Augendeckel bewegten sich. Ein Zeichen, dass sie sehr unter Spannung stand.

Hatte der Meister endlich sein Versprechen eingelöst?

Sie war einfach zu schwach, um sich aufrichten zu können, aber sie drehte den Kopf nach links und schielte in Richtung Tür, die sich als hohes, jetzt dunkel wirkendes Rechteck abhob.

Schritte!

Von unten her klangen sie auf. Sie wurden lauter, ein Beweis, dass jemand die Treppe hochstieg.

Lilian lauschte, die Spannung steigerte sich. Wenig später jedoch nahmen ihre Augen wieder den apathischen blassen Ausdruck an, den sie schon zuvor gezeigt hatten.

Nein, das war nicht der Meister. Sie kannte die Schritte, die dort die Stufen hochkamen.

So ging ihre Mutter!

Lilian hatte sich nicht getäuscht. Mrs. Lancaster klopfte immer an, bevor sie das Zimmer ihrer Tochter betrat. So geschah es auch jetzt. Lilian vernahm zweimal das dumpfe, pochende Geräusch, dann bewegte sich die Klinke nach unten, und im nächsten Augenblick stand die Mutter auf der Türschwelle.

Sie ging ein wenig vor, wurde vom Licht der Lampe getroffen. Sie wirkte abgearbeitet. Tiefe Falten hatten sich in ihre Gesichtshaut gegraben. Die Miene zeigte einen verhärmten Ausdruck. Das graue Haar hatte der Wind trotz des Kopftuchs, das sie beim Radfahren immer trug, zerzaust. Es hing wirr ins Gesicht.

Langsam trat sie näher. Sie trug noch immer ihren dunkelbraunen Kittel, hatte allerdings über ihn eine Strickjacke gestreift. Die Augen blickten müde, die Hände waren rau, die Haut aufgesprungen.

Neben dem Bett blieb sie stehen, ließ sich vorsichtig nieder und strich ihrer Tochter mit der Hand über die Stirn. »Wie geht es dir jetzt, Lilian?«

Mrs. Lancaster erhielt keine Antwort.

»Bitte, Lilian, du musst etwas sagen. Es ist so schrecklich für mich, wenn du stumm bleibst.« Virna Lancasters Gesicht nahm einen gequälten Ausdruck an.

Das Mädchen bewegte die Lippen. Es war kaum zu erkennen.

»Sag doch etwas, Kind – bitte …«

Die Mutter bekam von ihrer Tochter keine Antwort. Aber sie spürte instinktiv, dass Lilian nichts mehr mit ihr zu tun haben wollte.

»Wenn doch nur dein Vater hier wäre«, sagte Virna Lancaster leise. »Er wüsste vielleicht Rat. Er weiß immer Rat. Oder ich lasse dich doch in ein Krankenhaus schaffen.«

»Kein Krankenhaus!« Es waren die ersten Worte, die Lilian da von sich gab, und ihre Mutter zuckte zusammen.

»Du wartest auf ihn, nicht?«, sagte sie schnell.

Lilian schwieg. Aber auf ihren Lippen war plötzlich ein Lächeln zu sehen, und Mrs. Lancaster wusste genau Bescheid. Ja, ihre Tochter wartete auf ihn, auf den Seelen-Vampir, den Dämon, der die Seelen der Todkranken an sich nahm. Die Frau brauchte nur an die vorherigen vier Opfer zu denken, die der Seelensauger auf dem Gewissen hatte, dann wusste sie Bescheid. Nie hatte sie damit gerechnet, dass es auch mal sie oder ihre Tochter treffen konnte, und nun schaute sie in das leichenblasse Gesicht der geliebten Lilian.

»Er soll dich nicht bekommen«, sagte sie plötzlich mit lauter Stimme, beugte sich vor und stemmte beide Hände links und rechts des schmalen Gesichts gegen das Kopfkissen. »Hörst du? Er soll dich nicht bekommen. Denke immer daran!«

Lilian zuckte zusammen. »Geh«, sagte sie plötzlich. »Ich will dich nicht mehr sehen. Geh, Mutter!« Das Kreischen aus ihrem Mund war so laut und wild, dass die Frau zurückzuckte, denn mit so einer Reaktion hatte sie nicht gerechnet.

Mrs. Lancaster stand auf. »Ich werde gehen, mein Kind«, erwiderte sie mit leiser Stimme. »Ja, ich werde verschwinden, wie du es mir soeben laut und deutlich gesagt hast. Aber vorher tue ich noch eins.« Sie senkte ihre Hand in die rechte Kitteltasche, bevor sie weitersprach. »Ich weiß, dass du von mir nichts wissen willst, aber du bist noch immer mein Kind. Ich will nicht, dass dieser furchtbare Dämon dich in seine Krallen bekommt! Deshalb habe ich mir vorgenommen, dich zu schützen. Und zwar damit!«

Sie riss die Hand aus der Tasche und hielt ihrer Tochter einen Gegenstand dicht vor das Gesicht.

Es war ein Kreuz!

Keines aus Silber, Gold oder feinem anderen Metall, sondern ein simples Holzkreuz.

Trotzdem erschrak das Mädchen bis ins Mark.

»Nimm es weg!«, kreischte Lilian. »Nimm das verdammte Ding weg!« Sie schüttelte sich und warf sich auf ihrem Bett hin und her. »Ich kann und will es nicht sehen!« Sie begann zu toben, doch ihre Mutter kannte kein Pardon. Zwar schmerzte es sie, so mit ihrer Tochter umgehen zu müssen, aber sie sah einfach keine andere Möglichkeit.

»Und du wirst das Kreuz nehmen!«, schrie sie gegen die Stimme ihrer Tochter an. »Verdammt, du nimmst es! Ich will es so, hast du verstanden, Lilian!«

»Nein, nein …!«, heulte sie. »Weg mit dem Kreuz! Steck es weg, ich will nicht, ich kann es nicht sehen …«

»Doch, du musst!« Mit diesen Worten tat Virna Lancaster das einzig Richtige ihrer Meinung nach. Sie drückte die Hand vor, öffnete sie und legte das Kreuz auf die Bettdecke, genau in Höhe der Brust ihrer 18-jährigen Tochter.

Lilian erstarrte. Schlagartig fiel sie wieder in den Zustand der Apathie, aus dem sie der erste Anblick des Kreuzes herausgerissen hatte.

Sie sagte nichts mehr, sämtliche Energien schienen ihren Körper verlassen zu haben, sie sackte unter der Bettdecke zusammen, aber das Kreuz blieb liegen. Virna Lancaster hatte es genau in die schmale Mulde zwischen den kleinen Brüsten gelegt.

»Und da bleibt es!«, flüsterte die Frau. »Niemand wird es

wegnehmen können, und wenn es jemand versucht, dann wird er sich die Finger daran verbrennen. Wie dieser verfluchte Seelensauger. Das kann ich dir schwören, mein Kind!«

Sie war wieder aufgestanden und blieb neben dem Bett.

»Geh«, flüsterte Lilian, »geh weg und nimm es mit! Es ist so schwer. Bitte, nimm es, ich will es nicht mehr!«

Mrs. Lancaster trat noch weiter zurück, damit das Bett ihren Blickwinkel voll ausfüllte. Sie hatte sich überwinden müssen. Lange Überlegungen waren dieser Tat vorausgegangen. Sie konnte ja von keinem mehr Hilfe erwarten, der Pfarrer war tot, ihr Mann befand sich auf See, und die Einwohner von South Trebone hatten Angst.

Als sie ihre Tochter mit dem gequälten Gesichtsausdruck so auf dem Bett liegen sah, schluchzte sie selbst auf, weil dieses Bild wie ein Messer in ihr Herz drang. Doch sie hatte den Weg einmal eingeschlagen und wollte ihn auch zu Ende gehen.

So war es geplant.

Minuten verstrichen. Beide rührten sich nicht. Das Mädchen lag apathisch auf dem Bett, die Mutter stand einige Schritte vom Fußende entfernt.

Etwas schreckte sie plötzlich auf und ließ sie jäh herumfahren. Das Geräusch war in der Nähe des Fensters aufgeklungen. Dort musste sich jemand aufhalten.

Der Wind säuselte in den alten Dachsparren, aber die Frau sah noch etwas anderes.

Einen Schatten!

Er schwebte hinter der Scheibe, flatterte hin und her, und sie erkannte in der Mitte des Schattens zwei rote, glühende Augen.

Der Riesenvampir war gekommen.

Mrs. Lancaster versteifte. Für wenige Sekunden rührte sie sich nicht, sondern stierte nur den Schatten an und die schrecklichen roten Augen.

Eine heftige Bewegung.

Deutlich konnte die Frau sie hinter der Scheibe erkennen, und sie zog ihren Kopf ein.

Einen Herzschlag später packte sie das nackte Entsetzen, denn das Fenster zerbarst mit einem splitternden Knall …

»Achtung, John!«

Auch Suko hatte dieses grauenhafte Wesen gesehen, das zwischen den Häusern über die Straße flog, und warnte mich deshalb. Es war nicht nötig, ich reagierte auch so.

Während der Inspektor sich um William Biggle kümmerte, hetzte ich auf den am Straßenrand parkenden Bentley zu und fand dahinter Deckung. Der Wagen war notdürftig repariert worden, nachdem bei unserem letzten Fall zwei Löwen geglaubt hatten, mit uns und ihm ihren Hunger stillen zu können. Ich erreichte den Bentley vor der Fledermaus. Natürlich hielt ich längst die Beretta in der rechten Hand, und die Mündung wies schräg über die Kühlerhaube auf die anfliegende Riesenfledermaus.

Wie ein übergroßer Flugdrachen segelte das Tier durch die Straße, die Flügel weit ausgebreitet, sodass die Spitzen fast die Hauswände berührten.

Zwischen den großen schwarzen Schatten der Schwingen glühten die kleinen, roten, gefährlichen Augen, die auf mich wie sezierende Messer wirkten.

Ich zielte genau.

Diese Vampirbrut musste man vernichten. Je weniger Diener Vampiro-del-mar besaß, umso besser war es.

Ich kam nicht zum Schuss.

Suko feuerte.

Hinter mir hörte ich den peitschenden Klang der Beretta, drehte mich hockend um und sah für einen Moment meinen Partner, der in der Haustür stand, den Arm vorgestreckt hatte und zielte.

Suko hatte gut getroffen.

Der Flug wurde gestoppt.

Von nun an kämpfte der Riesenvampir mit seiner endgültigen Vernichtung.

Suko löste sich aus seiner Deckung und lief zu mir. Auch ich stand auf. Uns wurde die Riesenfledermaus nicht mehr gefährlich.

Sie fiel.

Jetzt vernahmen wir das wilde Flattern ihrer Flügel. Sie schlugen unkontrolliert. Letzte Zuckungen, ein Zeichen, dass die Kraft das Monster verließ.

Es lag bereits am Boden. Auch ich blieb nicht mehr stehen und trat auf die Straße.

Der rote Vampir hatte sich auf die Seite gedreht und dabei eine Schwinge aufrecht gestellt, sodass sie wie eine Lanze in die Höhe stach. Der Prozess der Auflösung ließ sich nicht mehr stoppen. Ich sah, wie die Spitze des Flügels allmählich grau und bröselig wurde. Einen Augenblick später brach sie ab.

Der Staub hatte sich noch nicht am Boden abgesetzt, als die Fledermaus ebenfalls zerfiel. Dieses Riesenuntier, das eine so große Angst verbreiten konnte, verging.

Leichenblass war der Bürgermeister. Nachdem keine Gefahr mehr bestand, hatte er das sichere Haus verlassen. Er blieb neben mir stehen, schüttelte den Kopf und rief immer wieder aus: »Mein Gott, mein Gott, was ist da nur geschehen?«

Ich gab ihm die Antwort. »Wir haben schwarze Magie mit einer weißen bekämpft.«

»Und gewonnen«, fügte Suko hinzu, wobei er seine Beretta wegsteckte.

»Aber dass es so etwas geben kann!«, flüsterte William Biggle. Er hob die Schultern. »Unbegreiflich. Wie kommt es?«

»Darüber denken wir schon lange nach«, erwiderte ich. »Eine Antwort werden wir wohl niemals finden. Zudem gibt es Dinge, die man als Tatsachen akzeptieren und nicht länger darüber nachdenken soll. Das ist meine Ansicht.«

»Vielleicht ist es wirklich besser.« Biggle schaute die Straße hoch.

Suko und ich glaubten, seinen Blick verstanden zu haben. Er dachte an das kranke Mädchen, das unter Umständen von dem Blutsauger geholt werden könnte.

Ich nickte Suko zu. »Los, Alter, wir dürfen keine Zeit mehr verlieren. Es gibt ja noch eine Fledermaus.«

»Noch eine?« Biggle erschrak und ging unwillkürlich zurück.

Ich hatte mich längst entschlossen, ihn nicht mitzunehmen. Wir ließen uns den Weg beschreiben und starteten dann.

Der Bürgermeister aber schaute uns aus angstgeweiteten Augen nach und schlug hastig ein Kreuzzeichen ...

Mit dem in das Zimmer fallenden Glasregen kam auch das Fauchen. Das rötlich schimmernde Untier hockte auf der Fensterbank und hatte sich dort im Holz festgekrallt. Die Haut des Untiers war nicht schwarz, wie die Frau zuerst angenommen hatte, als sie die Fledermaus vor dem Fenster sah.

Ein roter Riesenvampir!

Mit feurigen Augen!

Sie glühten wie zwei heiße Kohlestücke. Darunter befand sich ein in Relation zum Gesicht zu großes, weit geöffnetes Maul, in dem zwei lange Zähne schimmerten.

Die Vampirzähne – das Wahrzeichen dieses gefährlichen Blutsaugers.

War das der Seelen-Vampir?

Nein, auf keinen Fall. Das konnte und wollte die Frau nicht glauben. Der Seelen-Vampir sah anders aus, Zeugen hatten ihn beschrieben. Dies hier war eine andere Bestie, eine Fledermaus, ein echter Vampir, der nicht daran dachte, auf dem Fleck hocken zu bleiben, denn er hatte die großen Schwingen zusammengelegt und versuchte nun, seinen Körper durch das zerstörte Fenster zu drücken.

Virna Lancaster dachte an Flucht. Sie gestand sich ein, dass sie gegen dieses Monster im Kampf immer den kürzeren ziehen würde. Ihn zu besiegen, war einfach unmöglich, das schaffte sie nicht, so ein Monster würde keine Gnade kennen.

Was sollte sie tun?

Flüchten? Und was geschah dann mit Lilian, ihrer Tochter? Sie konnte sie auf keinen Fall allein lassen. Nicht, wenn diese grausame Bestie im Zimmer hockte.

Während der rote Vampir weiterhin versuchte, seinen Körper durch die Lücke des Fensters zu zwängen, lief die Frau auf das Bett ihrer Tochter zu und hörte schon die Stimme.

»Der Meister!«, kreischte Lilian. »Der Meister kommt! Jaaa – zu mir, nimm mich, ich warte auf dich, meine Seele wartet …«

»Nein, nein! Er wird dich nicht bekommen!« Virna brüllte die Worte. Sie warf sich auf das Bett, über ihre Tochter und wusste, dass nun Sekunden zählten.

Die Decke war dünn. Virna spürte unter ihren Händen die Gestalt der Tochter, und die Matratze wurde eingedrückt. Mrs. Lancaster wollte ihre Tochter an sich reißen, das Kreuz rutschte dabei von der Decke und fiel neben dem Bett zu Boden.

Darauf achtete die Frau nicht. Sie riss den mager gewordenen Körper ihrer Tochter in die Höhe, und sie schaffte es, ihn sich über die Schulter zu wuchten.

Lilian wehrte sich. Mit beiden Händen, die sie zu Fäusten geballt hatte, schlug sie gegen den Leib der Mutter. Sie strampelte auch mit den Beinen, doch die Frau entwickelte in diesen Sekunden Riesenkräfte. Virna wuchs praktisch über sich selbst hinaus, lief zur Tür und hatte sie noch nicht erreicht, als sie ruckartig aufgestoßen wurde.

Eine unheimliche Gestalt stand auf der Schwelle.

Tarrasco, der Seelensauger!

Die vier Särge standen in einem speziell abgesicherten Raum. Der Kapitän hatte Order gegeben, dass diesen Raum niemand betreten durfte, und wie Romanescu die Mannschaft einschätzte, hielt sie sich auch daran, denn noch war er der Herr auf dem Schiff.

Zudem wussten nur wenige, dass sich in den Särgen vier Leichen befanden. Wirklich vier Leichen?

Nein, eine war nicht tot, der Biss hatte sie zu einer Untoten gemacht, zu einer Vampirin …

Und sie war erwacht.

Es war eine junge Frau. Harriet hieß sie, und sie spürte beim Erwachen, dass etwas anderes von ihr Besitz ergriffen hatte. Sie kam sich vor, als hätte sie tief und fest geschlafen, aber ebenso stark geträumt und wäre jetzt wieder an die Oberfläche gespült worden.

Im Dunkeln blieb sie liegen.

Fugenlos schloss der Sargdeckel. Harriet wusste nicht, dass sie in einer Totenkiste lag. Und wenn, hätte sie sich deshalb nicht erschreckt, denn zu den wenigen Dingen, die Vampire lieben, gehören nun mal Särge. Es sind ihre Lieblingsaufenthaltsorte, aber wenn die Zeit reif war, dann sahen sie auch zu, dass sie die Särge oder den Sarg wieder verlassen konnten.

Noch etwas spürte die Untote.

Einen seltsamen Drang, der in ihr hochstieg und den sie zuvor nie erlebt hatte.

Die Gier nach Blut!

Sie besaß zwar nicht mehr die menschliche Vorstellungskraft, dennoch dachte sie an den kostbaren Lebenssaft, der ihr ein Weiterleben garantieren würde.

Sie wollte es, sie brauchte es!

Blut! Nur Blut …

Menschen besaßen es. An sie musste sie herankommen. Harriet streckte ihre Arme, hörte das leise Knacken der Gelenke, blieb noch einen Moment ruhig liegen und lauschte dem rhythmischen Stampfen, das ebenfalls an ihre Ohren drang.

Sie konnte das Geräusch nicht einordnen, da blitzte auch nichts in ihrer Erinnerung auf, und so gelang es ihr nicht, festzustellen, dass sie auf einem Schiff lag.

Auf einem Schiff und gefangen in einem Sarg, den sie allerdings verlassen wollte.

Nachdem sie die Arme gestreckt hatte, winkelte sie beide an und reckte sie hoch.

Da spürte sie den Widerstand!

Es war das Innere des Sargdeckels, und ihn konnte sie nicht öffnen. Trotzdem gab sie nicht auf, setzte viel Kraft ein, stemmte sich gegen den Deckel, aber die Verschlüsse hielten.

Die Vampirin wurde unruhig.

Sie stieß ein fauchendes Geräusch aus, abermals hob sie die Arme, und ihre Fingernägel kratzten über die Innenseite des Deckels.

Nein, das schaffte sie nicht.

Aber sie wollte hier raus. Sie brauchte Blut, musste es haben, denn die Gier wurde immer stärker.

Und dann hörte sie ein anderes Geräusch. Ein leises Quietschen, etwas schleifte über den Boden, und ihre untoten Sinne nahmen deutlich etwas anderes wahr.

Da war jemand gekommen.

Ein Mensch.

Und das bedeutete Blut.

Nun brauchte sie nur dafür zu sorgen, dass der andere den Sarg öffnete …

Virna Lancaster sah genau die Gestalt vor sich, wie die anderen Leute im Dorf sie immer beschrieben hatten. Und die Frau mit dem jungen Mädchen auf der Schulter erstarrte vor Schreck. Sie war einfach unfähig, sich zu rühren. Ihre Blicke saugten sich an dem Unheimlichen fest, der wie ein Denkmal auf der Türschwelle stand.

Er trug tatsächlich den langen schwarzen Mantel, der vorn offen stand und seine hagere Gestalt umwehte. Der Anzug darunter war ebenfalls schwarz, das Gesicht zeigte eine ungesunde Blässe, die Lippen hatten eine fahle Farbe, und als der Seelensauger jetzt den Mund öffnete, da vernahm die Frau ein widerlich schlürfendes Geräusch.

Virna Lancaster bekam eine Gänsehaut. Ihr wurde bewusst, dass sie durch die Tür nicht mehr fliehen konnte. Sie wankte zurück, das Gewicht auf ihrer linken Schulter wurde immer schwerer, war ihr zu einer Last geworden, und Lilian hatte den Seelensauger inzwischen auch gesehen.

»Meister!«, brüllte sie in ihrem Wahn. »Meister, ich komme zu dir. Du bist da!«

Virna Lancaster gab für einen Moment nicht acht. Eine blitzschnelle Bewegung ihrer Tochter, die Drehung nach links, und sie rutschte von der Schulter ihrer Mutter.

Sie schlug auf dem Holzboden auf, und es gab ein dumpfes Geräusch, doch das Mädchen schien keine Schmerzen zu verspüren, es warf sich herum, stemmte sich auf Hände und Knie, wobei es den Kopf hob und seinen großen Herrn und Meister anschaute.

Dann warf sie ihre Arme vor. Lilian umklammerte die Beine des Seelensaugers, der wie ein Denkmal vor ihr stand und sie überhaupt nicht beachtete, sondern über sie hinweg in das Gesicht der Mutter schaute.

Die wich zurück.

Angst hatte sie überfallen. Ein beklemmendes Gefühl war in ihr hochgestiegen, sie hörte ihr eigenes Herz laut schlagen und stieß mit dem Rücken gegen das Bett.

Wohin?

Da hörte sie das Klatschen.

Am Fenster war es aufgeklungen, und als sie den Kopf drehte, stellte sie mit Entsetzen fest, dass es der unheimliche Vampir geschafft hatte. Er war in das Zimmer eingedrungen.

Ihre Angst steigerte sich.

Gleichzeitig reagierte auch der Seelensauger. Zum ersten Mal hörte sie seine Stimme.

»Ja, meine kleine Freundin, ich bin gekommen, um dich zu holen. Du gehörst mir!« Er bückte sich und packte Lilian an beiden Handgelenken.

»Meister!«, hauchte sie. Nur allzu willig ließ sie sich von dem Seelen-Vampir in die Höhe ziehen.

Das sah auch die Mutter. Sie drehte durch, doch sie bewahrte zum Glück so weit den Überblick, dass sie auf das Bett blickte, wo das Kreuz liegen musste.

Es war verschwunden!

Eine Hoffnung zerbrach. Virna Lancaster hatte in dieses Kreuz all den Glauben gesetzt, der nötig war, um den schrecklichen Kräften zu widerstehen.

Vorbei!

Der Seelensauger würde es schaffen. Lilian lag über seinen Armen. Er schaute noch einmal in das Zimmer, bewegte den Mund, und abermals vernahm die Frau dieses schlürfende Geräusch.

Das war sein Zeichen.

Das Saugen …

Dann drehte er sich um und verschwand. Lilian nahm er mit. Ihre Mutter hörte noch die Stimme des Mädchens. Wie es lachte und sich freute, endlich dem Meister zu gehören.

Daran zerbrach Virna Lancaster fast. Sie hatte geglaubt, ihre Tochter retten zu können, doch sie musste erfahren, dass der andere stärker war als sie.

Zitternd stand sie auf dem Fleck. Ihr kam überhaupt nicht der Gedanke, den beiden nachzulaufen, in ihrem Kopf war nur noch Platz für das Chaos.

Tarrasco hatte noch jemanden zurückgelassen.

Den roten Vampir.

In den letzten Sekunden hatte er sich ruhig verhalten, aber sein Opfer ließ er nicht aus den Augen. Er wusste genau, dass die Frau ihm nicht entkommen konnte, da er so stand, dass er den Weg zur Tür versperrte. Die Schwingen konnte er nicht voll ausfahren, dafür war das Zimmer ein wenig zu klein, aber er konnte sich anders voranbewegen, wirklich wie ein springender roter Schatten, der sich dem Bett näherte, in dessen Nähe Virna Lancaster noch immer stand.

Die Frau erkannte es mit Schrecken. Nicht nur Lilian sollte in die Klauen der Bestien geraten, auch sie. Und ihr war klar, dass es ein Entkommen nicht mehr gab.

Sie musste kämpfen!

Der Vampir hatte sein Maul weit aufgerissen. Die gefährlichen Zähne schimmerten. Aus der Öffnung drang ein

Geräusch, wie Virna es noch nie im Leben vernommen hatte.

Es war ein hohes, zischendes Fauchen, vielleicht Triumphgeschrei, sie wusste es nicht genau, aber das Biest kam näher.

Virna schaute sich um. Wohin sollte sie? Beide Fluchtwege waren ihr versperrt. Überlaut trommelte das Herz in ihrer Brust. Sie fühlte sich wie von einem unsichtbaren Ring umklammert und dachte daran, dass es nur die Angst sein konnte.

Angst vor einem schrecklichen Ende!

Virna sprang aufs Bett. Dies geschah ohne großes Überlegen, sie tat es einfach, sackte ein wenig ein und bewegte sich auf die andere Seite des Bettes zu, wo sich die Wand befand.

Der rote Vampir folgte ihr.

Es gelang ihm sogar, sich vom Boden abzuheben, und er kam der Frau vor wie eine gewaltige Wand.

Virna schrie.

Im nächsten Augenblick war die flatternde unheimliche Gestalt bereits da.

Wie ein Unwetter kam sie über die Frau. Sie sah die hektischen Bewegungen der Flügel und spürte die Schläge, die plötzlich hart gegen ihren Körper hämmerten.

Auf dem Bett war es sowieso nicht einfach, das Gleichgewicht zu behalten, die Unterlage hatte nicht die Festigkeit. Als Virna dem Angriff ausweichen wollte, schaffte sie es nicht mehr, da sie einknickte und nach rechts zur Seite fiel.

Sie lag noch nicht, als der rote Körper sie unter sich begrub. Noch einmal stieß sie einen Schrei aus, dann blieb sie unter den zusammensinkenden Schwingen liegen …

Wir beeilten uns!

South Trebone lag zwar nicht in absoluter Ruhe, aber Lärm herrschte dennoch nicht. Auf der Straße war kaum ein Mensch zu sehen. Nur ein alter Mann schaute uns verwundert nach, als wir an ihm vorbeihetzten.

Es dauerte nicht lange, da hatten wir unser Ziel erreicht. Die Haustür war verschlossen. Und sie sah verflixt stabil aus, sodass wir Mühe haben würden, sie aufzubrechen.

Dann hörten wir einen Schrei.

Es klang sehr dünn, aber uns war klar, dass er nicht draußen, sondern im Haus ausgestoßen worden war.

Gefahr!

»Ich versuche es an der Rückseite!«, rief ich und rannte bereits um das schmale Gebäude herum. Ich geriet dabei in einen Garten, wühlte mich durch Beete, drückte die Zweige der Sträucher zur Seite, erreichte einen schmalen Pfad, stand in einem düsteren Garten und suchte die Rückseite des Hauses ab.

Der Garten war zwar schmal, dafür jedoch stach er tief in das Gelände hinein. Zahlreiche Bäume wuchsen dort, auch waren Beete angelegt worden, und ich glaubte, zwischen den Sträuchern neben den Beeten eine huschende Gestalt zu sehen.

Als ich einige Schritte vorlief, um nachzusehen, war die Gestalt verschwunden.

Der Hintereingang. Durch einen anderen Blickwinkel konnte ich ihn sehen und erkannte die offen stehende Tür.

Sekunden später hatte ich die Schwelle hinter mir gelassen und fand eine schmale, nach oben führende Treppe. Die einzelnen Stufen bestanden aus Holz. Es dröhnte, als ich die Treppe nach oben lief.

Wieder ein Schrei!

Von oben klang er mir entgegen. Darin mischte sich ein Krachen. Suko hatte es geschafft und die Tür aufgebrochen.

Ich war oben.

In dem kleinen Flur musste ich den Kopf einziehen. Ich hätte ihn mir sonst an der Schräge einschlagen können. Eine Tür stand weit offen, dass ich nicht nur in das Zimmer hineinschauen, sondern es auch überblicken konnte.

Da sah ich ihn!

Ein roter Vampir. Der Diener des unheimlichen Vampiro-del-mar. Er hatte seine Schwingen ausgebreitet und lag über dem Bett. Kraftvoll drückte er dabei sein Opfer nieder, von dem ich nur einen Fuß erkannte, der unter der an rötliches Leder erinnernden Haut des Blutsaugers hervorschaute.

Schießen wollte ich nicht sofort. Die Kugel konnte leicht durchschlagen und das Opfer treffen.

Also versuchte ich es anders. Mit einigen Sprüngen erreichte ich den Blutsauger, meine Finger fanden den kleinen Kopf und zerrten ihn zurück.

Ich hatte von hinten zugegriffen, sah das Maul der Fledermaus nicht, vernahm jedoch ihr furchtbares Kreischen, dessen schrille Töne in meinen Ohren schmerzten.

Im nächsten Augenblick war es vorbei mit der roten Fledermaus.

Ich hatte nicht die Beretta genommen, sondern den Dolch. Die lange geweihte Silberklinge fand ihr Ziel in dem weit aufgerissenen Maul der widerlichen Bestie.

Ich zog die Waffe noch einmal hoch und wollte ganz sichergehen, auch einen Erfolg erreicht zu haben.

Der Todeskampf begann. Ich sprang zurück, riss den Riesenvampir mit, um nicht Gefahr zu laufen, von den Flügelschlägen getroffen zu werden. Das konnte sehr schmerzhaft sein, und auch die Frau wollte ich aus der Gefahrenzone schaffen.

Die Bestie zerfiel unter meinem Griff. Hatte sich die Haut zuvor wie altes Leder angefühlt, so wurde sie plötzlich brüchig, und ich hielt Staub in den Händen.

Er rieselte zwischen meinen Fingern hindurch und fiel wie eine graue Fahne zu Boden.

Das war's!

Auch die anderen Reste des roten Vampirs vergingen. Einen Flügel stampfte ich noch klein und sah dabei Suko in der Tür stehen.

»Alles klar?«, fragte der Inspektor.

»Keine Ahnung. Ich weiß es noch nicht.« Ich deutete auf das Bett und ging gleichzeitig hin.

Die Frau lag auf dem Rücken. Sie zitterte am ganzen Körper. Ihr Gesicht war mit Schweiß bedeckt. Der Mund stand offen, und sie atmete schnell und hektisch.

Ich setzte mich zu ihr auf die Bettkante. Dabei stieß mein Fuß etwas zur Seite. Als ich nachschaute, sah ich das am Boden liegende Kreuz aus Holz.

Ich hob es auf und drückte es der Frau zwischen die Finger. Das war der beste Test.

Es geschah nichts. Sie zeigte keine negative Reaktion, demnach konnte sie das Kreuz anfassen, fürchtete sich nicht davor, und sie war auch kein Vampir.

Die Fledermaus hatte es noch nicht geschafft. Wir waren gerade rechtzeitig aufgetaucht.

Ein Stein fiel mir vom Herzen. Dann dachte ich an das junge Mädchen. Von ihm hatte ich nichts gesehen und erinnerte mich daran, durch den Garten jemand flüchten gesehen zu haben.

Konnte das der Vampir gewesen sein?

Eine Antwort auf die Frage musste die Frau mir geben, aber Mrs. Lancaster befand sich nicht in der Lage, zu reden. Sie warf sich von einer Seite auf die andere, schluchzte und sprach mehr zu sich selbst, vor lauter Angst hatte sie noch nicht begriffen, dass jemand neben ihr saß. Suko war abwartend am Fußende des Betts stehen geblieben.

Dann stockte sie.

Mitten in der Bewegung hörte sie auf, blieb starr auf dem Rücken liegen und schaute mir ins Gesicht.

»Madam«, sagte ich, »beruhigen Sie sich. Es ist alles vorbei. Ich bin jetzt bei Ihnen …«

»Sie?« Dieses eine Wort dehnte sie. Und noch einmal. »Sie?« Dann ein Schrei, der aus ihrem Mund drang. Er stach mir gellend entgegen, ich zuckte unwillkürlich zurück, und die Frau richtete sich auf. Sie wollte nach mir schlagen, sie drehte durch.

Ich bekam ihre Handgelenke zu fassen, hielt sie fest, ließ sie eine Weile toben und drückte sie dann, als sie nicht mehr konnte, zurück. Auf dem Rücken blieb sie liegen.

Schwer atmete sie. Ich redete weiterhin auf sie ein. Meine Stimme klang leise, denn ich wollte bei ihr eine beruhigende Wirkung erzielen.

Es dauerte ein paar Minuten, bis sie sich gefasst hatte. Dann setzte sie sich auf und bat um eine Zigarette.

Ich gab sie ihr und holte einen Aschenbecher. Sie rauchte auf Lunge. Die Hände zitterten so stark, dass sie kaum den Glimmstängel halten konnten.

»Können wir reden?«, fragte ich.

Sie nickte.

»Bitte erzählen Sie genau, wie es passiert ist. Wir müssen es wissen, sonst können wir nichts unternehmen.«

Der Bericht drang stockend über ihre Lippen. Sie legte immer wieder eine Pause ein, holte Luft und sprach dann weiter. Schließlich redete sie schneller.

Suko und ich erfuhren, welch ein schreckliches Drama sich in diesem Haus abgespielt hatte.

»Tarrasco hat Ihre Tochter also mitgenommen«, stellte ich nach ihrem Bericht fest.

»Ja, Sir ...«

»Können Sie sich vorstellen, wohin er sie geschleppt hat, Mrs. Lancaster?«

»Niemand kennt sein Versteck.«

»Sind es vielleicht die Höhlen?«

Sie schaute mich an. »Die an der Küste, wo sich keiner hintraut?«

»Genau, die meine ich.«

»Das kann sein, aber da kann man keinen Menschen hinschicken ...«

»Wir gehen freiwillig dorthin.«

Sie blickte Suko an, dann mich. Plötzlich begann sie wieder zu weinen. »Lilian hat keine Chance mehr. Er wird ihr die Seele aussaugen. Er hält sie in seinem Bann, glauben Sie mir. Sie können nichts mehr tun, Mister.«

Verzweifelt schüttelte die Frau den Kopf.

Ich stand auf. »Man darf die Hoffnung niemals aufgeben«,

erklärte ich und wusste selbst, dass es ein verdammt billiger Trost war.

Die Schritte hörten wir schon unten.

Suko huschte sofort aus dem Raum, während ich noch bei Mrs. Lancaster blieb.

Dann hörte ich den Chinesen mit einem Mann sprechen. An der Stimme erkannte ich den Bürgermeister. Wenig später betrat Suko mit William Biggle das Zimmer.

Der Bürgermeister wusste Bescheid. Suko hatte ihn informiert.

»Virna«, sagte der Mann und kümmerte sich sofort um die Mutter des entführten Mädchens.

»Ich habe ihm gesagt, er soll bei ihr bleiben«, erklärte Suko.

Da hatte er genau in meinem Sinn gesprochen.

Wir hatten hier nichts mehr zu suchen. Die beiden bemerkten nicht, dass wir den Raum verließen und nach unten gingen.

Jetzt wartete der Seelensauger!

Und der hetzte durch die Nacht!

Er hatte Lilian über die Schulter geworfen. Erschöpfung wie ein normaler Mensch spürte er nicht. Er war ein Untoter, ein Geschöpf, das sich nur durch die Seelen gerade gestorbener Menschen am Leben erhielt.

Für ihn gab es keine Gefühle wie bei den Menschen. Was er tat, das tat er, um zu überleben.

Und dennoch fühlte er tief in seinem Innern die Beunruhigung. Er hatte bei seiner Flucht durch den Garten den Mann am Hintereingang gesehen, und der war ihm nicht geheuer.

Er hatte ihn zwar nicht unmittelbar bedroht, doch von ihm, dem Blondhaarigen, ging eine seltsame Aura aus, die auch dem Seelen-Vampir gefährlich werden konnte.

Er würde sich vorsehen müssen!

Das jedoch war alles zweitrangig. Für ihn allein zählte das Opfer über seiner Schulter.

Die Seele dieser Person würde seine Kraft noch mehr stärken. Lange hatte sie nicht mehr zu leben. Er hoffte nur, dass ihr Herz noch schlug, wenn er in seiner Höhle verschwunden war.

Tarrasco schlug den Weg zu den Klippen ein. Wege gab es hier nicht. Er musste schon quer durch die Gegend laufen, sprang über Steine, lief mal einen kleinen Abhang hoch, rutschte an der anderen Seite wieder hinunter und erreichte schließlich den Steilhang der Klippen.

Es war windiger geworden. Er spürte den Sturm, der sich gegen ihn warf und ihn zurückhalten wollte. Wenn er einen Blick nach links warf, konnte er über den Rand der Klippen schauen, sah das Meer und die helle Brandung, die sich donnernd an den Felsen und den Wänden brach, wobei hohe Gischtfontänen in die Luft geschleudert wurden und die einzelnen Tropfen wie glitzernde Perlen wirkten.

Auch die Wolken hatten dem starken Wind Tribut zahlen müssen. Sie waren weggefegt worden, sodass sich der Himmel über dem Unheimlichen leer und klar präsentierte.

Blass wirkte die Scheibe des Mondes. Wie eine helle Zitrone stand sie am Himmel.

Als Schattenriss hob die Bestie sich mit seinem Opfer vor dem Rand der langen Klippe ab.

Kein Filmregisseur hätte eine bessere Gruselstimmung zaubern können, wie sie die Wirklichkeit brachte.

Das Heulen des Windes, das Donnern der Brandung und die Schreie des Seelen-Vampirs.

Es waren Triumphschreie, denn abermals war es ihm gelungen, ein Opfer zwischen die Klauen zu bekommen.

Etwas jedoch bereitete ihm große Sorgen. Es waren die beiden roten Vampire. Man hatte sie ihm als eine Schutzmacht überlassen. Was nutzte so eine Macht, wenn sie nicht zu sehen war?

Tarrasco zeigte sich irritiert. Die beiden hatten ihn begleiten sollen, doch sie waren nirgends zu sehen. Wenn er sich umschaute, sah er nur den düsteren Himmel und dazwischen die fahlen Fahnen des Mondlichts. Die Riesenvampire hätten sich gut abzeichnen können, aber der Himmel war leer. Wie blank gefegt.

Wo steckten sie?

Zeit, nach ihnen zu rufen oder sie zu suchen, hatte Tarrasco nicht. Er musste mit seinem Opfer in der Höhle verschwinden. Der Einstieg war gut getarnt. Er musste einen kleinen Buckel hoch, auf dem nicht nur das braune Wintergras wuchs, sondern auch sperrige Büsche, die den Eingang hervorragend tarnten.

Der Seelensauger hatte Routine. Mit sicheren Handgriffen schob er die Büsche zur Seite und sah den Einstiegsschacht vor seinen Augen. Die Leiter war vorhanden, die Öffnung groß genug, dass er bequem hindurch konnte.

Im Dunkeln kletterte er nach unten.

Nur seine Schritte waren zu hören und hin und wieder das tiefe Stöhnen seines Opfers.

Er lachte manchmal auf, wenn er an die Seele des Mädchens dachte, die er einsaugen wollte.

Dann hatte er den Grund erreicht.

Hier ließ er Lilian zu Boden gleiten, tastete sich weiter, fand das Versteck und die Fackeln.

Eine zündete er an. Es waren Pechfackeln, sie würden noch sehr lange brennen. Er hielt sie in der Hand und streckte dabei den Arm aus. Die anderen beiden Fackeln hatte er sich unter den Arm geklemmt und leuchtete mit der brennenden in die Runde.

Unheimlich war es schon, als das Spiel von Licht und Schatten durch das Gewölbe zuckte. Es breitete sich aus und traf auch die alte Treppe, die tiefer in den Untergrund hineinführte.

Lilian hockte am Boden. Sie stützte sich mit einer Hand ab, hatte ihr Gesicht dem Meister zugedreht und die Augen weit aufgerissen.

Jeder hätte erkannt, wie schlecht es ihr ging, und ein jeder hätte auch Mitleid mit ihr gehabt.

Nicht so der Vampir.

Für ihn war sie die Beute. Er trat nahe an sie heran und leuchtete. Der Schein warf ein bewegendes Muster auf die Gestalt, und Tarrasco streckte die Hand aus.

»Komm hoch, Kleine, wir müssen weiter!«, zischte er und produzierte wieder das schlürfende Geräusch, das sich so widerwärtig anhörte.

»Ich – ich – kann nicht, Meister!« Die Stimme des Mädchens hörte sich seltsam fremd an.

Der Seelen-Vampir lachte. »Du kannst nicht? Willst du deinen Meister enttäuschen?« Er beugte sich weiter vor, die Fackel glitt tiefer, und der Schein geriet in die Nähe seines Gesichts, das er zu einer dämonischen Fratze verzerrte.

Die Worte hatten sich in Lilians Gehirn eingebrannt. Nein, sie wollte ihren Meister auf keinen Fall enttäuschen, sondern ihm alles geben, sogar ihre Seele. Er durfte auf keinen Fall böse auf sie sein. So drehte sie sich um, streckte die Arme aus, krallte ihre Hände, so gut es ging, an dem feuchten, rissigen Gestein fest und schaffte es, auf die Füße zu gelangen.

Tarrasco schaute ihr zu, wie sie schwankend dastand und nicht mehr konnte.

Trotzdem trieb er sie an. »Weiter! Wir müssen weitergehen …« Mit der freien Hand griff er in das fahle Haar des Mädchens und zog es zu sich heran.

Er stieß Lilian die Stufen hinab.

Normalerweise wäre sie längst zusammengebrochen, aber da steckte etwas in ihr, das einem Motor glich. Es war wie eine Flamme, und Lilian sagte sich, dass sie den Meister auf keinen Fall enttäuschen durfte. Er wollte ihre Seele, und die sollte er bekommen.

Gespenstisch füllte das Licht der Fackeln die unmittelbare Umgebung der beiden ungleichen Geschöpfe aus. Da tanzten die Schatten über die Wände, sie wurden zu bizarren Figuren, die durch den Gehrhythmus des Vampirs ein Auf und Ab erlebten und die Gestalt des Mädchens mit einem düsteren Schleier umgaben.

Der Seelenvampir lachte.

»Gleich«, flüsterte er, »gleich sind wir da, meine Kleine.«

Da war sein Gewölbe.

Plötzlich hatte er es eilig, betrat es und schleuderte Lilian auf die stinkende Matratze des Feldbetts. Der Leichengeruch störte ihn nicht weiter, er empfand ihn nicht als schlimm. Für ihn war nur etwas anderes äußerst mysteriös.

Die Tür des Geheimgangs stand offen!

Als Tarrasco das sah, zuckte er zurück. Selbst der durch den Gang wehende Wind hatte den Verwesungsgeruch nicht vertreiben können, aber er traf die Fackel und brachte die Flamme zum Tanzen.

Sie war wie eine Fahne, drehte sich und bewegte sich von einer Seite zur anderen.

Sein Versteck war entdeckt worden. Und nicht nur das. Andere hatten auch seinen Fluchtweg erkundet.

Über sein Gesicht schien sich ein Schleier zu legen, der nicht vom Widerschein der Fackel stammte. Er drehte sich hastig um und riss die anderen Fackeln aus dem Bund der Hose, in den er sie vor seiner letzten Kletterei gesteckt hatte.

Tarrasco zündete die Pechfackeln an und steckte sie in die an den Wänden angebrachten Halter.

Jetzt wurde das Verlies von mehreren Seiten erhellt. In seinem Zentrum befand sich das Bett, auf dem still und völlig apathisch das fahlblonde Mädchen lag.

Der Vampir ging neben dem alten Feldbett in die Knie. Über sein hageres Gesicht zuckte ein Lächeln.

Die Beschwörung konnte beginnen …

Der Frachter lief mit voller Kraft in Richtung Süden. Längst stand der Kurs fest. Er führte an der französischen Küste entlang, passierte Portugal, um durch die Meerenge von Gibraltar in das Mittelmeer vorzustoßen. Sizilien sollte passiert werden, die griechischen Inseln ebenfalls. Durch den Bosporus und das Marmarameer ging es ins Schwarze Meer.

Und dort gab es einen rumänischen Hafen, der zu einer Stadt namens Konstanza gehörte.

Sie war das Ziel!

Noch war es längst nicht so weit. Zwar fuhr der Frachter sehr schnell, aber der Atlantik hatte so seine Tücken. Das Schiff geriet in einen Sturm, die Geschwindigkeit musste gesenkt werden, und Kapitän Romanescu wurde es angst und bange. Er hatte den Auftrag erhalten, die Zeiten unbedingt einzuhalten, und er wollte sich nicht blamieren. Zudem hatte man ihn mit einer größeren Summe Geld geschmiert.

Im Morgengrauen, als der Sturm sich gelegt hatte, verließ er die Brücke.

Die Verantwortung dort übernahm sein Erster Offizier. Romanescu aber wollte das Schiff inspizieren. Er dachte an die vier Särge. Diese Fracht war ihm die gesamte Nacht über nicht aus dem Sinn gegangen. Auf dem Weg unter Deck traf er Lady X. Sie und Vampiro-del-mar waren in eine Gästekabine gesteckt worden und sollten sich nach Möglichkeit nicht blicken lassen. Doch Lady X hatte den Kapitän am Schritt erkannt. Sie öffnete blitzschnell die Tür.

Überrascht blieb Romanescu stehen. Er wurde blass und fühlte sich fast wie ein ertappter Dieb.

»He, Käptn«, sagte die Vampirin, lächelte schmal, und für Sekundenbruchteile blitzten ihre gefährlichen Hauer.

Romanescu versuchte, ein Grinsen auf sein faltiges Gesicht zu zaubern. »Schlafen Sie nicht?«, fragte er.

Da lachte die ehemalige Terroristin. »Haben Sie je davon gehört, dass Vampire unbedingt Schlaf brauchen?«

Romanescu räusperte sich. »Ja, ich – also, ich meine. Ich hörte, dass sie in Särgen …«

»Leider haben wir davon nicht genug.«

»Weshalb haben Sie die Särge überhaupt mitgebracht?«, wollte der Kapitän wissen.

»Wir brauchen sie.«

»Und auch den Inhalt?«

»Nein. Die Leichen schenke ich Ihnen, wenn wir in Konstanza sind. Sie können damit machen, was Sie wollen, mein Lieber. Alles klar?«

»Nein. Was ist mit Ihnen?«

»Wir nehmen die Särge schon mit. Keine Angst. Schließlich müssen wir von Bord.«

»Das stimmt.«

»Sonst noch etwas?«, fragte Lady X.

»Nichts mehr.«

»Dann wünsche ich Ihnen eine angenehme Ruhe, mein Lieber. Sie wollten doch schlafen?«

»Ja, ja, natürlich.«

»Und träumen Sie gut.« Ein letztes Lachen hörte der Kapitän noch, dann war die düstere Todesbotin verschwunden.

Aufatmend lehnte sich Romanescu gegen die Gangwand. Er wischte den Schweiß von der Stirn, der sich während seines Gesprächs mit der Untoten gebildet hatte. War sie misstrauisch geworden? Er wusste es nicht, aber er hatte noch einmal Glück gehabt.

Wie so oft …

Fröstelnd zog er die Schultern hoch. Seine Mundwinkel zuckten, als er weiterging und dann den Abstieg zum unteren Deck nahm. Zuvor schaute er sich um.

Niemand folgte ihm, der Gang war leer. Er blieb unbeobachtet und konnte sich seinem Ziel nähern.

Das war der Laderaum, in dem sie die vier Särge untergebracht hatten.

Zu diesem Raum war der Mannschaft für die Dauer der Reise der Zutritt verwehrt worden. Zudem war er abgeschlossen, und nur der Kapitän besaß den Schlüssel.

Er trug ihn bei sich und holte ihn aus der Tasche, als er über den langen Gang zum Maschinenraum schritt. Dabei bemühte er sich, leise aufzutreten. Man brauchte ihn nicht zu sehen, die Leute würden nur dumme Fragen stellen.

In der Nähe lag der große Maschinenraum. Da das Schiff mit voller Kraft fuhr, war das Stampfen genau zu vernehmen. Ein ständiges Zittern und Vibrieren. Es hielt das gesamte

Schiff erfasst. Wer den Kahn nicht kannte, hätte meinen können, dass er jeden Augenblick auseinanderbrechen würde.

Dem war nicht so, der Frachter würde auch noch weitere zehn Jahre halten.

Romanescu schaute sich vorsichtig um, ehe er den Schlüssel in das Schloss schob. Es war gut geölt, der Schlüssel ließ sich leicht drehen, und Sekunden später war die Tür offen.

Ein muffiger Geruch strömte dem Kapitän entgegen. Er schlüpfte durch den Spalt und hütete sich, das Licht einzuschalten. An ihrer Unterseite schloss die Tür nicht fugendicht, ein verräterischer heller Streifen wäre sonst zu sehen gewesen.

Behutsam schloss er die Tür. Eine Lampe trug er stets bei sich. Die schaltete er ein.

Der Lichtbalken stach durch die Finsternis. Er traf auf kleine Kisten und Kästen. Sie standen wohlgeordnet an den Wänden und reichten bis zur Decke.

Die Ladung war gut verschnürt und vertäut, sie würde auch bei einem schweren Sturm kaum rutschen. Der Kapitän wusste, dass diese Kisten Medikamente enthielten, die in Rumänien nicht zu bekommen waren und aus England importiert werden mussten.

Weiter hinten, fast am Ende des Lagerraums, standen die vier schwarzen Särge.

Als der Kapitän weiterging, wurden auch sie aus der Dunkelheit gerissen, und Romanescu verspürte in der Magengegend ein leichtes Ziehen. Die Särge gefielen ihm nicht.

Auch die Farbe nicht, denn dieses Schwarz, das machte ihn unruhig und ließ Furcht in ihm hochsteigen.

Er war Rumäne, er kannte die Legenden und Sagen, die die Menschen aus den Karpaten mit in die Städte gebracht hatten. Es ging da meistens um Vampire, Werwölfe und Dämonen. Finstere Schattengestalten, die Menschen anfielen und sie zu schrecklichen Dienern machten.

Der Kapitän hatte bisher noch keinen Vampir zu Gesicht bekommen. Auch in seiner Heimat nicht, bis er Vampiro-del-mar und Lady X getroffen hatte.

Nun wusste er, dass es sie gab!

Er dachte an Weihwasser, an ein Kreuz, an Knoblauch, und er dachte an einen angespitzten Eichenpflock. Mit diesen Waffen ließen sich Vampire töten. Endgültig vernichten.

In den Särgen sollten keine Vampire liegen. Das hatte ihm Lady X zu verstehen gegeben. Aber konnte er ihrem Wort trauen? Der Kapitän fürchtete sich zwar vor ihr, dennoch keimte eine gewisse Besorgnis in ihm, denn er dachte an seine Mannschaft, für die er die Verantwortung trug.

Diese Männer sollten lebend und als normale Menschen Rumänien erreichen. Wenn er einen Vampir im Lagerraum fand, dann wollte er ihn auch vernichten.

Sich auf das Wort der Lady X zu verlassen war nicht gut. Er wollte auf Nummer sicher gehen.

Kalt kroch es über seinen Rücken, als er sich auf die Särge zu bewegte. Nur auf Zehenspitzen ging er und sah im zitternden Lichtstrahl der Lampe unzählige Staubpartikel tanzen.

Vor den Särgen blieb er stehen. Mittlerweile hatte sich eine Staubschicht auf die Sargdeckel gelegt. Trotzdem glänzten sie irgendwie fahl, zudem rochen sie muffig.

Der Kapitän zögerte noch. Er war ein harter Geselle, das musste man sein, wenn man zur See fuhr. Aber Särge zu öffnen, war doch nicht seine Sache. Das gefiel ihm nicht so recht.

Da hörte er das Kratzen!

Ein fürchterliches Geräusch, und es war vor ihm in einem der Särge entstanden.

Da wollte jemand raus!

Also keine Leichen. Die Untote hatte den Kapitän angelogen! Diese Erkenntnis traf Romanescu sehr hart. Jegliches Blut wich aus seinem Gesicht, und er spürte das Zittern in den Knien. Mindestens einer der Särge war nicht mit einer normalen Leiche besetzt, sondern mit einem lebenden Toten.

Und das war schlimm.

Der Horror der Kapitäns steigerte sich, als er das Klopfen vernahm. Von der Innenseite her pochte jemand gegen den Sargdeckel. Ein dumpfes Geräusch erklang. Diese Bestie der

Dunkelheit gab sogar noch Zeichen, sie forderte, dass man sie rausließ, und Romanescu schüttelte heftig den Kopf. Nein, das durfte er nicht, er musste jetzt den klaren Überblick behalten und vor allen Dingen die Untote in ihrer Kiste lassen.

Er hatte sich weiter konzentriert und wartete auf das neue Geräusch. Ja, das hässliche Kratzen erklang. Diesmal hielt der Mann die Gänsehaut zurück, er stellte jedoch fest, dass dieses Geräusch aus dem rechts außen stehenden Sarg drang.

Daher also!

Ein Schritt brachte ihn an den schwarzen Sarg. Dort ging er in die Knie, achtete nicht mehr auf die weiteren Laute, sondern kontrollierte die Verschlüsse.

Sie saßen fest.

Ihm fiel ein Stein vom Herzen. Als er allerdings das irgendwie drohend klingende Lachen vernahm, da zuckte er jäh in die Höhe und torkelte zurück.

Nein, in diesem verdammten Lagerraum hielt ihn nichts mehr. Nicht alles Gold der Erde.

Er rammte hart die Tür hinter sich zu, als er aus dem Raum geflohen war. Schweißbedeckt und schwer atmend blieb er an der Gangwand stehen und schnappte erst einmal nach Luft.

Die beiden anderen Vampire hatten versucht, ihn zu leimen, doch er war hinter das schreckliche Geheimnis gekommen. Es befand sich noch ein dritter Blutsauger auf dem Frachter.

Nur – was hatten die beiden anderen vor?

Der Gedanke daran bereitete ihm Magendrücken …

Sie war nicht tot! Nein, ihre Seele befand sich noch im Körper, das sah Tarrasco genau. Aber sie stand dicht davor, die Schwelle zum Jenseits zu überschreiten.

In dem alten Verlies unter der Erde hatte sich ein unheimliches Fluidum ausgebreitet. Die nackten, kahlen Wände, die flackernden Fackeln, das geheimnisvolle Spiel von Licht und Schatten, das manchmal mehr verdunkelte als erhellte, der Verwesungsgeruch und das ferne Rauschen der Brandung, das wie eine Todesmelodie den letzten Weg des Mädchens begleiten wollte.

Hier stimmte die Horror-Atmosphäre, und der Seelen-Vampir fühlte sich wohl.

Er kniete neben der alten Liegestatt. Die Geheimtür hatte er nicht wieder geschlossen. Wenn er schnell fliehen musste, dann durch diesen unheimlichen Tunnel.

Das Mädchen zitterte. Es war nicht festzustellen, ob vor Kälte oder Entkräftung. Wahrscheinlich stimmte beides. Die Augen hatte Lilian weit geöffnet. Ihre Pupillen hatten bereits ihren Glanz verloren, sie schienen ins Leere zu starren.

»Meister«, wisperte sie.

Tarrasco kicherte hohl und produzierte gleichzeitig dieses widerliche Schlürfen, eine schreckliche Vorfreude auf das neue Opfer, das bald ihm gehören sollte.

»Ich bin ja bei dir, Kleines«, sagte er. »Keine Sorge, ich bleibe in deiner Nähe …«

»Und ich will dir meine Seele geben«, erwiderte Lilian flüsternd. »Bald, bald bekommst du sie. Ich fühle es bereits. Der Tod, dieser unheimliche Geselle nähert sich immer mehr …«

»Ja, er wird dich packen.«

»Und dann?«

»Werde ich erstarkt sein und leben, kleine Lilian«, sagte der Seelensauger. »Erfüllt es dich nicht mit Stolz, so in den Tod gehen zu können?«

»Ja, großer Meister, ich warte darauf!«

Der Seelensauger nickte. So hatte er sich das vorgestellt, so musste es auch sein. Wenn sie tot war, würde er die Leiche ins Meer werfen. Die vorherigen vier hatten die anderen mitgenommen. Tarrasco war froh, wieder allein zu sein. Er mochte keine Konkurrenz, auch wenn sich diese Lady X sehr kooperativ gezeigt hatte. Zudem hatte man ihm zwei Leibwächter überlassen, die allerdings verschwunden waren. Er dachte auch darüber nach, was er an Informationen gegeben hatte. Viel war es nicht gewesen. Nur über Rumänien und die Familie Marek, die wohl jeder Schwarzblüter auf dem Balkan kannte.

Die Mareks waren ihnen ein Begriff! Gnadenlos ging Frantisek Marek gegen die Geschöpfe der Finsternis vor, und seinem zugespitzten Eichenpfahl war kaum jemand entkommen.

Lilians Hustenanfall unterbrach seine Gedankenkette. Er drehte ein wenig den Kopf und sah, wie ihr Körper regelrecht geschüttelt wurde. Das waren schon Krämpfe. Der schmale Rücken bog sich in die Höhe. Lilian verkrallte ihre Hände in das schmutzige Laken, der Kopf lief rot an, vor ihren Lippen sprühte heller Speichel.

Sie war fast am Ende …

Allmählich beruhigte sie sich wieder, und der Seelensauger schaute aus seinen schwarzen Pupillen in das leichenblasse Gesicht des Mädchens. Wie er vor dem Bett hockte, hatte er in der Tat eine gewisse Ähnlichkeit mit der Filmgestalt des Grafen Dracula. Er war ebenso groß und machte einen ebenso düsteren Eindruck.

Hatte der Seelen-Vampir vorhin so schrecklich geschlürft, gab das Mädchen nun einen ähnlichen Laut von sich.

Der letzte Atemzug?

Das Gesicht des Seelensaugers nahm plötzlich einen gespannten Ausdruck an. In seinen Augen lag ein lauerndes Leuchten, in jeder Minute konnte der Tod des Mädchens eintreten und ihre Seele freigeben.

»Es – es ist so kalt«, flüsterte Lilian. »So schrecklich kalt, ich friere …«

»Keine Angst, gleich wird dir warm werden«, erwiderte der Dämon hechelnd. »Wenn der Tod kommt, dann schnappt er zu. Du wirst nach der Kälte seine herrliche Wärme spüren, denn du wirst in mir stecken. Deine Seele gibt mir die Kraft. Es ist ein gutes Gefühl, dies einer Sterbenden sagen zu können …«

Lilian Lancaster achtete nicht mehr auf die Worte des Unheimlichen. Wahrscheinlich hatte sie die Sätze auch nicht verstanden, zu dicht sah sie das Ende vor ihren Augen.

»Die Dunkelheit«, wisperte sie mit einer Stimme, die nur mehr ein Hauch war. »Sie kommt immer näher. Sie ist wie ein Tuch. So groß, so finster. Sie wird mich fressen …«

Gebannt hörte der Vampir zu. Er lauschte und konzentrierte sich nur auf sein Opfer.

Bald würde die Seele frei, bald …

»Ist es noch dunkel?«, zischelte er.

»Ja, ja – so finster. Aber dahinter.« Das Mädchen atmete rasselnd. »Dahinter – ein Licht, der Himmel! Mein Gott, der Himmel ist nahe. Ich werde aufge…«

Mit einem Fluch auf den Lippen sprang Tarrasco hoch. Die Worte Himmel und Gott störten ihn sehr. Er schüttelte den Kopf, die schwarzen Haare flogen, so etwas wollte er nicht noch einmal vernehmen. Es gab für ihn keinen Himmel und auch keinen Gott. Niemals!

Noch einmal bäumte Lilian Lancaster ihren Oberkörper in die Höhe. Sie riss so weit ihren Mund auf, dass sie sich fast den Unterkiefer ausrenkte. Über ihre Lippen floss ein grauenvolles Stöhnen.

Es war so weit.

Lilian Lancaster starb!

Das wusste auch der Seelensauger. Tarrasco hatte seine Erfahrungen gesammelt. Er wusste genau, was er zu tun hatte.

Er hob beide Schultern. Sie wirkten wie zwei Striche. Dann winkelte er die Arme an, spreizte die Hände, sodass Spinnenfinger daraus wurden, und stieß sie wuchtig vor.

Die Finger gruben sich in den Körper des Mädchens, begannen plötzlich zu glühen, und aus dem leblosen Mund der Lilian Lancaster drang ein heller Schemen.

Die Seele!

Nun begann Tarrascos Arbeit …

Als mein Fuß das Pedal der Bremse festnagelte, da geriet der Bentley auf dem feuchten Untergrund ein wenig ins Rutschen. Ich bekam ihn jedoch gut unter Kontrolle und fing ihn sicher ab.

Wir hatten unser Ziel erreicht.

Suko war schon früher aus dem Wagen als ich. Beim Aussteigen erfasste mich der Wind, schüttelte mich durch und wühlte meine Haare durcheinander.

Hier am Rand der Klippe hatte er freie Bahn, da konnte er wehen, wie er wollte, denn kein Hindernis stellte sich ihm in den Weg. Es war eine regelrechte Bilderbuchnacht mit einem fahlen Mond am Himmel, der umrahmt wurde vom Glühen der zahlreichen Sterne. Dazu die Finsternis, die hohen Felsen, das Wüten der Brandung unten bei den Klippen, die menschenleere Weite.

Suko lief vor zum Einstieg. Er hatte seinen Blick gesenkt, suchte nach Spuren und fand auch welche.

»Hier ist er gelaufen, John!«, meldete der Chinese.

Ich beeilte mich, zu ihm zu gelangen. Tatsächlich, auch ich sah die Spuren im Gras.

Wir fanden das Versteck. Der Seelensauger musste es eilig gehabt haben, denn einige Zweige des den Einstieg schützenden Buschwerks zeigten frische Bruchstellen.

»Den holen wir uns!«, knurrte Suko und verschwand vor meinen Augen in dem Schacht.

Zum Glück waren wir den Weg schon gegangen und kannten uns einigermaßen aus. Wir landeten abermals in dem Gewölbe, wo wir das ausgetrocknete unterirdische Flussbett sahen. Als die Steine vom Schein unserer Lampen getroffen wurden, blitzten sie an einigen Stellen auf, wo sie silbrige Metalleinschüsse zeigten.

Diesmal war ich vorgegangen. Es war natürlich riskant, die Lampen eingeschaltet zu lassen, aber noch gefährlicher wäre es für uns gewesen, im Dunkeln zu laufen, so schirmten wir die beiden hellen Kreise mit den Händen ab. Allerdings gab es noch ausreichend Licht, dass wir uns orientieren konnten.

Die Treppe lag nicht weit entfernt. Abermals standen wir davor, und wiederum überkam uns dieses seltsame, leicht beklemmende Gefühl. Die Treppe führte in das Verlies, wo sich unser Gegner aller Wahrscheinlichkeit nach aufhielt.

»Er ist da«, wisperte Suko.

Er hatte es an dem rötlichen Schein erkannt, der am Ende der Treppe aufzuckte.

Man musste schon sehr genau hinsehen, um ihn zu erkennen, aber er war vorhanden.

Beim ersten Hinabsteigen war die Treppe schon gefährlich gewesen. Diesmal mussten wir uns nicht nur vorsichtig bewegen, sondern auch noch lautlos.

Und das war gar nicht einfach.

Es vergingen Minuten. Wir lauschten, hatten unsere Ohren gespitzt und wollten mitbekommen, was in diesem schrecklichen Verlies, in dem es so nach Verwesung stank, passierte.

Stimmen hörten wir nicht, dafür Geräusche, die mich an einen Ghoul erinnerten.

Da war ein widerliches, sattes Stöhnen, begleitet von einem langen, unheimlich klingenden Schlürfen, das uns eine Gänsehaut über den Rücken jagte …

Er stand da wie ein Sieger.

Und das war er auch. Er hatte den Tod besiegt, die Seele konnte nicht mehr entweichen, denn sie war durch seine magischen Kräfte gefangen.

Noch immer hielt er die Arme ausgestreckt und seine Hände gegen den Leib der Toten gedrückt. Tarrasco schaute zwar nach unten, doch er schielte in das bleiche Gesicht und sah nur den offenen Mund, aus dem eine weiße Wolke quoll.

Die Seele!

Oder der Zweitkörper des Mädchens, denn was sonst unsichtbar war, wurde durch die Kräfte des Seelenfressers sichtbar gemacht. Die Wolke blieb nicht so, wie sie aus dem offenen Mund strömte. Sie nahm immer mehr an Größe zu, verformte und streckte sich dabei, als würden unsichtbare Hände nicht nur an ihr ziehen, sondern sie auch mit geschickten Fingern modellieren.

Ein Körper entstand.

Der Körper eines Mädchens.

Je mehr Plasma aus dem Mund quoll, umso klarer konnte der Körper die Konturen annehmen.

Es war so wie immer.

Die Doppelgestalt der Lilian Lancaster entstand, nur diesmal als feinstoffliches Wesen.

Die echte und tote Lilian lag auf dem alten Feldbett und konnte sich nicht mehr rühren. Ihr feinstofflicher Körper jedoch zitterte, als stünde er unter Strom.

Ein genaues Doppelbild des toten Mädchens schwebte neben der Leiche in der Luft.

Kein Wort wurde gesprochen. Die Hände des Seelensaugers glühten in einem dunklen Rot. Er aktivierte seine magischen Kräfte, presste die Seele aus dem Leib der Toten, damit sie in seine Fänge geriet und von ihm aufgesaugt werden konnte.

Ein gespenstisches Bild, vom Fackelschein untermalt und von den zuckenden Schatten in eine schaurige Horror-Sinfonie verwandelt.

Kein menschlicher Laut durchbrach die Stille dieses Verlieses tief unter der Erde. Die Kälte des Todes wurde spürbar. Hier versuchte jemand, den Tod zu überwinden und ihm das zu entreißen, was ihm eigentlich nicht gehören sollte.

Der Plasmastreifen aus dem Mund des Mädchens wurde immer dünner.

Die Seele hatte den Körper des Mädchens verlassen, ihn aber genau nachgebildet und war nun greifbar für den Seelensauger.

Als Dämon brauchte er nicht zu atmen. Trotzdem sah es so aus, als würde er tief Luft holen, als er sich reckte und seine ursprüngliche Haltung aufgab.

Tarrasco löste die Hände vom Körper des toten Mädchens und richtete sich auf.

Langsam wandte er sich um.

Der Geist oder feinstoffliche Körper schwebte etwa in Brusthöhe vor ihm. Jede Gesichtsfalte war trotz der Durchlässigkeit genau zu erkennen, dieser Geist war in der Tat das genaue Abbild des echten Körpers.

Tarrasco schlich um den seltsamen Seelenkörper des Mädchens herum. Seine Schritte waren kaum zu hören, er hatte die Arme ausgestreckt, und die Hände blieben immer über dem Körper, wobei er seine Fingerspitzen leicht bewegte.

Nein, so leicht wollte er es sich nicht machen. Wenn er die Seele in sich aufnahm, bedurfte dies einer gewissen Vorbereitung. Er kostete das Vergnügen aus, denn wenn der Plasmakörper bereits im Raum stand, dann konnte ihn nichts mehr vor seinem Verzehr retten.

Das rote Glühen war von seinen Händen verschwunden. Sie sahen jetzt aus wie immer.

Bleich, spinnenartig.

Die Nägel schimmerten heller. Wenn sie vom zuckenden Feuerschein erfasst wurden, sah es so aus, als würde der Gluthauch der Hölle über sie hinwegstreifen.

Genau am Kopfende des Geistwesens verhielt er seinen Schritt. Nun kam die Labung!

Seine Schultern sackten wieder nach unten. Mit einer fast unwilligen Gebärde schleuderte er seinen dunklen Mantel zurück. Der dabei entstandene Windzug streifte die Flamme der in der Nähe brennenden Fackel und ließ sie tanzen.

Er war hungrig, und er würde satt werden.

Ein wenig neigte er den Kopf nach vorn. In seine Augen trat ein seltsames Leuchten, vergleichbar mit einer unstillbaren Gier, die immer dann über ihn kam, wenn es so weit war.

Tarrasco öffnete den Mund. Danach verzog er so die Lippen, dass seine Wangen kleine Höhlen zeigten, als hätte jemand mit einem Finger hineingestoßen.

Das saugende Geräusch entstand wie von selbst.

Der Seelen-Vampir begann zu schlürfen.

Es musste sich für einen Menschen widerlich anhören, wie er schmatzte und saugte. Zwischen den Schlürflauten ertönte manchmal ein hohl klingendes Pfeifen, und er brachte seine gespitzten Lippen bis dicht an den Kopf des in der Luft schwebenden Plasma-Wesens heran.

Berührung!

Aus dem Schlürfen wurde ein sattes Schmatzen. Eine Kraft schien an dem Geistwesen zu zerren, der Kopf verformte sich und wurde an seiner Oberseite in die Länge gezogen, sodass er eine seltsame Form bekam. Lang, oval, einem normalen Ei ähnlich.

Ein wenig hatte der Seelen-Vampir seine Arme erhoben und sie gleichzeitig angewinkelt. Er stand da, zitterte leicht, und immer mehr verschwand von dem Kopf des körperlosen Mädchens.

Tarrasco saugte es auf.

Er machte in diesen Augenblicken seinem Namen alle Ehre, tankte durch die Seele des Mädchens neue Kraft, hatte die Augen verdreht, den Blick dabei gesenkt und sah zu, wie immer mehr des Plasmastoffes in seinem Mund verschwand. Begleitet wurde dieser Vorgang von dem widerlichen Schlürfen und Schmatzen, das auch die Ghouls bei ihrer Nahrungsaufnahme von sich gaben.

Der Seelenvampir gab keine Ruhe. Noch immer hing er mit seinem Mund an dem Geistkörper fest, der bereits zur Hälfte in seinem Körper verschwunden war.

Es war ein schreckliches Bild. Schon allein die Tatsache an sich war grauenhaft, sie wurde zusätzlich noch von dem zuckenden Schein der Fackeln untermalt und erhielt einen noch schaurigeren Anstrich.

Der Seelensauger war in seinem Element. Noch schneller, hastiger und gieriger wurde er. Dabei spürte er, dass sich in seinem untoten Körper eine Veränderung anbahnte. Es war wie ein Strom, der von der Geistgestalt auf ihn überfloss.

Er füllte ihn völlig aus. In den Füßen spürte er ihn bereits, der Strom wanderte höher und veränderte sich zu einem Bündel an gewaltiger Kraft.

Ein röhrender Schrei verließ den Mund des Seelensaugers, und mit einem gewaltigen Schluck, begleitet von einem widerlichen Schmatzen und Keuchen, saugte er die Seele des Mädchens restlos in sich auf.

Er war gesättigt.

Sein schwerer Oberkörper senkte sich nach vorn. Der Kopf pendelte, die Lippen bewegten sich noch, und ein hohles Pfeifen zischte daraus hervor.

So viel Kraft ihm das Saugen der Seele auch gegeben hatte, es war doch sehr anstrengend gewesen.

Aber er fühlte sich besser – viel besser.

Und er hob den Kopf.

Im selben Augenblick schien sein Körper zu Eis zu werden, denn zwei Gestalten standen an der Treppe.

Zwei Männer!

Einer von ihnen hielt eine seltsame Peitsche in der linken und eine Pistole in der rechten Hand.

Der andere, der größere mit den blonden Haaren und den jetzt kalt blickenden Augen, trug keine Pistole. Dafür jedoch einen Gegenstand, der schlimmer sein konnte als ein Schießeisen.

Es war ein silbernes Kreuz!

Wie das Zeichen des Todes ragte es aus der Faust des Geisterjägers John Sinclair …

Es war nicht einfach, in diesen Augenblicken die Gefühle zu beschreiben, die mich durchtosten.

Wir hatten alles eingesetzt und es doch nicht geschafft.

Wir waren zu spät gekommen.

Ein Blick auf Lilian Lancaster reichte, um zu erkennen, dass eine Tote auf dem schmutzigen Laken des Feldbetts lag. Wir waren tatsächlich lautlos die Treppe hinabgestiegen und hatten noch gesehen, wie Tarrasco saugte.

Sicher, wir hätten schießen oder ihn anders erledigen können, aber es standen zu viele Fragen offen. Fragen, auf die wir von dem Seelensauger eine Antwort wollten.

Zum ersten Mal sahen Suko und ich ihn aus der Nähe. In diesem unheimlichen Verlies wirkte er wie eine klassische Figur aus einem Horrorfilm. Da war das bleiche Gesicht, der lange Mantel, der offen über seinen Rücken wehte, dann die ebenfalls dunkle Kleidung darunter und der hohe Schalkragen des Mantels, der mit rotem Stoff gefüttert war.

Dieser Tarrasco hatte in der Tat viel von einem Vampir. Er war jedoch keiner im landläufigen Sinne, sondern ein Seelensauger. Er saugte zwar auch, doch er ernährte sich nicht vom Blut anderer, er nahm ihnen die Seele.

In mir kochte es. Ich hatte Mühe, mich zu beherrschen. Hinter der Gestalt erkannte ich den offenen Durchgang zum Meer, den wir auch schon einmal benutzt hatten.

Tarrasco musste von unserem Auftauchen überrascht gewesen sein, denn ich sah das Staunen auf seinem Gesicht und gleichzeitig auch die Angst. Darüber lächelte ich hart, denn ich kannte sehr wohl den Grund für dieses Gefühl.

Es war mein geweihtes Silberkreuz. Uralt schon, erschaffen von dem großen Propheten Hesekiel während seiner babylonischen Gefangenschaft.

Der Seelensauger stöhnte.

Sein Gesicht verzerrte sich. Unter seiner dünnen, bleich schimmernden Haut zuckte es, und als ich einen Schritt vorging, da wich er zurück.

»Bleib stehen, Dämon!« Meine Stimme donnerte ihm entgegen.

Er gehorchte tatsächlich, warf aber noch einen schiefen Blick auf den Tunneleingang.

Das war sein Fluchtweg. Auch Suko hatte den Blick bemerkt. Er reagierte entsprechend, setzte sich in Bewegung, huschte an dem Seelen-Vampir vorbei und nahm dicht neben dem Tunneleingang Aufstellung. Jetzt hatten wir ihn in der Zange.

»Du hast sie getötet«, sagte ich anklagend. »Du hast einem jungen Menschen, der noch am Anfang seines Lebens stand, die Seele geraubt, hast ihn durch deine unheimliche Macht krank werden lassen, aber ich schwöre dir, Dämon, es war die letzte Tat in deiner unseligen Existenz. Dein Terror wird gebrochen!«

»Ich – ich«, ächzte er, »ich brauche sie. Ich brauche Seelen, um leben zu können.«

»Nein, du hast kein Recht darauf. Nicht auf dieser Welt. Du wirst im Zeichen meines magischen Kreuzes sterben, vergehen, zerfallen und zu Staub werden.«

Er riss seine Augen weit auf. »Das – das Kreuz«, flüsterte er. »Woher hast du es? Ich …«

»Kennst du das Kreuz?«

Zuerst sah es so aus, als wollte er mir keine Antwort geben. Er starrte mich und das Kruzifix an, dann nickte er heftig. »Ja, ich habe davon gehört. Damals, vor langer Zeit …«

»Wo war das?«

»In meiner Heimat – Rumänien. Man hat davon gesprochen. Es sollte in einem alten Kloster liegen. Viele Dämonen wussten es, und jeder wünschte sich, dass es vernichtet wurde.«

»Es ist aber nicht vernichtet worden. Ich bin sein Erbe, ich, der Sohn des Lichts!«

»Dann hast du es bekommen?«

»Ja, ich habe es. Aber weißt du mehr über mein Kreuz?«

»Nein, nein!« Er schrie die Worte fast. »Man flüsterte nur davon.« Seine Hände bewegten sich. »Jeder hatte Angst davor …«

Auf jeden Fall log der Seelensauger nicht. In der Tat hatte mein Kreuz seit seiner Entstehung eine wahre Odyssee hinter sich. Die einzelnen Stationen kannte ich nicht. Vielleicht wurde ich mal wieder in die Vergangenheit verschlagen und erfuhr dann, wo mein Kreuz nach seiner Entstehung noch überall war. Allerdings wusste ich, dass es sich tatsächlich einmal in einem rumänischen Kloster befunden hatte, bevor das Kloster abgebrannt wurde und das Kreuz in die Hand einer anderen Familie geriet, die es wie ihren Augapfel hütete. Das alles war mir noch zu allgemein. Irgendwann würde ich mehr erfahren.

»Und du bist aus Rumänien geflohen?«, fragte ich.

»Ja, ich kam weg.«

»Weshalb?«

»Ich hatte nicht nur Freunde, auch Feinde.«

»Wie das Kreuz.«

Er schüttelte den Kopf. »Das lag versteckt. Es waren die eigenen Schwarzblüter, die mich aus meiner Heimat trieben, weil ich nicht zu ihnen passte.«

»Das verstehe ich nicht.« Es war eine Lüge, aber ich wollte den sowieso schon redseligen Seelen-Vampir weiter aus seiner Reserve locken.

»Die Mareks gab es schon«, sagte er plötzlich.

Das war wieder ein Stichwort. Ich kannte die Mareks. Vor allen Dingen Frantisek Marek, den Pfähler. Er war mir ein Freund geworden, denn wir beide wollten das Gleiche. Seit Hunderten von Jahren lebte die Familie Marek in Rumänien und seit Hunderten von Jahren jagte sie Dämonen, vor allen Dingen Vampire.

Ich hatte sogar Vorfahren dieses heutigen Marek kennengelernt und mehr über den Eichenpflock erfahren, der von dem Vater auf den Sohn jeweils weitervererbt wurde. Eine sehr wechselvolle Geschichte hatte diese Familie, und auch Tarrasco, der Seelensauger, kannte die Mareks.

»Was haben die Mareks mit dir zu tun?«, wollte ich von ihm wissen.

»Nichts Direktes.«

»Dann erzähl uns das Indirekte.«

»Lässt du mich dann frei?«

»Damit du noch mehr Seelen saugen kannst?«

Sein Gesicht nahm einen verschlagenen Ausdruck an. »Was sind die paar Seelen im Vergleich zu denen, die du durch meine Aussagen noch alle retten kannst.«

»Mit Dämonen lasse ich mich nicht auf krumme Geschäfte ein.«

Suko dachte ebenso. Nur reagierte er anders.

Tarrasco konnte nicht sehen, wie Suko seinen rechten Arm bewegte. Die Dämonenpeitsche bewegte sich mit, aber die drei Riemen wickelten sich nicht um die Gestalt des Seelensaugers, sondern klatschten dicht neben ihm auf den Fels. Das Geräusch überraschte Tarrasco. Hastig sprang er zur Seite, schaute auf Suko und sah dessen Nicken.

»Der nächste Schlag sitzt und zerstört dich«, versprach mein Partner.

Plötzlich wurde Tarrasco klein. Seine Wangen zuckten. Er hatte wohl eingesehen, dass es für ihn keine Chance gab. Nicht auf diese Art und Weise. Uns gegeneinander auszuspielen, würde ihm niemals gelingen. Er versuchte sogar ein Lächeln, was allerdings ziemlich misslang.

Suko unterstrich seine Drohung dadurch, dass er hinter den Dämon trat und ihm seine Silberkugel-Beretta gegen den Nacken drückte.

»Was glaubst du, mit was ich sie geladen habe?«, fragte der Chinese zischend. »Geweihte Silberkugeln, und die sind nicht nur für normale Vampire tödlich, auch für dich, mein lieber Tarrasco.«

»Er wird bestimmt reden«, sagte ich und lächelte dabei eisig.

Tarrasco war zusammengezuckt. Er machte jetzt einen ängstlichen Eindruck. Von seiner imponierenden Größe war nicht mehr viel geblieben.

»Nun?«, fragte ich. »Wie war das denn mit der Familie Marek?«

»Sag ihm, er soll zurückgehen!« Die Berührung der Waffe passte dem Seelensauger nicht.

Irgendwie konnte ich das verstehen und gab Suko ein Zeichen mit dem Kopf. Zudem hatte mich der Dämon neugierig gemacht. Ich hatte plötzlich das Gefühl, dass dieser Fall noch längst nicht beendet war und wir jetzt die Chance hatten, den Anfang des roten Fadens in die Hand zu bekommen. Zudem spukten da sicherlich noch Lady X und Vampiro-del-mar herum.

Als Suko die Waffe zurückgezogen hatte, begann Tarrasco wieder zu reden. »Ich bin nicht nur vor Marek zurückgewichen, sondern auch vor einem anderen. Baron Frederick von Leppe!«

Ein neuer Name. Ich hatte ihn nie gehört. Irgendwie musste er mit den Mareks zusammenhängen.

»Wer war das?«

»Ein alter Baron und Vampir. Er lebte wie einst Dracula auf einem großen Schloss in Rumänien. Von Leppe wurde gejagt. Die Mareks hatten ihn aufs Korn genommen. Ich aber war in sein Gebiet eingedrungen, um mir die Seelen zu holen. Das wollte von Leppe nicht. Der Baron riet mir, zu fliehen. Ich konnte nicht anders und musste weg. Ja, ich floh, verkroch mich auf einem Schiff und kam nach England. In diesem Teil des Landes baute ich mir eine neue Existenz auf. Hier begann ich das fortzuführen, was ich in Rumänien angefangen hatte. Ich holte mir die Seelen, ich brauchte sie, um existieren zu können.«

»Und Baron von Leppe?«

»Ich weiß nicht, was mit ihm geschehen ist.«

»Dann kann er noch leben?«

»Ja. Obwohl ich nicht so recht daran glauben will. Den Mareks ist so leicht keiner entkommen.«

»Gut, Tarrasco, das war die eine Seite. Es gibt aber noch eine andere. Wie war das mit Lady X und Vampiro-del-mar?«

»Wieso?«

»Keine Lügen«, sagte ich scharf. »Ich weiß, dass sie bei dir gewesen sein müssen. Ich habe die roten Vampire gesehen. Mein Freund und ich haben sie vernichtet. Und sie sind sicher nicht allein in diese Gegend gekommen. Wahrscheinlich stecken Lady X und Vampiro-del-mar dahinter. Keine Lügen jetzt.«

»Sie waren hier!«

Da hatten wir die Bestätigung. »Und was wollten sie von dir, Tarrasco?«

»Informationen. Ich sollte ihnen alles sagen.«

»Worüber?«

»Über meine Heimat.«

»Rumänien?«, fragte ich überrascht.

»So ist es. Sie wollten über Rumänien alles wissen und auch über die Mareks. Vor allen Dingen der weibliche Vampir. Er brauchte meine Informationen.«

»Wollten sie hin?«
»Sicher.«
Das war eine Überraschung. Als ich Suko kurz anschaute, entdeckte ich, dass auch ihn die Worte des Seelensaugers konsterniert hatten. Es eröffneten sich plötzlich neue Dimensionen. Lady X, Rumänien, das klassische Vampirland, und vielleicht auch Frantisek Marek.
Konnte und würde es zu einer Begegnung zwischen Lady X, Vampiro-del-mar und ihm kommen?
Das war die Frage, und ich versuchte, es herauszufinden. »Hast du ihnen auch von Marek, dem Pfähler, berichtet?«
»Das musste ich.«
Nun war uns einiges klar. Ich überlegte bereits, was es zu tun gab. Es würde keine leichte Aufgabe werden, das schon einmal vorweggenommen. Die Aktivitäten der Lady X hatten sich verstärkt. Sie versuchte alles, um die Macht zu gewinnen. Da stand sie Lupina, der Königin der Wölfe, in nichts nach. Gerade von ihr hatten wir in letzter Zeit Schreckliches vernommen. In Augenblicken wie diesen wurde uns klar, dass wir einen Kampf an mehreren Fronten führten. Eine Front zeichnete sich plötzlich in Rumänien ab.
»Was hat Lady X vor?« Diesmal stellte Suko die Frage.
»Ich kann es nicht sagen.«
»Willst du es nicht?«
»Nein, nein. Ich kann es nicht. Wirklich nicht. Sie hat mir nichts erzählt.« Der Seelensauger hob die Schultern und drehte sich gleichzeitig zu Suko um. Er wollte durch seine Gestik und Gebärden demonstrieren, dass er nichts wusste.
So jedenfalls dachten wir.
Aber er legte uns rein.
Ich war nicht mehr so wachsam, Suko ebenfalls nicht. Und Tarrasco besaß Kraft. Er hatte eine frische Seele aufgesogen, nutzte seine Chance und schlug Sukos Waffenarm zur Seite.
Der Hieb war blitzschnell geführt worden, und ebenso schnell huschte Tarrasco an dem Chinesen vorbei.

Bevor wir reagierten, war er innerhalb des Tunnels verschwunden.

Dann jedoch gab es für uns kein Halten mehr!

Kapitän Romanescu schlich wie ein Dieb durch sein eigenes Schiff. Er hatte nach der Entdeckung so gut wie nicht geschlafen und war den Tag über ruhelos durch das Schiff gewandert, ohne allerdings seine unfreiwilligen Passagiere zu Gesicht zu bekommen. Vielleicht warteten sie auch nur die Dunkelheit ab.

Der Kapitän wusste nicht, was er noch alles tun sollte. Er überlegte hin und her. Das schaurige Geheimnis hatte er nun gelüftet. Er wusste, dass nicht in allen vier Särgen Leichen lagen. In einem zumindest lag ein lebender Toter, wahrscheinlich ein Vampir, auch wenn Romanescu ihn noch nicht gesehen hatte.

Er hockte sich schließlich in seine Kabine und dachte nach. Vor allen Dingen drehten sich seine Gedanken um die Mannschaft. Die Reise nach Rumänien würde noch einige Tage dauern, und auf der Fahrt konnte sehr viel passieren. Wer gab ihm denn die Gewissheit, dass die Blutsauger nicht plötzlich durchdrehten, weil sie es sich anders überlegt hatten?

Die Frau und das Monster vielleicht nicht, aber das andere Wesen in dem Sarg. Es war durchaus möglich, dass es sich befreite. Man sagte den Vampiren schreckliche Kräfte nach, so konnte es ihnen auch gelingen, den Sargdeckel zu sprengen.

Was war zu tun?

Für Romanescu gab es nur eine Alternative. Man musste den Blutsauger vernichten!

Als er sich zu diesem Entschluss durchgerungen hatte, da erhob er sich ruckartig. Ein harter Zug stand in seinem Gesicht. Er war kein Waisenknabe und für zusätzliche Geschäfte immer zugänglich, aber Vampire an Bord, nein, das durfte er auf keinen Fall zulassen.

Er überlegte, mit welchen Waffen man diese Blutsauger

töten konnte. Viel kam da nicht zusammen, was ihm zur Verfügung stand. Er hatte weder einen silbernen Dolch noch einen Eichenpflock oder Weihwasser. Auch kein Kreuz, aber es gab noch etwas anderes!

Knoblauch!

Romanescu grinste hart, als er daran dachte. Plötzlich hatte er es eilig, die Kabine zu verlassen. Sein Weg führte ihn dorthin, wo die Kombüse lag.

Ein italienischer Koch wirbelte dort. Gino war ein Meister seines Fachs. Er verstand es, aus wenigen Zutaten die besten Gerichte zu zaubern, und in die Kombüse ließ er außer dem Kapitän und dem Ersten Offizier keinen rein.

Romanescu ließ sich auch nur wenig bei seinem Koch blicken. Es war immer eine Überraschung, wenn er auftauchte. Als er plötzlich auf der Schwelle stand, da schreckte der Koch zusammen und schleuderte sein Pornoheft, in dem er gelesen hatte, zur Seite.

»Bleiben Sie ruhig sitzen«, sagte der Kapitän. »Ich suche nur etwas.«

»Und was, Sir?« Gino sagte immer Sir, obwohl er Italiener war.

»Knoblauch.«

Der Koch begann zu grinsen. »Wirklich Knoblauch, Sir?«

»Ja.«

»Moment.« Gino drehte sich um und holte eine Dose aus dem Schrank hervor. Er reichte sie dem Kapitän, der allerdings schüttelte den Kopf. »Nein, nicht so etwas.«

»Was dann?«

»Haben Sie keine Stauden?«

»Ja, sicher, als Dekoration.«

»Dann geben Sie mir die Dekoration. Das ist doch völlig normaler Knoblauch – oder?«

»Klar, Sir.« Der Koch bückte sich und öffnete eine Tür am Unterteil des eingebauten Schranks. Er wühlte zwischen Töpfen und Pfannen herum, fluchte ein paar Mal und lachte meckernd auf, als er die lange Staude gefunden hatte und sie triumphierend in die Höhe hielt. »Das ist sie, Sir«, sagte er, »wollen Sie auf Vampirjagd gehen?«

»Natürlich.«

Gino wollte sich über den Witz totlachen, verstummte jedoch, als er die ernste Miene des Kapitäns sah. »Schon gut, Sir, schon gut. Ich meinte ja nur.«

Ohne ein weiteres Wort zu verlieren machte Romanescu kehrt und verließ die Kombüse. Zurück blieb ein ziemlich erstaunter Koch, der über Vampire nachdachte und hastig ein Kreuzzeichen schlug.

Der Kapitän aber steuerte den Laderaum an, in dem die vier Särge standen.

Er hatte ein schlechtes Gewissen, trotz seines guten Vorhabens, denn er kam sich auf seinem eigenen Schiff wie ein Fremder vor. Von unsichtbaren Feinden fühlte er sich umgeben, eingekreist und eingekesselt, und er schaute sich immer vorsichtig um, ob nicht die Untote hinter ihm stand.

Romanescu sah sie nicht. Unangefochten erreichte er sein Ziel. Vor der Tür zum Lagerraum blieb er erst einmal stehen. Dabei zog er seinen Kopf ein, und eine Gänsehaut lief über seinen Rücken. Die Knoblauchstaude hielt er in der rechten Hand. Sie setzte sich aus zahlreichen Knollen zusammen. Wie eine Kette reihten sie sich aneinander. Damit musste der Vampir doch zu töten sein!

Er schloss auf.

Stille wie in einem Grab herrschte innerhalb des Laderaums. Kein Kratzen oder Stöhnen wie bei seinem ersten Besuch war zu vernehmen, denn die Toten redeten nicht.

Bevor Romanescu weiterging, drückte er die Tür sacht ins Schloss. Niemand sollte ihn sehen.

Er hatte eine Lampe mitgenommen. Die Taschenlampe war sehr lichtstark. Sie würde ausreichen, um den Lagerraum für seine Zwecke auszuleuchten. Er schaltete sie ein.

Der helle, breite Finger fand seinen Weg durch die Dunkelheit, schnitt einen Tunnel, in dem der Staub tanzte, und Romanescu sah die vier Särge.

Sie standen exakt nebeneinander. Ein schauriger Anblick, der ihm eine Gänsehaut über den Körper trieb.

Ein Zurück gab es für ihn nicht.

Mit zielstrebigen Schritten näherte er sich den vier Totenkisten und legte seine Lampe so auf einen nicht weit entfernt stehenden Karton hin, dass der Strahl die vier Särge traf.

Seine Lippen bildeten nur einen Strich, als er sich bückte und nach den Verschlüssen schaute.

Sie waren noch immer zu.

Er wusste aber, wie er sie zu öffnen hatte. Mit einer Hand machte er dies, denn in der anderen behielt er die Knoblauchstaude. Dann war der Sarg offen.

Im nächsten Augenblick wurde der Kapitän überrascht, denn von innen drückte etwas gegen den Deckel und schleuderte das schwere Ding förmlich in die Höhe.

Romanescu wich zurück. Trotzdem wurde er gestreift, spürte den Aufprall an der Hüfte und sah aus der offenen Totenkiste eine weibliche Gestalt in die Höhe schnellen.

Eine junge Frau noch, aber mit den vorstehenden, spitzen Zähnen eines Blutsaugers bestückt …

Tarrasco hatte uns tatsächlich geleimt. Das ärgerte mich maßlos. Wie ein Schatten war er in dem Gang verschwunden, und nicht nur das. Er verschwand aus unserem Blickfeld.

Der Gang führte zum Meer. Er endete dort, wo an den Felsen die Brandung gebrochen wurde, in einem Wirrwarr aus gewaltigen Steinen.

Dort gab es Verstecke, die der Dämon auf keinen Fall erreichen sollte.

Suko, der näher zum Gang hin gestanden hatte, war der Erste, der eintauchte. Er hatte mir gegenüber einen Vorteil, aber er konnte nicht schießen, da der Tunnel nicht gerade verlief, sondern einen leichten Knick aufwies, und den hatte Tarrasco bereits hinter sich gelassen, sodass er unseren Blicken entzogen war.

Ich sprang über herumliegende Steine, achtete darauf, nicht zu stolpern, und sah vor mir Sukos Rücken.

Der Tunnel war nicht sehr lang, uns aber kam er lang vor, und wir atmeten beide auf, als wir ihn hinter uns gelassen hatten und endlich im Freien standen.

Wo steckte Tarrasco?

Suko war stehen geblieben. Wie auch ich schaute er auf das Wasser und die vor uns liegenden Felsen, die aus dem Meer wie kleine, dunkle Buckel ragten.

Irgendwo dazwischen hatte der Seelensauger seine Deckung gefunden, was uns überhaupt nicht gefiel.

»Der leimt uns noch«, sagte Suko voller Wut.

Nein, denn ich hatte ihn gesehen. Links von uns lief er parallel zu der sich neben ihm hoch türmenden Steinwand. Er befand sich zwischen Brandung und Wand, wollte auf keinen Fall hinaus aufs Meer. Vielleicht war das Wasser zu gefährlich.

Sein langer Mantel wehte. Er wurde vom Wind erfasst und hinter seinem Rücken wie ein schwarzer Schleier in die Höhe gehoben.

Schnell konnte er auch nicht laufen, es lagen einfach zu viele Hindernisse auf dem Boden.

»Den kaufen wir uns!«

Wir hatten längst die Verfolgung aufgenommen, als Suko das sagte. Und er war es auch, der schoss.

Nur knapp jaulte das geweihte Silbergeschoss an Tarrascos Kopf vorbei und klatschte gegen die Felswand links neben ihm.

Er duckte sich, geriet aus dem Laufrhythmus, und wir holten auf.

»Stehen bleiben!«, brüllte ich gegen das Donnern der Brandung an.

Der Seelen-Vampir hörte nicht oder wollte nicht hören. Er musste nur weg und tat etwas, was wir beide nicht für möglich gehalten hätten. Er änderte die Richtung radikal. Im spitzen Winkel huschte er nach rechts weg, auf das Wasser zu.

»Der ist verrückt«, sagte Suko.

Das war er in der Tat. Oder aber die Panik veranlasste ihn dazu, denn wir hatten ihn ziemlich in die Enge getrieben. Bevor wir ihm den Weg abschneiden konnten, hüpfte er bereits von Felsen zu Felsen. Er ruderte mit den Armen und versuchte so, sein Gleichgewicht zu halten.

Dann rauschte eine Welle heran.

Mächtig war sie von der Brandung erfasst worden und wurde gegen die Felsen geschleudert. Ein Vorhang aus Gischt wirbelte hoch, die Wasserkraft schleuderte ihn auf den Vampir zu, der sich vorkommen musste wie unter einer Dusche.

Nein, er hatte keine Chance mehr und würde uns nicht entwischen.

Wegen der Dunkelheit sahen wir ihn nur schattenhaft. Er stand inmitten des Sprühs, wirbelte mit seinen Armen und war auf einmal verschwunden. Auch ich sackte ein, als ich in eine Spalte trat, die plötzlich mit Wasser ausgefüllt wurde.

Suko huschte an mir vorbei, kletterte auf einen besonders hoch aus dem Wasser ragenden Felsen und schaute sich um.

Er hatte so lange Zeit, bis die nächste Welle anrollte, und diese Spanne nutzte er.

»Da steckt Tarrasco!« Suko deutete von mir aus gesehen nach rechts. Ich brauchte den Felsen erst nicht zu erklettern, sondern sah auch von meinem Standort aus, wo sich der Vampir aufhielt. Er war durch die anrollende Welle von seiner festen Unterlage gespült worden und lag unglücklich eingeklemmt zwischen zwei Felsen.

Die Arme ragten aus dem Wasser. Beide Hände hielt er rechts und links in das Gestein gekrallt, und so versuchte er, sich aus dem Wasser zu ziehen, bevor die nächste Welle anrollte.

Vampire vertragen fließendes Wasser nicht, war es bei ihm auch so?

Die nächste Welle!

Sie donnerte gegen die weit ins Wasser geschobenen Felsen, wurde gebrochen und fand trotzdem noch ihren Weg.

Das meiste Gestein wurde überspült. Helle Schaumstreifen wirbelten und schäumten herbei. Sie erfassten alles.

Auch den Seelensauger.

In seiner Felsspalte, die von der heranrollenden Welle überschwemmt wurde, war er plötzlich nicht mehr zu sehen.

Auch ich kam nicht schnell genug weg und wurde von dem Wasser erfasst, obwohl ich schon dorthin sprang, wo der Vampir lag. Die auslaufende Welle hatte noch Kraft, obwohl sie mir nur bis zum Knie reichte. Fast hätte sie mich umgerissen. Sekundenlang war mir die Sicht durch den Gischtvorhang genommen.

Als ich wieder Durchblick hatte, erkannte ich auch den Seelen-Vampir. Er klemmte noch in der Spalte zwischen den Felsen, hatte seinen Kopf erhoben, sodass ich in das Gesicht schauen konnte.

Es war verzerrt.

Tarrasco musste Todesängste durchstehen, und das fließende Wasser war dabei, den Seelen-Vampir zu zerstören.

Die Haare schwemmte es bereits weg, sodass eine grau schimmernde Kopfhaut zum Vorschein kam.

Er würde noch nicht sterben. Vielleicht dauerte es eine Stunde, bis das fließende Wasser ihn zerstörte.

Ich ging in die Knie. Unsere Blicke trafen sich. Er verzerrte sein Gesicht, wobei ich erkannte, dass die Haut auf seiner Stirn einen weißlichen Schimmer angenommen hatte und sich bestimmt bald lösen würde.

»Da kommt die nächste Welle!«, rief Suko.

Die wollte ich nicht mehr erwarten, sondern dem Seelensauger die anderen Qualen ersparen. Er hatte uns schließlich auf die Spur nach Rumänien gebracht.

Ich nahm mein Kreuz.

Als er sah, dass sich meine Hand mit dem Kruzifix seinem Gesicht näherte, da drehte er fast durch und begann gellend zu schreien.

»Neiiinnnn!« Furchtbar war dieser Ruf, und er verstummte erst, als ich das Kreuz gegen sein Gesicht presste.

Da erfasste uns die Welle.

Ich musste mich festklammern, um nicht umgerissen zu werden, aber ich fand Halt.

Die Welle lief ab, Suko stand plötzlich neben mir und starrte zusammen mit mir auf das, was von Tarrasco zurückgeblieben war.

Nicht viel …

Fragmente eines Schädels, widerlich anzusehen. Knochen und eine gallertartige Masse dazwischen.

»Das war's wohl«, meinte Suko.

Nein, es war noch nicht alles, denn einen Augenblick später lösten sich die Schemen aus dem vergehenden Körper des Seelen-Vampirs. Helle, flatternde Streifen, die ihren Weg in Richtung Himmel suchten und für uns nur kurz zu sehen waren, bevor sie sich auflösten.

Jetzt waren auch die Seelen seiner Opfer erlöst und konnten ihre ewige Ruhe finden.

Ich stand auf.

Nass bis auf die Haut war ich und merkte erst jetzt, wie schneidend der Wind war.

Suko grinste. »Bevor wir oben sind, bist du wieder getrocknet, Alter. Los komm!«

Der Vorschlag war gut. Hier hatten wir nichts mehr verloren. Cornwall konnten wir vorerst vergessen, den Fall allerdings nicht, denn Rumänien, das Land der Vampire, wartete auf uns.

Und auch Marek, der Pfähler …

VERDAMMT UND BEGRABEN

Kapitän Romanescu taumelte zurück, als ihn die Kante des schweren Sargdeckels an der Hüfte traf. Er spürte den stechenden Schmerz am Knochen, ignorierte ihn jedoch, denn er musste sich auf das konzentrieren, was vor ihm geschah.

Und das war schrecklich genug.

Aus dem offenen Sarg stieg eine Gestalt. Eine Frau, fast noch ein Mädchen, dazu unbekleidet. Sie hatte dunkelblondes Haar, das den Beginn einer Verfilzung zeigte und in mehreren langen Strähnen zu beiden Seiten ihres Gesichts herabhing.

Eine Nackte in einem Sarg!

Allein das war schon ungewöhnlich und hätte auch den abgebrühtesten Frauenheld erschreckt. Noch schlimmer war das Gesicht der jungen Frau, besonders der Mund, denn als sie ihn öffnete, sah der Kapitän die beiden langen, spitzen Zähne, die aus dem Oberkiefer des Mädchens ragten.

Er hatte keine Lebende vor sich, sondern eine lebende Tote, eine Vampirin, die sich vom Blut der Menschen ernährte.

Und er war hier, um sie zu vernichten!

Zunächst einmal musste er sich von dem Schreck erholen, denn er hätte nie gedacht, dass ihm ein unbekleidetes Wesen gegenübertreten würde. Es stieg aus dem Sarg. Dabei beeilte es sich nicht einmal sehr, denn es hatte Zeit genug.

Die Bewegungen der Wiedergängerin konnte man mit dem Wort gemessen umschreiben, sie war sich ihrer Beute sicher und fixierte sie aus gierigen Augen.

Der Kapitän hatte seine Taschenlampe so gelegt, dass der breite Strahl die Gestalt auch noch erfasste, als sie aus dem Sarg stieg und sich dann nach rechts abwandte, um im Halbdämmer des Lagerraums eine bessere Angriffsposition einzunehmen.

Die Frau gehörte noch nicht lange zu den Blutsaugern. Nach dem roten Lebenssaft gierte sie jedoch. Der Trieb war über sie gekommen, als sie aus dem langen Schlaf erwachte und feststellen musste, dass sich bei ihr einiges verändert hatte.

Die menschliche Existenz lag für sie meilenweit zurück. Jetzt gab es nur noch die dämonische.

Allein sie zählte!

Vor ihr stand ein Mensch. Sie sah ihn, sie hörte ihn, sie roch ihn. Jeder Mensch roch. Vielleicht war es der feine Blutgeruch, den er ausströmte und den nur Vampire wahrnehmen können.

Sie bewegte sich.

Noch immer geschah dies langsam, denn sie war sich ihrer Sache sicher. Aber sie hatte etwas vergessen.

Kapitän Romanescu war nicht unbewaffnet in den Lagerraum gegangen. Er besaß zwar kein Kreuz, auch keinen angespitzten Eichenpfahl, dafür jedoch ein Mittel, das alle Vampire stark abschreckte.

Knoblauch!

Eine Knoblauchstaude hatte er sich aus der Küche geholt, und damit wollte er die Untote vernichten.

Bisher hatte sie nur den Menschen gerochen, doch als sie weiter vorschritt, da nahm sie einen anderen Duft wahr.

Einen für sie ekligen, widerlichen, abstoßenden Geruch.

Knoblauch!

Sie blieb stehen, und ihr Gesicht verzerrte sich zu einer hässlichen Grimasse.

Zum ersten Mal in seinem Leben vernahm der Mann das Fauchen einer Blutsaugerin. Das Geräusch hätte auch ein Tier ausstoßen können, so ähnlich hörte es sich an.

Aber es war die Vampirin!

Romanescu atmete schneller. Stoßweise drang die Luft aus seinem Mund. Er begann zu zittern, denn er ahnte, dass jetzt etwas Entscheidendes auf ihn zukam.

Er hatte die Untote freigelassen, und er musste für ihre Vernichtung sorgen.

Obwohl er so sehr unter Stress stand und er auch Angst hatte, war ihm das Zögern seiner Gegnerin nicht entgangen. Er interpretierte es als Furcht, und diese Deutung gab ihm Mut.

Er musste es schaffen!

Gleitend bewegte er sich voran. Selten in seinem Leben hatte das Herz so heftig geschlagen. Der Mann schälte sich aus dem fahlen Zwielicht, und ein heller Schein traf sein Gesicht, als er in den Streubereich der Lampe geriet.

Er durchquerte ihn mit einem Schritt. Plötzlich fühlte er sich besser, er hatte die Angst überwunden, und er wusste plötzlich, dass er es schaffen konnte.

Zuerst hob er seinen rechten Arm. In der Hand hielt er die Knoblauchstaude. Die einzelnen Knollen befanden sich dicht beieinander, sie schienen zusammenzukleben, bildeten aber keine Kette, sondern nur eine etwa armlange Schnur.

Sie musste reichen!

Romanescu stammte aus Rumänien. Er hatte natürlich schon von Vampiren gehört. Fast alle seiner Landsleute schworen darauf, dass es sie gab, nur gesehen hatte sie kaum jemand, und wenn, dann war dieser Zeuge in den meisten Fällen ebenfalls zum Blutsauger geworden.

Und das wollte Romanescu nicht!

Er schlug zu.

Es war eine Bewegung, die er nicht einmal mit einem Zucken der Augenlider signalisiert hatte. Die Kette war ziemlich lang, und die Untote befand sich nicht allzu weit von ihm entfernt, sodass eine gute Chance bestand, sie zu treffen.

Die Staude wirbelte auf die Vampirin zu.

Beide Hände riss sie in die Höhe, schützte somit ihr Gesicht, aber nicht die Unterarme. Da klatschte die Staude gegen.

Das Wesen zuckte zurück, als hätte man es mit einem feurigen Strahl bestrichen.

Sie schüttelte den Kopf, das Gesicht verfärbte sich, sie starrte auf ihre Hände und wankte nach hinten.

Romanescu setzte nach. Er hatte plötzlich die Oberhand gewonnen und merkte, dass er es schaffen konnte. Der Knoblauch vernichtete diese verfluchten Blutsauger.

Die Vampirin war zwar getroffen worden, sie spürte auch heiße Schmerzen, aber sie war nicht kampfunfähig. Und sie setzte alles daran, ihre untote Existenz zu verteidigen.

Plötzlich konnte sie schnell reagieren. Bei ihren Bewegungen war von Behäbigkeit nichts mehr zu spüren. Sie sprang über den Sarg hinweg, in dem sie einmal gelegen hatte, und spurtete dorthin, wo der schwere Deckel lag. Wenn sie ihn zu packen bekam, konnte sie ihn ihrem Gegner über den Schädel dreschen und ihn zumindest bewusstlos schlagen.

Der Kapitän hatte sich von dieser Reaktion überraschen lassen und reagierte zu spät. Er fuhr erst herum, als die Blutsaugerin den Deckel bereits gepackt hielt.

Sie wollte ihn hochwuchten.

Es blieb beim Vorsatz. Etwas Furchtbares geschah mit der rechten Hand des untoten Mädchens.

In ihr steckte keine Kraft mehr, denn sie war von der Knoblauchstaude getroffen worden und faulte.

Als sie den Deckel hochstemmen wollte, hatte die Hand bereits eine bräunliche Farbe angenommen und hing im rechten Winkel vom Arm herunter.

Das schockte die Untote!

Romanescu aber sah seine große Chance. Wenn er es jetzt nicht schaffte, dann nie mehr.

Und er wagte es.

Ein kräftiger Sprung brachte ihn in die Nähe des gebückt dastehenden Mädchens. Er prallte gegen sie und riss die Nackte einfach um. Gemeinsam schlugen sie zu Boden.

Romanescu fiel auf sie. Er rammte ihr den Ellbogen gegen den Hals, hörte ein Röcheln und sah das verzerrte Gesicht dicht vor seinen Augen. Zum ersten Mal schaute er in den Schlund dieser Blutsaugerin hinein, aus seiner Kehle drang ein tiefes Knurren, Speichel tropfte über die Unterlippen, und es gelang ihm, den linken Arm so anzuwinkeln, dass er die Hand mit dem Knoblauch nach unten drücken konnte.

Genau in das Maul!

Das war der entscheidende Treffer!

Drei, vier Knoblauchkugeln verschwanden im weit aufgerissenen Mund der Blutsaugerin. Sie hatte noch schreien wollen, doch dieser Laut wurde nur zu einem Röcheln.

Der Kapitän war wie von Sinnen. Er fluchte, er schrie, und

er stopfte die Knoblauchknollen tiefer in das Maul des seelenlosen Geschöpfes.

»Friss sie, du Biest!«, brüllte er in rasender Wut und presste weiter. Er lachte dabei, drückte gegen den Körper nieder und stellte fest, dass dieser ihm keine Widerstandskraft mehr entgegensetzte.

Romanescu befand sich auf der Siegerstraße. Er würde den höllischen Kampf für sich entscheiden, das stand fest.

Noch immer schaute er in das Gesicht seiner Gegnerin. Bei ihr schienen die Augen aus den Höhlen zu quellen. Der Druck wurde noch stärker, und der Knoblauchgeruch sowie die Berührung mit diesem Gewürz vernichteten den weiblichen Vampir.

Als er die Finger gegen die linke Wange des Wesens stieß und sie eindrücken konnte, da wusste er Bescheid.

In Sekundenschnelle verflog sein Rausch. Er stemmte sich hoch, blieb schwer atmend und schweißüberströmt stehen und schaute dem Todeskampf der Bestie zu.

Sie verging auf eine schreckliche Art und Weise. Das Knoblauch zerstörte sie.

Romanescu hatte gewonnen!

Er spürte, wie ein gutes Gefühl in ihm aufstieg, das jedoch radikal zerstört wurde, als er plötzlich von der Tür her die kalte und spöttisch klingende Frauenstimme vernahm.

»Bravo, du wirst mal ein richtiger kleiner Vampirjäger.«

Romanescu fuhr herum. Er warf sich nach rechts, bekam seine Lampe zu fassen und richtete den hellen Strahl auf die Tür.

Dort standen sie.

Lady X und Vampiro-del-mar.

Und sie hatten alles mit angesehen …

In South Trebone, dem kleinen Ort an der sturmgepeitschten Küsten Cornwalls, hatten wir mit dem Bürgermeister gesprochen und ihm alles berichtet. Er schaute uns fassungslos an, konnte nicht begreifen, dass der grässliche Spuk des Seelensaugers vorbei sein sollte, und hob immer wieder die Schultern.

Als wir davon erzählten, dass Lilian Lancaster nicht mehr zu retten gewesen war, da senkte er den Kopf und begann zu schluchzen.

»Es war sein letztes Opfer«, sagte ich.

Er fragte nach den anderen Leichen. Da mussten wir passen. Wir hatten nur die Tote mit aus dem Verlies gebracht. Ihr kalter Körper lag, eingehüllt in eine Decke, im Kofferraum des Bentley. Lilian und der Pfarrer konnten zusammen beerdigt werden.

Als Virna Lancaster vom Tod ihrer Tochter erfuhr, erlitt sie einen Schock und brach zusammen. Wir waren dabei, und ich fühlte einen ungeheuren Zorn in mir hochsteigen. Dieser Fall hatte uns wie ein Blitz aus heiterem Himmel getroffen.

Der jetzt tote Pfarrer schlug bei Scotland Yard Alarm, weil kranke Menschen geraubt wurden. Und zwar immer dann, wenn sie kurz vor dem Tod standen.

Die Legende des Seelensaugers hielt sich. Er sollte für die Taten verantwortlich sein.

Suko und ich fuhren nach Cornwall, gingen der Sache nach und trafen nicht nur auf den Seelensauger, sondern auch auf die roten Vampire, Diener des Vampiro-del-mar, einem selbst ernannten Kaiser der Blutsauger. Wo er auftauchte, war auch Lady X nicht weit. Suko und ich suchten nach Verbindungen, Zusammenhängen, die wir auch fanden, denn der sterbende Seelensauger erklärte uns, dass er von den beiden Vampiren Besuch gehabt hatte und von seiner eigentlichen Heimat, Rumänien, erzählen musste. Ein Name fiel dabei. Marek, der Pfähler. Ein in Rumänien bekannter Vampirjäger, dessen Vorfahren Tarrasco, dem Seelensauger, ebenfalls auf der Spur gewesen waren.

Ein Nachkomme der Mareks lebte noch. Ich kannte ihn gut. Und da sich Lady X so intensiv nach ihm erkundigt hatte, nahmen wir an, dass Marek, der Pfähler, auf ihrer Todesliste stand.

Was sie sonst noch in Rumänien wollte, wussten wir nicht. Da war noch ein Name gefallen.

Frederick von Leppe! Ein alter Baron. Der Sage nach soll er, wie damals Vlad Dracula, ebenfalls ein Vampir gewesen sein. Was daran richtig war und nicht, konnten wir von England aus nicht beurteilen. Wir mussten so rasch wie möglich nach Rumänien und den beiden Mitgliedern der Mordliga zuvorkommen. Zudem ahnte Marek nicht, was sich über seinem Kopf so unsichtbar zusammenbraute.

Wie dieser Baron ins Spiel passte, das wussten weder Suko noch ich. Wir hofften es allerdings zu erfahren. Spätestens in Rumänien, dem klassischen Land der Vampire.

Ich dachte unentwegt daran. Wo hatte der alte Marek seine Schmiede gehabt?

In Petrila, einem kleinen Ort in den Karpaten. Eine furchtbare Gegend, einsam, unheimlich. Etwas für Wölfe und Vampire. Bevor wir von South Trebone wegfuhren, informierten wir noch die zuständigen Polizeibehörden über den abgeschlossenen Fall.

Die Kollegen vom Lande waren natürlich froh, dass sie sich nicht mehr um die verschwundenen Kranken zu kümmern brauchten und dass jetzt alles klar war.

»Willst du noch in der Nacht nach London?«, fragte Suko.

»Klar.«

Die Nacht war schon fast vorbei, als wir endlich im Wagen saßen. Wir beschlossen, abwechselnd zu fahren. Wenn ich steuerte, schlief Suko. So kamen wir zügig voran und erreichten am frühen Nachmittag London.

Sir James, unseren Chef, hatten wir bereits per Autotelefon informiert. Der Alte zeigte sich betroffen und knurrig zugleich. Als wir ihm im Büro gegenübersaßen, fragte er sofort: »Muss diese Reise nach Rumänien sein?«

»Natürlich, Sir. Es besteht der begründete Verdacht, dass wir dort auf Lady X und Vampiro-del-mar treffen. Da braut sich einiges zusammen, glauben Sie mir. Ich habe dafür einen ausgezeichneten Riecher. Wir waren schon einmal dort.«

»Das weiß ich.« Sir James räusperte sich. »Und haben Sie den Pfähler nicht mit nach London gebracht?«

»Auch das.«

Sir James murmelte nach einer Weile: »Ich müsste mich mit der rumänischen Botschaft in Verbindung setzen.«

Als er dies sagte, wusste ich, dass wir gewonnen hatten. Wir ließen uns auch durch sein Stöhnen nicht beirren und tigerten zurück in unser gemeinsames Büro, da wir noch einige Vorbereitungen für unsere Reise treffen mussten.

»Was haben wir eigentlich für ein Wetter?«, fragte Suko.

»Schau doch aus dem Fenster.«

»Ich meine in Rumänien.«

»Wenn wir nach Petrila fahren, könnte da schon Schnee liegen. Der Ort liegt in den Karpaten.«

»Dann nehmen wir die Skier mit.«

»Ich habe dich noch nie Ski laufen sehen«, hielt ich meinem Partner entgegen.

»Wirklich nicht?«

»Nein.«

»Dann hast du was versäumt, John.«

»Bestimmt nicht. Kauf dir lieber einen Schlitten und geh rodeln.« Ich nickte Suko zu und verließ das Büro, weil ich noch in den Waschraum wollte.

Meine Gedanken beschäftigten sich mit dem vor uns liegenden Fall. Immer wenn ich an den alten Marek dachte, dann kam mir auch mein Kreuz in den Sinn. Es hatte mal eine Zeit gegeben, zu der es in Rumänien in einem Kloster lag. Die eigentliche Herkunft des Kreuzes war den Kennern des Gegenstandes ein Rätsel. Nur mir nicht mehr. Ich wusste inzwischen, dass der Prophet Hesekiel all seine Kraft und sein Wissen in die Herstellung des Kreuzes gelegt hatte. Der alte Marek nahm damals an, dass es aus Armenien stammte, von der Urkirche her. Das war nicht korrekt, vielleicht hatte es dorthin mal einen Weg gefunden. Genaueres wusste ich jedoch nicht. Vielleicht erfuhr ich irgendwann einmal weitere Details der geheimnisvollen Reise.

Im Büro zurück, erwartete mich nicht nur Suko, sondern auch Sir James Powell. Mein Freund nickte mir zu, und der Superintendent sagte: »Sie haben Glück, das Visum ist genehmigt, und Sie können mit der nächsten Maschine nach Bukarest fliegen.«

»Jetzt müsste man nur noch den alten Marek erreichen«, meinte Suko.

»Überraschen Sie ihn«, erwiderte Sir James. »Und sorgen Sie dafür, dass Lady X und Vampiro-del-mar vernichtet werden. Ich will nichts mehr von ihnen hören.«

»Das ist nicht einfach, Sir ...«

Er schnitt mir das Wort ab. »Mit einfachen Fällen sollen Sie sich auch nicht beschäftigen. Gute Reise, ihr beiden, und gebt acht. Den Vampiren schmeckt auch euer Blut.«

»Da wüsste ich ein Gegenmittel, Sir.«

Unser Chef war schon an der Tür, als er sich noch einmal umdrehte. »So? Welches denn?«

»Wir trinken jeder eine Flasche Whisky. Dann haben wir so viel Blut im Alkohol, dass den Vampiren ...«

»Erzählen Sie das beim nächsten Betriebsfest«, erwiderte der Alte mürrisch und ging.

»Seine Laune ist bestechend«, meinte Suko.

»Ist deine besser?«

»Nein. Rumänien im Winter ist für mich fast so wie Sibirien. Darauf kann ich gern verzichten.«

»Wenn du hier bleiben willst ...«

Suko schaute mich an, als wollte er mich ohrfeigen. Dann nahm er hinter dem Schreibtisch Platz und bestellte die Flugkarten.

Ich trat ans Fenster.

Draußen wehte ein scharfer Wind. Er riss auch die letzten faulen Blätter von den Bäumen. Der November neigte sich allmählich seinem Ende zu. Die Menschen dachten an Weihnachten, und in wenigen Tagen würden die Londoner Geschäftsstraßen in vorweihnachtlichem Glanz erstrahlen.

Wir aber hatten für so etwas leider keine Zeit. Während

andere für Freunde und Verwandte Geschenke kauften, mussten wir uns um Vampire kümmern.

Manchmal war die Welt schon mehr als verkehrt. Ich drehte mich um. Suko legte soeben den Hörer auf.

»Bekommen wir die Flugkarten?«, fragte ich ihn.

»Ja, wir können am Abend starten.«

»Auf nach Rumänien«, erwiderte ich.

Damit hatte der Kapitän nicht gerechnet!

Lady X und ihr Monster mussten unhörbar die Tür geöffnet haben und waren in den Lagerraum geschlichen. Romanescu konnte nur ihre Umrisse sehen. Aber er entdeckte einen länglichen Gegenstand, der sich als Schatten vom Boden abhob.

Einen Waffenlauf!

Der Kapitän verzog sein Gesicht. Er kannte Lady X zwar noch nicht lange, doch er wusste, dass sie nie ohne Maschinenpistole herumlief. Und diese Waffe hatte sie mitgenommen. Er kam sich jetzt lächerlich mit seiner Knoblauchstaude vor. Gegen eine Maschinenpistole konnte er damit nichts ausrichten.

Die Scott bewegte sich. Unter ihren Schuhen knirschte es. Sie trug halb hohe schwarze Stiefel, und sie geriet näher in den gelbweißen Lichtschein.

»Ich hatte dir doch gesagt, dass du nicht nachschauen sollst«, sagte sie mit leiser Stimme.

Romanescu begehrte auf. »Es ist einzig und allein mein Schiff. Ich kann darauf tun und lassen, was ich will!«

»Niemals. Hier habe ich das Kommando übernommen. Merk dir das! Dieses Mädchen gehörte zu uns. Sie war eine Dienerin. Es darf sich niemand erlauben, unsere Artgenossen zu töten. Wenn er das tut, ist er ebenfalls verloren!«

Der Kapitän senkte den Kopf. Die Worte hatten ihn hart getroffen. Sie machten ihm auch klar, dass sein Leben keinen Pfifferling mehr wert war. Diese blutgierige Bestie würde ihn ohne zu zögern erschießen oder, was noch schlimmer war, ihn zu einem Vampir machen.

Romanescu bekam Angst.

Er merkte es zuerst am Zittern seiner Hände. Plötzlich konnte er sie nicht mehr ruhig halten, und er schielte zur Tür hin, aber dort stand das Monster mit den gefährlichen Blutzähnen wie ein Fels.

Sein Blick fiel nach rechts. Ein paar Schritte entfernt, zwischen Sarg und Deckel, lag das von ihm getötete Wesen. Es war nicht verfault wie ein Uralt-Vampir, nur die Haut hatte einen anderen Farbton angenommen. Sie war dunkler geworden. Aus dem weit geöffneten Mund ragten die Knoblauchknollen, als wollten sie den Kapitän daran erinnern, wie man Vampire zu töten hatte.

Eine wahnwitzige Idee durchzuckte ihn. Vielleicht konnte er die Staude aus dem Maul der Bestie reißen und damit noch Vampiro-del-mar angreifen? Doch den Vorsatz musste er sich abschminken. Lady X war inzwischen zu nahe an ihn herangekommen und bedrohte ihn mit der Waffe. Die Mündung wies auf seinen Körper.

Etwa drei Schritte trennten die beiden. Niemand sprach. Nur vom nicht allzu weit entfernten Maschinenraum drang ein dumpfes Stampfen und Summen zu ihnen.

»Was hast du zu deiner Verteidigung zu sagen?«, höhnte die Bestie mit der MPi.

»Nichts, gar nichts. Ich – ich brauche mich nicht zu verteidigen. Es ist mein Schiff.«

»Das habe ich schon einmal gehört, aber es interessiert mich nicht. Dein Leben ist verwirkt.« Sie lachte leise. »Auch du wirst bald zu uns gehören. Du musst wissen, dass wir Ersatz für die von dir getötete Dienerin brauchen. Der Sarg ist so groß, dass auch du hineinpassen wirst, Kapitän!«

Romanescu schluckte. Er wusste, dass es keine leeren Worte waren. Lady X würde ihre Drohung eiskalt wahr machen. Erbarmen kannte sie nicht. Das konnte man von den Blutsaugern nicht verlangen. Sie dachten nicht mehr menschlich.

Dem Kapitän wurde der Kragen eng. Schweiß hatte sich an seinem Hals gebildet. Er hob den Arm und öffnete die beiden obersten Knöpfe am Hemd. Plötzlich kriegte er kaum noch Luft. Die Angst schnürte unsichtbar seine Brust zu, die Gestalt der Vampirin verschwamm vor seinen Augen, und er glaubte bereits, die spitzen Zähne an seinem Hals zu spüren, bevor sie hineinhackten, die Ader fanden und das Blut tranken.

»Weshalb sagst du nichts?«, fragte die Scott. »Du bist doch eben noch so mutig gewesen.«

»Ich – ich …« Der Kapitän verstummte und fuhr mit der Hand über seine Kehle. Verdammt, er hatte Angst, und diese Blutsaugerin vor ihm merkte es genau.

Sie stand ziemlich nah vor ihm. Ihr Lächeln konnte man als höhnisch bezeichnen, auch ihre nächste Frage klang so. »Wer soll dich umbringen? Vampiro-del-mar oder ich?«

»Keiner von euch!«

»Das ist nur ein Wunsch.« Lässig trat sie näher. Ihre Augen blieben dunkel, da rührte sich nichts. Diese Bestie verriet mit keinem Wimperzucken, was sie im Schilde führte.

Auch Romanescu traute sich nicht, irgendetwas zu unternehmen. Er wollte seine Angst hinunterschlucken, doch der Kloß in seinem Hals war einfach zu dick, deshalb schaffte er es nicht. Nur das Zittern seiner Gestalt blieb.

Mit einem Auge schielte er auf die Waffe. Die MPi wurde leicht angehoben, er sah die Mündung deutlicher, sie tauchte dicht vor seinem Gesicht auf, für die Länge eines Atemzugs blieb er in einer sehr steifen Haltung, bis er den festen und gleichzeitig kalten Druck an seinem Kinn spürte.

Lady X presste die Mündung dagegen.

»Nun?«, fragte sie. »Soll ich dir den Kopf zerschießen, Herr Kapitän?«

»Sie – Sie …«

Lady X lächelte nur.

»Dreh dich um«, befahl sie dann. »Wir sind keine Gangster, und ich setze die Waffe nur im Notfall ein, das kannst du mir glauben.«

»Was wollen Sie denn?«

»Dein Blut, Kapitän. Ich will dein Blut, und es wird mir

köstlich munden, verlass dich drauf. Schade, ich hätte gern weiter mit dir zusammengearbeitet, aber da du mich hintergangen hast, muss ich mich völlig umstellen. Das passt mir eigentlich nicht.«

»Und das Monster?« Romanescu konnte kaum sprechen. Die Angst schnürte ihm die Luft ab.

»Wir teilen uns dein Blut. Und bleib nicht stehen. Dreh dich um, habe ich gesagt.«

Romanescu nickte. Er senkte den Kopf, hob die Schultern, drehte sich um und explodierte plötzlich. Es war eine Bewegung, die er sich selbst kaum zugetraut hatte. Sie wurde aus der Angst geboren, und der Mann setzte all seine Kräfte ein.

Er überraschte selbst die abgebrühte Pamela Scott. Bevor sie sich auf die neue Lage einstellen konnte, wuchtete der Kapitän bereits seine Hand gegen den Lauf der MPi und hämmerte ihn nach oben. Mit der anderen Hand stieß er Lady X gegen die Brust. Sie kippte nach hinten, verlor das Gleichgewicht und geriet ins Stolpern, sodass sie genug damit zu tun hatte, die Balance zu halten.

Romanescu startete.

Er hatte als einzigen Ausweg nur die Tür gesehen, und er musste Vampiro-del-mar aus dem Weg räumen, der dort wie ein düsterer Schatten stand und Wache hielt.

Der Kapitän kam aus dem Hellen. Der andere stand im Dunkeln und sah, wie Romanescu plötzlich vor ihm auftauchte.

Da hatte der Kapitän schon ausgeholt.

Romanescu hatte sich von der Pike auf hochgearbeitet. Er war mal Stauer gewesen, dann Matrose und später Offizier. Als Stauer und Matrose hatte er das Arbeiten gelernt und auch Kraft bekommen.

Während hinter ihm die Scott vor Wut schrie, musste Vampiro-del-mar den Treffer hinnehmen.

Romanescu hatte wirklich alles hineingelegt, was ihm an Kraft zur Verfügung stand. Er hätte den anderen sogar durch die Tür geschlagen, aber das war nicht möglich. Sie bestand aus Eisen, war feuerfest und Vampiro-del-mar dröhnte nur dagegen.

Romanescu holte abermals aus und spürte Schmerzen in seiner rechten Faust, denn der Körper der Bestie hatte kaum nachgegeben. Er glich einem Stück Metall.

Den zweiten Schlag konnte er nicht mehr ins Ziel setzen, denn das Monster konterte.

Es nahm die Linke.

Ein Hieb explodierte förmlich auf dem Brustbein des Kapitäns. Er hörte in seinem Innern etwas knacken, Tränen schossen in seine Augen, und es folgte der nächste Schlag.

Von oben nach unten schlug Vampiro-del-mar die Faust. Romanescu kam nicht mehr dazu, einen Schrei auszustoßen. Er spürte zwar den Treffer, etwas schien ihn auseinanderreißen zu wollen, mehr auch nicht. Er sackte zusammen.

Vor den Füßen des Uralt-Vampirs blieb er liegen.

Lady X kam.

»Gut«, lobte sie ihren Vasallen, »das hast du gut gemacht, wirklich.«

»Mir entkommt keiner!« Er hatte dabei die besondere Betonung auf das Wort mir gelegt, eine Anspielung auf Lady X, die der Kapitän hatte reinlegen können.

»Wir werden sein Blut trinken!«, sagte Vampiro-del-mar. Er leckte sich über die Lippen. Seine Zunge sah aus wie ein grüngrauer, alter Lappen, als sie aus dem Mund fuhr.

Die Scott hörte nicht hin. Sie bückte sich, nahm beide Hände zu Hilfe und rollte den Kapitän herum.

Auf dem Rücken blieb er liegen. Die Hände der ehemaligen Terroristin tasteten über seinen Körper, das Gesicht blieb dabei unbewegt, nur als sie sich hochstemmte, da zuckten ihre Mundwinkel.

»Was ist los?«

Lady X schaute den Uralt-Vampir an. »Nichts wirst du trinken, gar nichts …«

»Wieso? Ich …«

»Er ist tot«, erwiderte Lady X. »Du hast ihn erschlagen …«

»Was?«

Lady X schaute Vampiro-del-mar kalt an. »Ja, tot, da nutzt er uns gar nichts. Vielleicht noch einem Ghoul …«

»Er hat mich angegriffen«, knurrte der Uralt-Vampir.

»Ich mache dir auch keinen Vorwurf, sondern habe nur etwas festgestellt«, erklärte Lady X.

»Und jetzt?«

»Werden wir den Raum verlassen und uns etwas ausdenken müssen.«

Vampiro-del-mar fragte nicht danach, was sich Lady X ausdenken wollte. Er überließ ihr immer die Initiative. Sie war die Bessere, kannte sich bei den Menschen aus und wurde auch mit den Problemen gut fertig. Für alles hatte sie eine Lösung.

Lady X warf noch einen letzten Blick auf den am Boden liegenden Kapitän. Dann wandte sie sich der offenen Tür zu.

Romanescu hatte nicht abgeschlossen, als er den Raum betrat. Aus diesem Grunde war es den beiden Blutsaugern leichtgefallen, ebenfalls hineinzugehen.

Die ehemalige Terroristin ging vor. Sie hoffte, dass sie niemandem begegnen würden, denn sie wollte Ruhe haben, um die neuen Pläne zu durchdenken. Die alten hatte sie zwangsläufig umstoßen müssen.

Auf dem Weg zu ihrer Kabine dachte sie bereits nach. Auf jeden Fall musste sie nach Rumänien. Wenn es zu einer Allianz der Vampire kommen sollte, dann war dieses düstere Horrorland für ihre Zwecke bestens geeignet. Im Verborgenen schliefen dort unheimliche Kräfte, sie brauchten nur geweckt zu werden.

Vampiro-del-mar folgte ihr wie ein treuer Hund. Nur war er nicht so treu. Der Uralt-Vampir hatte sich nicht gern das Heft aus den Pranken reißen lassen, denn er fühlte sich stark und mächtig. Sogar so mächtig, dass er die Führung übernommen hätte. Aus bestimmten Gründen jedoch musste er dies der Scott überlassen. Sie konnte sich dank ihres Aussehens und auch Vorlebens besser unter den Menschen bewegen. Sie wusste genau, was man tun musste, um nicht aufzufallen.

Ungesehen erreichten die beiden ihre Kabine. Sie war nicht luxuriös eingerichtet. Ein Bett, ein Schrank, eine Waschgelegenheit. Auf diesem Frachter war man nicht auf Besuch eingestellt.

Lady X schloss ab. Dann drehte sie sich um, trat an den Schrank und holte ihre wichtigste Waffe hervor.

Es war der Würfel des Unheils!

Ein Name, der überhaupt nicht zu dem Gegenstand passte, denn der Würfel sah eher harmlos aus. Die Seiten schienen aus Milchglas gefertigt zu sein, waren ziemlich dick und schimmerten seltsam weiß mit bläulichen Einschlüssen.

Niemand wusste so recht, woher der Würfel stammte, aber man konnte ihn im übertragenen Sinne als eine knetbare Masse bezeichnen, denn er passte sich dem jeweiligen Besitzer an.

Das heißt, er tat das, was der Mann oder die Frau wollten. Er ließ sich manipulieren, zum Guten hin als auch zum Bösen. Als es Doktor Tod noch gab, hatte er mithilfe dieses Würfels den schrecklichen Nebel produziert, der den Menschen das Fleisch von den Knochen löste. Aber der Würfel konnte auch anderes.

Er verschaffte seinem Besitzer große Vorteile, indem er ihm Dimensionsreisen ermöglichte. Und auf diese Kraft wollte die ehemalige Terroristin bauen.

»Willst du das Schiff verlassen?«, fragte Vampiro-del-mar.

»Ja.«

»Und warum?«

»Es wird Ärger geben, wenn der Kapitän gefunden wird.« Ihr Gesicht nahm einen wütenden Ausdruck an. »Es tut mir selbst leid, dass unser Vorhaben anders als geplant endet.«

Vampiro-del-mar lachte. Er hatte genau gewusst, wie alles laufen sollte. Sie wollten nach Rumänien fahren und dort an Land gehen. Allerdings nicht als einzige Vampire. Nein, ein Schiff mit zahlreichen Blutsaugern an Bord sollte in Konstanza anlegen. Auf der Reise wäre Zeit genug gewesen, alle Besatzungsmitglieder zu Vampiren zu machen. Es hätte einen furchtbaren Auflauf gegeben, und so wäre auch ihr eigentlicher Gegner, dieser Frantisek Marek, sicherlich nach Konstanza gekommen, wo Lady X ihn dann ausschalten wollte. Der Plan war zwar ein wenig umständlich, aber nicht von schlechten Eltern. Die Aktivitäten der Blutsauger hätten für ungeheure Furore gesorgt.

Nun war das gestrichen.

Als Lady X den fragenden Blick des Uralt-Vampirs auf sich sah, da hob sie die Schultern. »Tut mir leid«, sagte sie. »Aber wir müssen den Plan ändern.«

»Sollen wir verschwinden?«

»Natürlich.«

Vampiro-del-mar widersprach nicht. Er wusste, dass Lady X immer die besseren Karten in den Händen hielt, und richtete sich danach. »Dann lass uns endlich etwas unternehmen.«

»Moment noch.« Lady X rutschte von der Tischplatte, denn sie hatte draußen Stimmen vernommen. Aufgeregte Rufe schallten durch die Gänge unter Deck.

Wahrscheinlich vermisste man den Kapitän. Jetzt suchte man ihn voller Hektik.

Die würden sich wundern, wenn sie ihn fanden, und sie würden sich auch über den einen leeren Sarg im Lagerraum wundern.

Lady X bedeutete Vampiro-del-mar mit einem Kopfzeichen, näher zu kommen.

Das tat der Blutsauger auch.

Dann aktivierte die ehemalige Terroristin den Würfel des Unheils. Sie konzentrierte sich auf das neue Ziel, zu dem der Würfel sie dank seiner Kraft transportieren sollte.

Schon bald bewies der Würfel, welch eine Kraft in ihm steckte. Die Gestalten der Blutsauger wurden durchsichtig, der Würfel verschwand ebenfalls, und dann war von den beiden Blutsaugern nichts mehr zu sehen. Sie hatten das Schiff spurlos verlassen, es war so, als wären sie überhaupt nicht da gewesen.

Das stellten auch die Männer der Suchmannschaft fest, als sie die Tür aufbrachen.

Sie fanden einen leeren Raum vor und Minuten später ihren toten Kapitän.

Zuerst waren sie ratlos, dann jedoch kam die Angst, und sie warfen die Toten ins Meer.

Nacheinander verschwanden die drei Särge in den Fluten, die erledigte Vampirin folgte, nur der Kapitän blieb auf dem Schiff. Er sollte in der Heimaterde begraben werden …

In den hohen Lagen der Karpaten hatte es längst geschneit. Die Berge trugen weiße Hauben, und an manchen Tagen war der Schnee bis in die düsteren Täler gefallen, dort jedoch rasch wieder weggetaut, weil der Boden zu warm war.

Es gab keinen Zweifel mehr, der Winter stand dicht bevor. In den dunklen Wäldern war das Laub von den Bäumen gefallen. Nur die Tannen und Fichten standen an manchen Hängen wie eine düstere Wand.

In den verstreut liegenden Dörfern wurden die großen Öfen angeheizt, und aus zahlreichen Schornsteinen quollen dünne Rauchschleier gegen den blassgrauen Herbsthimmel.

Es war genau die Zeit, wo die Natur allmählich starb …

Einige Menschen behaupteten, sie hätten bereits das schaurige Heulen der Wölfe gehört. Es gab in den Karpaten noch genügend Wölfe, die, wenn die Erde mit Schnee bedeckt war, vom Hunger in die Täler und damit zu den Menschen getrieben wurden.

Viele Menschen hatten Angst vor dem langen Winter. Oft waren sie eingeschneit. Dann konnten sie wochenlang ihre Dörfer nicht mehr verlassen und mussten sich gegen eine feindliche Umwelt verteidigen.

Die Karpaten bildeten einen Wall. Sie zogen sich von Westen nach Osten. Eine fast unüberwindlich scheinende Gebirgskette, der selbst der Schnee in den oberen Lagen kaum etwas von der Düsterkeit nehmen konnte. Zu viele Geschichten rankten sich um dieses Gebiet. In den langen Winterabenden wurden Sagen und Legenden erzählt, und der unheilige Geist des Grafen Dracula war immer gegenwärtig. So einfach ließ sich eine düstere Geschichte nicht abschütteln.

Aber Dracula war tot.

Er existierte nicht mehr, dafür gab es andere. Gefährliche und düstere Menschen, die man auch als Vampire bezeichnete und die in finsteren Burgen, einsamen Bergfriedhöfen und Ruinen hausten. Manche schliefen auch in alten Särgen tief unter der Erde. Niemand wusste so recht, wo sie sich verbargen, aber wenn der Blutdurst sie überfiel, dann stiegen sie aus den Grüften, Verliesen und Särgen, um auf Beutejagd zu gehen.

Kein Mensch war zu dieser Zeit vor ihnen sicher.

Im Schutze der Nacht gingen sie ihrem grausamen Trieb nach. Manchmal sah man ihre Augen leuchten, dann loderte die Gier nach Menschenblut und die Einwohner in den kleinen Bergdörfern hängten Knoblauch vor ihre Fenster, zündeten Kerzen an und umklammerten im Bett liegend die einfachen, aber geweihten Holzkreuze.

Es gab nur wenige Menschen, die sich gegen den Vampirterror auflehnten. Zu diesen gehörte Frantisek Marek, der Pfähler. Er kämpfte bereits sein ganzes Leben lang gegen die Blutsauger, denn er hatte ein großes Erbe übernommen.

Er war ein Marek!

Und alle Mareks hatten sich in der Vergangenheit gegen die Vampire gestellt. Sie besaßen eine gute Waffe, den alten Eichenpfahl, der ebenfalls die Jahrhunderte überdauert hatte.

Dieser Pfahl sorgte dafür, dass manchem Blutsauger ein schreckliches Ende bereitet wurde.

Besonders im Herbst und Winter gingen die Mareks auf Jagd. Dann lagen die dichten grauen Nebelwolken in den Tälern, verbargen das Böse, aber die Vampirjäger sorgten dafür, dass es entdeckt und oft vernichtet wurde.

Frantisek Marek war der Letzte seiner Generation. Er hatte keinen Sohn mehr, dem er den Eichenpfahl vererben konnte. Die 60 hatte er schon erreicht, und er war ehrlich genug, sich einzugestehen, dass er nicht mehr lange auf die Jagd nach Blutsaugern gehen konnte. Allmählich machte sich auch bei ihm das Alter bemerkbar. Die Frische der Jugend war dahingeschwunden, doch unerschütterlich ging er seiner ihm zugedachten Aufgabe nach.

Längst hatten sich tiefe Falten in das Gesicht gegraben. Die Spuren des Lebens waren darin zu sehen, sein Haar war ebenso weiß geworden wie der Schnäuzer auf seiner Oberlippe.

Marek ging gebeugt, als würde er eine schwere Last auf den Schultern tragen. Noch immer betrieb er die Schmiede in Petrila, er hatte auch gut zu tun, aber er überließ die meiste Arbeit seinem neuen Gehilfen, damit er, Marek, sich um seine eigentliche Aufgabe kümmern konnte.

Es war ihm gelungen, sich ein Auto zuzulegen. Mit diesem fahrbaren Untersatz war er beweglicher, und wenn es irgendwo »brannte«, wenn es Spuren gab, die auf eine Aktivität eines Blutsaugers hindeuteten, dann konnte er ihnen schnell nachgehen und brauchte nicht auf die Busse zu warten, die zweimal am Tag fuhren und im Winter manchmal überhaupt nicht kamen.

Gebraucht hatte er sich den Fiat Lada gekauft, und mit ihm war er wieder unterwegs. Er wollte einen Bekannten besuchen, der als Köhler tief im Wald arbeitete.

Auch diese Berufe gab es noch in Rumänien, wenn sie auch allmählich ausstarben.

Er musste ungefähr 15 Kilometer fahren, um dorthin zu gelangen, wo der Köhler hauste. Auf der Autobahn riss man diese Strecke schnell ab, aber in den Karpaten gab es keine Autobahnen, sondern nur Wege.

Von Petrila aus nahm Marek die Hauptstraße. Das sagten die Bewohner immer zu dem Weg, weil er ein wenig breiter war als die anderen, die sich an den Flanken der Berge hoch wanden.

Geschneit hatte es nur weiter oben. Hin und wieder, wenn der Wald zu beiden Seiten lichter wurde, dann konnte er den

Schnee sehen, wie er als eine weiße Schicht auf den Tannen lag und sich auch an den Hängen ausgebreitet hatte.

Marek musste vorsichtig fahren. Auf der Straße lagen die fauligen Blätter, sie waren feucht, klebten zusammen und bildeten eine regelrechte Rutschbahn.

Der alte Marek fuhr sehr konzentriert. Den Pfahl hatte er mitgenommen, er lag auf dem Beifahrersitz.

Es war Nachmittag. Die ersten Nebel bildeten sich bereits. Vom Tal her stiegen sie hoch. Gewaltige graue Wolken, die schon bald ganz die Sicht auf die dunklen Wälder nahmen.

Noch hatten die Nebel die Höhe nicht erreicht. Es würde aber nicht lange dauern, dann war Marek gezwungen, noch langsamer zu fahren, denn die Scheinwerfer des Wagens konnten diese graue Suppe kaum durchdringen.

Er hoffte stark, dass sich der Köhler nicht geirrt hatte. Einige Male hatte er schon mit ihm gesprochen, und die beiden Männer waren übereingekommen, eine raffinierte Falle aufzubauen. Bisher war der Vampir nicht hineingelaufen, beide hofften jedoch, dass es in dieser Nacht oder an diesem Abend gelingen würde.

Der Vampir war an sich nur ein Mitläufer, ein Diener des uralten Barons von Leppe.

Dieser Mensch hatte vor langer Zeit in Siebenbürgen gelebt, einer deutschen Enklave in Rumänien, und er sollte noch kurz vor seinem Tod durch den Grafen Dracula zum Vampir gemacht worden sein. Man hatte von dem Baron nicht mehr viel gehört, weil man ihn einfach nicht fand. Er war verschwunden.

Doch hin und wieder tauchte er auf.

Nachts, wenn der Wald fast stockfinster war und nur das vom Himmel fallende Mondlicht seinen geheimnisvollen fahlen Schleier wie ein Netz auf Äste und Büsche legte, dann geisterte er durch die tiefen Wälder auf der Suche nach Blut.

Es gab Menschen, die ihn gesehen hatten und geflohen waren. Von ihnen erfuhren die anderen dann, dass der Baron nicht allein war, sondern immer in Begleitung seines Dieners

Egmont war, der ihm auch zu Lebzeiten treu zur Seite gestanden hatte.

In der letzten Zeit hatten sich die Hinweise auf den Baron und dessen Diener gehäuft.

Von Leppe war wieder aktiv geworden. Unruhig streifte er durch die Wälder, als würde er auf irgendetwas warten. Offiziell lag er auf dem kleinen Friedhof seiner Burg, die, von den Wäldern vor Blicken geschützt, an einem Berghang stand und einer uneinnehmbaren Festung glich.

Dort irgendwo sollte von Leppe offiziell liegen. Es gab ein Grab, das seinen Namen trug. Und daneben ein schlichteres mit dem Namen seines Dieners.

Die Menschen, die von dem Baron wussten, hatten Angst. Deshalb trugen sie die Nachricht dem alten Marek zu, und ihm blieb nichts anderes übrig, als sein Erbe zu erfüllen.

Wie ein Westernheld den Colt, so holte er aus der alten Truhe seinen Eichenpfahl hervor und ging trotz des Widerstandes seiner Frau Marie auf Vampirjagd.

Vielleicht konnte er ihn in dieser Nacht stellen, die Falle jedenfalls war gut aufgebaut.

Zudem hatte der Köhler ausgezeichnet reagiert. Er war nicht geflohen, als er den Blutsauger zum ersten Mal zu Gesicht bekam, sondern hatte sich an Marek gewandt.

Eine Kreuzung erschien im Licht der Scheinwerfer. Marek konnte den Hauptweg nicht mehr weiterfahren. Er führte bis Sibiu, dem ehemaligen Hermannstadt.

Rechts ging es in den Wald.

Der alte Marek hatte gestoppt. Allmählich krochen die Dunstschleier wie geisterhafte, lange Arme aus dem Wald, um auch den Hauptweg zu bedecken. Es würde nicht mehr lange dauern, dann war er zu.

Der Pfähler drehte das Lenkrad nach rechts und bog in den schmalen Weg ein, der noch die tiefen Spuren der Holzfuhrwerke zeigte, denn in den Wäldern wurden immer Bäume geschlagen. Bis zum Ende wollte Marek den Weg durchfahren.

Es war uneben. Der Lada schaukelte wie ein altersschwaches

Pferd. Die Räder wühlten die losen Blätter in die Höhe und rissen manchmal auch die feuchte Erde auf.

Der Nebel stieg höher!

Etwa in Kopfhöhe hatte er sich ausgebreitet. Die Strahlen der Scheinwerfer wurden bereits von ihm verschluckt. Noch einige Minuten konnte der Pfähler fahren, dann ging es nicht mehr weiter, weil quer liegende Baumstämme den Weg verbarrikadierten.

Er wollte seinen Lada nicht entgegen der Fahrtrichtung parken, deshalb versuchte er, den Wagen zu drehen.

Es gelang ihm beim dritten Versuch. Die Reifen hinterließen in der feuchten Erde tiefe Furchen. Marek schaltete den Motor aus, löschte die Lichter und nahm seinen Pfahl, bevor er ausstieg.

Sekundenlang schaute er den Eichenpfahl an. Es war ein schweres Erbe, und eigentlich gehörte zu diesem Pfahl noch ein Silberkreuz. Das hatte sich zwar einmal in Rumänien befunden, war aber durch die Familie Monössy nach England gelangt, wo es seinem richtigen Besitzer, John Sinclair, zugeleitet worden war.

Frantisek Marek kannte John Sinclair. Der Geisterjäger und sein chinesischer Freund hatten vor Jahren Petrila besucht, um den Vampir Kalurac zu jagen. Sie waren, als Kalurac entkam, zurück nach England geflogen und hatten gemeinsam mit Marek die Vampirfalle aufgebaut.

Oft dachte der Pfähler noch an die Männer, die er als seine Freunde bezeichnete, und er erinnerte sich gut an die Zeit in London, obwohl sie sehr hart gewesen war.

Er stieg aus.

Eigentlich hätte er John Sinclair gern bei sich gehabt, aber der Geisterjäger war weit weg und hatte andere Aufgaben zu erfüllen. Einmal hatte ihm John Sinclair geschrieben und etwas über eine gefährliche Mordliga berichtet. Einzelheiten wusste der Pfähler allerdings nicht.

Er knöpfte seine gefütterte Jacke zu, schließlich war es kalt geworden, und machte sich auf den Weg.

Noch hatte sich die Dunkelheit nicht vollständig über das Land gelegt, aber in den Wäldern war es bereits finster. Nur hin und wieder schimmerte der graue Himmel über den entlaubten Kronen der Bäume.

Frantisek Marek ging genau den Weg, den auch die Holzfäller immer nahmen. Sie hatten sich eine Schneise geschaffen, die allerdings kaum zu erkennen war. Man musste schon hier zu Hause sein, um sich orientieren zu können.

Unter seinen Füßen raschelte das Laub oder knackten kleinere Zweige. Die Natur starb, der Winter stand bevor, der unheimliche November war längst angebrochen. Er brachte den späten, aber dichten Herbstnebel, die Trauer, und es war die beste Zeit für Vampire, um Menschen anzufallen.

Marek passierte die aufgeschichteten Holzstöße. Durch rechtzeitiges Ducken wich er den tief wachsenden Ästen aus, und er achtete auch auf aus dem Boden wachsende Baumwurzeln, die leicht zu Stolperfallen werden konnten.

Obwohl ihm der Weg nicht fremd war, musste er dennoch acht geben, dass er ihn nicht verfehlte. Der Nebel verdichtete sich von Minute zu Minute. Er schien als nie abreißendes graues Tuch zwischen den Bäumen zu hängen. Gleichzeitig nahm der Himmel eine andere Farbe an. Der Abend löste den Tag ab.

Frantisek Marek ging unverdrossen weiter. Fast 20 Minuten schritt er dahin, den Eichenpfahl hielt er mit der rechten Hand umklammert, und er schaute immer wieder nach rechts und links, ob er keine Feinde entdeckte.

Baron von Leppe und sein Diener würden kommen!

Er hatte es im Gefühl. Sie waren einfach gezwungen, ihre schrecklichen Gräber zu verlassen, um ihren schlimmen Trieb zu stillen.

Plötzlich sah er das Licht.

Im ersten Moment erschien es ihm wie ein heller Fleck im Grau des Nebels, und er wollte nicht so recht daran glauben, dass er schon die Hütte des Köhlers erreicht hatte, doch als er sah, wie das Licht schwankte, da wusste er, dass es nur die alte Sturmlaterne sein konnte, die vom Dach der Holzhütte herabhing.

Marek erkannte auch die Anzeichen, dass hier in der Nähe ein Köhler leben musste.

Es waren die sorgfältig aufgeschichteten Holzmeiler, in denen die Holzkohle hergestellt wurde. In der Luft hing ein beißender Geruch, und Marek bewegte sich jetzt noch vorsichtiger zur Seite, denn er wollte die Fallen, die der Köhler und er für die Vampire aufgebaut hatten, nicht zerstören.

Zudem waren sie auch für Menschen gefährlich …

Deshalb blieb er stehen, legte beide Hände vor den Mund, sodass sie einen Trichter bildeten, und rief in den Wald hinein.

»Ich bin es, Stephan!«

Wenn der Köhler Stephan den Ruf gehört hatte, würde er die Hütte verlassen.

Sekunden verstrichen. Dann eine fragende Stimme. »Marek?«

»Ja.«

»Komm her, Freund, ich warte auf dich. Oder nein, ich hole dich ab. Es ist sicherer.«

Marek lächelte. Der Freund war besorgt. Dies aus gutem Grund, denn die Fallen, die sie aufgebaut hatten, gehörten zu den raffiniertesten, die man sich vorstellen konnte. Wenn der Blutsauger da hineinlief, gab es kein Entrinnen mehr.

Er schaute nach vorn in den Dunst. Sein Blick war auf die Lampe fixiert, und er konnte sehen, dass sich die alte Sturmlaterne jetzt heftiger bewegte als zuvor.

Der Köhler kam.

Er ging zielstrebig, wenn er auch hin und wieder aus einem besonderen Grund einen Haken schlug. Seine Gestalt war nicht zu erkennen, die löste sich erst später geisterhaft aus dem Nebel.

Die letzten Schritte ging Marek ihm entgegen.

Die beiden Männer begrüßten sich mit einem festen Händedruck. Sie wussten beide, dass sie eine große Aufgabe zu bewältigen hatten.

Stephans Alter war schlecht zu schätzen. Er konnte ebenso alt wie Marek sein, aber auch zehn Jahre älter. Ein dunkler Bart bedeckte fast sein gesamtes Gesicht. An den Seiten ging er sogar über in die Augenbrauen. Das Haar des Köhlers war grau. Es wuchs lang in den Nacken und berührte den Kragen, der nach Holzkohle und Schwefel riechenden alten Jacke.

»Komm mit, mein Freund«, sagte Stephan und ging voran. Mit der Lampe leuchtete er. Er schwenkte sie nach rechts und links, sodass Marek einmal einen seltsam geknickten Zweig erkennen konnte.

Er gehörte zur Falle.

Die beiden Männer hatten sehr lange überlegt, wie sie es anstellen sollten. Schließlich war ihnen die Lösung eingefallen, wenn sie sich auch ein wenig kompliziert darstellte.

Sie wussten oder sie ahnten zumindest, dass sich der Vampir ihnen zeigen würde. Und er würde durch den Wald kommen, deshalb hatten sie an sechs verschiedenen Stellen um die Hütte des Köhlers herum die Fallen aufgestellt.

Besonders geschmeidige Zweige waren zu halben Kreisen gebogen worden und mit einer Schnur verbunden. Auf dem Bogen und in der Sehne lag jeweils ein Pfeil. Er bestand aus Eichenholz, war vorn zugespitzt und mit einem straff gespannten Band dicht über der Erde verbunden. Wenn jemand das Band berührte, dann löste er die Verbindung, und der Pfeil konnte die straff gespannte Sehne verlassen.

Sie hatten tagelang darüber nachgegrübelt und es schließlich ausprobiert. Nach etlichen Misserfolgen klappte es schließlich. Egal, von welcher Seite sich der Blutsauger näherte, es gab überall diese raffiniert aufgebauten Stolperfallen.

Der Vampir brauchte nur noch hineinzutappen.

»Sind die Fallen alle in Ordnung?«, erkundigte sich Marek bei seinem Freund.

»Ja, ich habe sie, kurz bevor der Nebel kam, noch kontrolliert.«

»Dann ist es gut.« Marek nickte. »Der Nebel schmeckt mir aber nicht«, meinte er dann.

»Was willst du machen, Freund? Die Natur fordert immer ihr Recht. Da können sich die Menschen noch so weit entwickeln. Es kommt noch etwas hinzu, Frantisek. Die Temperatur ist gefallen. Ich schätze, es wird Schnee geben.«

»Heute noch?«

»Wahrscheinlich.«

»Das wäre nicht gut.«

Stephan lachte. »Seit wann hat sich ein Vampir vom Schnee abhalten lassen? Ich wüsste da nichts.« Er schlug Marek auf die Schultern. »Komm, wir gehen in die Hütte, dort ist es warm.«

Vor das alte Holzhaus waren auf den Boden Bohlen gelegt worden. Links neben der Tür stapelten sich Holzscheite. Die kleinen Fenster hatten Außenklappen, das Dach bestand ebenfalls aus Holzschindeln und war stark geneigt. Auf den beiden Hälften schienen die Nebelschwaden zu tanzen und zu wallen. Wie gespenstische graue Gebilde drehten sie sich und vermischten sich mit der aus dem Schornstein steigenden Rauchfahne. Sogar den alten Holzschlitten hatte Stephan schon hervorgeholt und hochkant gegen die Hauswand gelehnt.

Der Köhler stieß die Tür auf.

Das flackernde Feuer eines gemauerten Kamins drang bis durch die Tür nach draußen und füllte den vor dem Haus wallenden Nebel mit blutrotem Schein.

Der Raum war einfach eingerichtet. Ein Bett, mehr ein Lager, ein klobiger Tisch, Stühle darum, einfache Regale und eine alte Waschschüssel aus Porzellan.

In der Nähe des Kamins gab es nur eine gemütliche Steinbank, auf der Wolfsfelle lagen. Elektrisches Licht war nicht vorhanden. Helligkeit spendeten die beiden von der Decke hängenden Petroleumfunzeln. Die auf dem Tisch liegenden modernen Taschenlampen passten irgendwie nicht in dieses Haus, erinnerten jedoch daran, dass die Zeit nicht stehen geblieben war.

Marek schloss die Tür.

Der Köhler stand bereits am Regal, holte eine Flasche herunter und entkorkte sie. Er brannte seinen Schnaps selbst. Marek kannte ihn. Immer wenn er ihn trank, hatte er das Gefühl, sein Magen würde explodieren und in mehreren Teilen davonfliegen.

Zwei dickwandige Tonbecher holte Stephan ebenfalls und schenkte sie halb voll.

»Willst du mich vergiften?«, fragte Marek.

Durch das Bartgestrüpp des Köhlers drang ein leises Lachen.

»Wieso vergiften?«, fragte er. »Dieser Schnaps ist gut. Auch für die Gesundheit. Wenn ich mal krank bin, reibe ich mich damit ein, ansonsten trinke ich ihn. Er tut immer gut. Hier, nimm!«

Marek packte den Becher. Er hob ihn an und prostete seinem Freund Stephan zu.

»Worauf trinken wir?«, fragte der Köhler.

»Auf unseren Sieg.«

»Ja, auf unseren Sieg!«

Man hatte uns nicht vergessen. Und man hatte vor allen Dingen nicht vergessen, dass es unter anderem Suko und mir zu verdanken war, dass der Vampir Kalurac nicht mehr lebte.

Entsprechend freundlich war der Empfang am Flughafen von Bukarest. Man schlug uns auf die Schulter, lud uns zu einem Schnaps ein und wollte von vergangenen Zeiten reden.

Wir aber lehnten ab.

Die Zeit drängte. Ich kannte Lady X und wusste, dass sie sehr schnell sein konnte, wenn sie einen Plan durchführen wollte. Allerdings gab ich das nicht als Grund an, sondern einen allgemeineren. Ich wollte nicht, dass die Offiziellen etwas von der Vampirin erfuhren.

Schließlich blieb mir auf ihre drängenden Fragen und ihr permanentes Nachhaken nichts anderes übrig, als auf den Baron von Leppe hinzuweisen. Einer der Ledermantel-Träger kannte sich in der Historie seines Landes gut aus.

»Das war doch einer aus Siebenbürgen.«

»Sicher.«
»Der ist tot.«
Suko lächelte den Knaben an. »Das, mein Lieber, wollen wir eben feststellen.«
»Meinen Sie vielleicht, dass er …?«
Ich hob die Schultern. »Wer weiß? Wir haben nur Hinweise erhalten, deshalb müssen wir uns ja mit Frantisek Marek treffen und wieder einmal nach Petrila fahren …«
Da wurde uns die nächste Überraschung serviert, denn der Chef dieser Abordnung erklärte lächelnd, dass wir nicht zu fahren brauchten.
»Sondern?«, fragte ich.
»Sie fliegen. Wir stellen Ihnen einen Hubschrauber zur Verfügung.«
»Das ist toll.« Meine Augen glänzten vor Freude, auch Suko rieb sich die Hände.
»Ja, wir haben nicht vergessen, was Sie damals geleistet haben. Zudem sind die Freunde des rumänischen Volkes auch unsere Freunde.« Der Mann redete in einer Mischung aus Englisch und dialektgefärbtem Deutsch. Wir konnten es aber verstehen.
Ein anderer meinte: »Man hat Nebel angekündigt.«
»Für wann?«
»Für den Abend.«
Die Offiziellen schauten sich an. »Wollen Sie trotzdem fliegen?«, erkundigten sie sich.
»Natürlich. Die Vampire warten auch nicht und bewegen sich im Nebel weiter. Wir wollen ihnen keinen Vorsprung geben.«
»Dann folgen Sie uns bitte aufs Rollfeld.«
Das taten wir. Von Kühle oder Schnee war hier auf dem Flughafen von Bukarest nicht viel zu spüren. Fast frühlingshafte Temperaturen herrschten vor. Wir schwitzten in unserer Kleidung. In den Karpaten jedoch würde es anders aussehen, da waren wir sicher.
Mit einer dunklen Dienstlimousine, einem russischen Fabri-

kat, wurden wir dorthin gebracht, wo der Hubschrauber stand. Der Pilot wartete bereits.

Wir wurden bekannt gemacht und musterten uns.

Der Mann war ziemlich klein, dafür kompakt gebaut. Dass in seinem Körper Kraft steckte, konnten wir ihm ansehen. Er trug eine dunkle Lederkombination und auf seinem quadratisch wirkenden Kopf eine Mütze mit Schutzschirm.

Er hieß Jarek.

Ich schaute mir auch den Hubschrauber an. Die Marke kannte ich nicht. Es war eine Armee-Maschine, sie war mit einem Tarnanstrich versehen und sah Vertrauen erweckend aus.

»Dann guten Flug und viel Erfolg«, wünschte man uns, bevor wir einstiegen.

Plätze waren genügend vorhanden. Suko und ich nahmen hinter dem Piloten Platz und schnallten uns an.

Mit Waffen waren wir gut ausgerüstet. Den Einsatzkoffer hatte ich trotzdem mitgenommen und ihn in einem größeren verstaut, in dem auch noch Ersatzkleidung lag.

Der Pilot ließ den Motor warmlaufen. Noch hatte er die Starterlaubnis nicht erhalten. Den Kopfhörer hatte er bereits übergestreift und erhielt wenig später die Erlaubnis, abzuheben.

Der Flughafen blieb unter uns zurück. Ein neuer Kurs wurde eingeschlagen.

Nord-Nordost!

Ich dachte wieder an dieses Land, das durch den Grafen Dracula eine traurige Berühmtheit erlangt hatte. Transsylvanien hatte es mal geheißen, ein unheimlicher Flecken Erde im Herzen des Balkans, wo alte Legenden und Sagen wahr geworden waren.

Der Flug würde einige Zeit dauern, so konnten wir noch ein wenig die Augen schließen. Unsere Gabe, bei jeder sich bietenden Gelegenheit einzuschlafen, verließ uns auch im Hubschrauber nicht. Wobei Suko die Augen früher geschlossen hatte als ich.

Wir wurden deshalb wach, weil der Pilot tiefer ging. Ich schreckte hoch und rieb meine Augen.

»Sind wir schon da?«, rief Suko.

»Nein, nein. Ich muss tanken.«

Sollte er. Wir schauten durch die dicken Scheiben der Fenster. Ja, da waren schon die Karpaten zu sehen. Ihre Gipfel hoben sich scharf und schneebedeckt vor dem grauen Hintergrund ab. Darunter sahen wir dunkle, lange Flecken. Es waren die dichten Wälder, die dieses Gebirge prägten.

Wir würden sie bald besser sehen.

Der Pilot landete die Maschine auf einem Armee-Stützpunkt. Er war angemeldet, und es gab keinerlei Schwierigkeiten bei der Landung. Aus Sicherheitsgründen mussten wir den Hubschrauber während des Auftankens verlassen.

Sofort merkten wir die Kälte. Es war wesentlich kühler als in Bukarest. Es tat gut, dass wir die dicke Kleidung angezogen hatten.

Über 20 Minuten vergingen. Soldaten beobachteten uns misstrauisch. Über ihren Schultern hingen die MPis. Aus den Schornsteinen der grauen Kasernen quoll dünner Rauch.

Ich zündete mir eine Zigarette an. Als ich mit der Schachtel auf einen in der Nähe stehenden Posten wies, schüttelte dieser den Kopf. Unter den Augen seines Vorgesetzten nahm er keine westlich dekadenten »Bestechungsgeschenke« an.

Natürlich hatten wir uns weit genug von der Maschine entfernt. Während des Tankvorgangs ist das Rauchen verständlicherweise strengstens verboten.

Der Pilot kehrte zurück. Er winkte uns zu. Es war also alles in Ordnung.

Wenig später saßen wir wieder in der Maschine und stiegen in die graue Luft. Ich hatte das Gefühl, als würde sie nach Schnee schmecken, und auch die großen Wolken weit über den Gipfeln der fernen Berge sahen aus, als würden sie Schnee in sich tragen.

Mit dem Piloten sprach ich darüber. Der Mann hob die Schultern. »Es ist gut möglich, dass es bald schneien wird.«

»Bevor wir das Ziel erreicht haben?«

»Hoffentlich nicht. Denn die Schneefälle kündigen sich zumeist mit einem Sturm an, der nach einem Tag erst abflaut. Es schneit dann weiter.«

Schon bald erreichten wir das Vorgebirge. Die Gegend unter uns wurde nicht nur hügeliger, sondern auch bewaldeter. Die Orte lagen weit verstreut. Als würden sie Schutz suchen, so wirkten die Häuser, wenn sie sich im Schatten der Berge duckten.

Recht bald sahen wir den Schnee.

Die Felder lagen unter uns. Sie schimmerten weiß und schienen mit einem leichten grauen Schleier bedeckt zu sein.

»Nebel!«, meldete Jarek.

In der Tat konnte man die grauen Schleier über dem Schnee so umschreiben. Als wir weiterflogen und in die Täler schauten, entdeckten wir schon den grauen Dampf.

Er lag in dicken Wolken über den Wäldern und stieg allmählich höher.

Der Pilot wandte sich an uns. Wir sahen seinen besorgten Blick. Suko fragte: »Wie lange müssen wir noch fliegen?«

Mit den Händen deutete der Mann eine Zeitspanne von zehn Minuten an. Wir schafften es in acht.

Und wir hatten Glück. Zwar befand sich der Ort Petrila in unmittelbarer Nähe der Nebelfelder, doch der Dunst hatte sich nicht so stark verdichtet, dass er eine Orientierung unmöglich machte. Ich erkannte einiges wieder. Den schlanken Turm der Kirche, das Gemeindehaus, gleichzeitig Parteizentrale, und auch die um den Ort liegenden Höfe der Bauern. Man hatte den Hubschrauber schon gehört. Zahlreiche Menschen liefen zusammen. Sie versammelten sich bei der Festwiese, denn dort wollten wir landen.

Der Pilot hatte den Auftrag zu warten, bis wir zurück wollten. Und wenn es drei Tage dauerte. Wir verabschiedeten uns mit einem Kopfnicken und liefen an den staunenden Menschen vorbei in Richtung Dorf. Wir wussten noch genau, wo sich das Zentrum befand. Es gab dort einen Marktplatz, um den sich alte Häuser gruppierten und mit ihren Fenstern auf den Mittelpunkt des Platzes zu schauen schienen, einem herrlichen Steinbrunnen, der als Zierde eine Reiterfigur trug, die ein Schwert drohend gegen den Himmel gereckt hielt.

»Da hat sich nichts verändert«, bemerkte Suko.

Auch ich war seiner Meinung. Fehlte nur noch der Bürgermeister und Parteibonze von Petrila. Er hatte uns beim ersten Besuch auch begrüßt.

Das Dorf wirkte nicht ausgestorben. Die Menschen, die uns begegneten oder sahen, schauten uns zuerst nur kurz an, dann intensiver, einige lächelten auch und grüßten.

Man schien uns erkannt zu haben. Angesprochen wurden wir nicht.

Schließlich ließ sich auch der Bürgermeister blicken. Vor Jahren hatte er bei unserem ersten Zusammentreffen ziemlich kühl und unpersönlich reagiert, jetzt allerdings strahlte er.

»Welcome!«, rief er in unserer Heimatsprache. »Meine Freunde aus England. Das ist eine Überraschung!«

Wir mussten uns Umarmungen gefallen lassen. Nur Bruderküsse tauschten wir nicht aus.

»Warum hat man mir nichts gesagt?«, rief der Mann mit der Halbglatze immer wieder. »Warum nicht?«

Ich hob die Schultern. »Vielleicht sollte es eine Überraschung werden.«

Er winkte ab. »Ach nein, keine Überraschung. Und was wollt ihr hier? Geht es wieder um Vampire?«

»Ja.«

»O nein!« Er raufte sich die wenigen Haare. »Dieser Marek ist unbelehrbar, wirklich.«

»Er weiß nicht, dass wir hier sind.«

»Ach so. Eine Überraschung.«

»Ja.«

»Soll ich euch hinbringen?«

»Das wäre nicht schlecht.«

»Dann kommt mit, Freunde, kommt.« Wie damals zogen wir los, und der Bürgermeister wurde noch immer so respektvoll gegrüßt. In Petrila war die Zeit wirklich stehen geblieben.

Es wurde neblig.

Der Dunst stieg aus den Tälern und kroch aus südlicher Richtung lautlos in das Dorf, um mit seinen grauen Schleiern so manch baufälliges Haus zu verdecken.

»Bald gibt es Schnee«, sagte der Bürgermeister. »Wir liegen immerhin siebenhundert Meter hoch.«

Da hatte er recht. Ich hoffte nur, dass die Schneewolken sich noch einen Tag zurückhielten.

Zudem war ich gespannt, wie der alte Marek wohl reagieren würde, wenn er uns sah. Bestimmt sehr freudig, wir hatten uns mit ihm gut verstanden.

Schon bald erreichten wir das Haus, in dem die Mareks wohnten. Es sah aus wie immer. Der Anbau, in dem sich die Schmiede befand, stand auch noch, und wir hörten die hellen Schläge aus der offenen Tür dringen. Dort arbeitete jemand.

»Da wären wir«, sagte der Bürgermeister. Mir fiel auch ein Teil seines Namens wieder ein. Mirca hieß er.

»Wollen Sie mit rein?«, erkundigte ich mich.

»Natürlich, ich muss dem alten Frantisek doch guten Tag sagen. Außerdem will ich sein Gesicht sehen, wenn ihr plötzlich vor ihm steht.« Der Mann rieb sich die Hände und lachte.

»Wir werden sehen.«

Noch mussten wir die Straße überqueren. Dann standen wir vor der einfachen Haustür.

Ich schaute an der Fassade hoch. Hinter den Fenstern rührte sich nichts. Keiner hatte uns bemerkt. Nicht einmal Rauch quoll aus dem Schornstein.

»Die scheinen nicht da zu sein«, meinte der Bürgermeister.

»Sieht mir auch so aus«, erwiderte ich.

Dafür sagte Suko: »Aber die Tür steht offen.«

Ich wandte mich an den Bürgermeister. »Ist das hier üblich?«

»Eigentlich nicht.«

Suko war schon vorgegangen. Er hatte den Arm ausgestreckt, berührte das Holz und drückte die Tür nach innen.

»Hallo!«

Auf mein Rufen antwortete niemand.

»Gehen wir doch rein!« Mircas Stimme klang ein wenig rau. Auch ich hatte plötzlich ein unangenehmes Gefühl. Sollte hier jemand schneller als wir gewesen sein?

Wir betraten das Haus.

Im engen Flur blieben wir erst einmal stehen. Eine Treppe führte hoch in die niedrigen Räume der ersten Etage. Die Stufen verschwanden im Dämmerlicht.

Der Bürgermeister drängte sich an mir vorbei in den Wohnraum. Er war kaum verschwunden, als Suko in die Knie ging und einen Zischlaut ausstieß.

Ich bückte mich ebenfalls und folgte mit den Blicken dem ausgestreckten Finger meines Partners.

Noch vor der Treppe begannen die dicken, dunklen Tropfen, die auf den Holzdielen lagen.

Und sie führten die Stufen hoch. Auf der dritten konnten wir sie noch erkennen – Blut!

Zwei Stunden vergingen.

Die beiden Freunde saßen am Tisch. Sie schwiegen sich zumeist an. Hin und wieder erhob sich der alte Köhler, um frische Holzscheite in den Kamin zu werfen. Wenn die Flammen neue Nahrung erhielten, wurden sie zu gierigen Fingern, die über die Scheite leckten und sie entzündeten. Und wenn die Rinden platzten, dann flogen regelrechte Funkenbahnen in die Höhe und verschwanden im Kaminschacht.

»Wird er kommen?«, fragte Marek zum wiederholten Male und schaute auf seinen Eichenpflock.

»Wir können es nur hoffen.«

»Er muss in die Falle gehen. Er muss es einfach«, flüsterte der Pfähler. »Er hat dich nicht umsonst ausgesucht, Stephan.«

»Ja, ich habe ihn zweimal gesehen«, sagte der Köhler und schielte auf sein Holzkreuz, das vor seiner Brust hing. Er hatte es mal weihen lassen, und er versprach sich viel davon.

Plötzlich stand Marek auf.

»Was ist los?« Stephan hob überrascht den Kopf.

Marek hielt den Pfahl hoch. »Ich kann nicht mehr. Ich muss raus hier, verstehst du?«

»Und dann?«

»Ich gehe vor die Tür und horche. Vielleicht kann ich ihn auch locken, wenn er mich riecht oder sieht.«

Stephan schaute zur Klingelschnur in der Ecke. Die beiden Männer hatten eine Alarmanlage gespannt. Sie befand sich noch außerhalb der Fallen. Auch dabei hatten sie auf eine Schnur zurückgegriffen und sie dicht über den Boden gezogen. Wenn der Vampir kam, sie bewegte, dann musste im Haus die kleine Glocke anschlagen, die mit der Schnur in Verbindung stand.

Das Risiko, dass der Alarm durch ein Tier ausgelöst wurde, musste in Kauf genommen werden.

»Warte doch noch«, sagte Stephan und hob die Flasche. »Hier, ein Schluck wird dir gut tun.«

»Nein, bleib mir mit dem Teufelszeug vom Leib«, knirschte der Pfähler.

»Was hast du, Frantisek?« Stephan stemmte seine Hände auf die Tischplatte und drückte sich in die Höhe.

»Ich habe Angst!« Marek schaute den Freund direkt an, und die Augen des Köhlers wurden groß.

»Angst?«, echote er. »Wirklich Angst?«

»Ja.«

»Aber du bist Marek, der Pfähler. Du brauchst doch keine Angst zu haben, mein Lieber.«

»Doch, das habe ich. Ehrlich. Ich weiß auch nicht, wie es kommt, aber ich fühle mich so …« Er sprach nicht mehr weiter und schaute zu, wie Stephan Schnaps in den Becher gluckern ließ. »Weißt du«, sagte er nach einer Weile, als der Köhler getrunken hatte. »Es ist so. Die Angst ist nicht direkt da.

Nicht um meine Person, es geht um etwas anderes. Das ist wie ein Kreis.«

»Verstehe ich nicht.«

»Na ja, Freund, wie soll ich es dir erklären?« Marek hob die Schultern und verzog sein Gesicht, wobei sich die Falten noch tiefer in seine Haut gruben. »Die Furcht ist allgemein, verstehst du? Sie lauert überall, und sie kann auch Menschen treffen oder sich auf Menschen beziehen, die mir nahestehen.«

»Deine Frau?«

»Unter anderem. Vielleicht hätte ich sie nicht allein lassen sollen.«

Da lachte Stephan. »Aber der Vampir lauert hier im Wald, der wird nicht zu dir kommen.«

»Wer weiß es?«

»Ich, mein Lieber. Ich weiß es. Du solltest deine Angst besiegen. So kenne ich dich gar nicht.«

»Vielleicht hast du recht, Stephan. Möglicherweise ist alles ganz anders, als ich denke. Möglicherweise …«

»Bestimmt sogar.«

Im nächsten Augenblick zuckten beide zusammen, denn die Glocke an der Wand begann zu schlagen. Sofort richteten sich die Blicke der Männer auf den kleinen, golden schimmernden Gegenstand, der heftig bewegt wurde und dann verstummte.

»Der Vampir«, hauchte Stephan, dabei schaute er auf Marek, und seine Augen wurden groß. »Himmel und Feuer, der Blutsauger. Er ist uns in die Falle gegangen.«

»Noch wissen wir nichts.«

Etwas schwankend schob sich der Köhler um den Tisch herum. »Komm, Marek, komm, wir schauen nach.« Mit zwei Schritten erreichte er die Tür und öffnete sie.

Der Pfähler schielte noch zur Glocke hin, die sich nicht mehr bewegte, dann wandte auch er sich dem Ausgang der Holzhütte zu, durch deren offene Tür die dicken Nebelschwaden gespenstisch und lautlos in den Raum hereinwallten.

Eine unheimliche Atmosphäre hielt den gesamten Wald umfangen. Die laublosen Bäume waren nur als geisterhafte Schatten zu erkennen. Nebelspiralen umquirlten sie, und es schien so, als wollten sie ihnen für die Dauer von Sekunden ein seltsames Leben einhauchen.

Die beiden Männer blieben vor der Hütte stehen. Der Rest des Kaminlichtes traf sie und warf zuckende Schatten auf ihre Körper. Die alte Sturmlaterne schwankte, und die Kette, an der sie hing, bewegte sich knarrend.

»Hörst du ihn?«, fragte Marek.

»Noch nicht«, wisperte der Köhler. »Aber er ist da, das spüre ich genau.«

Marek packte seinen Eichenpflock fester. »Komm, Stephan, wir werden ihn fangen. Es hat keinen Sinn, hier länger stehen zu bleiben. Heute ist er fällig.«

Der Köhler nickte. Zudem fasste er nach dem Band, das sein Kreuz hielt, und streifte es über den Kopf. Jetzt hielt er das Holzkreuz in der Hand. Er fühlte sich gleich sicherer. Tief saugte er den Atem ein. Er musste sich beeilen, denn Marek war vorgegangen, und seine Gestalt wirkte bereits durch den Nebel verschwommen.

Der Pfähler machte auf den alten Köhler selbst den Eindruck eines unheimlichen Wesens.

»Bleib stehen!«, zischte er.

Marek folgte der Aufforderung. Stephan hastete auf ihn zu und stellte sich an seine Seite. »Da vorn ist schon die erste Falle!«, flüsterte der Köhler. »Wenn der Blutsauger jetzt ...«

Er sprach nicht mehr weiter, denn beide hörten sie den erstickt klingenden Schrei, dem ein dumpfes Röcheln folgte.

»Ha!«, rief Stephan. »Jetzt haben wir ihn, diesen verfluchten Bluttrinker. Komm ...«

Es war Blut!

Wir waren nicht mehr weitergegangen, hatten uns erhoben und blieben auf dem Fleck stehen.

Aus dem Wohnraum hörten wir Geräusche. Dort befand sich der Bürgermeister und suchte nach den beiden Mareks, rief auch ihre Vornamen, erhielt jedoch keine Antwort.

Suko stieß mich an. »Marek?«, hauchte er.

Ich hob die Schultern und zog meine Beretta. Ich hatte auch die Waffe mit den Eichenbolzen mitgenommen. Der Griff nach der Beretta war automatisch erfolgt, weil ich diese Pistole sonst immer nahm. Jetzt steckte ich die Beretta wieder weg und holte die andere, etwas klobig wirkende, dafür fast lautlos schießende Waffe hervor.

Sie war speziell für Vampire gedacht. Die Eichenbolzen – vorn zugespitzt – töteten die Blutsauger auf der Stelle, wenn man ins Herz oder zwischen die Augen traf.

»Sollen wir hoch?«, wisperte Suko.

»Wird uns wohl nichts anderes übrig bleiben«, erwiderte ich ebenso leise.

Da wurde neben uns die Tür geöffnet. Der Bürgermeister verließ das Zimmer und hob die Schultern. Sein Gesicht zeigte ebenfalls Ratlosigkeit an.

»Nichts, sie sind beide nicht zu sehen.« Er kratzte sich am Kopf. »Das verstehe ich nicht. Soll ich mal nebenan in der Schmiede nachfragen? Der Gehilfe müsste wissen, wo ...« Er verstummte, denn wie auch wir hatte Mirca Schritte gehört.

Nicht auf derselben Etage, sondern über uns, wo die Treppe in der Düsternis verschwand.

Dort hielt sich jemand auf.

Der Bürgermeister hatte den Mund geöffnet, wollte etwas sagen, sah dann allerdings auf meine Pistole und wurde noch bleicher, als er ohnehin schon war.

Er stellte keine Fragen.

Suko ging ein wenig zur Seite. Er zog die Beretta. Dabei baute er sich so auf, dass er schräg die Treppe hoch schauen konnte, und ich drückte den Bürgermeister zurück.

»Bleiben Sie hinter mir!«

»Was ist denn geschehen?«

»Werden wir gleich feststellen!«

Die Schritte klangen nicht mehr so dumpf, sie waren lauter geworden, ein Zeichen, dass sich jemand der Treppe näherte. Im Haus gab es sonst keine Geräusche mehr, nur aus der Schmiede hörten wir nach wie vor das helle Hämmern des Hammers.

Mir war überhaupt nicht wohl zumute, denn ich ahnte Schreckliches und hoffte, dass ich es nicht bestätigt bekam.

Dann waren die Schritte auf der Treppe zu vernehmen. Noch dumpfer klangen sie, denn unter den Stufen befand sich ein Hohlraum.

Wir warteten.

Eine Sekunde verstrich, die zweite ...

Dann sahen wir die Füße. Jetzt wusste ich auch, weshalb die Schritte so hohl geklungen hatten, die Person, die die Treppe herunter kam, trug Holzschuhe.

Aber keine Hosen.

Es war eine Frau. Schon erkannten wir den Rocksaum, die Wollstrümpfe an den Beinen, sahen eine Schürze und die dunklen Flecken darauf.

Blut!

Mein Gott, ich hatte auf einmal schreckliche Angst, dass sich mein Verdacht bewahrheiten würde.

Es hatte nicht Frantisek Marek erwischt, sondern ...

Die nächsten Schritte.

Jetzt sahen wir sie.

Es war Marie, die Frau des Pfählers. Ihre rechte Gesichtshälfte war blutbeschmiert, jemand musste sie dort mit einem scharfen Gegenstand attackiert haben. Auch in den grauen Haaren klebte das Blut.

Dennoch lebte die Frau.

Denn sie war – ein Vampir!

Das Bild war grauenhaft. Wir hatten alle drei nicht damit gerechnet und erlitten einen Schock. Die blutbeschmierte rechte Gesichtshälfte stand im krassen Gegensatz zu der linken, deren Haut bleich schimmerte. Und zwischen den beiden Gesichtshälften, im unteren Drittel, da stand der Mund offen, und die beiden spitzen Vampirzähne schauten hervor. Sie erinnerten mich an winzige Dolche, aber sie waren in ihrer Wirkung gefährlicher als diese Waffen.

Für uns wurden es die schrecklichsten Sekunden einer schlimmen Wahrheit. Marie Marek stand auf der Treppe und schaute uns starr an. Ich weiß nicht, ob sie uns erkannte, wahrscheinlich nicht, denn all ihr Sinnen und Trachten zielte darauf ab, das Blut eines Menschen zu trinken. Sie als Vampir brauchte es, um überleben zu können.

Während Suko und ich vor Grauen stumm waren, konnte sich der Bürgermeister neben uns nicht mehr halten. Er stöhnte vor Angst und Entsetzen. Aus seinem Mund drangen Laute, die man schon nicht mehr mit dem Wort menschlich umschreiben konnte.

Ohne uns abgesprochen zu haben, taten Suko und ich das Gleiche. Wir drängten den Mann zurück, damit er uns nicht mehr im Weg stand, denn nun galt es, das untote Wesen vor uns zu bekämpfen. Mirca ließ sich schieben wie eine Puppe. Er lehnte sich gegen die Wand und sein Atem drang wie ein schweres Rasseln über die spröden Lippen.

»Schieß du, John«, flüsterte Suko und deutete mit dem Kopf auf meine Pistole.

Es war die Bolzenwaffe. Ich hatte lange nicht mehr mit ihr geschossen und hoffte, nichts verlernt zu haben.

Nach dieser schaurigen Entdeckung waren vielleicht vier, fünf Sekunden vergangen. Wenn man selbst an solchen Ereignissen beteiligt ist, erscheint einem die Zeit immer langsamer, als sie in Wirklichkeit ist, und ich musste mir erst einen innerlichen Ruck geben.

Gleichzeitig setzte sich auch die Frau in Bewegung.

Als sie mit ihrem Holzschuh die nächste Stufe berührte, vernahmen wir wieder dieses dumpfe Geräusch, das uns entgegenschlug.

Für mich ein Zeichen!

Ich krümmte den Finger, die Lippen bildeten einen Strich, dann drückte ich ab.

Die Waffe hatte kaum einen Rückstoß. Fast hätte ich noch verzogen, weil ich an die Beretta gewöhnt war. Ein Geräusch entstand, das sich anhörte, als würde irgendwo Luft entweichen, dann raste das Geschoss aus der Mündung und hieb ins Ziel.

Es war die Stelle zwischen den Augen.

Die Untote erhielt einen ungeheuren Schlag.

Der Schädel wurde nach hinten gerissen, so schnell und wuchtig, dass ich das Gefühl hatte, er würde abfallen.

Mit ihm kippte auch der Körper. Zwar streckte sie noch ihren rechten Arm aus, um sich am Handlauf des Geländers festzuklammern, sie verfehlte ihn jedoch und griff ins Leere. Das Wesen knickte ein und bekam das Übergewicht.

Marie Marek fiel nach vorn.

Aus irgendeinem Grunde gelang es ihr, den Kopf wieder hochzustemmen. Sie wandte uns dabei das Gesicht zu, sodass wir sie direkt anschauen konnten.

Es war grauenhaft.

Der Bolzen hatte seinen Weg gefunden. Zwischen ihren Augen steckte er und war tief in den Kopf gefahren. Dieses blutsaugende Wesen existierte nicht mehr.

Und sie fiel nach vorn.

Schwer und steif kippte sie uns entgegen.

Dabei fiel sie genau in meine Richtung und sie hätte mich auch von den Beinen gerissen, wenn ich nicht zurückgesprungen wäre.

Die Untote dröhnte auf die Stufen. Sie schlug schwer auf den Kanten auf, wurde durchgeschüttelt und rollte den Rest der Treppe hinab.

Vor uns blieb sie liegen.

Tot, erledigt ...

Wir schwiegen und schauten auf den Rücken der Frau. Frantisek Marek hatte immer ein wenig seltsam von seiner Frau gesprochen und sie als einen Drachen bezeichnet. Ich war fest davon überzeugt, dass dies sehr liebevoll gemeint war.

Wenn er vom Tod seiner Frau erfuhr, dann …

Ich schüttelte mich, denn mir war ein anderer, schlimmer Gedanke gekommen.

Suko dachte ähnlich. Er stieß mich an und flüsterte. »Wir haben den Pfähler noch nicht gesehen, John. Ob er sich auch da oben als Vampir befindet?«

»Mal den Teufel nicht an die Wand.«

Mein Freund und Kollege hob die Schultern. »Verflixt, wir müssen mit allem rechnen.«

Was sollte ich dagegen einwenden? Suko hatte mit seiner Prognose völlig recht. Wir mussten wirklich mit dem Schlimmsten rechnen, und ich schielte die Treppe hoch.

Wir hörten den Bürgermeister. Er lehnte an der Wand, hatte den Kopf gesenkt und schluchzte. Seine Worte, die er sprach, verstanden wir nicht. Vielleicht fragte er sich das Gleiche wie wir.

»Wer kann das getan haben?« Suko stellte die Frage, und ich hob die Schultern.

»Baron von Leppe«, formulierte Suko. »Tarrasco hat uns den Namen gesagt. Vielleicht ist er …«

»Oder auch Lady X!«

Tief atmete der Inspektor ein. »Mann, John, wenn du da recht haben solltest, dann …«

»Die will das Chaos.«

»Vielleicht befindet sie sich noch im Haus.«

»Dann schauen wir nach.«

»Moment noch.« Ich hielt Suko fest, als er die Stufen hochgehen wollte. »Zuerst will ich mit Mirca reden.«

»Gut.«

Der Bürgermeister war kaum ansprechbar. Zu tief saß der Schock. Als er mich schließlich aus tränennassen Augen anschaute, da fragte er nur: »Warum nur, John Sinclair? Was ist mit ihr nur passiert?«

»Sie lebt nicht mehr«, erwiderte ich. Anscheinend hatte der

Bürgermeister die volle Tragweite des Vorfalls noch nicht begriffen. Er wollte auf die Knie nieder und sie anfassen, doch ich hielt ihn ab. »Nein«, sagte ich. »Sie müssen sich jetzt zusammenreißen.«

»Ich kann es nicht«, sagte der sonst so harte Mann, den die Partei geschult und eingesetzt hatte. »Ich kann es einfach nicht. Tut mir leid.« Er schüttelte den Kopf.

Ich redete jetzt hart mit ihm, schrie ihn fast an, denn der Mann durfte nicht durchdrehen. Ich erinnerte ihn an seine Pflichten als Bürgermeister, und allmählich gewann er seine Fassung zurück. Er wurde wieder normaler.

»Sie haben recht«, flüsterte er und nickte ein paar Mal. »Wir müssen uns jetzt zusammenreißen. Was soll ich tun?«

»Auf jeden Fall zusehen, dass nichts nach außen dringt. Niemand im Dorf darf erfahren, was sich hier zugetragen hat. Wenn es ans Licht der Öffentlichkeit gerät, dann wird es schlimm werden. Es würde eine Panik geben, die keiner mehr kontrollieren kann. Vielleicht beabsichtigen das unsere unbekannten Gegner. Wenn die Menschen nicht mehr wissen, was sie tun, haben es die anderen leichter.«

Das sah der Mann ein. Er wischte sich mit einem roten Tuch die Augen sauber, schnäuzte die Nase und fragte: »Wer kann diese Frau denn so verändert haben?«

Ich hob die Schultern. »Keine Ahnung, aber wir haben in England einen Hinweis auf einen hier in Rumänien lebenden Baron erhalten. Sein Name ist von Leppe!«

»Von Leppe?« Der Bürgermeister runzelte die Stirn, bevor er mich anschaute.

»Kennen Sie ihn?«

»Gehört habe ich von ihm«, erwiderte er. »Ja, sogar des Öfteren.«

»In welchem Zusammenhang?«

»Das liegt irgendwo in der Geschichte des Landes begründet, wissen Sie. In einer sehr blutigen Geschichte.« Er schlug sich gegen die Stirn, und ich schaute zu, wie Suko die Treppe hoch schritt und im Düsteren verschwand.

»Kann er ein Vampir gewesen sein?«, wollte ich wissen.

Mirca senkte die Stimme. »Ja, jetzt wo Sie es sagen, erinnere ich mich. Von Leppe soll ein Vampir gewesen sein. Aber der Baron ist längst gestorben.«

»Vielleicht.«

Sein Gesicht zeigte Schrecken. »Sind Sie der Meinung, dass er nicht tot und begraben ist?«

»Nein, wenn schon, dann hoffe ich, dass man ihn gepfählt und begraben hat.«

»Das müsste ich wissen. So etwas spricht sich herum. Wir hätten es längst erfahren.«

»Aus den Sagen?«

»So ungefähr.«

Ich holte tief Luft. Eigentlich standen wir noch immer am Anfang. Wir wussten zu wenig, um konkret etwas unternehmen zu können. Uns fehlte einfach Frantisek Marek, der uns hätte mehr sagen können. Wo er sich befand, wusste aber keiner.

»Wir werden die Tote hier aus dem Weg schaffen«, erklärte ich dem Bürgermeister. »Fassen Sie mal mit an!«

Beide bückten wir uns. Ich nahm Marie Marek an den Schultern, die Beine überließ ich Mirca. Sein Gesicht zuckte, als er mithalf, die Tote in den Wohnraum zu schaffen.

Dort legten wir sie auf ein altes Sofa mit gebogenen Rückenlehnen. Ich schaute den Mann direkt an. »Sie wissen ja Bescheid. Zu keinem ein Wort über den Vorfall. Versuchen Sie aber herauszufinden, wo sich Frantisek Marek befindet.«

»Ja, ich muss den Mann in der Schmiede fragen.«

»Falls er noch da ist. Ich habe nämlich den Schmiedehammer lange nicht mehr gehört.«

»Ich weiß, wo er wohnt. Nur ein paar Häuser weiter. Das geht schon klar.«

Wir verließen den Raum, und Suko kam die Treppe runter. Er schüttelte den Kopf.

»Nichts gefunden?«

»Nein, John, aber da oben ist alles durchwühlt. Auch die

alte Truhe, wo Marek früher seinen Eichenpfahl untergebracht hatte. Da scheint jemand etwas gesucht zu haben.«

»Wenn wir wüssten, wer, dann wären wir schlauer.«

»Lady X?«

»Kann sein, aber auch Baron von Leppe wollen wir nicht außer Acht lassen.«

Hinter uns schlug die Tür zu. Der Bürgermeister hatte das Haus verlassen.

»Hoffentlich hält er dicht«, sagte mein Freund leise und wiegte den Kopf. »Es hat ihm einen regelrechten Schock versetzt, als er die Frau sah.«

»Da sagst du was.«

»Was können wir tun?«

»Auf Marek warten.«

»Und dann?«

»Holen wir uns den Baron«, erwiderte ich mit harter Stimme.

»Und Lady X als Beigabe, wie?«

»Schön wäre es, Alter. Fast zu schön …«

Stephan und Marek hatten es selbstverständlich eilig. Trotzdem mussten sie vorsichtig sein, wollten sie sich nicht in ihrer eigenen Falle fangen und von einem Pfeil getroffen werden.

Der Nebel war einfach überall. Hinter ihnen verschwamm das Haus in der dunkelgrauen Suppe, nur die Sturmlaterne leuchtete noch als heller, verwaschen wirkender Fleck.

Stephan war vorgegangen. Er sprach mit sich selbst, und plötzlich hörten beide die Geräusche.

Ein grauenhaftes Wimmern durchbrach die Stille. Es war schlimm für die beiden, dies anhören zu müssen, es bewies ihnen aber, dass ihre Falle einen Erfolg gezeigt hatte.

Der Köhler ging schneller.

»Sei vorsichtig!«, rief Marek noch. »Der Nebel und die Falle, sie …«

Er sprach nicht mehr weiter, denn ein surrendes Geräusch war zu vernehmen.

Ein Pfeil hatte sich gelöst – und getroffen.

Stephan, der Köhler, schwankte plötzlich. Seine Gestalt war zum Schatten geworden, der hin- und herzuckte.

Marek verspürte schreckliche Angst. Den Namen seines Freundes schrie er, der Vampir war vergessen, jetzt ging es um Stephan, und Frantisek Marek überwand die Distanz zu dem Freund mit schnellen Schritten, bevor er sich neben ihn kniete.

Stephan lag auf der Seite. Sein Gesicht war seltsam verzerrt, als würde er schief grinsen. Marek jedoch wusste, dass es die Schmerzen waren, die ihn so zeichneten.

Der Pfeil hatte Stephan getroffen. Er war ihm dort in den Körper gefahren, wo sich das Ende des Halses befand und er in die Brust überging. Sie hatten die Sehnen sehr straff gespannt, damit die Pfeile genügend Durchschlagskraft hatten. Davon konnte sich der Pfähler jetzt mit eigenen Augen überzeugen.

»Stephan«, flüsterte er mit versagender Stimme. »Stephan, mein alter Freund …«

Der Köhler hustete. Etwas Dunkles quoll aus seinem Mund und verlief im Bart. Marek wusste, dass es Blut war, und er wusste ferner, dass es schlimm um Stephan stand.

Die Finger des Köhlers verkrampften sich um Mareks rechten Arm. »Mein alter Freund, ich – ich habe wohl etwas zu viel von dem Schnaps getrunken. Ich war nicht mehr so sicher. Der Vampir …«

»Rede jetzt nicht. Ich bringe dich zu einem Arzt. Das Auto steht hinten am Weg. Ich bringe dich hin, mein Freund. Komm auf die Schulter. Ich will mit dir …«

»Nein, Marek, nein, mein Freund. Ich werde nicht mehr lebend in meine Hütte oder deinen Wagen kommen. Meine Zeit ist abgelaufen. Der Sensenmann wartet schon. Aber ich werde dir im Jenseits die Daumen drücken. Vernichte sie. Pfähle von Leppe. Mach deinem Namen wieder alle Ehre, denn du bist der Pfähler. Du, Marek, nur du. Du hast das große Erbe übernommen. Führe es so fort wie früher. Ich bitte dich …«

Marek schluckte. Er war ein harter Mann, das Leben hatte bei ihm seine Spuren hinterlassen, doch als er seinen Freund liegen und sterben sah, konnte auch er sich nicht mehr beherrschen. Zu schlimm war das alles.

Aus seinen Augen rannen kleine, durchsichtige Tropfen. Sie zeichneten Spuren in die Wangen. Es waren Tränen, die dem alten Mann aus den Augen flossen.

Er schaute auf den Pfeil, dann in das Gesicht des Freundes und in dessen Augen.

Sie waren bereits dem Jenseits zugekehrt.

»Das Licht, Marek, das Licht. Ich sehe es. Ich gleite hin, es will mich ...«

Die letzten Worte des Sterbenden hörte Marek noch wie einen Hauch. Dann brach der Blick.

Stephan war tot.

Unbeweglich blieb Marek neben der Leiche sitzen und schaute zu, wie sich der Nebel über den Körper legte, als wollte er ein dünnes Leichentuch ausbreiten.

An den Vampir dachte der Pfähler nicht mehr. Er schaute auf das Gesicht seines Freundes, das so blass und verzerrt aussah. Der Köhler würde nie wieder etwas trinken können, weder sehen, sprechen noch hören.

»Ich werde dich rächen«, flüsterte Marek. »Verlass dich drauf, mein Junge, ich räche dich!« Als würde er Zentnerlasten auf seinem Rücken tragen, so schwerfällig stand er auf und drehte sich um. Er wollte und musste nach dem Vampir sehen, der ebenfalls in die Falle gegangen war.

Marek wurde sehr vorsichtig. Er entdeckte die Stelle, von wo der Pfeil auf den Köhler abgefeuert worden war. Der Bogen war durch den biegsamen Zweig in die Höhe geschleudert worden. Schlaff hing er nach unten.

Marek schritt vorbei. Dann schlug er einen Bogen und schaute zu Boden. Er hatte etwas entdeckt. Im Nebel lauerte ein Schatten, der sich bewegte.

Es war der Vampir.

Marek ging hin und sah, was geschehen war.

Der Pfeil hatte genau getroffen. Er war dem Blutsauger seitlich durch die Brust gefahren und hatte wahrscheinlich das Herz des Untoten durchbohrt.

Der Vampir starb.

Auf die älteste Art und Weise, die es gab, war er vernichtet worden. Marek blieb neben ihm stehen, den Blick hielt er gesenkt.

»Verfluchter Bluthund«, flüsterte er. »Verfluchter Bluthund. Das war deine allerletzte Tat, die du begangen hast.«

Eine Antwort erhielt er nicht, denn der alte Vampir befand sich im fortgeschrittenen Stadium der Auflösung.

Die Haut war von seinem Gesicht zum größten Teil verschwunden. Graue Knochen, schleimige Augen und eine blasse Totenklaue, die sich als Knochenhand um den Pfeilschaft geklammert hatte.

Aber das war nicht der Baron von Leppe!

Marek kannte ihn. Nein, vor ihm lag ein völlig anderer. Der Pfähler überlegte.

Das konnte eigentlich nur der Diener des Barons sein. Der Diener Egmont, vor dem die Menschen damals fast ebenso viel Angst gehabt hatten wie vor dem Baron.

Ihn hatte es erwischt.

Und der Baron?

Marek stand auf. War Egmont allein gekommen, oder lauerte der unheimliche Adelige noch irgendwo im Wald?

Frantisek Marek hob den rechten Arm. In der Hand hielt er den Pfahl.

»Komm her!«, brüllte er. »Komm her, wenn du in der Nähe bist! Ich werde dich für alle Zeiten erledigen. Du wirst den Pfahl zu schmecken bekommen, denn er wird dich durchbohren, das schwöre ich dir, verfluchte Bestie!«

Er vernahm eine Antwort. Allerdings nicht so, wie er sie erwartet hätte. Irgendwo vor ihm im dichten Nebel klang ein Lachen auf. Geisterhaft und hohl hallte es durch den Wald. Es wurde von Marek genau gehört, und der Triumph aus dem Lachen war einfach nicht fortzuwischen.

Baron von Leppe war in der Nähe.

Wieder schrie Marek. Er wollte diese Bestie vernichten, die jedoch zeigte sich nicht.

Still, verlassen blieb der unheimlich wirkende Wald. Nach einigen Minuten machte Marek kehrt. Er ging dorthin zurück, wo die Leiche des Köhlers lag.

Marek bückte sich und wuchtete den Toten in die Höhe. Er war schwer, und als der Pfähler ihn über seine Schulter geworfen hatte, da schwankte er.

Fast wäre er noch gefallen, und ihm wurde klar, dass er nicht die Kraft hatte, um den toten Freund zu seinem Wagen zu tragen. Aber bis zur Hütte musste er es schaffen.

Es wurde ein Weg der Qual. Gespenstisch sah es aus, wie Frantisek Marek mit der Leiche auf seiner Schulter von den grauen, wallenden Nebelschwaden umweht wurde und allmählich verschwand.

Die Last wurde immer schwerer. Nach der Hälfte der Strecke schien sie schon das Doppelte zu wiegen, und als Marek das Haus des Köhlers erreichte, da stand er dicht vor dem Zusammenbruch.

Dann sah er den großen Holzschlitten. Eine Idee durchzuckte ihn. Auch wenn der Boden nicht mit der weißen Pracht bedeckt war, es lagen jedoch genügend Nadeln und Laub herum, um eine relativ gute Gleitschicht zu bilden.

Er legte die Leiche zu Boden und ruhte sich ein wenig aus. Er merkte sein Alter. Allmählich schwanden die Kräfte, der Pfähler war ein grauer Wolf geworden, ein alter, aber zäher Wolf. Wieder einmal wurde ihm bewusst, dass er sich nicht zur Ruhe setzen konnte, er musste weitermachen und zuerst Baron von Leppe erledigen, obwohl der eigentlich tot war, wie die Menschen sagten. Niemand hatte jedoch seine Leiche gesehen, er hatte sich den Menschen auch nicht als Vampir gezeigt, und das Lachen vorhin brauchte nicht unbedingt von ihm zu stammen.

Marek hatte sich entschlossen, auf dem Schloss nachzusehen, wo sich der Familienfriedhof der von Leppe befand. Dort würde er Spuren finden.

Als er wieder einigermaßen zu Kräften gekommen war, wuchtete er den Schlitten auf die Kufen, schob ihn vor und hievte den Toten auf das Gefährt.

Das Seil, mit dem der Schlitten gezogen wurde, war um eine Öse gewickelt. Marek zerrte es straff, stemmte sich mit beiden Beinen fest gegen den Boden und hob das Seil an, damit es auf seiner Schulter lag. Dann zog er den Schlitten.

Es kostete Kraft, ihn von der Stelle zu bewegen. Danach ging es wesentlich besser, und er schaffte die Strecke zu seinem Wagen. Während er sich ausruhen musste, um danach den Toten auf dem Rücksitz zu verfrachten, dachte er wieder an seinen Freund und wie er ums Leben gekommen war.

Der alte Marek musste dauernd würgen und konnte es beim besten Willen nicht unterdrücken.

Gleichzeitig brannte in seinem Herzen die Rache wie eine lodernde Flamme …

Wir standen vor dem Haus des alten Marek und warteten auf den Bürgermeister.

Die Menschen, die über die Straße gingen, blickten uns scheu an. Manche erkannten uns, sie erinnerten sich an die vergangenen Zeiten und daran, was in der Umgebung von Petrila geschehen war. Vielleicht glaubten sie, dass sich ähnliche Ereignisse wiederholen würden, womit sie nicht einmal so unrecht hatten.

Von den Bergen fiel ein kühler Wind überfallartig in den Ort hinein. Noch schneite es nicht, doch in der Nacht würden die weißen Flocken sicherlich fallen.

Es war dunkel geworden. Nur wenige Lichter brannten auf der Straße. Hinter den Fenstern der Häuser allerdings schimmerte es hell. Die Scheiben sahen aus wie viereckige Augen, die alles beobachten wollten. Nicht weit vom Haus der Mareks entfernt stand ebenfalls eine Laterne. Ihr Lichtschein reichte bis zum Boden und wurde von einer Gestalt durchquert, die anschließend uns ansteuerte.

Es war der Pilot. Ihm schien es am Hubschrauber zu langweilig geworden zu sein.

»Hat es schon etwas gegeben?«, erkundigte sich Jarek, als er vor uns stehen blieb.

»Nein, wir warten noch.«

»Die ganze Nacht?«

»Möglich.«

Jarek strich über sein Gesicht. »Gut, dann werde ich mir ein Gasthaus suchen, um mich aufzuwärmen. Ich brauche auch einen kleinen Schluck, das ist immer gut.«

Dagegen hatte ich etwas. »Nein, Sie bleiben bei Ihrem Hubschrauber. Es kann sein, dass wir in der Nacht noch los müssen.«

Da lachte er und deutete in die Runde. »Bei dem Nebel müssten Sie schon selbst fliegen.«

»Notfalls tun wir das auch«, bemerkte Suko.

»Superman?«, fragte Jarek.

»Batman«, erwiderte mein Freund und Kollege.

Darauf erwiderte Jarek nichts Direktes. Er sagte nur: »Ich verschwinde trotzdem in Richtung Gasthaus. Schnaps werde ich nicht trinken.« Er nickte uns zu und ging.

»Seltsamer Kauz«, sagte Suko.

Dann kam der Bürgermeister. Er schälte sich aus dem Dunst, sein Atem ging schnell und heftig. Wir sahen ihm an, dass er den Schock noch immer nicht überwunden hatte.

»Wissen Sie mehr?«, fragte Suko.

»Ja, ja. Marek ist tatsächlich nicht da. Er ist weggefahren.«

»Und wohin?«

Jetzt verzog der Mann sein Gesicht, als hätte er in eine Zitrone gebissen. »In den Wald zu seinem Freund Stephan, dem Köhler. Die beiden wollen Vampire jagen.«

Suko und ich waren überrascht. Eine Weile sagten wir nichts, bis Suko schließlich über sein Haar strich und den Kopf schüttelte. »Das gibt es doch nicht. Marek will im Wald Vampire jagen, und hier in Petrila laufen sie herum.«

»So ist es aber.«

Ich fragte konkreter. »Wen wollte er denn jagen?«

»Keine Ahnung.«

»Und wer hat Ihnen das gesagt?«

»Sein Gehilfe. Als Marek wegging, hat er hinterlassen, wen er treffen will. Das war es.«

»Wohnt dieser Stephan weit von hier?«

Der Bürgermeister schüttelte den Kopf und nickte sofort nach. »Bei dem Nebel werden selbst kurze Entfernungen zu einer weiten Strecke. Sie würden sich verirren.«

»Dann kann es also noch dauern«, bemerkte ich.

»Möglich.«

Da es still innerhalb der Ortschaft war, hörten wir das Geräusch des fahrenden Wagens sofort. Es erklang von uns aus gesehen rechts auf. Wir drehten automatisch die Köpfe, starrten in die graue Nebelwand und sahen zwei tanzende, gelblich schimmernde Flecken, die sich uns näherten.

»Vielleicht ist er das«, sagte der Bürgermeister.

Ich war erstaunt. »Wieso? Hat der alte Marek einen Wagen?«

»Ja, einen Lada.«

»Seit wann?«

»Keine Ahnung.«

Es war tatsächlich Frantisek Marek. Der Wagen wurde quer über die Straße gelenkt und auf den kleinen Platz vor dem Anbau zugesteuert. Wippend kam der Fiat zur Ruhe. Die Tür wurde aufgestoßen, ein Mann in dunkler Kleidung verließ das Fahrzeug. Am gebeugten Rücken erkannte ich auch von hinten den alten Marek.

In meinem Magen hatte sich ein Kloß gebildet. Ich wusste nicht, wie ich Marek sagen sollte, was mit seiner Frau passiert war. Schließlich hatte ich sie getötet.

Aber das war nicht der richtige Ausdruck. Man musste schon sagen erlöst.

Frantisek Marek warf die Tür ins Schloss. Es gab einen dumpfen Knall. Der Pfähler drehte sich um, weil er die hintere Tür des Autos öffnen wollte.

Da traten wir aus dem Nebel.

Wir mussten dem alten Marek wie Geister erschienen sein, denn er zuckte zusammen und hob den rechten Arm. Dabei winkelte er ihn so an, dass die Spitze des Pfahls auf uns zeigte.

»Willst du uns pfählen?«, fragte ich.

Er erstarrte, drehte den Kopf und schien meiner Stimme zu lauschen.

»Wir sind es wirklich, Frantisek.«

»John Sinclair?«, hauchte er.

»Ja.«

»Verdammt, John Sinclair!«, schrie er in seinem harten Englisch. »Dich hat der Himmel geschickt!« Er rannte um den Wagen herum und warf sich in meine Arme. »Freund«, sagte er immer wieder. »Mein Freund John Sinclair, dass du gekommen bist. Jetzt, in dieser unseligen Zeit …«

So herzlich hätte ich mir die Begrüßung nicht vorgestellt. Ich merkte, wie er zitterte, schluckte und brachte kein Wort hervor, weil ich an seine Frau denken musste.

Schließlich löste er sich von mir. Dann wurde Suko auf die gleiche Art und Weise begrüßt, danach trat er zurück und schaute uns an. »Aber weshalb steht ihr hier draußen? Ihr hättet doch ins Haus gehen können. Und du auch, Mirca …«

Der Bürgermeister fühlte sich angesprochen und hob unbehaglich die Schultern. »Eigentlich schon, Frantisek. Es ist so, weißt du …?« Er hob die Schultern und drehte sich dann um.

»Was hat er?«, fragte Frantisek.

Da wir nahe genug zusammenstanden, konnten wir sein Gesicht sehen. Und er unsere. »Stephan ist tot«, sagte er plötzlich. »Ich habe ihn im Wagen. Ein Unfall, kein Vampir, der ihn …« Er holte tief Luft. »Verdammt, weshalb starrt ihr mich so an? Da ist doch etwas passiert! Sagt es, sagt es sofort!«

»Frantisek.« Ich sprach seinen Namen leise aus. »Ich weiß, dass du Schweres hinter dir hast, aber was jetzt kommt, das ist noch schlimmer. Wir waren im Haus …«

»Und?«

»Deine Frau Marie …«

»Nein!«, flüsterte er und ging zurück. »Nein, es kann nicht sein. Mit ihr darf nichts passiert sein …«

Ich öffnete den Mund, um etwas zu sagen, aber Marek warf sich auf dem Absatz herum und stürzte zur Haustür. Er hatte sie geöffnet, bevor wir ihn daran hindern konnten. Dann stolperte er in das Haus.

Im Wohnraum hatten wir das Licht brennen lassen. Wir sahen Marek durch die Scheibe als einen hektischen Schatten, der suchte, plötzlich einfror, und ich hörte Suko flüstern: »Jetzt hat er sie gesehen …«

Der Schrei!

Beinahe tierisch, alles Leid und alle Qual ausdrückend, zu der ein Mensch fähig sein kann. Es war grauenhaft. Dieser Schrei schüttelte uns durch, er ließ uns erzittern und erbeben, wir wurden blass, senkten die Köpfe, und ich ballte die Hände zu Fäusten. Einen zögernden Schritt machte ich auf das Haus zu, dann hielt Suko mich fest.

»Nicht, John, lass ihn allein.«

Minuten vergingen. Wir standen vor dem Haus und spürten nichts. Keinen Wind, nicht die Kälte. Starr blickte ich in den Nebel. In dem grauen, wallenden Einerlei glaubte ich höhnisch grinsende Gesichter zu sehen, Fratzen der Hölle, die mir lautlos ihren Triumph entgegenschleuderten.

Suko löste sich von mir und trat an den Lada heran. Er beugte sich so dicht vor, dass er durch die Scheibe in das Innere des Fahrzeugs blicken konnte.

»Da liegt ein Toter«, meldete er.

Während ich stehen blieb, ging der Bürgermeister zu Suko und schaute ebenfalls nach. Wie aus weiter Ferne vernahm ich seine Stimme, als er sagte: »Das ist der alte Stephan, der Köhler.«

Das bekam ich nur am Rande mit, denn ich schaute auf das erleuchtete Fenster. Davor drehten sich die Nebelschleier zu wolkigen Figuren und krochen an der rauen Hauswand entlang.

Trotzdem reichte die Helligkeit aus, um den Schatten zu sehen. Marek hatte sich wieder erhoben. Die letzte Zeit war er verschwunden gewesen, vielleicht hatte er gekniet. Nun stand er auf und wankte auf die Tür zu. Er musste bald aus dem Haus kommen.

Die anderen hatten ihn nicht gesehen, deshalb ging ich bis zur Tür, um ihn dort in Empfang zu nehmen.

Frantisek Marek blieb auf der Schwelle stehen. Er stand im Gegenlicht der Lampe, sein Körper wirkte wie ein Scherenschnitt, und ich sah, dass er zitterte. Ebenso wie der Pfahl in seiner rechten Hand. Die Spitze wies zu Boden.

Für ihn war in den letzten Minuten eine Welt zusammengebrochen. Ich wusste nicht, wie viele Jahre die beiden Mareks miteinander verheiratet gewesen waren, dreißig sicherlich, und es war unmöglich, die Empfindungen zu beschreiben, die in seinem Innern tobten.

Es musste mit einer Hölle zu vergleichen sein.

Er ging auch nicht mehr weiter, blieb nur stehen und wartete auf mich.

Ich hatte meine Schritte verlangsamt. Vielleicht wollte ich die zweite Begegnung mit ihm so lange wie möglich hinauszögern, weil ich irgendwie Angst davor hatte.

Dann ging auch er wieder vor. Fast wäre er gestolpert, als er ins Leere und nicht auf seine Beine schaute. Zwei Schritte vor mir hielt er an.

Auch ich stand.

Unsere Blicke trafen sich.

Mein Gott, in Mareks spiegelten sich der Schmerz und die Pein, die der alte Mann in diesen Augenblicken empfand. Etwas musste in seinem Innern zerbrochen sein, und dann stellte er eine Frage, die meinen Herzschlag beschleunigte.

»Wer hat es getan?«

O verdammt, ich konnte kaum antworten. Wenn ich ihm die Wahrheit sagte, wie würde er dann reagieren? Andererseits konnte ich sie auch nicht verschweigen, er würde es irgendwann sowieso herausbekommen.

»Ich!«

Marek schaute mich an. »Du?«, hauchte er.

»Ja, ich.«

Seine Lippen begannen zu zittern. Er schloss für einen Moment die Augen und verzog das Gesicht, wobei er den Kopf schüttelte, als könnte er das alles nicht glauben.

»Frantisek, ich ...«

»Nein, lass es!« Er wollte meine Erklärung nicht, wollte nichts von all dem hören. Marek war in den letzten Minuten zu einem gebrochenen Mann geworden.

»Ich musste es tun«, sprach ich weiter, wobei ich meine Stimme kaum erkannte. »Es hat keine andere Möglichkeit gegeben ...«

»Nein, John Sinclair, nein!« Er schüttelte den Kopf, sein gesamter Körper bebte, dann riss er den rechten Arm hoch, und plötzlich zeigte die Spitze des Pfahls auf mich. Ich wusste plötzlich, was sich in seinem Kopf festgesetzt hatte.

Er wollte mich pfählen!

Wieder drang ein irrer, kaum menschlich zu bezeichnender Schrei aus seiner Kehle, ein Gefühl aus dem furchtbaren Schmerz heraus geboren, und er warf sich vor.

Wenn er eine Pistole gehabt hätte, er hätte es vielleicht damit versucht. So blieb ihm nur der Pfahl, der drohend und gefährlich vor meinem Gesicht auftauchte.

Er rammte ihn nach vorn.

Schräg fuhr er auf mich zu. Auf meine Brust hatte Marek gezielt, doch ich drehte mich zur Seite, duckte mich gleichzeitig, und mir gelang es, dem Stoß des Pfahls zu entgehen.

Marek fiel gegen mich. Ich nahm beide Hände zu Hilfe und stieß ihn von mir weg.

Er taumelte zurück, drehte sich um und war sofort wieder angriffsbereit. Diesmal jedoch konterte ich. Es tat mir zwar leid, aber ich sah keine andere Möglichkeit. Mit der flachen Hand schlug ich zu. Sie traf die Wange des Pfählers und schüttelte ihn durch. Er verlor für Sekunden die Übersicht, kassierte einen zweiten Schlag, und sofort riss ich ihm den Pfahl aus der Hand und schleuderte ihn zu Boden.

Marek taumelte zurück. Er geriet in die Nähe des Hauses und stieß mit dem Rücken gegen die Wand.

Ich ging ihm nach.

Marek rührte sich nicht. Er stand vornübergebeugt da und hatte den Kopf gesenkt. Als ich näher kam, da hörte ich, wie er weinte. Ich legte ihm die Hand auf die Schulter, denn auch mir war zum Weinen zumute, ich suchte nach Worten, um ihn zu trösten.

Mir fielen einfach keine ein. Es war so verflucht schwer, die passenden Sätze zu finden.

Ich hörte Schritte.

Suko und der Bürgermeister näherten sich uns. Mein Freund hatte den Pfahl aufgehoben. Er hielt ihn in der rechten Hand. Sukos Gesicht zeigte einen besorgten Ausdruck, während Mirca zu Boden blickte. Seine Hände schlossen und öffneten sich krampfhaft.

Frantisek Marek hob den Kopf. Er schaute mich an, zuckte mit den Schultern und rieb über sein Gesicht. »Ich – ich muss mich entschuldigen. John, es tut mir leid, aber ich weiß nicht, wie das plötzlich alles über mich gekommen ...«

»Du brauchst nichts zu sagen«, erklärte ich. »Nichts brauchst du zu sagen, wirklich ...«

»Sie ist tot, nicht?«

»Ja.«

Er holte ein paar Mal tief Luft. »Ich – ich habe sie mir genau angesehen. Du hast es mit einem Eichenbolzen oder etwas Ähnlichem gemacht. Das muss einen Grund gehabt haben. War sie ein ...«

Ich nickte. »Ja, Frantisek. Deine Frau ist zu einem Vampir geworden. Mir blieb keine andere Möglichkeit, glaub mir.«

Er nickte. »Ich weiß«, flüsterte er dann. »Ich weiß es genau. Ich kenne die Blutsauger.« Er streckte seinen Arm aus und legte mir die Hand auf die Schulter. »Es tut mir leid, John Sinclair, dass ich mich vergessen habe. Aber erst der tote Freund, jetzt die Frau, das war einfach zu viel für mich. Wie – wie ist es denn passiert?«, wollte er wissen.

Ich berichtete.

Marek hörte genau zu. Er stellte keine Zwischenfragen, sondern schüttelte nur den Kopf. Zum Schluss meinte er: »Marie hatte nie etwas damit zu tun. Sie war unschuldig.«

»Darauf nehmen Vampire keine Rücksicht«, erklärte ich ihm. »Das hast du ja des Öfteren erlebt.«

»Nur Marie …« Er schüttelte seinen Kopf, dann fragte er: »Wer hat es denn getan?«

»Ich habe keine Ahnung.«

»Weshalb seid ihr dann gekommen?«

»Sollen wir das nicht im Haus besprechen?«

Marek nickte. »Ja, ich will bei meiner Frau bleiben.« Dann zeigte er auf den Wagen. »Aber da ist noch Stephan. Ihn müsste man …«

»Darum kümmere ich mich«, erklärte der Bürgermeister. »Ich sage dem Sargtischler Bescheid.«

»Danke.«

»Er ist in seine eigene Falle getappt«, murmelte Marek. »Ich konnte es nicht verhindern. Stephan war eben zu unvorsichtig, da hat ihn der Pfeil getroffen.«

»Welch eine Falle?«, wollte Suko wissen. Auch der Bürgermeister hörte noch gespannt zu.

»Für einen Vampir. Wir wollten Baron von Leppe fangen.«

»Den will ich auch«, sagte ich.

»Vielleicht ist er tot. Vielleicht gibt es ihn. Keiner kann etwas sagen, ich jedenfalls weiß es nicht. Wir haben einen Blutsauger erwischt. Von Leppe aber war es nicht. Der sieht anders aus, das weiß ich, weil ich Bilder von ihm gesehen habe. Sie hängen in einem Museum.«

»Und wer hat es hier getan?«, fragte der Bürgermeister.

Suko gab die Antwort. »Außer von Leppe gibt es noch mehrere Vampire. Unter anderem eine Frau und ein blutsaugendes Monster namens Vampiro-del-mar. Diese Frau und ihr Monster sind auf dem Weg nach Rumänien, das wissen wir. Und sie haben sich den Ort Petrila als Ziel ausgesucht. Aber nicht nur das. Der Name Marek fiel ebenfalls. Die Frau, auch Lady X genannt, wird versuchen, hier in Rumänien einen Stützpunkt zu errichten, und es ist durchaus möglich, dass sie sich mit dem untoten Baron von Leppe in Verbindung setzt.«

»Aber Beweise haben Sie nicht?«, fragte mich der Bürgermeister.

»Nein, leider.«

»Kann es auch anders sein?«

»Natürlich. Nur müssen wir beide Möglichkeiten in Betracht ziehen.«

Wir hatten vorgehabt, ins Haus zu gehen, doch nun standen wir draußen und blieben auch hier. Der Bürgermeister wandte sich ab, weil er sich um den toten Köhler kümmern wollte. Marek hatte den Wagen nicht abgeschlossen. Mirca öffnete die Tür und schaute hinein. »Er ist wirklich tot!«, rief er mit zitternder Stimme.

»Ich sagte es doch«, murmelte Marek.

Suko hob die Schultern und ging auf und ab. Er schien schwere Gedanken zu wälzen. Nach einer Weile meinte er: »Am besten wäre es, wenn wir uns den Baron vornähmen. Wo können wir ihn finden, Frantisek?«

»Das weiß ich nicht.«

»Es muss doch eine Burg oder irgendetwas gegeben haben.«

»Sicher. Das Schloss der von Leppes existiert noch. Sogar der alte Privatfriedhof.«

»Und wo?«

»In den Bergen«, erklärte Marek meinem Freund und Kollegen. Da können wir ihn finden, aber der Weg ist weit. Mit dem Auto kommen wir da nicht hin. Die Wege sind sehr schmal. Wenn wir zu Fuß gehen, würde es sehr lange dauern.«

»Wir können fliegen«, sagte ich.

»Und wo kriegen wir ein Flugzeug her? Außerdem kann es am Schloss nicht landen.«

»Und ein Hubschrauber?«, fragte ich.

»Das ginge, wenn wir einen hätten.«

»Wir haben einen«, erklärte ich. »Nur wird uns das Wetter einen Strich durch die Rechnung machen.«

»Das müssten wir eben riskieren«, meinte Suko. »Sonst sehe ich keine Chance. In Anbetracht dessen, was auf dem Spiel steht, sollte jeder von uns über seinen eigenen Schatten springen. Vor allen Dingen auch Jarek, der Pilot.«

»Das sage ihm mal.«

»Werde ich auch. Zudem wird er die Gegend hier sicherlich kennen, sonst hätte man ihn nicht ausgewählt.«

Das Argument war nicht von der Hand zu weisen. Ich beschloss, mit Jarek ein ernstes Wort zu reden. Suko bot sich an, ihn zu suchen, während Marek und ich zum Haus gingen.

Er führte mich sofort zu seiner toten Frau.

Nein, sie war nicht vergangen, sondern lag starr und mit einem friedlichen Gesichtsausdruck auf dem alten Sofa.

»So hat sie immer ausgesehen, wenn sie schlief«, flüsterte Frantisek Marek.

Ich nickte. Der Pfähler hatte seiner Frau die Hände auf dem Leib gefaltet. Wie zu einem letzten Gebet. Die starren Finger schienen aneinander geleimt zu sein.

Ich sagte Marek noch einmal, wie leid es mir tat. Er schüttelte den Kopf. »John, ich hätte nicht anders gehandelt, wirklich. Viel schlimmer wäre es gewesen, wenn ich meiner Marie in dieser Situation gegenübergestanden hätte.«

»Und was hättest du getan?«

Marek überlegte eine Weile. Schließlich hob er die Schultern. »Ich glaube, John, ich hätte sie gepfählt. Ja, gepfählt, denn die Mareks pfählen Vampire. Ich hoffe, dass du die Dinge jetzt aus einer anderen Sicht siehst.«

»Danke, dass du mir nichts mehr nachträgst. Ich sah wirklich keine andere Möglichkeit.«

»Jetzt lass uns Marie mal für eine Weile vergessen«, sagte er mit leiser Stimme. »Weshalb genau seid ihr hergekommen, und wer ist diese geheimnisvolle Lady X?«

Ich erzählte es ihm und berichtete von der gefährlichen Mordliga, wobei Marek sich wieder an den Brief erinnerte, den ich ihm einmal geschrieben hatte.

»Dann gibt es sie immer noch?«

»Und wie«, erwiderte ich. »Die Mordliga wird auch nicht aufgeben, verlass dich drauf.«

»Weißt du genau, dass sich Lady X hier aufhält?«

»Nein, Frantisek, das weiß ich nicht. Aber alle Anzeichen deuten darauf hin. Meiner Ansicht nach ist Lady X für die schreckliche Tat an deiner Frau verantwortlich.«

»Du hast doch von einem Monster gesprochen.«

»Vampiro-del-mar!« Ich lachte auf. »Sicherlich, er kann auch dabei sein. Die beiden kleben fast immer zusammen. Gesehen habe ich ihn allerdings nicht in Cornwall, wo das alles praktisch begann. Nur seine Diener, die roten Vampire.«

»Die kenne ich nicht.«

»Sei froh, dass sie hier nicht aufgetaucht sind«, erwiderte ich. »Es sind gewaltige Fledermäuse, sie haben eine rote Haut, und sie saugen das Blut der Menschen. Man hat sie auf Vernichtung programmiert.«

Wir hörten draußen Stimmen. Da stritten sich zwei Männer. Es waren Suko und Jarek.

Rasch war ich an der Tür. Vor dem Haus blieben die beiden stehen.

»Nein, nein«, sagte Jarek. »Ich kann es nicht riskieren, jetzt zu fliegen. Wir jagen gegen einen Berg.«

»Aber Sie kennen die Gegend«, hielt Suko ihm vor.

»Trotzdem.«

»Die Burg liegt höher als Petrila. Vielleicht ist der Nebel dort nicht so dicht. Einen Versuch könnten wir wagen. Sie sind doch ein ausgezeichneter Pilot. Auch während eines Manövers ist das Wetter nicht immer ideal, wie ich annehme.«

»Sie haben eine verdammte Art, einen Menschen zu überzeugen«, sagte Jarek.

»Das muss man als Polizist.«

Jarek drehte sich um. Er ging ein paar Schritte zur Seite, während Suko mir einen hilflosen Blick zuwarf. Er hatte den Mann anscheinend nicht überzeugen können.

Der Pilot ging im Kreis. Er rang mit sich. Innerlich focht er einen harten Kampf aus. Hin und wieder schaute er nach oben, obwohl er da nichts sehen konnte, weil der Nebel zu dicht lag.

Es war ein Risiko, den Flug bei Dunkelheit und Nebel anzutreten. Eigentlich schon Selbstmord.

Und doch mussten wir es meiner Ansicht nach wagen.

Wenn Lady X erst einmal durchdrehte und ihr Vampiro-del-mar noch dabei half, war alles verloren. Dann würden aus den Menschen in den verstreut liegenden Dörfern Vampire.

»Und wenn wir bis zum morgigen Tag warten?«, drang die Stimme des Piloten aus dem Nebel.

»Das könnte zu spät sein«, sagte ich.

»Verdammt, ihr macht mich fertig!«, schrie er plötzlich und trat mit dem Fuß auf.

»Wenn Sie sich nicht entscheiden können, überlassen Sie uns den Hubschrauber«, sagte ich hart.

Er trat vor und stierte mich an. »Sie wollen fliegen?«

»Ja, ich.«

»Nein.« Er schüttelte den Kopf. »Nein, verdammt, Sie werden nicht fliegen.« Er bewegte seinen rechten Arm in einem Halbkreis. »Keiner von euch wird sich hinter den Steuerknüppel setzen, verstanden?«

»Klar, aber wir müssen zum Schloss.«

»Ich mache es. Ich bringe euch hin.« Seine Worte unterstrich er durch ein heftiges Nicken.

Ich schaute Suko an, er mich. Mein Freund und Kollege lächelte. »Okay, John, dann wollen wir.«

»Und ich komme mit«, erklärte Marek mit düsterer Stimme. »Baron von Leppe ist mir noch einiges schuldig …«

Es war ein Friedhof, wie er gruseliger nicht sein konnte. Er war an einen Hang gebaut, die Gräber lagen schief, und nur in Höhe der Ruine befanden sie sich waagerecht.

Schwarz und düster stiegen die alten Mauern in den nebelverhangenen Himmel. Eine gespenstische Stille lag über dem Gräberfeld. Die alten kantigen Grabsteine waren längst verwittert. Grabplatten glänzten feucht und waren mit Efeu und anderen Bodengewächsen überwuchert.

Hin und wieder strich ein schwarzer Vogel wie der Bote eines drohenden Unheils über den Friedhof.

Vom Schloss her wehte der Wind. Er brachte den Nebel in Bewegung, ließ die Schwaden tanzen und wallen, die lautlos über den verwilderten Totenacker krochen und sich ausbreiteten.

Niemand besuchte diesen Friedhof. Den Menschen war er zu unheimlich, zu gespenstisch. Blutige Legenden rankten sich um diesen Flecken Erde. Das Geschlecht der von Leppes hatte es hart und rau während ihrer Herrschaft getrieben. Sie hatten die Bergbauern terrorisiert, und wer gegen die Leibeigenschaft aufmuckte, wurde auf grausame Weise gefoltert und umgebracht.

Wie es hieß, sollten die von Leppes auch Kontakt mit dem berühmten Vlad Dracula gehabt und von ihm viel gelernt haben. Da war es praktisch eine Folge, dass man dem letzten Baron von Leppe das Vampirsein andichtete. Ob dem auch so war, konnte niemand genau sagen, jedenfalls hatte keiner gesehen, wie von Leppe beerdigt worden war. Irgendwann hieß es, er wäre gestorben, mehr nicht.

Nur besonders Mutige trauten sich später in die Nähe des düsteren Schlosses, um auch das Grab zu sehen, in dem von Leppe hauste. Es war eine Gruft. Sie war mit einer schweren Steinplatte verschlossen, die man in die Höhe hieven musste. Niemand hatte sich getraut.

Der Baron von Leppe wurde zwar vergessen, aber nie völlig aus dem Gedächtnis gestrichen. Hinzu kam, dass ein anderer Vampir für Angst und Schrecken sorgte.

Kalurac. Der war auch vernichtet, so blieb eigentlich nur die Erinnerung an den Vampir-Baron.

Ob er es war, der nachts durch die Wälder geisterte und in die Täler hinabstieg, das wusste niemand zu sagen, und der unheimliche Totenacker schwieg …

Wir waren gestartet.

Noch jetzt klangen mir die Flüche des Piloten in den Ohren, die er uns entgegengeschickt hatte. Er war ungeheuer sauer, verständlich, wie ich meine, aber wir konnten schlecht zurück, denn wir befanden uns in der dicken Nebelsuppe.

Natürlich achtete jeder von uns auf irgendwelche Hindernisse, die wir erst im letzten Moment sahen. Da wurden aus den Wäldern gefährliche Schatten, die überflogen werden mussten, und der Hubschrauber gewann von Minute zu Minute mehr an Höhe.

Es wurde auch kälter.

Wir sahen den ersten Schnee. Im Grau des Nebels schimmerte er als heller weißer Fleck.

Aber wir hatten Glück. In dieser großen Höhe, wo es ziemlich kalt war, da löste sich der Nebel allmählich auf. Zahlreiche Bergspitzen lagen sogar frei, und zum ersten Mal seit dem Start atmeten wir richtig auf.

Sogar Jarek.

»Manchmal hat man wirklich Glück«, stöhnte er und wischte sich den Schweiß von der Stirn.

Es war ein wunderschönes Bild, das sich uns aus luftiger Höhe präsentierte.

Über uns war der Himmel klar. Wir konnten einen vollen Mond sehen und zahlreiche Sterne. Die oberen Nebelschichten erinnerten mich an dünne Wattebäusche, die jemand in die Länge gezogen hatte. Aus ihnen stachen die Spitzen der Berge vorwitzig heraus. Sie alle trugen weiße Hauben, und wir flogen darüber hinweg.

»Ein tolles Bild«, sagte Suko.

Da konnte ich nur zustimmen.

Während der Pilot flog, vergaß er nicht, auf die Karte zu schauen. Er hatte die Burg zwar nie besichtigt, doch während eines Manövers schon einmal überflogen. Zudem stand Frantisek Marek ihm mit seinem Wissen zur Seite.

Die beiden redeten über den Kurs.

Suko und ich suchten inzwischen den Himmel ab, da wir an

die roten Vampire dachten. Wenn Vampiro-del-mar sie mitgebracht hatte, würden sie uns vielleicht den Weg weisen.

Nein, der Himmel war klar. Im Licht der Sterne hätten wir jede Kontur erkennen können. Von den gewaltigen roten Blutsaugern sahen wir nicht den Zipfel einer Schwinge.

Marek und der Pilot sprachen weiterhin aufeinander ein. Dann nickte Jarek heftig. Er hatte verstanden. Marek drehte den Kopf. Er schaute uns mit müden Augen an und strich über seinen weißen Oberlippenbart. »Es wird nicht mehr lange dauern, dann haben wir das alte Schloss erreicht. Vielleicht ragen die Türme auch aus dem Nebel.«

»Gibt es mehrere davon?«, fragte Suko.

»Zwei.«

»Was weiß man eigentlich von dem Baron?«

Der Pfähler hob die Schultern. »Nicht viel. Seine Gestalt und seine Taten verschwinden im Dunkel der Geschichte. Er war allerdings sehr, sehr grausam, das hat er mit Vlad Dracula gemeinsam gehabt. Allmählich habe ich das Gefühl, dass alle in Rumänien herrschenden Adeligen schlimm und grausam waren. Wir sind wirklich ein Land, das die Geschichte nicht verwöhnt hat.«

Ich nickte. »Hast du ihn schon gesehen, Frantisek?«

»Wenn du damit den Baron Frederick von Leppe meinst, dann muss ich dich enttäuschen. Bei mir beruht alles auf einer Annahme. Er könnte es gewesen sein, der meine Frau zum Vampir gemacht hat. Aber das ist alles viel zu vage.«

»Und der Vampir im Wald?«

Marek holte tief Luft. »Ich nehme an, dass es der Diener des Barons gewesen ist. Aus diesem Grunde gehe ich davon aus, dass der Baron ebenfalls noch als Untoter existiert.«

»Dann finden wir ihn hoffentlich auf seinem Schloss«, sagte Suko.

»Das wünsche ich mir auch. Und ich werde ihn pfählen«, erklärte der alte Marek.

Dagegen hatten wir nichts. So konnten wir uns um Lady X kümmern, denn unserer Ansicht nach würden wir sicherlich auf sie und Vampiro-del-mar treffen. Zu deutlich waren die Spuren, die von Cornwall nach Rumänien geführt hatten.

»Da, die Burg!« Diesmal sprach der Pilot. Er hatte sie zuerst gesehen. Wir schauten an ihm vorbei und entdeckten ebenfalls die schwarzen Türme, die aus dem Nebel stachen.

Etwa zur Hälfte waren sie zu sehen, das Gemäuer selbst zeichnete sich nur schattenhaft unter der grauen Dunstwand ab, als wir sie überflogen. Der Pilot ging tiefer und drehte Kreise. Sogar einen Suchscheinwerfer schaltete er ein. Ein breiter, heller Strahl stach in die Tiefe. Auf den Boden malte er einen großen Kreis. Das bewies uns, dass der Nebel doch nicht so dicht war wie in Petrila.

»Da könnten wir doch landen«, sagte ich.

»Erst mal sehen.« Die Stimme unseres Piloten klang gepresst. Er stand jetzt unter voller Konzentration. Für einen Moment bewegte sich die Maschine nicht, sie stand in der Luft, dann drückte Jarek sie langsam nach unten.

Sehr vorsichtig und behutsam ging er dabei zu Werke. Er wollte keinen Fehler machen und durfte sich auch keinen leisten, denn das hätte unser Ende bedeutet.

Wir sackten langsam in die Tiefe. Dann verschluckte uns der Nebel, und die Rotorblätter – verglichen mit einem gewaltigen Quirl – wirbelten den Dunst durcheinander.

Ich schaute auf den breiten Lichtstrahl. Der Kreis vergrößerte sich, je tiefer wir flogen. Unter uns lag das alte Schloss, wir flogen zur Vorderseite.

Keiner sprach. Wir ließen den Piloten in Ruhe und zuckten nur zusammen, als die Kufen Bodenkontakt bekamen. Noch ein letzter Schub, und wir standen.

Das große Aufatmen begann. Zu beiden Seiten der Maschine quirlte der Nebel. Die Rotorblätter liefen aus, kurz nachdem Jarek den Motor ausgestellt hatte.

»Da wären wir«, sagte er und schnallte sich los, wobei er tief ausatmete.

Suko und ich klatschten in die Hände. »Das war eine Meisterleistung«, lobte ich.

»Halb so schlimm. Wir hatten einfach Glück, das ist alles. Wäre der Nebel dichter gewesen, hätte es schlimmer ausgehen können, das kann ich Ihnen sagen.«

Wir glaubten es ihm.

Jarek verließ als Erster die Maschine. Es folgte der Pfähler, dann kletterten Suko und ich hinaus.

Ja, hier war es kälter als in Petrila. Ich wunderte mich, dass es noch nicht schneite, an einigen Stellen jedoch sahen wir es weiß schimmern. Restschnee vergangener Tage.

Rechts von uns lag der Wald. Die Bäume standen dicht an dicht. Sie schienen sich mit ihrem Wurzelwerk an dem Abhang festgekrallt zu haben und trotzten so den Stürmen, die oft in diesen Bergen tobten.

Gegenüber lagen die Mauern.

Sie waren in der Tat gewaltig. Riesige Steine hatte man aufeinander gesetzt. Die Burg musste sehr alt sein, denn ich erkannte die typisch eckige, romanische Bauweise. Auf eine Burgmauer hatte man verzichten können. Wir sahen auch keine Rundbogenfenster, sondern in die Höhe gezogene Vierecke.

Über allem wallte der Nebel.

Wie mit langen Geisterfingern kroch er an der Außenmauer in die Höhe. Der Stein glänzte feucht. Efeu und wilder Wein rankte an ihm hoch. Die Pflanzen klammerten sich an dem Mauerwerk so hart fest, als wollten sie es stützen.

Viel war von der Burg nicht zu erkennen. Bereits die Hälfte der Fenster verschwamm im Nebel.

Aus einem löste sich ein schmaler Schatten. Krächzend flog der Rabe über unsere Köpfe hinweg und verschwand talabwärts.

Es war still geworden. Nur die Lederkleidung des Piloten scheuerte, wenn der Mann sich bewegte.

»Jetzt brauchen wir noch den Friedhof«, sagte ich und schaute Marek dabei an.

Der Pfähler nickte. »Kommt mit.«

»Und ich?«, rief Jarek. »Soll ich wieder am Hubschrauber bleiben?«

»Es wäre das Beste«, murmelte ich und wurde gleichzeitig nachdenklich. Wenn Lady X und Vampiro-del-mar auftauchten, dann war der Pilot für sie eine ideale Beute. Unbewacht konnten wir den Hubschrauber auch nicht lassen, deshalb gab ich ihm meine Beretta und riet ihm, in der Maschine zu warten.

»Und warum dort?«

»Weil sie da ziemlich sicher sind und sofort starten können, falls Gefahr im Anmarsch ist.«

»Richtig, aber was machen Sie dann?«

»Wir wissen uns schon zu helfen.«

»Und was soll ich mit der Pistole?«

»Ich habe sie mit geweihten Silberkugeln geladen. Sie können sie gegen Vampire einsetzen.«

Jarek grinste. »Das lobe ich mir. Wenn ich welche sehe, werde ich schießen.« Er grinste.

»Das müssen Sie sogar«, sagte ich.

»Eine Uhrzeit können Sie nicht angeben?«, fragte Jarek.

»Nein, aber wir werden uns beeilen.«

Er lachte. »Dann pfählen Sie wohl, Sinclair!«, rief er uns nach, als wir gingen.

Ich drehte mich noch mal um. »Sie sollten das nicht als Spaß auffassen, Jarek. Es ist keiner. Wirklich nicht …«

Der Friedhof hatte so seine Tücken.

Nicht dass Grabsteine im Weg standen, dies nahm man bei einem Friedhof hin, aber er war am Hang angelegt worden und man hatte, um Platz zu schaffen, damals Bäume gerodet.

Die Burg konnten wir nicht mehr sehen. Höchstens noch als dunklen Schatten hinter der Nebelwand.

Am Rand des Friedhofs blieben wir stehen. Die unheimliche Atmosphäre war überall zu spüren, wir sogen sie förmlich in uns auf. Da war der Nebel, die gespenstisch anmutenden Grabsteine, die schief im Boden steckten, das Laub auf dem Boden, die weiche Erde, hier und da ein paar schmutzige

Schneeflecken, und am Rand des Friedhofs standen Bäume mit ihren kahlen, oft krummen Ästen, die sich wie die Fäden eines zerstörten Spinnennetzes über die Gräber legten.

»Gehen wir?«, fragte Marek.

»Klar.« Ich nickte. »Aber wo befindet sich das Grab oder die Gruft des Vampir-Barons?«

»Rechts von hier. Man hat ihn nahe der Schlossmauer beerdigt.«

»Dann komm.«

Hintereinander schritten wir. Unsere Füße sanken in das weiche Erdreich ein. Schon bald klebte das feuchte Laub an unseren Schuhen und an den Hosenbeinen.

Wir selbst wirkten wie Geister, weil die grauen Nebelschwaden uns umhüllten.

Suko hatte seine Taschenlampe eingeschaltet. Sie gab zwar nicht viel Licht, aber war besser als nichts.

Wege existierten auf diesem Totenacker längst nicht mehr. Man konnte den Friedhof als ein Ganzes bezeichnen, nur unterbrochen von den aus dem Boden ragenden Grabsteinen, die an breite Stummelfinger erinnerten.

Kreuze gab es nicht.

Wir hatten etwa zehn Grabsteine passiert und näherten uns bereits wieder der Schlossmauer, als ich Marek auf dieses Phänomen aufmerksam machte.

»Hast du schon mal auf einem schwarzmagischen Friedhof Kreuze gesehen?«, fragte er.

»So wollte ich das nicht gemeint haben. Hier liegen doch nicht nur Vampire begraben, sondern auch normale Tote.«

»Aus der Sippe des Barons.«

»Dann können alle zu Vampiren geworden sein.«

»Vielleicht.« Er blieb stehen und holte tief Luft. »Ich weiß einfach zu wenig. Die Geschichte hat über Baron Frederick von Leppe den Mantel des Schweigens gebreitet.«

Suko war vorgegangen. Er konnte bereits die Schlossmauer sehen, die sich als kompakter, düsterer Schatten aus dem Nebel schälte. »Hier muss das Grab sein«, sagte er.

Marek und ich beschleunigten unsere Schritte. Suko ging ein wenig zur Seite. Er blieb so stehen, dass der helle Finger seiner Lampe auf die Grabplatte fallen konnte.

Von der ursprünglichen Farbe des Gesteins war nicht mehr viel zu erkennen. Wo es vom Lichtschein getroffen wurde, schimmerte es grünlich. In den kleinen Ritzen hatte sich das dichte Moos festgesetzt, und auch die Schrift war nicht mehr zu entziffern.

Marek holte ein Taschenmesser hervor, ging in die Knie und kratzte mit der Klinge so viel an Moos zur Seite, dass wir wenigstens den Namen lesen konnten.

Da stand genau das geschrieben, was wir erwartet hatten.

BARON FREDERICK VON LEPPE.

»Hier drunter muss er liegen«, sagte Marek mit leiser Stimme und klopfte auf die schwere Grabplatte.

»Oder auch nicht«, sagte Suko trocken. »Wir werden es feststellen. Können wir das Ding anheben?« Er schaute mich dabei fragend an und überreichte Marek die Lampe.

»Ein Versuch lohnt sich.« Ich bückte mich bereits. Einen Ring hatten wir ebenfalls entdeckt. Er bestand aus Metall und befand sich über der eingemeißelten Schrift.

Zum Glück war er so groß, dass Suko und ich ihn gemeinsam anfassen konnten.

»Fertig?« Ich schaute meinen Partner an.

Der Chinese nickte nur.

»Dann los!«

Merkwürdig leicht und einfach ließ sich die Steinplatte in die Höhe hieven. Wir strengten uns zwar noch immer an, aber weil wir es beim ersten Versuch schon schafften, bewies es uns, dass die Platte bewegt worden war. Als sie hochkant stand, drückten wir noch ein wenig dagegen und ließen sie dann kippen.

Mit einem dumpfen Geräusch schlug sie auf.

Marek gab Suko die Lampe. Der leuchtete in die vor uns liegende finstere Gruft, schwenkte den Strahl, und wir sahen, was im Innern der Gruft stand.

Es war ein Steinsarg!

In ihm hatte man vor langer Zeit den Baron Frederick von Leppe begraben. In diesem Fall jedoch lag er nicht mehr in seinem Sarg, denn der schwere Deckel war verschoben worden und ließ die Hälfte des Sarginnern frei.

»Er ist weg!«, flüsterte Marek. »Er ist weg. Verdammt, ich hatte doch recht. Baron Frederick von Leppe ist ein Vampir ...«

Ein leerer Sarg, eine verlassene Gruft – wo konnte der Vampir stecken?

Hielt er sich im Schloss verborgen, geisterte er durch den Wald oder über den Friedhof?

Niemand von uns konnte darauf eine Antwort geben. Auf jeden Fall stellte Baron von Leppe eine große Gefahr für die Menschen dar. Niemand konnte das Gegenteil behaupten, und wir mussten zusehen, dass wir ihn so rasch wie möglich stellten.

Ich erinnerte Marek wieder an das Lachen, das er im Wald gehört hatte.

»Ja, John, was meinst du damit?«

»Ist es möglich, dass der Vampir die Strecke in einer so kurzen Zeit schafft und sich unter Umständen hier auf dem Friedhof versteckt hält?«

»Eigentlich nicht«, gab Marek zu. »Es sei denn, er besitzt die Gabe und verwandelt sich in eine Fledermaus.«

Die Idee war gut. Ich lächelte. »Bravo, das kann die Lösung sein, Frantisek.«

Suko schob mich zur Seite und trat bis dicht an den Rand der Gruft. Bevor ich eine Frage stellen konnte, sagte er schon: »Ich möchte mich da unten gern mal näher umschauen.«

Das hatte ich eigentlich vorgehabt, doch Suko war schneller gewesen, und ich nickte.

Der Chinese ging in die Knie, federte noch ein wenig nach und stieß sich ab.

Es war keine sehr große Distanz, die er springend zurücklegen musste. Er landete unangefochten vor dem Fußende des Sargs und zog beim Gehen unwillkürlich den Kopf ein.

Neben dem Steinsarg blieb er stehen. Die Lampe hatte er mitgenommen. Er leuchtete noch einmal in den Sarkophag hinein und schüttelte den Kopf. »Nichts zu machen, John. Wir können ihn nicht herbeizaubern.«

»Dann komm wieder hoch, Alter.«

»Augenblick noch.« Sukos Stimme klang hohl. Er trat vom Sarg weg und leuchtete in die Runde, da er die Gruft genauer untersuchen wollte. Er blieb nicht in unserem Blickfeld, tauchte in den Hintergrund der Gruft, und wir sahen ihn nicht mehr, sondern nur den hellen Schein, der über den Boden wanderte, wenn der Inspektor sich bewegte.

»John!« Seine Stimme klang noch dumpfer als zuvor. »Hier ist eine offene Stelle. Dahinter liegt ein Gang.«

Ich kniete mich ebenfalls und reckte meinen Kopf vor. »Kannst du erkennen, wo er hinführt?« In meinen Worten schwang die Spannung mit.

»Nein, eigentlich nicht. Aber er müsste, wenn man der Richtung glauben darf, in oder unter das Schloss führen.«

Ich blickte Frantisek Marek von unten her fragend an. Der Pfähler nickte. Demnach konnte Suko mit seiner Vermutung genau richtig liegen.

»Ich werde den Gang untersuchen«, erklärte er, »und gehe ihn mal durch.«

»Aber gib acht.«

»Klar. Wir könnten uns ja im Schloss treffen oder wieder auf dem Friedhof, wenn ich zurückkehre.«

»Mal sehen.« Danach hörte ich von Suko nichts mehr, und ich schraubte mich wieder in die Höhe. »Wusstest du davon?«

Marek schüttelte den Kopf. »Nein. Ich habe die Gruft auch nie von innen gesehen. Nur eben heute.«

Als seine Worte ausgeklungen waren, herrschte wieder Stille. Sie umgab uns wie ein Mantel. Irgendwie war sie bedrückend. Wenn man in einem normalen Raum steht, dann fällt es nicht so auf, aber hier auf diesem Friedhof konnte man schon ein komisches Gefühl bekommen.

»Der Baron muss eine große Verwandtschaft gehabt haben«, bemerkte ich und deutete in die Runde.

»Das hatte er auch.« Marek folgte meinem ausgestreckten Arm. Ich hatte mich bereits wieder halb abgewandt, als der Pfähler einen überraschten Ruf ausstieß.

»Verdammt, da ist er!«

»Wer?«, fragte ich blödsinnigerweise, während ich herumkreiselte.

»Baron von Leppe!«

Er stand ungefähr da, wo die Grabsteine endeten und sich ein Filigran aus Zweigen und Ästen über eine kurze Distanz des Friedhofs ausbreitete. Ein Bild wie aus einem Gruselfilm. Selbst mir lief ein Schauer über den Rücken, als ich es sah.

Da war einmal der Vampir. Dunkel gekleidet. Er trug keinen Umhang wie der unselige Graf Dracula in seinen Filmen, allerdings eine Kleidung, die Ähnlichkeit mit einem pechschwarzen Frack aufwies. Vorn musste die Jacke offen stehen, so genau konnten wir es nicht erkennen, aber wir sahen den weißen Fleck, der auf ein helles Hemd hinwies.

Das Gesicht schimmerte bleich durch die Nebelschwaden. Darüber sahen wir das helle, schon weiße Haar, das die Schädeldecke wie eine Wolke zu umrahmen schien.

Unbeweglich blieb er auf dem Fleck und beobachtete uns.

Neben mir atmete Marek heftig. Er knurrte fast, stand unter einem ungeheuren Stress, und er umklammerte den Eichenpfahl wie ein Ertrinkender den Rettungsanker.

Marek wollte Rache nehmen. Durch nichts ließ er sich davon abhalten. Bevor ich es verhindern konnte, stürzte er schon vor. Er rannte in mächtigen Sätzen auf den Baron zu, den rechten Arm hielt er hoch, die Spitze des Pfahls zeigte in die Richtung des Unheimlichen, den Marek mit einem gewaltigen Stoß durch die Brust des Blutsaugers treiben wollte.

»Bleib hier!«, rief ich.

Marek hörte nicht. Wie von Sinnen war er, und aus seinem Mund löste sich ein irrer Schrei, als er vom Nebel verschluckt wurde. »Mörder!«, brüllte er. »Verdammte Bestie, ich stoße dir das Herz aus dem Leib, du dreckiger – aaahhh …«

Seine Worte brachen ab. Ein gurgelnder Schrei folgte.

Ich war natürlich nicht stehen geblieben, hatte mich auf Mareks Fersen gesetzt, sah noch, wie er während des Schreis mit den Armen ruderte und plötzlich verschwand, als hätte ihn eine unheimliche Kraft in die Erde gerissen.

Den Aufprall hörte ich nicht, doch das Verschwinden des Pfählers warnte mich, ich wurde vorsichtig und reduzierte mein Tempo um die Hälfte. Nach wenigen Sekunden entdeckte ich das, was dem armen Marek zum Verhängnis geworden war.

Ein offenes Grab.

Er war nicht nur dort hineingefallen, sondern auch in den deckellosen Sarg, der das Grab ausfüllte.

Noch bevor ich das Grab erreicht hatte, hörte ich das höhnische Lachen, riss den Kopf wieder hoch und schaute dorthin, wo ich den Vampir beim ersten Mal gesehen hatte.

Er stand nicht mehr dort.

Wie ein Spuk war er im Nebel untergetaucht!

Vor Wut ballte ich meine Linke. Die Rechte umklammerte den Griff der Bolzenwaffe. Sie hatte ich nicht einsetzen können, denn für einen sicheren Treffer war die Distanz zwischen dem Vampir und mir zu groß gewesen.

Etwas wussten wir.

Der Baron befand sich in der Nähe. Und er bewegte sich als Untoter durch das kleine Gräberfeld.

Das Stöhnen des alten Marek riss mich aus meinen Gedanken. Ich senkte den Blick, schaute in das Grab, sah Frantisek im Sarg liegen und bemerkte, dass er das linke Bein angezogen hatte und sich seinen Knöchel hielt.

»Kannst du aufstehen?«, fragte ich.

»Weiß ich nicht. Verdammt«, er verzog das Gesicht, »die

alten Knochen taugen nichts mehr. Am besten wird es sein, wenn ich mir selbst den Pfahl in die Brust ramme.«

»Kein Selbstmitleid jetzt!«, fuhr ich ihn an. »Komm hoch, ich brauche dich noch!«

»Unsinn.«

Ich kniete längst und streckte ihm meine rechte Hand entgegen. Dabei hatte ich den Blick angehoben, denn ich wollte die Gegend vor mir nicht aus den Augen lassen.

Dort blieb alles still. Nur die Nebelschwaden liefen ineinander und zogen in trägen Schleiern über den trostlosen Totenacker.

Marek ergriff meine Hand. Er stützte sich mit dem gesunden Fuß ab und kletterte schließlich keuchend aus dem Grab. Ich half ihm auf die Füße.

Als er auftrat und sein Gewicht auf den linken Fuß verlagerte, da stöhnte er.

»Scheiße!«, sagte der Pfähler. »Der macht es nicht mehr so, wie ich will, John.«

»Schaffst du es bis zum Hubschrauber?«

»Du willst mich aus dem Spiel lassen, wie?«

»Nicht gern, Frantisek, aber sieh doch selbst, dein Bein hält die Belastung nicht aus.«

Er verzog das Gesicht. Ich sah, dass er Schmerzen hatte. Auf seiner Stirn perlte Schweiß. »Gut, ich werde es versuchen. Vielleicht schaffe ich es. Und wenn mir der Baron begegnet …«

»Um den kümmere ich mich.«

Marek stützte sich an einem Grabstein ab, damit er sein Bein nicht so zu belasten brauchte. »Du willst dich um ihn kümmern, John? Verdammt, nimmst du mir alles weg?«

»Denk doch nach, Frantisek!«, sprach ich mit beschwörender Stimme. »Der Vampir ist beweglich, du bist es nicht mehr. Aber du wirst es wieder. Leider musst du noch ein paar Wochen warten, bis die Sache geregelt ist. Und jetzt …«

Schüsse!

Die Echos klangen über den Friedhof und rissen mir die nächsten Worte von den Lippen.

Ich stand für einen Moment regungslos. Zweimal war geschossen worden, und am Klang hatte ich die Beretta erkannt.

Meine Waffe.

Suko trug ebenfalls eine. Es gab zwei Möglichkeiten. Entweder hatte er geschossen oder der Pilot.

»Soll ich immer noch zum Hubschrauber laufen?«, erkundigte sich der alte Marek.

»Nein, das erledige ich!« Nach dieser Antwort traf mich der dünne Eisregen.

Der Pilot schaute den Männern so lange nach, bis er sie nicht mehr sehen konnte. Der Nebel legte sich wie ein graues Band zwischen ihn und den Fremden.

Jarek hatte das Gefühl, als wäre die Suppe in den letzten Minuten dichter geworden. Aus den Tälern schien der Dunst immer mehr Nachschub zu erhalten.

Sinclair hatte ihm gesagt, im Hubschrauber wäre er sicherer. Das mochte richtig sein, aber Jarek wollte in der Maschine nicht rauchen. Das musste er draußen tun, und so blieb er erst einmal vor dem Hubschrauber stehen, holte eine Schachtel aus der Tasche und klopfte ein filterloses Stäbchen hervor.

Mit einem alten Sturmfeuerzeug zündete er es an. Die Flamme tanzte vor seinem Gesicht. Er saugte den Rauch tief in die Lungen und ließ ihn durch die Nase wieder ausströmen. Rauch und Nebel vermischten sich und krochen schleichend das uralte Gemäuer des Schlosses hoch.

Hin und wieder drehte Jarek den Kopf. Da konnte einem schon anders werden, wenn man diesen Bau sah. Er war zwar Soldat, aber auch ein Kind des Landes. Und er erinnerte sich noch genau, wenn seine Großeltern von den unheimlichen Blutsaugern erzählten, die die Berge und Wälder Transsylvaniens unsicher machten.

Er selbst stammte aus Bukarest. Als Kind hatte er sich bei diesen Geschichten gefürchtet, als Halbwüchsiger darüber gelacht und sie als Soldat vergessen.

Bis er an diesem Tage wieder daran erinnert wurde. Und zwar drastisch.

Noch einen letzten Zug nahm er aus der Zigarette, warf sie dann zu Boden und trat die Kippe aus. Danach öffnete er den Einstieg des Hubschraubers und klemmte sich hinter das Steuer, wo er sitzen blieb und durch die breite, gebogene Frontscheibe in den Nebel starrte.

Er dachte an die drei Männer, die den Friedhof untersuchten. Ob sie den Vampir fanden?

Gesehen hatte er noch keinen, und er wollte auch nicht so recht daran glauben.

Die Beretta hatte er in die rechte Seitentasche gesteckt. Nun holte er sie hervor und schaute sie an. Das Modell kannte er nur von Bildern her. Selbst hatte er mit so einer Waffe noch nicht geschossen, aber sie lag gut in der Hand.

Wenn die Vampire kamen, dann …

Jarek lachte auf. Jetzt rechnete er selbst schon damit. Bisher hatte er keinen Blutsauger gesehen, aber er wunderte sich plötzlich darüber, dass seine Vorgesetzten so voll darauf abgefahren waren.

Die Stille war absolut. Er hörte tatsächlich kein Geräusch und kam sich vor wie in einem Gefängnis aus Metall und Glas. Der Nebel war lautlos. Er bestand für ihn aus zahlreichen grauen, schleierartigen Armen, die sich dem Hubschrauber entgegenstreckten und ihn einhüllten. Irgendwie gefiel ihm das nicht. So im Hubschrauber sitzend, da fühlte er sich wehrlos, der Nebel lag fast undurchdringlich vor ihm, da konnte sich jemand anschleichen, ohne gesehen zu werden.

Und dann sah er noch etwas.

Zuerst glaubte er an eine Täuschung, weil er gleichzeitig ein seltsames Prasseln hörte. Als der Pilot aufschaute, fielen ihm die langen Bahnen auf, die ineinander übergingen und vom Himmel strömten.

Es war Schnee. Oder Eisregen.

Auch das noch.

Als erfahrener Pilot wusste Jarek genau, dass ihm dieses

gefrorene Wasser gefährlich werden konnte. Wenn Eisregen fiel, dann war es leicht möglich, dass der Rotor vereiste, sodass sie hier überhaupt nicht wegkamen.

Vampire hin, Vampire her, die Sicherheit war jetzt wichtiger, und der Pilot entschloss sich innerhalb von Sekunden. Er rammte den Ausstieg auf, steckte die Waffe weg und verließ die Kanzel.

Fein war der kalte Regen, der auf ihn nieder strömte. Er spürte die Tropfen kaum, so winzig waren sie. Aber sein Gesicht glänzte bald vor Nässe. Er hatte erst wenige Schritte hinter sich, als ihm etwas auffiel und er ruckartig stehen blieb.

Der Pilot hatte aus den Augenwinkeln bemerkt, dass sich an der Schlossmauer etwas bewegte.

Sofort blieb er stehen.

Jetzt hatte der Wind ein wenig gedreht, der dünne Schnee fiel von der Seite. Zusammen mit dem Nebel machte er den Vorhang noch dichter, und Jarek musste näher an die Schlossmauer herangehen, um mehr zu erkennen.

Nein, das war keine Täuschung!

Und da hatte sich auch nicht die Mauer bewegt, sondern ein Teil in der Mauer.

Die Tür.

Oder das Eingangstor!

Tief holte er Luft. Plötzlich fühlte er sich in einen Horrorfilm versetzt, denn an seine Ohren drang das unheimliche Knarren einer sich öffnenden Tür.

Da kam jemand.

Und zwar aus dem Schloss!

Bisher hatte der Mann geglaubt, das Schloss wäre unbewohnt. Nun aber musste er umdenken, und das gefiel ihm überhaupt nicht. Er schluckte ein paar Mal. Noch konnte er nichts Genaues erkennen, weil die Tür bisher nur einen Spalt weit aufgeschoben worden war, dann aber lauter knarrte und weiter vorgestoßen wurde.

Automatisch bewegte der Mann seine Beine. Er ging

zurück und sah zu, dass er in die Nähe seines Hubschraubers gelangte, dort fühlte er sich am sichersten.

Eine heftige Bewegung vor ihm im Nebel! Wuchtig wurde die Tür nach außen gedrückt und sogar hart gestoßen. Eine Sperre hielt sie, deshalb wuchtete sie auch nicht gegen die Mauer, sie zitterte nur nach.

Die Öffnung allerdings reichte aus, um in das Innere der Burg hineinzuschauen.

Wie es dort aussah, konnte der Pilot im Nebel nicht erkennen. Aber er sah jemand auf der Schwelle.

Eine Frau!

Und sie trug eine Maschinenpistole …

Lady X!

Mit allem hätte Jarek gerechnet, nur nicht mit dem Auftauchen einer Frau. Oder sollte er sich getäuscht haben? Mit dem Handrücken wischte er über seine Augen, er sorgte dafür, dass die Nässe verschwand und er wieder klar sehen konnte.

Das Bild blieb.

Da stand ein Weib.

Plötzlich fielen ihm wieder die warnenden Worte des Engländers ein. Hatte der nicht von einer Frau gesprochen, die eine Blutsaugerin sein sollte? Sein Herz schlug plötzlich schneller, als er daran dachte. Natürlich, diese Gestalt musste die Vampirin sein, die gejagt wurde.

Als ihm das bewusst geworden war, bekam er es doch mit der Angst zu tun. Und er hoffte, dass die andere ihn noch nicht gesehen hatte.

Vielleicht gelang es ihm, sich bis an den Hubschrauber zurückzuziehen und schnell einzusteigen.

So musste er es machen und nicht anders.

Er glitt nach hinten.

Schritt für Schritt löste er sich von seinem Standort, brachte mehr Nebel zwischen sich und die Frau, sodass die Gestalt immer stärker verwischte.

Er winkelte seinen rechten Arm an. Die Hand streifte die Außenseite der Tasche. Er fühlte den Druck und das Gewicht der Waffe. Irgendwie war er beruhigt.

Ein schneller Blick über die Schulter bewies ihm, dass der Hubschrauber nicht mehr weit entfernt war. Einige wenige Schritte, dann hatte er es geschafft.

Da traf ihn die kalte, harte und unpersönlich klingende Stimme der unheimlichen Frau. »Bleib stehen!«

Damit hatte er nicht gerechnet. Der Pilot duckte sich, als hätte ihn ein Peitschenschlag getroffen. Für einen Moment flutete Panik in ihm hoch. War alles umsonst?

Er dachte an die Maschine. Sie stand nur wenige Schritte hinter ihm. Die musste doch zu erreichen sein.

Und er hatte noch die Waffe. Aber die Frau besaß eine Maschinenpistole. Damit war sie immer besser und schneller.

Es war verdammt schwer, eine Entscheidung zu treffen. Ihm standen Sekunden zur Verfügung, mehr nicht, aber die Zeit kam ihm vor, als wäre sie um das Dreifache verlängert worden und er würde dies alles wie in einem schlechten Film erleben.

Man hatte ihm eingepaukt, schnell und unkonventionell zu handeln. Das machte schließlich den Soldaten aus. Eine Gefahr erkennen und sich sofort entscheiden.

Der Pilot wunderte sich selbst über die Gedanken, die in seinem Gehirn förmlich explodierten. Wenn es um das eigene Leben ging, dann fing man an zu überlegen und pfiff auf Drill und Gehorsam.

Trotzdem machte er es wie im Training bei der Armee. Er tauchte zu Boden, überrollte sich und zog in der Bewegung die Beretta. Sie verhakte sich zu allem Unglück noch in der Klappe der Jackentasche. Jarek fluchte, sein Gesicht verzerrte sich, schließlich hatte er die Waffe frei und legte an.

Er schoss zweimal auf die Gestalt.

Zum Präzisionsschützen war er nie ausgebildet worden. Hinzu kamen der Nebel und der dünn fallende Schnee, der das Ziel zusätzlich noch verwischte. Als Jarek beim zweiten Mal abdrückte, da wusste er schon, dass er keinen Erfolg errungen hatte.

Die Kugeln fehlten.

Und die fremde Person hatte nicht geschossen. Sie stand noch immer in dem düsteren Türrechteck, hob sich als eine geisterhafte Gestalt ab, und hinter ihr, da leuchtete der schwache Schein einer in der Wand befestigten Fackel.

Er sprang auf.

Es war ihm gelungen, sich in die Nähe des Hubschraubers zu rollen. Jetzt brauchte er nur einzusteigen. Mit der freien Hand schlug er nach dem Einstiegsgriff, riss die Luke auf und stemmte seinen Fuß in die Höhe.

Er wollte weg.

Da erst setzte sich die Vampirin in Bewegung. Einen Schritt genau trat sie vor. Ein kurzes Anheben der Maschinenpistole, das kalte Lächeln auf den Lippen, dann schoss sie.

Vor der Mündung flackerte es auf. Das Todesleuchten. Vier Schüsse knatterten, wobei Lady X diesmal nicht mit Silberkugeln schoss, sondern mit normalen.

Und sie trafen.

Jarek befand sich noch in der Bewegung. Er hatte erst einen Teil seines Oberkörpers in den Hubschrauber hineingedrückt und stieß sich soeben ab, als ihn die Garbe nach vorn wuchtete.

Im Rücken spürte er die harten Einschläge. Er wollte noch schreien, als der Schmerz ihn wie eine gewaltige Woge überschwemmte und mit sich riss.

Blut sprudelte aus seinem Mund. Das Innere des Hubschraubers verzerrte sich für ihn, da stimmte die Perspektive nicht mehr, da war alles anders, und plötzlich erschien der Schacht, der ihn in das düstere Loch des Todes sog.

Regungslos blieb er liegen.

Er vernahm nicht mehr das Lachen, das die Vampirin ausstieß. Sie wollte weiter und den Hubschrauber besetzen, als sie ein Geräusch hörte und innehielt.

Da kam jemand.

Lady X schwang herum und mit ihr die Waffe!

Es war ein feiner Eisregen, der mein Gesicht traf. Als hätten die Wolken ihre Schleusen geöffnet, so kam er mir vor. Feine Nadeln stachen in mein Gesicht, blieben für einen Moment an der Haut kleben, bevor sie wegtauten.

Ich hatte Angst.

Bisher war es uns gelungen, die Ereignisse hier in dieser unheimlichen Ecke im Griff zu behalten. Seit dem Aufklingen der Schüsse aber dachte ich anders darüber.

Andere hatten die Initiative übernommen. Ich hoffte nach wie vor, dass es Suko gewesen war, der sich da gegen irgendwelche Gegner zur Wehr setzte, aber sicher war ich nicht.

Dann vernahm ich das Rattern.

Auch ein bekanntes Geräusch. Es entsteht, wenn jemand mit einer MPi schießt. Wir hatten eine solche Waffe nicht mitgenommen, aber ich kannte jemand, der sich immer darauf verließ. Es war meine besondere Freundin, Lady X!

Dann befand sie sich doch hier. Obwohl ich sie in der Nähe noch nicht gesehen hatte, war ich mir sicher, dass es nur sie gewesen sein konnte, die geschossen hatte.

Sie musste am Schloss lauern.

Die Sicht war durch Schnee und Dunkelheit nicht besser geworden. Zudem befanden wir uns jetzt in den Wolken. Weder Mond noch Sterne gaben Licht.

Den Friedhof hatte ich hinter mir gelassen. Geduckt bewegte ich mich auf die Schlossmauer zu, denn in ihrem Schatten wollte ich weiterschleichen. Die Bolzenpistole lag in meiner rechten Hand. Links schabte ich mit der Schulter über die raue Mauer.

Schritt für Schritt kam ich voran. Meine Sichtperspektive wurde besser. Ich sah einen etwas helleren Schein. Er musste aus dem Schloss fallen, denn er glitt vor dem Eingang flackernd über den Boden.

Dann entdeckte ich die Gestalt.

Sie löste sich dort, wo sich der Eingang befand, und dann hetzte sie im Zickzack auf den Hubschrauber zu. Sie schleuderte ihren Körper einmal nach links, dann wieder nach rechts. Es waren eigentlich Bewegungen, die ihren Laufrhythmus unterbrachen, ich verstand den Sinn nicht, bis ich es an der Hüfte aufblitzen sah.

Die Untote schoss.

Das Tack-Tack der Maschinenpistole klang in meinen Ohren wie eine schlechte Musik. Die Blutsaugerin wollte mich mit einem Kugelhagel töten. Zum Glück befand ich mich noch im Schatten der Mauer, sodass das Blei sein Ziel nicht fand. Aber es jaulte unangenehm nah an mir vorbei, hieb gegen die Steine und sirrte als Querschläger davon.

Ich musste zu Boden. Auf der kalten Erde rollte ich mich weiter, kam wieder auf die Füße, schlug ebenfalls Haken und rannte auf den Hubschrauber zu.

Lady X, jetzt erkannte ich sie besser, war in die Maschine geklettert. Und sie hatte einen leblosen Körper hochgehievt, hielt ihn als Deckung vor sich, wobei sie sich auf den Ausstieg zu bewegte.

Was hatte sie vor?

»Sinclair!«, keuchte sie. »Sinclair, siehst du ihn, deinen Piloten?« Sie lachte gellend.

Ich blieb nicht am Boden liegen, sondern duckte mich und schaute zur Maschine hin.

Schattenhaft waren die beiden Gestalten zu erkennen. Der Eisregen lag zwischen uns wie eine dünne Fahne. Ich hütete mich, ein Wort zu sagen und meinen Standort zu verraten, aber ich zuckte zusammen, als ich das Geräusch des startenden Motors vernahm.

Lady X wollte weg.

In meinem Innern schien etwas zu explodieren. Wenn sie flog, konnte sie sich nicht auf ihre Waffe konzentrieren. Dann musste es mir gelingen, sie zu vernichten.

Die Rotorblätter hoben sich. Die Fliehkraft stellte sie waagerecht. Sie wirbelten den dünnen Schneeregen und die Nebelwolken auseinander, und die gewaltige Maschine schüttelte sich.

Ein paar Yards trennten mich vom Hubschrauber.

Ich startete. Der Boden war glatt geworden, fast seifig, ich hatte Mühe, mich auf den Beinen zu halten, aber ich musste es schaffen.

Sie hatte noch einen widerlichen Trick auf Lager, mit dem sie mich auch erwischte.

Als mich nur noch wenige Schritte vom Einstieg trennten, da sah ich im Einstieg den Schatten. Im ersten Augenblick dachte ich an Lady X und wollte schießen.

Die Hand mit der Bolzenpistole zuckte jäh zurück, als ich sah, wer es wirklich war.

Jarek, der Pilot.

In einem Anfall von Wut schleuderte Lady X ihn mir entgegen. Zu allem Unglück hatte sie noch Glück, dass ich auf dem seifigen Boden nicht so schnell weg konnte und ausrutschte.

So traf mich der Körper.

Mit der Stirn schlug der Tote gegen meine Wange. Ich umklammerte ihn unbewusst, hatte meine Hände in seinen Rücken gepresst und fühlte unter den Handflächen die Feuchtigkeit.

Sie war klebrig, und ich tippte auf das aus den Kugellöchern strömende Blut.

Schon erfasste mich der Sog. Ein Sog, der entsteht, wenn ein Hubschrauber startet.

Die Rotorblätter standen jetzt waagerecht über dem Dach der Kanzel. Sie peitschten durch Regen und Nebel, die schwere Maschine hob ab, und ich hatte das Nachsehen.

Aber das wollte ich nicht, zum Henker.

Es war eine Trotzreaktion, die in mir hochstieg. Ich wuchtete den toten Körper von mir, sprang auf die Füße, rutschte noch mal aus und sah, wie ein gewaltiger Schatten aus Glas und Metall allmählich in die Höhe schob.

An den Einstieg kam ich nicht heran.

Aber an die Kufen.

Was mich dazu trieb, konnte ich nicht sagen. Während ich losrannte, steckte ich die Waffe weg, stieß mich ab, streckte meinen Körper und bekam die eiskalten Kufen zu packen.

Das ist Wahnsinn, was du machst!, schoss es mir noch durch den Kopf, dann zog Lady X die Maschine in die Höhe, und der Ruck riss mir fast die Arme aus den Gelenken.

Ich hörte noch einen Schrei!

Röhrend klang er unter mir auf. Trotz meiner prekären Lage drehte ich den Kopf und sah eine von Nebelschleiern umwehte Gestalt aus dem Schlosstor taumeln.

Es war Vampiro-del-mar!

Der Gang wurde schmaler und niedriger. Suko hatte sowieso nicht aufrecht gehen können, und jetzt musste er noch stärker den Kopf einziehen, damit er nicht gegen die Decke stieß.

Feuchtigkeit hatte sich in dem Gang gesammelt. Vor allen Dingen an der Decke. Das sich dort befindliche Wasser tropfte nach unten und rann Suko in den Nacken.

Der Chinese hatte sich die Richtung gemerkt, wo das Schloss lag. Wenn ihn nicht alles täuschte, dann musste ihn der Gang in die geheimnisvolle Karpatenburg führen.

Zum Glück trug er die Taschenlampe bei sich. Ansonsten wäre er in der absoluten Dunkelheit weitergelaufen. Der Boden war mit Steinen bedeckt. Einige von ihnen wiesen eine beachtliche Größe auf.

Suko sprang über die Steine, zog dabei den Kopf ein und atmete auf, als der Gang breiter wurde und das Licht seiner Lampe schließlich einen hellen Kreis auf ein Hindernis malte.

Es war eine Tür.

Als Suko näher kam, da stellte er fest, dass diese Tür uralt sein musste. Sie befand sich in keinem guten Zustand mehr. Das Holz zeigte Beschädigungen, Risse und schimmerte feucht. Der Zahn der Zeit hatte ihr zugesetzt, sie war verrottet.

Suko entdeckte ein altes Türschloss. Es bestand aus Metall. Die Verkleidung klebte am linken Türrand.

Suko leuchtete genau nach, probierte die Klinke und stellte fest, dass die Tür von innen abgeschlossen oder verriegelt worden war.

Das passte dem Chinesen natürlich nicht, aber Suko wusste sich auch so zu helfen.

Er duckte sich, ging zurück, sprang und trat zu.

Nicht umsonst war der Chinese ein wahrer Meister des Karate-Kampfsportes. Sein rechter Fuß hämmerte gegen die Tür, das verfaulte Holz bot zwar Widerstand, doch keinen so starken, der dem Tritt widerstanden hätte.

Suko kam durch.

Sein Fuß riss ein Loch in die Mitte der alten Holztür. An der anderen Seite kam das Bein zum Vorschein. Suko zog es schnell zurück und trat noch zweimal zu.

Er schuf sich den Durchschlupf.

Ein paar Mal musste er seinen Körper noch drehen, dann hatte er es geschafft und den Gang hinter sich gelassen.

Er stand im Schloss.

Ein unheimlicher, dunkler Keller, in dem es muffig und feucht stank, umgab ihn. Wieder sah Suko dicke Mauern, den festgestampften Lehmboden, die nasse Decke und die stabilen Wände mit den Durchbrüchen zu den anderen Verliesen.

Die Zeit saß Suko im Nacken. Er konnte hier nicht Stunden herumsuchen, sondern musste sich beeilen, um zu seinem Ziel zu gelangen. Nachdem er durch vier Verliese geirrt war, hatte er noch immer nicht den Aufstieg gefunden.

Er sah keine Knochen und geriet auch nicht in einen Folterkeller, was man eigentlich hätte erwarten können, es reihte sich nur Verlies an Verlies.

Und dann sah er die Treppe.

Auch nur deshalb, weil er sich gedreht und den Strahl hatte mitwandern lassen. Die Treppe befand sich in einer Ecke des Raumes, war schmal und baufällig.

Sie führte in die Höhe. Im Laufe der langen Jahre hatten

die Steine etwas von ihrer Festigkeit verloren. An den Ecken fehlten einige Stücke, Schwitzwasser verwandelte die Stufen in glatte Fallen.

Suko ging sehr vorsichtig. In einem großen Halbbogen führte die Treppe nach oben. Als der Chinese den Scheitelpunkt dieser Kurve überschritten hatte, da sah er ein Ziel.

Der Lampenstrahl traf auf einen Durchgang.

Wenig später stand Suko in einer gewaltigen leeren Schlosshalle. Er kam sich so klein und verloren vor, als er dort verharrte, wo die Treppe ihr Ende fand.

Er wollte sich umschauen, doch Ereignisse, die sich außerhalb des Schlosses abspielten, machten diesen Vorsatz zunichte. Zwar waren die Mauern sehr dick und hielten viel ab, jedoch nicht alles, sodass Suko das dumpfe Wummern der Schüsse vernehmen konnte.

Wer schoss?

John?

Aus dem Hintergrund der hohen Halle hörte er ein Schaben, danach Schritte, und er richtete den Strahl seiner Lampe in das Dunkel und dorthin, wo er die Geräusche vernommen hatte.

Da kam jemand.

Schattenhaft war die Gestalt. Und übergroß. Sie näherte sich mit tapsigen, aber dennoch schnellen Schritten, wurde vom Licht getroffen, und von Suko erkannt.

Es war Vampiro-del-mar.

Unwillig drehte das Monster den mit Geschwüren bedeckten Schädel. Es röhrte auf, hob den Arm, und Suko zog seine Waffe.

Irgendwie musste Vampiro-del-mar es geahnt haben, auf einmal wurde er schnell. Er griff Suko jedoch nicht an, sondern jagte auf den Ausgang zu.

Und der stand offen.

Das bemerkte Suko erst, als er sich nach rechts wandte. Er sah den schwachen Fackelschein, der sich zuvor in der Weite und Düsternis der Halle verloren hatte.

Sofort nahm der Inspektor die Verfolgung auf.

Beide – Vampiro-del-mar und er – vernahmen die Geräuschkulisse des Hubschraubers, als dieser vom Boden abhob. Suko konnte jetzt auch nach draußen blicken, glaubte eine Gestalt am Boden zu erkennen und eine andere an den Kufen hängen zu sehen.

Wahrheit, Täuschung, er wusste es nicht. Der Chinese musste sich auf Vampiro-del-mar konzentrieren, der einen röhrenden, wütenden Schrei ausstieß und sich dann blitzschnell umdrehte.

Er und Suko starrten sich an!

Frantisek Marek wartete.

Der alte Mann war mit sich und der Welt unzufrieden. Ausgerechnet jetzt musste er in ein offenes Grab treten und sich den Fuß verstauchen. Das führte zu Depressionen. Auf einen Grabstein gestützt, stand er da, hatte den Kopf gesenkt und erging sich in bitteren Vorwürfen. Immer wieder fiel ihm seine Frau ein. Sie war zu einem Opfer der Blutsauger geworden, er hatte es nicht verhindern können, und dies war für ihn der Beweis, dass er nicht mehr viel taugte.

Er war der letzte Marek, besaß keinen Sohn mehr, und bei ihm würde das Erbe der Pfähler, das die Jahrhunderte überdauert hatte, wohl endgültig vorbei sein.

Als er das feine Knattern einer MPi-Salve vernahm, schaute er noch einmal auf, um jedoch den Kopf sofort wieder zu senken. Was interessierte ihn das noch?

Er schaute zu dem offenen Grab hin.

Weshalb war es offen?

Marek begann zu überlegen. So vertrieb er wenigstens die trüben Gedanken. War dort vielleicht der Baron herausgeklettert? Nein, der hatte seine Gruft.

Also trieb sich noch ein Vampir in der Nähe herum.

Wer konnte das sein?

Da hatte er die Idee. Ein Vampir war in seine und die Falle

des Köhlers gelaufen. Vielleicht hatte er in das Grab gehört, das so offen vor ihm lag?

Diese Schlussfolgerung erschien ihm logisch zu sein. Ja, sie war es bestimmt. Aber das ganze Überlegen brachte nichts. Er, Marek, den man den Pfähler nannte, war ein verletzter, alter Mann, der zu nichts mehr taugte.

Den Mächten der Finsternis hatte er den Kampf angesagt. Was war zuletzt geblieben?

Das Versagen!

Und wieder dachte er an seine Frau. Der Pfähler hatte sie nicht schützen können. Die Kräfte, die er bekämpfte, waren schneller gewesen.

Schräg fuhr der Eisregen auf ihn zu. Mit einer müden Bewegung hob er die linke Hand und wischte die Feuchtigkeit aus seinem Gesicht. Die Kälte biss in die Haut. Seine Hände waren steif. Wie eine Steinfigur stand er im Schnee und schaute zu, wie dieser allmählich ein feines weißes Leichentuch auf den Friedhof legte.

Dann hörte er das fast wütende Rattern des Hubschraubers. Dieses Geräusch riss ihn aus seiner Lethargie. Er hob den Kopf, schaute dorthin, wo der Hubschrauber stand, und sah den gewaltigen Schatten in der Luft.

Die Maschine war gestartet!

Mareks Augen wurden weit. Das begriff er nicht. Wie konnte Sinclair zulassen, dass ...

Plötzlich glaubte er sich dem Wahnsinn nahe. Er traute seinen Augen nicht, denn an der einen Kufe des tief fliegenden Hubschraubers hing eine Gestalt.

John Sinclair.

Sie pendelte hin und her, der Schnee schlug gegen ihren Körper, der von Nebelschleiern umwallt wurde und bald darauf verschwand, als der Hubschrauber an Höhe gewann.

Ein Spuk?

Marek wischte über seine Augen. Nein, es war kein Spuk, sondern eine verdammte Wahrheit.

Die für ihn schreckliche Entdeckung hatte seine Lethargie

vertrieben. Er suchte den Hubschrauber, drehte sich dabei, um ein größeres Sichtfeld zu haben.

Dabei schaute er fast zwangsläufig über den Friedhof, stutzte plötzlich, und seine Augen weiteten sich.

Zwischen den Grabsteinen stand eine Gestalt.

Baron von Leppe!

Er war gekommen, um sich auch den letzten Marek zu holen!

Es war Selbstmord, was ich da tat. Mit beiden Händen umklammerte ich die vereiste Kufe.

Der Wind und der Schnee hieben in mein Gesicht, sie unterkühlten die Haut, die ich schon nicht mehr spürte, und füllten auch die Augen.

Mich musste der Teufel geritten haben, dass ich so etwas getan hatte, denn jetzt hielt Lady X alle Trümpfe in den Händen. Sie brauchte die Maschine nur in die Höhe des Gipfels zu bringen, dann würden meine Hände von allein abfrieren.

Mein Körper pendelte. Der Hubschrauber flog ja nicht normal geradeaus, Lady X stellte es raffinierter an. Sie sorgte dafür, dass er in Schwingungen geriet, und die übertrugen sich zwangsläufig auf meinen Körper.

Als ich den ersten Schreck einigermaßen überwunden hatte, konzentrierte ich mich auf das Ziel meiner unfreiwilligen Reise.

Die Untote steuerte den Friedhof an!

Wollte sie mir etwa dort zur letzten Ruhe verhelfen? Ich schaute nach unten, sah die grauen Nebelspiralen und erkannte schemenhaft die aus dem Boden ragenden Grabsteine. Ich glaubte auch, Marek zu sehen, der einsam und verlassen auf dem unheimlichen Totenacker stand. Dann nahm mir der Nebel die Sicht.

Der Hubschrauber gewann an Höhe.

Als er so plötzlich stieg, erlebte ich dies wie eine Explosion in meinen Armgelenken. Ich schrie auf, Tränen schossen aus meinen Augen und vermischten sich mit der Feuchtigkeit in meinem Gesicht.

Das war die Hölle!

Wohin wollte Lady X fliegen?

Unter mir wischten die Schatten hinweg. Dunklere und helle. Die dunklen waren die Bäume, die hellen die Nebelstreifen, die wie Geisterarme lautlos zwischen den dicht stehenden Stämmen einher krochen.

Ein unheimliches Feld lag unter mir, und wir stiegen einer immer kälteren Höhe entgegen.

Wie lange konnte ich es noch aushalten?

Fünf Minuten? Mehr oder weniger?

Ich legte meinen Kopf in den Nacken. Das Unterteil der Maschine kam mir so unendlich weit entfernt vor. Unerreichbar für mich. Ich hatte auch nicht die Kraft, auf die Kufen zu klettern, außerdem bin ich kein Stuntman, bei dem das so einfach abläuft, ich wäre schon beim ersten Versuch ausgerutscht.

Konnte ich noch springen?

Ich beschäftigte mich sehr mit diesem Gedanken. Die Zweige der Bäume hätten bestimmt ein Überleben möglich gemacht, aber unter mir befand sich nichts mehr, vielleicht Fels, keine Schatten, ich hätte ins Leere und Ungewisse springen müssen.

Wir näherten uns der Burg.

Auch eine Methode, um mich loszuwerden. Lady X brauchte den Hubschrauber nur zu schütteln, wenn wir uns nahe genug der Mauer befanden. Dann klatschte ich dagegen, und es war um mich geschehen.

Der nächste Kurs überraschte mich, denn sie schlug einen weiten Bogen und flog wieder zurück.

Genau zum Ausgangspunkt!

Allmählich verließ mich die Kraft. In meinen Händen spürte ich kein Gefühl mehr. Sie schienen überhaupt nicht zu meinem Körper zu gehören, sondern nur noch Anhängsel zu sein. Der Fahrtwind biss mit der Schärfe von Messern in meine Haut.

Wieder änderte Lady X den Kurs ein wenig. Wir flogen auf einmal so dicht an der Burgmauer vorbei, dass ich Angst hatte, dagegen zu prallen.

Daran dachte Lady X im Augenblick nicht, denn sie hatte andere Probleme, wie ich gleich darauf feststellen konnte.

Sie flog den freien Platz an, der sich vor der Burg befand und von dem die Maschine, mit mir an den Kufen hängend, gestartet war.

Dem Boden befanden wir uns ziemlich nahe. Ich sah sogar die Gestalt des toten Piloten.

Aber ich sah noch mehr.

Suko und Vampiro-del-mar. Beide bewegten sich. Was sie taten, konnte ich nicht erkennen, ich hatte mit meinen eigenen Problemen zu kämpfen. Die waren schlimm genug.

Wenn ich es jetzt nicht riskierte und losließ, würde ich bei der Landung zumindest verletzt.

Ich löste die Hände und fiel.

Mit Silberkugeln konnte Suko den Vampir nicht erledigen, das war schon versucht worden und hatte keinen Erfolg gezeigt.

Wie dann?

In den Sekunden, als sich die beiden Feinde gegenüberstanden, musste sich der Chinese entscheiden.

Seine Hand klatschte auf den Griff der Dämonenpeitsche. Diese Peitsche, hergestellt aus der Haut des Dämons Nyrana, war eine besondere schwarzmagische Waffe. Sehr stark, sehr kraftvoll. Suko hatte mit ihr schon eine Menge Schwarzblüter vernichtet.

Der Uralt-Vampir starrte ihn an. Ein Auge war nicht mehr so wie früher, nachdem es mal von einer Leuchtkugel getroffen worden war. Der Ausdruck entstellte das sowieso schon hässliche Gesicht noch mehr, und Suko schüttelte sich. Die drei Riemen fielen aus der Grifföffnung. Jetzt war Suko kampfbereit.

Wie Vampiro-del-mar. Der Vampir glitt zurück. Trotz seiner gewaltigen Größe bewegte er sich geschmeidig. Die Kleidung hing wie immer in Fetzen um seinen graubraun schimmernden Körper.

Er hatte das Maul weit aufgerissen, aus dem Oberkiefer stachen die beiden spitzen Vampirzähne hervor. Sie wiesen eine Krümmung auf, sodass sie fast wie gebogene Dolche aussahen.

Suko führte den ersten Schlag. Er wusste selbst, dass er keinen Erfolg zeigen konnte, die Distanz zwischen ihm und dem Uralt-Vampir war einfach zu groß.

Die drei Riemen legten sich in der Luft fest gegeneinander und pfiffen auf Sukos schaurigen Gegner zu.

Der sprang zurück.

Aus seinem Maul drang ein undefinierbares Geräusch. Heftig bewegte er seine langen Arme, er suchte bei Suko nach einer Schwachstelle, um ihn zu töten.

Der Inspektor warf die Peitsche in die linke Hand, fing den Griff geschickt auf und zog seine Beretta.

Zweimal schoss er.

Eine Kugel jagte er in die Brust, die zweite wollte er in den Schädel des Monsters setzen, doch durch eine gedankenschnelle Bewegung wich Vampiro-del-mar aus.

Suko setzte nach.

Der Treffer hatte den Uralt-Vampir zwar zurückgestoßen, aber nicht außer Gefecht gesetzt. Wie früher Tokata, der Samurai des Satans, so hatte auch er die Silberkugel aufgefangen. Er war nur wütend geworden.

Beim zweiten Mal schlug Suko genauer zu. Fast hätten sich die drei Riemen um den Hals des Vampirs gewickelt, doch der Bluttrinker ging in die Hocke, sodass ihn die Peitsche verfehlte.

Und dann war alles anders.

Suko hatte sich stark auf den Kampf konzentriert. Im Unterbewusstsein vernahm er zwar das Geräusch des in der Nähe fliegenden Hubschraubers, plötzlich jedoch wurde es überlaut und lenkte Suko von seiner eigentlichen Aufgabe ab.

Er schaute nach rechts.
Gewaltig war der Schatten, der sich aus dem Himmel löste. Wie ein Ungeheuer durchbrach er den Schleier aus feinem Schnee und Nebelwolken.
Und ein Mann hing an der Kufe.
John Sinclair!
Suko wollte schon den Namen seines Freundes rufen, als der Geisterjäger bereits reagierte, seine Hände löste und sich fallen ließ. Er wuchtete auf den Boden, brach dort zusammen und rollte sich ein paar Mal um die eigene Achse, bevor er wie tot liegen blieb.
Der Hubschrauber aber landete …

Er war also doch gekommen!
Marek stand da und schaute die Gestalt an. Baron Frederick von Leppe. Der Unheimliche, der Vampir, der Blutsauger. All das, was man über ihn gehört hatte, entsprach den Tatsachen. Er war nicht tot, sondern lebte als Untoter weiter.
Marek nickte. Es war mehr eine Bestätigung an sich selbst. Er sah ihn nun zum zweiten Mal und wusste, dass er sich nicht getäuscht hatte. Es gab ihn wirklich.
Früher hatte er, wenn er einem Blutsauger gegenüberstand, so etwas wie Hass gespürt. Da war auch der Jagdinstinkt hinzugekommen, doch heute war es anders.
Marek hatte Angst.
Er selbst traute sich nicht mehr viel zu, die Verletzung am Knöchel machte ihm zu schaffen, und als sich der Blut-Baron bewegte, da unternahm er nichts.
Der Pfähler blieb stehen.
Leer, ausgebrannt. Innerlich verunsichert stand er im Flockenwirbel und wartete auf das Ende.
Über sein Gesicht lief das Wasser. Es sammelte sich in den Furchen der Haut, wo es seinen Weg zum Kinn und zum Hals fand, um in der Kleidung zu versickern.
Heftiger Wind tobte über dem unheimlichen Totenacker,

wirbelte Laub hoch, heulte um die Grabsteine und rüttelte an den blattlosen Zweigen der Bäume.

Der Vampir ging vor.

Er hatte Zeit, er bewegte sich dementsprechend langsam, aber unaufhaltsam.

Marek sollte sein Opfer sein. Ihm stand es zu, den bei den Blutsaugern so verhassten Pfähler zu vernichten.

Der alte Mann schaute ihm entgegen. Noch immer lag seine linke Hand auf dem oberen Rand des Grabsteines, in der rechten hielt er seinen alten Eichenpfahl.

Nicht erst einmal hatte er einem Vampir gegenübergestanden, aber nie zuvor war ihm dies alles so gleichgültig gewesen wie in diesen Augenblicken. Frantisek Marek war drauf und dran, sein Leben einfach wegzuwerfen. Er dachte nicht mehr an sein Erbe, schaute auf den Vampir, dessen düstere Gestalt sich immer mehr aus dem Nebel löste und der jetzt seine Lippen zurückschob, sodass Marek das markante Zeichen in seinem Oberkiefer erkennen konnte.

Die Blutzähne!

Als der alte Marek dieses Bild sah, da schüttelte es ihn durch. Plötzlich straffte sich seine Gestalt, die Augen nahmen einen völlig anderen Ausdruck an. Waren sie zuvor noch blicklos und deprimiert gewesen, so schauten sie nun hell, klar und scharf. In den Pupillen stand der Wille zu lesen, es unter allen Umständen zu schaffen.

Er war Marek, der Pfähler!

Dieser Gedanke war wie ein Blitzstrahl, der sein Gehirn durchschnitt. Er musste die Vampire vernichten, denn er hatte von seinen Vorfahren die Verpflichtung übernommen.

Frantisek Marek hob den rechten Arm. Er schaute auf den alten, glatten Eichenpfahl, der vor Nässe glänzte. Die Unterlippe des Mannes schob sich vor, das Gesicht nahm einen entschlossenen Ausdruck an, und er setzte sich in Bewegung.

Humpelnd, aber er spürte keinen Schmerz.

Sein Wille war auf die Vernichtung des Vampirs fixiert. Baron von Leppe durfte nicht überleben.

Marek beschleunigte seine Schritte. Bei jedem knickte er leicht ein, die Augen waren starr auf die ihm entgegenkommende Gestalt gerichtet, die ihre Arme ausgebreitet hatte, als wollte sie den Pfähler umfangen.

In Höhe des aufgebrochenen Grabes mussten die beiden unversöhnlichen Gegner ungefähr zusammentreffen.

Niemand von ihnen sprach. Marek atmete schwer, der Vampir blieb stumm. Lautlos und gespenstisch trieben die Nebelschleier über den alten Friedhof.

Und ebenso geräuschlos fiel der Schnee vom Himmel, der sich inzwischen in dicke Flocken umgewandelt hatte.

Er blieb liegen, schuf auf den alten Gräbern eine weiße Haube und bedeckte die Grabsteine.

Vor dem Mund des Pfählers dampfte der Atem. Bei Baron von Leppe war nichts zu sehen.

Ein Vampir atmete nicht …

Die Entfernung schmolz. Marek fixierte seinen Gegner genau. Er wusste, dass er sich auf einen langen Kampf nicht einlassen konnte, dazu fehlten ihm die Kraft und die Kondition.

Plötzlich griff er an.

Der alte Mann hatte sich genau überlegt, was er tat. Der Vampir war schneller gewesen als er und schon fast am Grab vorbei, als sich Marek wuchtig vorwarf.

Er verlagerte dabei sein Gewicht auf den rechten Fuß, und ein Schrei drang über seine Lippen.

Nie hätte Marek gedacht, dass er noch einmal so schnell sein würde, und auch der Vampir nicht.

Er wich aus, allerdings zur falschen Seite. Nicht nach rechts, sondern nach links warf er sich, und da befand sich das offene Grab seines Dieners Egmont.

Marek war es schon zum Verhängnis geworden, dem untoten Baron erging es nicht besser. Frederick von Leppe trat ins Leere, verlor den Halt und fiel.

Noch in der Luft erwischte Marek ihn.

Sein unheimlicher Schrei zitterte über den alten Totenacker, als er die Spitze des Eichenpfahls in die linke Seite der Brust rammte und den Vampir damit aufspießte.

Es sah im ersten Augenblick so aus, als würde von Leppe in der Luft stehen bleiben, dann kippte er in das Grab, krachte in den Sarg, und Marek fiel auf den Baron.

Der Pfähler riss seine alte Waffe aus der Brust des Vampirs, heulte auf und schrie, während er abermals zustieß.

»Das ist für meine Frau, du Bestie!«

Der Blutsauger röchelte. Die Zunge schnellte aus seinem weit aufgerissenen Mund, vermischt mit einem widerlichen Schleim. Er versuchte sich aufzubäumen, doch der Pfahl steckte so tief in seinem untoten Körper, dass er am Rücken wieder heraustrat.

Marek lag auf ihm.

Der alte Mann konnte nicht mehr. Er weinte vor Schmerz und Erschöpfung.

Während unter ihm die Haut des Vampirs allmählich grau und dann braun wurde, dachte Frantisek Marek daran, dass er seinem Namen wieder alle Ehre gemacht hatte.

Denn er war der Pfähler.

Obwohl er dies manchmal als einen Fluch empfand …

Für einen Moment blieb ich wie tot am Boden liegen. Ich wollte und konnte einfach nicht mehr, glaubte mich in einen Traum versetzt und hätte am liebsten geschlafen.

Aber da war das Flappen der Rotorblätter und das Knattern des Motors. Beides riss mich aus meiner Lethargie und wieder in die Höhe.

Der Hubschrauber war gelandet.

Während ich mich auf die Knie stemmte, turnte Lady X zum Einstieg, stieß die Luke auf und schrie Vampiro-del-mar etwas zu, der als geisterhafte Gestalt ebenfalls zu sehen war.

Ich verstand nicht, was sie sagte, aber Vampiro-del-mar hatte es begriffen. Er stürzte auf den Hubschrauber zu, ohne von Suko aufgehalten zu werden.

Ich wollte nicht liegen bleiben. Doch als ich stand, wurden meine Knie weich, und ich sank wieder in die Hocke.

Suko war stehen geblieben. Er griff nach seinem Stab, um die Zeit anzuhalten, denn das war unsere letzte Chance.

Beide rechneten wir nicht mit der Raffinesse einer Lady X. Auch sie wusste von Sukos Waffe, und sie richtete sich haargenau danach. Sie startete nicht mit dem Hubschrauber, sondern passte den richtigen Zeitpunkt ab, als sich Vampiro-delmar bereits in ihrer Nähe befand und gebückt in die Maschine stieg.

Sie aktivierte den Würfel des Unheils.

Suko blieb das magische Wort Topar buchstäblich im Halse stecken, denn wie auch ich sah er die beiden Blutsauger verschwinden. Sie lösten sich vor unseren Augen auf und ließen einen leeren Hubschrauber zurück.

Ihre Mission hier in Rumänien war beendet.

Vorläufig jedenfalls …

Uns blieb die gegenseitige Klage. Wieder einmal war die jetzige Chefin der Mordliga entkommen. Sie stellte an Raffinesse und Schlauheit wirklich alles in den Schatten und zeigte, dass auch wir keine Supermänner waren.

Suko war nicht so erschöpft wie ich. Er kam zu mir und stützte mich, weil ich Schwierigkeiten mit dem Stehen hatte. »Das hätte ins Auge gehen können«, sagte er vorwurfsvoll.

Ich grinste schief. »Nicht nur das, Alter, auch ans Leben.«

»Und welcher Teufel hat dich geritten?«

»Kann ich nicht sagen. Vielleicht war es die Wut, Lady X endlich zu stellen.«

»Verdammt, Marek!« Suko wechselte übergangslos das Thema. In den letzten aufregenden Minuten hatten wir an ihn und diesen Baron von Leppe nicht denken können.

»Der muss noch auf dem Friedhof sein.«

Wir liefen hin. Suko war schneller als ich, denn ich kriegte meine Beine kaum vom Boden hoch.

Wir sahen einen leeren Friedhof vor uns, über dem ein weißer Flockenwirbel tanzte.

Es dauerte Minuten, bis wir Marek gefunden hatten. Suko hatte das Glück und entdeckte ihn.

Der Pfähler lag halb in einem offenen Sarg. Unter ihm zerfielen die Knochen eines uralten Vampirs, den die Waffe des alten Mannes getroffen hatte.

Suko hievte Marek aus der Grube. Der Alte war so erschöpft, dass mein Freund ihn zum Hubschrauber tragen musste. Ihn hatte uns Lady X zum Glück dagelassen.

»Du wolltest doch fliegen«, sagte Suko zu mir, »bitte, jetzt kannst du den Piloten spielen.«

Wir flogen los.

Den toten Jarek nahmen wir mit.

Es wurde ein Flug, den ich nie vergessen werde. Nacht, Schneetreiben, unbekanntes Gelände, halbvoller Tank …

Dass wir irgendwann in Petrila landeten, grenzte schon an ein Wunder. Wir gingen sofort zum Bürgermeister. Er atmete auf, als er uns gesund und munter vor sich sah, dann berichteten wir vom Tod des Piloten, und er sagte, dass er die Zentrale unterrichten müsste.

Wir wollten noch ein paar Tage in Petrila bleiben. So lange, bis Marie Marek beerdigt war. Es wurde eine traurige Beerdigung.

Als die Menschen gegangen waren, standen Marek, Suko und ich noch lange am offenen Grab.

Der alte Mann hielt den Eichenpfahl umklammert. Die Spitze zeigte nach unten und wies auf den braunen Sargdeckel. »Ich habe dich gerächt, Marie, und ich werde dich weiter rächen, bis auch mich einmal der Schicksalsschlag trifft. Ruhe in Frieden, Frau!«

Dann wandte er sich ab und ging …

Wir regelten alles mit den Behörden und konnten drei Tage später wieder zurückfliegen.

Eins möchte ich noch nachtragen. In Konstanza lief irgendwann ein Frachter ein, der einen toten Kapitän an Bord hatte. Bei den Untersuchungen konnte sich niemand erklären, wie es zum Ableben des Kapitäns Romanescu gekommen war.

Man einigte sich schließlich darauf, die ganze Sache als einen Unfall hinzustellen.

Damit ging man jeglichem Ärger aus dem Weg …

PANDORAS BOTSCHAFT

Die Nacht war für grausame Taten wie geschaffen!

Nicht nur die Dunkelheit sorgte dafür, auch der mörderische Sturm, der über dem Meer tobte. Er ließ die Wellen zu haushohen Brechern wachsen und schleuderte sie gegen die Küsten der zahlreichen Inseln.

Urgewalten des Meeres schien der Sturm freigesetzt zu haben. Ein Donnern und Krachen erfüllte die Luft. Die Schiffe, die jetzt nicht die schützenden Häfen angelaufen hatten, waren rettungslos verloren. Das Wasser war gierig. Es schäumte, donnerte, quirlte, brauste und eine Welle versuchte die andere zu übertrumpfen.

Mit dem Sturm kam das Gewitter. Unmessbare Kräfte tobten am Himmel. Sie zerrissen die gewaltigen Wolkenberge in zahlreiche Teile und der heulende Sturm schleuderte die Wolken nach allen Seiten weg, riss weitere Lücken in sie hinein, wo das fahle Grau eines Himmels durchschimmerte und manchmal ein paar einsam stehende Sterne preisgab.

Ein Wetter wie die Hölle!

Sie selbst schien ihre Pforten geöffnet zu haben, um dem Göttervater Zeus die Leviten zu lesen.

Die Nacht der Gewalten, die Nacht der finsteren Dämonen. Himmel und Erde waren zu einer gewaltigen Wasserwand vereint, die nur hin und wieder von stürmischen Wirbeln und Böen zerfetzt wurde.

In einem nahezu gleichmäßigen Rhythmus rollten die Wellenberge gegen die zahlreichen Inseln an. Die Kleineren von ihnen verschwanden unter den Wassermassen. Das Meer überspülte sie kurzerhand, um sie anschließend wieder freizugeben, denn dann tauchten sie wie geisterhafte Wesen aus den Fluten wieder auf.

An den großen Inseln rannten sich die Wellenberge fest. Dort wurden sie zerbrochen, aufgeteilt, zerrissen in lange, schaumige Streifen, die jedoch nicht aufgaben, sich wieder zu Wellen vereinigten, um erneut gegen die felsigen Küsten geschleudert zu werden.

Auf einer der Inseln war es besonders schlimm. Hier tobte

sich das Unwetter mit seiner gesamten Macht aus. Hier wütete der Orkan wie ein irrer Dämon. Er zerrte an dem kargen Gras, knickte verkrüppelte Bäume, schleuderte Steine, Sand und Erde in die Höhe, wobei die gewaltigen Staubschleier fast bis in die tief hängenden Gewitterwolken hineinrasten.

Ununterbrochen krachte der Donner. Blitze rissen die Wolken auf, als hätte jemand mit einer gewaltigen Axt dazwischengeschlagen.

Dann folgte der Regen.

Das Wort konnte man eigentlich dafür nicht gebrauchen. Eine wahre Sintflut fiel aus den Wolken, ein unendlicher Wasservorhang, der nie abzureißen schien.

Eine Hölle aus Regen, Sturm, Donner und Blitzen entlud sich über dem Meer.

Der trockene Boden der Inseln wurde aufgeweicht. Wo die Hänge lagen, jagte das aus den Wolken fallende Wasser wie mit gewaltigen Trommelschlägen zu Boden. Es wühlte die Erde auf, umspülte sie und verursachte riesige Erdrutsche.

Die Massen bewegten sich auf den schrägen Hängen dem Meer zu. Sie rissen alles mit, was nicht den nötigen Halt hatte. Selbst Bäume konnten ihnen nicht widerstehen. Das Wasser, vermischt mit brauner, lehmiger Erde, tat, was es wollte.

Krater entstanden. Blitze jagten über den Himmel. Die hellen Pfeile spalteten die Wolken, und sie jagten nicht nur in das Meer, sondern auch den Inseln entgegen.

Ein Blitz setzte besonders hohe Energie frei. Wie ein gewaltiger Faustschlag fuhr er in den Boden der großen Insel, riss ihn auf und hinterließ einen Krater.

Gleichzeitig begann die Erde zu beben. Unterirdische Kräfte begannen sich zu rühren, konnten sich endlich entfalten, wühlten den Boden von innen auf und sorgten dafür, dass all der Dreck und der Lehm in die Höhe geschleudert wurden, um sich mit dem Regen zu vermischen.

Ein Mensch wäre geflüchtet. Er hätte so schnell wie möglich versucht, sich in Sicherheit zu bringen, und dennoch gab es jemanden, der sich auf der Insel aufhielt.

Ein Mensch? Oder ein Gott?

Vielleicht eine Mischung aus beiden?

Alles war möglich. Auf jeden Fall eine Gestalt, die übergroß wirkte und nur mehr ein Schatten innerhalb des gewaltigen Wasservorhangs war. Ein Schatten, der sich allmählich herauskristallisierte und sich aus den dunstigen Massen hervorschälte, aber immer verschwommen blieb.

Der Schatten war erschienen, um eine Aufgabe zu erfüllen. Er hatte auf diese Stunde und dieses Wetter gewartet, denn nur wenn die Götter zürnten, konnte er seiner Aufgabe gerecht werden.

Am Rand des Kraters blieb der Schatten stehen. Er hatte seinen Kopf gesenkt und schaute in die Tiefe.

Dort brodelte und kochte es. Lehm, Wasser, Hitze und Dampf vereinigten sich zu einem mörderischen Hexenkessel, der an ein Maul erinnerte, das alles verschlingen wollte.

Aus dem Innern der Erde drückten die Kräfte. Gigantisch und titanenhaft versuchten sie, das zu zerstören und an die Oberfläche zu bringen, was vor Tausenden von Jahren entstanden war.

Es musste aus der Tiefe aufsteigen, das Schicksal hatte es so bestimmt.

Und es kam.

Die einsame Gestalt am Rand des Kraters sah, wie das Wasser noch mehr aufgewühlt wurde und schäumte. Ein Sog entstand, der jedoch nicht nach innen gerissen wurde, sondern in die gegenteilige Richtung und seine gewaltigen Massen wie das Maul eines Riesen ausspie.

Aus dem Erdinnern der Insel holte er Lehm, Wasser und Dampf. Die drei Dinge vermischten sich zu gewaltigen Klumpen, die der Druck bis in die Wolken hineinschleuderte, wo er sich zu einem Pilz ausbreitete, bevor er wieder zurück auf die Erde fiel. Stundenlang dauerte das Unwetter an. Ebenso lange wurde auch der Lehm aus dem Erdinnern empor geschleudert, stieg in die Wolken, fiel wieder zurück, um erneut in den Kreislauf zu geraten.

Und doch blieb so viel Lehm an den Rändern des Kraters zurück, wie die einsame Gestalt benötigte.

Sie hatte Zeit, wartete stundenlang, und irgendwann – der Morgen graute bereits – schwächte das Unwetter ab.

Es blieb allerdings noch dunkel, was der einsamen Gestalt, die die halbe Nacht über gewartet hatte, sehr recht war. Sie stieg auf einen der Lehmhügel hinauf. Schattenhaft wirkte ihr Bücken, dann wühlten Hände in der feuchten Erde und schleuderten den Lehm in die Höhe.

Das Lachen, das aus dem nicht zu erkennenden Mund der Gestalt drang, hörte sich triumphierend an, und der Einsame nahm den feuchten, aus den Tiefen der Erde stammenden Lehm, häufte ihn aufeinander und formte daraus eine Figur.

Drei große Klumpen legte er übereinander, drückte sie fest, wobei der oberste Klumpen am kleinsten war, der mittlere am größten und der letzte wieder ein wenig abfiel.

Der Einsame trat dicht an sein noch sehr unvollkommen wirkendes Werk heran. Er schaute für einen Moment auf die drei Teile, bevor plötzlich seltsam verschwommen wirkende Hände erschienen, die sich an der unfertigen Lehmfigur zu schaffen machten.

Er begann oben.

Ein Gesicht entstand. Da drückte er Augen in die Masse, formte eine Nase, modellierte Ohren, einen Mund, das Kinn und setzte an, um auch die hohe Stirn herauszuarbeiten.

All dies geschah mit einer Sorgfalt, wie sie nur ein Künstler aufbringen konnte, der sich mit seinem Werk identifizierte. Es wurde ein Gesicht, und ein unsichtbarer Beobachter hätte schon die Züge einer Frau erkannt.

Sacht wie die Finger eines Masseurs glitten die Hände weiter und formten den Hals der Frau. Geschwungen wurde er, erhielt eine nahezu perfekte Linienführung, und ebenso perfekt wurden die Schultern, die Arme und der Rumpf.

Der Göttervater Zeus hatte befohlen, eine sehr schöne Frau zu modellieren. Diesen Befehl befolgte der Einsame, denn Schönheit und Grauen sollten eine Verbindung eingehen.

Geschickt arbeitete der Künstler weiter. Innerhalb kurzer Zeit war ein prächtiger Frauenkörper entstanden, der allerdings noch lehmbraun schimmerte und erst die richtige Farbe der Haut erhalten musste.

Der einsame Künstler kümmerte sich um jedes Fingerglied. Er schuf sogar Hautfalten und gab sich besondere Mühe bei den Brüsten der Frau. Sie sollten, zusammen mit dem übrigen Körper, die Männer in ihren Bann schlagen, um sie von dem anschließenden Schrecken abzulenken.

Der Morgen graute weiter. Im Osten wurde es hell. Ein schmaler gelber Streifen schob sich ein wenig schüchtern über den Horizont, ebenso schüchtern wie der erste Sonnenstrahl, der dann über das Meer streifte und auf dem Wasser in einer grellen Kaskade explodierte, sodass sein Schein die Wellen mit einem goldenen Schleier belegte.

Der Einsame drehte sich um.

Wenn die Sonne aus den Fluten steigt und das Meer zu flüssigem Gold werden lässt, würde sich die Schönheit der Natur auch auf die Frau übertragen.

So hatte der große Göttervater gesprochen, und so empfand der Einsame es auch.

Die Sonne stieg höher.

Es war nicht nur sie allein, die diese immense Leuchtkraft aufbrachte. Etwas anderes stand hinter ihr. Es blitzte hell und silbrig, wahre Lichtkaskaden fluteten heran, und plötzlich stand die Insel eingehüllt in eine strahlende Aura.

Raum und Zeit schienen zu verschwinden. Sie hatten ihre Gültigkeit verloren, wenn Zeus, der Göttervater, direkt in das Geschehen auf der Erde eingriff.

Das Eiland im Meer schien zu schweben, an einem Band zu hängen und einzutauchen in die gewaltige Glocke aus Licht.

Es verging Zeit, aber sie war nicht zu spüren. Wo der Geist regiert, ist die Zeit unwichtig.

Und der Geist handelte.

Er vollendete und vervollkommnete das, was der einsame

Künstler mit seinen Händen aus dem Lehm der Erde geschaffen hatte.

Aus der Figur wurde eine Haut. Die Hand der Götter sorgte dafür, dass diese Umwandlung geschah. Und die Frau überstrahlte in ihrer Schönheit selbst das Licht der Sonne.

Zeus hatte das Werk vollendet.

Eine neue Legende war entstanden.

Pandora!

Der monoton wirkende Choral der Mönche hallte durch das Kirchenschiff. Das Echo des Gesangs geisterte gegen die Wände und kam verstärkt zurück. Es fuhr wie ein Windhauch über die gebeugten Rücken der betenden Kuttenträger, die sich ganz ihrer Andacht hingaben.

In diesem einsamen Kloster lebten, beteten und arbeiteten sie. Hoch oben in den schottischen Bergen stand es bereits seit langer Zeit, und es hatte den Naturgewalten ebenso getrotzt wie vor vielen Jahren den Angriffen heidnischer Menschen.

Das Kloster war zu einer Trutzburg des Guten geworden, in dem die Mönche ihre Sicherheit fanden.

Es hatte auch andere Zeiten gegeben. Schreckliche Morde waren hinter den dicken Klostermauern passiert. Unheimliche Gestalten aus dem Reich der Finsternis hatten das Kloster angegriffen und es wäre ihnen fast gelungen, es an sich zu reißen. Ein Abt hatte sein Leben verloren, andere Mönche waren verletzt worden, doch wie ein Mann standen sie hinter ihrem Glauben und der Sache des Guten.

Sie ließen sich durch nichts vertreiben. Nicht von den Menschen, nicht von Dämonen und erst recht nicht vom Satan, dem sie den Kampf angesagt hatten.

Die Mönche beteten viel. Ora et labora – bete und arbeite. So lautete ihre Devise, und ihr allein blieben sie treu. Dafür starben sie, dafür gaben sie vieles auf.

Ihre Zeit war genau eingeteilt. Es gab keine Stunde Leerlauf am Tag, und auch die Gebete gehörten zu den Ritualen, die das ganze Jahr über abliefen. Jeder Bruder musste sich in der Kapelle versammeln und an der Andacht teilnehmen.

Nachdem der Choral der Mönche verstummt war, erhob sich der Vorbeter. Der Mann stand aus seiner knienden Haltung auf, streckte seinen Rücken und schritt auf den schmucklosen Altarstein zu, der vor den Bänken mit den betenden Mönchen seinen Platz gefunden hatte.

Der Vorbeter verneigte sich, berührte die Altarplatte mit seinen Lippen und drehte sich um.

Er schaute auf seine Brüder, die in jetzt stummer Andacht in den Bänken knieten und die Hände gefaltet hatten. Rechts und links des Altars brannten zwei Kerzen, deren Widerschein auch über den Körper des Vorbeters huschte und seine Gestalt mit einem langen Schatten versah.

Die schmalen Fenster der Kapelle befanden sich an den Seitenwänden. Sie liefen oben rund zu. Die Füllung bestand aus farbigem Glas und zeigte Figuren aus dem Kirchenleben und der Kirchengeschichte.

Jeder Mönch hatte seinen bestimmten Platz in der Bank. Dort beteten sie stumm oder laut, da versanken sie in Andacht und flehten um den Frieden der Welt.

Sie konzentrierten sich nur auf ihre Aufgaben und taten dies mit einer selten erlebten Hingabe.

Nur ein Mönch war an diesem Morgen mit seinen Gedanken nicht recht bei der Sache.

Pater Ignatius!

Er war derjenige Bruder im Kloster, dem eine besondere Aufgabe zugedacht worden war. Als Schmied arbeitete er, und das war seinem Körper auch anzusehen. Von breiter Gestalt präsentierte er sich, sogar unter der Kutte war dies zu erkennen, und auch sein Gesicht zeigte keinen feinen Schnitt, sondern war rau und uneben wie das Land, in dem er aufgewachsen war.

Pater Ignatius stammte aus Schottland. Er war ein furchtloser Gottesmann, der sich den Gefahren stellte und keiner Auseinandersetzung aus dem Weg ging.

Er hatte bereits bewiesen, welch eine Kraft in seinen Fäusten steckte, und er war ausersehen worden, dem Guten die Chance zum Überleben zu geben.

Er wirkte, wenn man vor ihm stand, wie ein Felsen in der Brandung. Nichts konnte diesen in seinem Glauben erstarkten Menschen erschüttern, und deshalb war ihm auch eine besondere Aufgabe zugeteilt worden.

Als Schmied des Klosters war er verantwortlich dafür, dass John Sinclair, der Geisterjäger, ständig mit geweihten Silberkugeln für seine Beretta versorgt wurde. Jede Kugel war handgearbeitet, und Pater Ignatius beschäftigte sich fast die Hälfte des Tages mit dieser Arbeit.

Er schickte dem Geisterjäger einmal im Monat ein Päckchen mit den geweihten Silberkugeln. John Sinclair sandte jeweils einmal im Monat den größten Teil der Kugeln zurück, die er verschossen hatte und die deformiert waren.

So ging nicht viel des wertvollen Metalls verloren. Pater Ignatius konnte die Kugeln wieder einschmelzen und aus dem Silber neue Geschosse herstellen.

Natürlich wussten auch die Dämonen und höllischen Gestalten, was in diesem Kloster geschah. Sie hatten es angegriffen, doch die Attacken waren zurückgeschlagen worden.

Die Mönche konnten wieder in aller Ruhe ihrer Arbeit nachgehen.

Der Vorbeter hob beide Arme. Es war das Zeichen für die Mönche, ihre Köpfe zu senken. Zahlreiche Finger tasteten nach den Rosenkränzen.

Auch Pater Ignatius hörte die gesungenen Worte des Vorbeters. Doch er reagierte anders als seine Brüder.

Zwar glitten auch bei ihm die Perlen durch die Finger, aber er war nicht so bei der Sache und konnte sich nur schlecht konzentrieren, denn außer ihm hatte es wohl niemand gespürt.

Es bahnte sich etwas an!

Er konnte nicht sagen, was es war. Es war nicht greifbar, aber das Kloster musste von einer Gefahr umgeben sein, und nur deshalb verspürte Pater Ignatius das schreckliche Gefühl der Angst.

Er hatte Angst, das gab er zu.

Bisher hatte er einfach nicht den Mut gefunden, mit jemandem darüber zu sprechen. Er wollte den Abt und seine Brüder nicht beunruhigen, aber die Angst war geblieben.

Nicht nur das, sie hatte sich sogar verstärkt!

In der letzten Nacht war es besonders schlimm gewesen. Wie ein wildes Tier fiel der Albtraum über den Pater her und raubte ihm den tiefen Schlaf.

Er war in den letzten Jahren sensibler geworden. Er spürte es, wenn sich etwas zusammenbraute, wenn finstere Mächte das Kommando übernehmen wollten und das Kloster keinen richtigen Schutz mehr bot.

So hatte er es im Traum gesehen. Einen gewaltigen Schatten über dem Land, der alles bedrohte und der sich besonders auf das Kloster konzentrierte. Etwas war im Anmarsch, und es war nicht aufzuhalten.

Nach dem Erwachen hatte Pater Ignatius sofort an früher gedacht, als der spanische Klosterbruder Don Alvarez in die Mauern von St. Patrick eingedrungen war und die grausamen Horror-Reiter zu Hilfe geholt hatte. Es war schlimm gewesen. Der Abt hatte damals sein Leben verloren, und die Erinnerungen an diese Szenen lebten in Pater Ignatius noch weiter.

Die Gefahr, die sich nun näherte, war eine andere. Er konnte sie nicht genau formulieren, umfassen oder in Worte kleiden, für ihn glich sie noch einem Nebelstreif, der sich immer mehr zusammenballte und zu einer tödlichen Wolke wurde.

Gefahr für das Kloster!

Das Grauen schwebte heran, die Vernichtung …

Pater Ignatius stöhnte auf. Und zwar so laut, dass sein Nebenmann erschreckt herumfuhr und ihn mit sorgenvollem Gesicht anschaute.

»Was ist geschehen, Bruder?«, fragte der Mönch.

Pater Ignatius hob nur die Schultern. »Nichts, ich – ich habe nur schlecht geatmet.«

»Das ist mir auch schon passiert«, erwiderte der Nebenmann, senkte den Kopf und beschäftigte sich wieder mit seinem Rosenkranz.

Ignatius aber hob den Kopf. Er war ein großer Mensch und konnte auch in kniender Haltung über die meisten Mitbrüder hinwegschauen. Deutlich sah er den Vorbeter zwischen den aufgebauten Kerzen stehen. Die Gebetesformeln drangen aus einem Mund, der sich kaum bewegte. Pater Ignatius hörte sie, doch sie rauschten an ihm vorbei, denn sein Blick öffnete sich, und ebenso öffnete sich die hinter dem Vorbeter stehende Mauer.

Ein helles Licht war zu sehen, ein herrlicher Kranz, der eine große, ovale Öffnung umgab, die den Blick in eine Welt oder Dimension freigab, die man mit dem menschlichen Geist nicht begreifen konnte.

Pater Ignatius hatte das, was man normalerweise eine Vision nennt. Er sah ein Ereignis, das nur seinem Blick preisgegeben wurde.

Die anderen bemerkten nichts. Sie waren zu sehr in ihre Gebete versunken, und auch der Vorbeter wurde durch nichts abgelenkt.

Pater Ignatius erhob sich. Er konnte nicht mehr knien. Die Erregung hielt ihn gepackt. Wie im Traum erlebte er die nächsten Szenen, und er ballte seine Hände, dass aus ihnen harte Fäuste wurden.

Hinter dem Altar öffnete sich die Kirche. Es war wie eine Fata Morgana. Der Blick wurde von keiner Mauer mehr gestoppt, er glitt hindurch, hinein in das Strahlen, das mit seiner gewaltigen schimmernden Aura eine plötzlich erscheinende Gestalt umflorte.

Eine Frau.

Der Pater hielt den Atem an. Nicht, weil es eine Frau war, er stand da so ziemlich über den Dingen, nein, diese Person musste etwas ganz Besonderes sein.

Von ihr ging ein Charisma aus, das den Pater anzog und gleichzeitig abschreckte.

Anzog insofern, als die Frau von einer seltenen, irgendwie überirdisch wirkenden Schönheit war. Sie hatte langes, lockiges Haar. Man konnte es nicht als blond bezeichnen und auch nicht als silberfarben. Es hatte einen goldenen Glanz, einen sehr hellen Schimmer, und über dem Haar schien eine Aura zu liegen.

Unwahrscheinlich. Der Pater schüttelte den Kopf. Sein Mund öffnete sich, die Lippen bewegten sich bereits. Dennoch war er unfähig, ein Wort zu sagen. Zu sehr bannte ihn der Anblick dieser plötzlich erschienenen Frau.

Sie trug ein Gewand. Es war von weißer Farbe und mit einem goldenen Gürtel locker um die Hüfte geschlungen. Über der Brust zeigte das Kleidungsstück einen halbrunden Ausschnitt. Der Hals dieses Wesens war wohlgeformt, und das Gesicht glich in der Schönheit und Abgeklärtheit dem eines Engels.

An einen Engel hatte der Pater auch im ersten Augenblick gedacht. Eine frohe Botschaft, die wahr geworden war. Das Erscheinen eines Geschöpfes aus einem Reich, nach dem sich jeder von ihnen sehnte, doch ein Engel war es nicht.

Engel trugen keine Füllhörner oder Büchsen.

Beim zweiten Hinschauen erst war der Pater darauf aufmerksam geworden, und er sah nun genauer hin.

Sie hatte die Arme angewinkelt, sodass sie die Büchse mit beiden Händen umklammert hielt. Der Gegenstand schimmerte gelblich und sah aus wie ein Horn, das an seiner Spitze mit einem metallenen Aufsatz versehen war.

Die Büchse, die Frau, die Schönheit des Wesens …

Der Pater war ein gottesfürchtiger Mensch, aber er kannte sich auch auf Gebieten aus, die mit seiner christlichen Lehre nichts zu tun hatten.

Die Schönheit und das Grauen lagen oft dicht beieinander. Das wusste Pater Ignatius sehr gut. Er hatte lange studiert, tat es eigentlich immer noch, denn er war ein sehr belesener Mensch. Und er erinnerte sich, solch eine Gestalt schon auf alten Abbildungen gesehen zu haben. Gerade die Büchse war Beweis genug. Denn diese Büchse, so hatte Zeus, der Göttervater aus der griechischen Mythologie befohlen, enthielt alles Unheil, das man sich nur vorstellen konnte.

Es war die Büchse der Pandora.

Und die Frau, die der Pater dort vorn schweben sah, konnte keine andere sein als Pandora.

Es gab sie also. Sie war keine Sagengestalt, und Pater Ignatius dachte sofort weiter. Wenn sie auftauchte, dann musste dies einen Grund haben.

Und der bereitete ihm Angst …

Der Arzt stand neben mir an der Liege, schaute auf mich nieder und nickte.

»Was ist, Doc?«

»Macht sich gut.«

»Was?«

»Ihre Wunde, Sinclair.«

Ich verdrehte die Augen. »Das hätte mir auch ein anderer sagen können. Aber ich habe gutes Heilfleisch, wie Sie sicherlich schon bemerkt haben werden.«

»Ja, das kann man wohl sagen.«

»Und? Brauche ich noch einen Verband?«

»Nein, ein Pflaster wird genügen. Sehen Sie beim nächsten Mal zu, dass Sie keiner Waffe im Weg stehen. Wer hatte es eigentlich auf Sie abgesehen?« Der Arzt schaute fragend auf mich herab.

»Eine gute Freundin, Doc.«

»Wollen Sie mich auf den Arm nehmen?«

»Nein, um Himmels willen. Es stimmt tatsächlich. Auf mich hatte es eine gute Freundin abgesehen.«

»Seit wann schießen die Frauen auf Sie, John?«

»Da müssen Sie die Frauen mal fragen«, gab ich zur Antwort. »Aber lassen wir das, Doc, es war keine Frau, die da auf mich geschossen hat. Ich habe mich beim Training verletzt.«

Der Arzt lächelte. »Das habe ich schon längst gewusst. Ich wollte nur Ihre Version hören.«

»Manchmal überkommt es mich eben.«

Ich hatte mir tatsächlich einen Kratzer zugezogen. Wir

waren in einem dreitägigen Fitnesskursus gewesen. Suko und mich hatte man hingeschickt, und da waren wir durch die Mangel gedreht worden. Direkt zu Jahresbeginn, nach einem kleinen Kurzurlaub, den wir zusammen mit den Conollys in der Schweiz verbracht hatten. Im Trainingscamp war es hart zur Sache gegangen. Dort waren auch Einzelkämpfer trainiert und auf ihre Härte getestet worden.

Gegen einen dieser Burschen, der seine Aufgabe besonders ernst nahm, hatte ausgerechnet ich antreten müssen und die kleine Schramme erhalten, die sehr schnell verheilt war. Nur noch ein Pflaster bedeckte die Stelle. Der Arzt war zudem sehr zufrieden.

»Können Sie mich wieder in den Kampf schicken?«, erkundigte ich mich, als ich mich aufstemmte.

»Ja, sogar mit gutem Gewissen.«

Ich schwang meine Beine von der Liege. Auf dem Kratzer klebte jetzt ein Pflaster. Auch wenn ich mich bewegte, spürte ich kaum noch etwas. Nur ein leichtes Ziehen, das jedoch ließ sich gut ertragen.

Ich blieb sitzen. Zum Glück brauchte ich nicht weit zu laufen. Nur mit dem Lift in die Höhe zu fahren, denn ich befand mich quasi zu Hause, innerhalb des Yard Building, nur eben in unserer Krankenstation, wo man mich behandelt hatte.

Ich streifte das Unterhemd über, zog mein Hemd an und band mir die Strickkrawatte um. Als ich zu meinem Jackett griff, drehte sich der Doc um und fragte: »Wohin geht es denn jetzt, John?«

»Weiß ich noch nicht.«

»Sie haben nichts zu tun?«

»Das hoffe ich doch sehr. Man soll das neue Jahr immer ruhig angehen, mein Lieber. Und die drei Tage Trainingscamp haben mir zudem gereicht. Ich müsste eigentlich wieder Urlaub haben.«

»Da freuen sich die Dämonen.«

»Da haben Sie recht.« Ich streifte mein Jackett über und bemerkte das Lächeln auf dem Gesicht des Mediziners.

»Was haben Sie, Doc?«

»Hören Sie, Sinclair.« Der Arzt lächelte und versenkte seine Hände in beide Kitteltaschen. »Es ist so: Wir haben das Wort Dämonen vorhin gebraucht. Gibt es die wirklich?« Er schaute mich nach dieser Frage so prüfend an, als wollte er eine Augendiagnose vornehmen.

Ich hielt seinem Blick stand.

»Ja«, erwiderte ich nach einer Weile. »Es gibt Dämonen oder dämonische Wesen. So etwas sauge ich mir nicht aus den Fingern.«

»Das kann ich nicht verstehen. Woher kommen Dämonen? Wie entstehen sie, Sinclair?«

»Das weiß ich auch nicht.«

»Sie sind wenigstens ehrlich«, meinte der Arzt.

»Wieso?«

»Ach, das ist eigentlich eine Sache, die in meinen Bereich fällt. Es fiel mir nur ein, als ich Sie behandelte. Ich habe einen Kollegen, der mit einem etwas außergewöhnlichen Problem konfrontiert worden ist, für das er keine Lösung findet. Oder besser gesagt, keine Erklärung.«

»Und?«

»Haben Sie denn noch Zeit?«

»Für Sie immer, Doc. Im Büro ist es langweilig.«

»Gibt es da nicht eine besonders nette Dame namens Glenda Perkins?«, wollte der Doc wissen.

»Hat sich das schon herumgesprochen?«, fragte ich.

»Inzwischen ja.«

»Die existiert tatsächlich«, gab ich zu. »Glenda ist in Ordnung. Sie kocht übrigens einen hervorragenden Kaffee. Wenn Sie mal Durst auf einen guten Schluck haben, dann kommen Sie vorbei.«

Der Arzt streckte seinen Arm aus. »Kaffee, das ist das Stichwort. Wollen wir nicht in mein Büro gehen? Da habe ich noch eine Tasse Kaffee. Er müsste heiß sein.«

»Das ist ein Wort.«

Das Büro des Arztes lag gleich nebenan. Der Raum war

klein. Zudem befanden sich zahlreiche Akten darin und ich musste von einem Besucherstuhl einige Schnellhefter wegräumen, bevor ich mich setzen konnte.

»Wo drückt also der Schuh, Doc?«, erkundigte ich mich und kam mir selbst wie ein Arzt vor.

»Es geht da um einen Kollegen, einen Studienfreund von mir. Er lebt und praktiziert in Schottland.«

»Von dort stammen meine Eltern.«

»Umso besser. Dann wird Ihnen die Mentalität dieser Menschen ja nicht fremd sein.«

»Das ist sie nicht.«

»Mein Kollege, er heißt McGovern, praktiziert in einem kleinen Ort namens Billings. Zu seinem Gebiet gehören noch vier weitere Dörfer, denn es gibt kaum Ärzte, die sich in dieser Einöde niederlassen. Das aber ist zweitrangig.« Der Doc nahm einen Rezeptblock auf und spielte damit. »Seit einigen Tagen kommt er mit seiner Schulmedizin nicht weiter. Es sind da Dinge geschehen, die über den naturwissenschaftlich geschulten Verstand hinausgehen. Zahlreiche Menschen, ob Männer, Frauen oder Kinder, sind von einer seltsamen Krankheit befallen. Man kann sie mit dem Wort Lethargie umschreiben. Sie bewegen sich nur langsam, und wenn sie überhaupt etwas unternehmen, dann geschieht dies sehr lustlos. Gestorben ist noch keiner, aber sie verändern sich.«

»Wie?«

»Auch körperlich«, erwiderte der Arzt. »Das ist äußerst seltsam. Sie verfallen. Ihre Haut ist mit Geschwüren übersät, sodass sie schon fast als Pestkranke bezeichnet werden können. Mein Kollege hat einen Ausdruck geprägt, der nicht uninteressant in diesem Zusammenhang ist. Als wären die Krankheitserreger vom Himmel gefallen und breit über das Land gestreut worden. So ähnlich kann man die Sachlage kommentieren.«

Da der Doc eine Pause einlegte, fühlte ich mich genötigt zu reden. »Gibt es eine andere Erklärung?«

»Nein, keine.«

»Hat Ihr Kollege es weitergemeldet?«

»Auch nicht. Oder noch nicht. Es bestand eigentlich keine akute Gefahr, bis ich heute Morgen einen Brief von ihm erhielt, der mich auf gewisse Art und Weise alarmierte.« Der Arzt legte den Rezeptblock weg und schaute mir offen ins Gesicht. »Meinen Kollegen Frederick McGovern hat es ebenfalls erwischt.«

Ich war nicht einmal überrascht. Auch ein Arzt bleibt von Grippebakterien oder ähnlichen Dingen nicht verschont. Das wurde mir hier wieder einmal bestätigt. »Er hat nichts dagegen unternehmen können?«

»Nein, nichts. Ich habe gemerkt, dass es ihm sogar schwergefallen ist, den Brief zu schreiben. Das war der Handschrift deutlich zu entnehmen. Irgendetwas geht da vor. Und wahrscheinlich nicht mit rechten Dingen, wenn man für so eine Krankheit keine Erklärung findet.«

»Das stimmt«, murmelte ich und war mit meinen Gedanken schon ganz woanders.

Schottland! Einsame Dörfer, Hügel, Seen. Ich kannte das Land, hatte genügend Fälle dort erlebt, und es müsste eigentlich möglich sein, da mal nachzuschauen.

»Interessiert Sie der Fall?«, wollte der Arzt wissen.

Ich hob den Kopf. »Ja, sehr.«

»Wollen Sie hin? Natürlich nur, wenn für Sie nichts Wichtiges anliegt.«

»Nein, Doc. Sie haben mich neugierig gemacht. Vielleicht ist dort wirklich der Teufel los. Und um diesen Burschen kümmere ich mich ganz besonders gern.«

Der Mediziner lächelte. »Da bin ich beruhigt, John. Sogar sehr beruhigt.« Er räusperte sich. »Kann ich meinem Kollegen schreiben, dass Sie kommen?«

Ich schüttelte den Kopf. »Lassen Sie das mal, Doc. Er soll nicht wissen, wer sich dort umschaut.«

»Wenn Sie meinen. In diesem Fall sind Sie der Boss, John.«

Ich stand auf. Auch der Doc erhob sich. Wir reichten uns die Hand und versprachen einander, in Verbindung zu bleiben. Ich musste nur noch mit Sir James reden.

Der Superintendent würde kaum etwas dagegen haben. Er hatte inzwischen begriffen, dass er sich auf meinen Riecher verlassen konnte. Mit dem Lift fuhr ich hoch in mein Büro.

Dort wartete Suko. Er hatte mit mir zusammen den Kurzlehrgang besucht und schaute mich grinsend an. »Na, bist du verpflastert worden?«

»Ein wenig.«

»Aber der Kopf ist noch dran.«

»Den brauche ich auch noch.« Ich ließ mich auf den Stuhl fallen.

»Zum Denken oder um das Gleichgewicht zu behalten?«, wollte mein Freund wissen.

Ich ging auf seine Flachserei nicht ein, denn mich beschäftigten die Worte des Mediziners. Suko merkte natürlich, was los war, und fragte: »He, John, was hast du?«

»Der Arzt hat mir da eine seltsame Geschichte erzählt.«

»Ein Fall für uns?«

»Möglich.«

»Dann raus mit der Sprache.«

Ich berichtete meinem Partner von den seltsamen Vorgängen oben in Schottland.

Suko schüttelte den Kopf. »Eine Krankheit, von der niemand weiß, woher sie stammt. Das ist doch mehr als merkwürdig.«

»Genau. Und ich habe das ungute Gefühl, dass dahinter etwas Großes steckt, allerdings uns Unbekanntes.«

»Einen Verdacht hast du nicht?«

»Nein, wie sollte ich? Aber wir müssten uns die Sache doch einmal ansehen. Im Augenblick liegt ja nichts an.«

»Von wegen.« Die helle Frauenstimme meldete sich aus dem Vorzimmer. Bei meinem Eintritt war es leer gewesen. Jetzt erschien Glenda, und sie schwenkte ein Telegramm.

»Für uns?«, fragte Suko.

»Ja, aus Schottland.«

Ich dachte nicht an den Fall, den mir der Arzt erzählt hatte, sondern sofort an meine Eltern. Vielleicht wurde ich deshalb so blass. Es war ihnen doch nichts passiert?

»Wer ist der Absender?«, fragte ich mit belegter Stimme.

Glenda trat näher. Ich nahm ihr neues Parfüm wahr, das sie zu Weihnachten geschenkt bekommen hatte. Ein Duft, der Männer anmachte.

»Pater Ignatius«, erwiderte unsere Sekretärin. »Es scheint sich dort im Kloster einiges anzubahnen, John.«

»Hast du es gelesen?«

»Nein, das überlasse ich dir.«

Während ihrer Worte schlitzte ich bereits den Umschlag auf.

Das Telegramm war ziemlich lang. Ich begann zu lesen. Suko las über meine Schulter hinweg mit, und unsere Augen wurden groß …

Von einem Augenblick zum anderen war die Vision verschwunden. Nichts mehr da – vorbei.

Der Pater schüttelte den Kopf. Er wischte sich über die Augen, aber das Bild blieb.

Die kleine Kirche sah aus wie immer. Da betete der Mönch vor, die gebeugten Rücken der Brüder waren zu erkennen, aber von der geheimnisvollen Frau mir dem Füllhorn konnte Ignatius nichts mehr sehen.

Abermals stöhnte er, und der neben ihm kniende Mönch wurde aus seiner Andacht gerissen. Bevor er eine Frage stellen konnte, schüttelte der Pater den Kopf.

»Es ist wirklich nichts, Bruder. Du brauchst dir keine Gedanken zu machen.«

»Ich meinte nur …«

»Nein, nein, keine Angst.« Auch Ignatius kniete sich wieder hin, doch seine Gedanken gingen auf Wanderschaft. Er konnte sich diese Vision einfach nicht erklären, und doch musste sie eine Bedeutung haben. Ob sie mit ihm und seiner Arbeit zusammenhing? Nach der Andacht wollte er einem jungen Bruder das Päckchen mit den neuen Kugeln geben. Der Bruder würde es zur Poststation in dem kleinen Ort Peelham bringen. Von dort wurde es dann nach London geschickt. Aber wo war die Verbindung?

Er atmete auf, als die Andacht vorbei war. Die Mönche erhoben sich. Schweigend verließen sie die dunklen Holzbänke.

Draußen war es kalt. Die Luft roch nach Schnee.

Die Sonne hielt sich noch versteckt, als die Mönche ihre Gebetsstätte verließen. Sie passierten den Baum, der im Hof stand. Wenn Pater Ignatius an ihm vorbei ging, musste er immer daran denken, dass John Sinclair, der Geisterjäger, an seinen Stamm gefesselt gewesen war und den gefährlichen AEBA-Dämonen ins Auge hatte sehen müssen.

Ihn schauderte es jedes Mal.

Er suchte den Himmel ab. Von der geheimnisvollen Frau sah er nichts mehr. Die Person, die er mit Pandora in Zusammenhang brachte, war nicht zu entdecken.

Im Frühstücksraum hatte jeder Mönch seinen Platz. Schweigend setzten sie sich an den bereits gedeckten Tisch. Man sprach noch ein kurzes Gebet, dann wurde das Frühstück eingenommen. Niemand unterhielt sich. Ein jeder dachte an seine Arbeit, die er im Laufe des Tages erledigen musste.

Auch Pater Ignatius dachte daran. Er hatte sich ein wenig verspätet. Sicherlich wartete John schon sehnsüchtig auf den neuen Nachschub der Silberkugeln. Die gebrauchten waren nämlich schon im Kloster eingetroffen.

Die Mönche nahmen sich beim Frühstück Zeit. Erst wenn der Abt die Tafel aufhob, durften sie sich erheben.

Pater Ignatius dauerte es heute zu lange. Er aß nur wenig und überlegte, ob er mit dem Klostervorsteher über seine Vision reden sollte.

Zu einer Entscheidung kam er nicht.

Schließlich wurde die Tafel aufgehoben.

Pater Ignatius wandte sich sofort dem Ausgang zu, wo bereits der Bote wartete, der das Päckchen ins Dorf bringen sollte.

Ein noch junger Bursche, der sich erst vor wenigen Monaten entschlossen hatte, im Kloster zu bleiben. Im Kloster nannte er sich Bruder Clemens und beschäftigte sich außerhalb der Botengänge mit handwerklichen Arbeiten. So konnte er hervorragende Figuren aus Steinen herstellen und auch schnitzen.

»Hast du alles bereit?«

Pater Ignatius nickte. »Ja, das Päckchen ist fertig. Mir gefällt nur das Wetter nicht.«

»Wieso?«

»Es kann Schnee geben.«

Bruder Clemens winkte ab. »Bis dahin bin ich wieder zurück. Ich habe in Peelham nicht viel zu erledigen, nur zur Post muss ich gehen.«

»Ist deine Maschine in Ordnung?«

»Ich habe sie gestern noch überprüft.«

Mit der Maschine war das Motorrad gemeint, das man gekauft hatte, um ein wenig beweglicher zu sein. Auch saß Bruder Clemens nicht in seiner Kutte auf der Maschine. Er trug Lederkleidung und einen Helm, denn die Straße ins Tal hinab war sehr kurvig und gefährlich.

»Warte noch einen Moment«, bat Ignatius den jüngeren Mann. »Ich hole nur das Päckchen.«

»Gern.«

Pater Ignatius verschwand in seiner Schmiede. Es war ein kleiner Bau mit dicken Mauern, sein Reich. Hier arbeitete er, hier fühlte er sich wohl, und zu tun gab es immer.

Jetzt war das Feuer erloschen. Er würde es wieder anfachen, sobald sich der junge Bruder auf den Weg gemacht hatte. Das Päckchen lag neben der Feuerstelle, war adressiert und frankiert. Ein helles Band war um das braun schimmernde Packpapier gewickelt.

Pater Ignatius war zufrieden. Alles lief normal, und dennoch hatte er ein ungutes Gefühl.

Es musste mit seiner Vision zusammenhängen, die er während des Morgengebetes gehabt hatte.

Als er die Schmiede verließ, schaute er hoch zum Himmel.

Es war heller geworden. Die weißen Bergspitzen lagen in den grauen Wolkenbänken. Klar würde es an diesem Tag sicherlich nicht werden. Alles wies darauf hin, dass es bald schneite.

Bruder Clemens hatte seine Maschine geholt. Ein japanisches Modell der Marke Honda.

Ein böiger Wind pfiff über die Klostermauern und ließ den Stoff der Kutte knattern. Der Pater überreichte das Päckchen mit den Silberkugeln seinem jüngeren Bruder, der es in einer der beiden Gepäcktaschen verstaute.

Vor jeder Fahrt gebrauchte der ältere Mönch fast immer dieselben Worte. »Gib acht, Bruder. Die Fracht, die du zu transportieren hast, ist sehr wertvoll. Es hängen oft genug Menschenleben davon ab.«

Bruder Clemens zeigte sich von der Eindringlichkeit der Stimme überrascht. So hatte der Pater eigentlich nie gesprochen. Er machte auf den jüngeren Mann den Eindruck, als würde ihn etwas sehr stark bedrücken.

»Ist etwas mit dir, Bruder? Kann ich dir helfen?«, erkundigte sich der Jüngere.

»Nein, es ist alles in Ordnung. Viel Glück und Gottes Segen, Bruder.«

»Danke.« Clemens nickte. Er überprüfte noch einmal den festen Sitz seines Helms und ließ die Maschine an.

Sie knatterte ein paar Mal, bis der Motor rund lief. Grauweiße Wolken stießen aus dem Auspuff und verteilten sich. Das Tor war schon geöffnet worden.

Clemens schwang sich auf den Sattel der Maschine und fuhr an. Er startete langsam, rollte durch das Tor und sah im Rückspiegel, wie Pater Ignatius ihm nachschaute. Dabei hielt er die Hände gefaltet. Er stand auf der Stelle und war in einem stummen Gebet versunken, wobei er einem Menschen glich, der sich schwere Sorgen um die Zukunft machte …

23 Jahre zählte Bruder Clemens. In ihm brannte noch das Feuer der Jugend. So langsam er das Kloster verlassen hatte, als er sich auf der Serpentinenstraße befand, da drehte er richtig auf. Er freute sich jedes Mal auf die Fahrt in das Dorf, denn er liebte die Geschwindigkeit der Maschine, und er liebte es, wenn er während der Fahrt diese einsame Landschaft durchstreifen konnte.

Im Winter musste er natürlich vorsichtiger sein. An manch schattigen Stellen lauerte tückisches Glatteis, doch im Sommer, da machte es Spaß, durch einsames Hochland zu fahren, die Seen zu riechen, den Duft der Wälder aufzunehmen und die weiten grünen Hügel zu beobachten, auf denen die Schafe weideten.

Ihn nahm ein trüber Morgen auf, und das Licht des Scheinwerfers warf einen langen gelben Streifen auf die Fahrbahn. Nahe dem Kloster war die Strecke ziemlich unwegsam, nicht asphaltiert, was sich später jedoch änderte.

Pater Clemens musste acht geben. Er durfte auch nur langsam fahren, denn es ging sehr steil hinab, und die Kurven waren oft ziemlich eng.

Auf der asphaltierten Straße wurde es besser. Da öffnete sich auch ein Hochtal, sodass er eine kurze Strecke geradeaus fahren konnte. Leider musste er auf die Geschwindigkeit achten, denn der Belag der Straße glänzte feucht und nass.

Die Stille um ihn herum wurde nur vom Dröhnen der Maschine unterbrochen. Einsames Wild schreckte er auf. An einem Hang sprangen erschrocken mehrere Rehe hoch, um fluchtartig zwischen den dicht stehenden Bäumen zu verschwinden.

An einigen Stellen lag der Schnee. Er wirkte schmutzig und schimmerte grau auf den grünbraunen Flächen der Weiden, wo im Sommer die Schafe ihre Nahrung fanden.

Nach der Geraden ging es wieder bergan. Es begann mit einer scharfen Rechtskurve. Sie lag im Schatten. In der Nähe floss zudem ein Bach vorbei, der viel Feuchtigkeit verbreitete, die sehr leicht bei diesen Temperaturen gefrieren konnte.

Der junge Mönch fuhr vorsichtiger. Zum Glück, denn links, am Rand der Fahrbahn, da glitzerte es sehr verdächtig, als hätte jemand kleine, helle Splitter verstreut.

Eis …

Nach dieser Kurve wuchsen die Felswände wieder enger zusammen, sodass Clemens das Gefühl hatte, durch einen Tunnel ohne Decke zu fahren. Über seinem Kopf wurde der Himmel noch heller, aber kein Sonnenstrahl überzog das Firmament.

Es würde ein düsterer Tag bleiben, der eigentlich mehr in den November passte als in den Januar.

Die Strecke wurde wieder kurvenreich. Allerdings konnte man sie gut durchfahren, und wenn man wie Bruder Clemens seine Maschine beherrschte, dann machte es sogar Spaß.

Ihn freute die Fahrerei. Am liebsten hätte er gesungen. Er fühlte sich so herrlich frei, verglich sich mit einem Vogel in der Luft und vergaß trotzdem nicht, auf die Straße zu achten.

Nach der vierten Kurve schaltete er zurück, denn jetzt wand sich die Straße links um eine Felsspitze. Rechts ging es in die Tiefe. Eine Leitplanke existierte nicht. Nur ein paar graue Begrenzungssteine, die den Rand der Fahrbahn markierten.

Da musste man einfach langsamer fahren!

Das tat auch der junge Mönch. Und es war sein Glück, denn er entdeckte das Hindernis auf der Straße rechtzeitig genug.

Es war kein großer Stein, wie es normal gewesen wäre. Nichts hatte sich aus den oberen Regionen gelöst. Auf der Straße lag ein Mensch.

Eine Frau!

Clemens bremste.

Die Maschine wollte am Heck ausbrechen. Der junge Mönch musste seine ganze Geschicklichkeit und sein fahrerisches Können aufbieten, um rechtzeitig anzuhalten.

Er schaffte es.

Etwa einen halben Schritt vor der auf der Straße liegenden Frau kam die Maschine zur Ruhe.

Clemens hatte seinen ersten Schreck überwunden. Was er

anschließend unternahm, das tat er automatisch, glitt von seiner Honda und bockte sie auf.

Neben der Frau ging er in die Knie.

Blut sah er nicht. Er konnte sich nicht erklären, wie sie auf die Straße gekommen war. Vielleicht hatte sie einen Trip ins Gebirge gewagt und war abgestürzt.

So musste es seiner Ansicht nach sein.

Er betrachtete sie eine Weile. Sie lag auf dem Bauch, dabei allerdings auch ein wenig auf der Seite, und das lange schwarze Haar bedeckte wie ein Vlies den Hinterkopf.

Die Frau trug einen Mantel aus dunklem Leder. Das Kleidungsstück war innen gefüttert. Für die nötige Wärme sorgte ein Naturpelz.

Da der junge Mönch keinerlei Verletzungen feststellen konnte, fasste er die Liegende vorsichtig an den Schultern, um sie auf den Rücken zu drehen. Er wollte nichts verkehrt machen. Unter Umständen hatte sie innere Blutungen, und da konnte es lebensgefährlich sein, wenn er sie jetzt falsch bewegte.

Sehr behutsam ging er zu Werke. Während sich die Frau in Bewegung befand, löste sich auch das Haar, sodass Clemens in ihr Gesicht schauen konnte.

Es sah seltsam bleich aus, fast schon weiß, aber das konnte auch an dem trüben Wetter liegen.

Auf dem Rücken ließ der junge Mönch die Frau liegen. Der Mantel stand offen. Clemens sah, dass sie darunter Lederkleidung trug, die ziemlich eng saß und ihre Figur hervorhob.

Clemens schluckte. Sein Blick brannte sich auf ihrem Gesicht fest, und er schlug mit beiden Händen gegen ihre Wangen. Vielleicht wurde sie wach, sodass er sie ein wenig von der Straßenmitte wegziehen konnte, denn hin und wieder rollte auch ein Fahrzeug durch die Berge, und jeder Fahrer passte nicht so gut auf wie er.

Er hatte die Wangen der Frau kaum zweimal berührt, als die Lippen anfingen zu zucken.

Das erste Lebenszeichen.

»Bitte, Miss, kommen Sie zu sich.« Clemens war aufgeregt. Als hätte die Frau seine Worte gehört, so öffnete sie die Augen.

Der junge Pater konnte in die Pupillen schauen, die ihm wie runde, dunkle Kohlenstücke vorkamen.

Seltsame Augen. So schwarz, so kalt. Irgendwie gefühllos und trotzdem nicht ohne Leben. Wenn sie sich nicht bewegt hätte, dann hätte der junge Mönch glauben können, eine Tote vor sich liegen zu haben. Aber so war er völlig verwirrt.

»Miss…«, sprach er wieder. Etwas anderes fiel ihm einfach nicht ein. Er fühlte sich so hilflos. Diese Situation bekam er nicht in den Griff. Seine Lippen zuckten. Er holte tief Luft und wollte etwas fragen, als die Frau ihren Mund öffnete.

Die Worte blieben ihm im Hals stecken, denn was er da zu sehen bekam, traf ihn schockartig.

Die Frau zeigte zwei Zähne.

Spitze Zähne, wie man sie nur bei Blutsaugern fand …

Ihre Falle war zugeschnappt!

Und Pamela Barbara Scott, auch unter dem Namen Lady X bekannt, lächelte teuflisch, als sie das entsetzte Gesicht des Mannes sah, der sich über sie gebeugt hatte.

So hatte sie es haben wollen. So und nicht anders. Ihr Plan war aufgegangen, denn sie brauchte das, was der Mensch bei sich hatte, so dringend wie ein Ertrinkender den Sauerstoff.

Sekundenlang geschah überhaupt nichts. Das Entsetzen nagelte den jungen Mönch förmlich fest. Er hielt auch noch die Schultern der Frau, starrte in das Gesicht mit dem leicht geöffneten Mund, sah die langen Zähne aus dem Oberkiefer ragen und schüttelte allmählich den Kopf, wobei er immer bleicher wurde und seine Gesichtshaut allmählich so blass wurde wie die der vor ihm liegenden Frau.

Nur zögernd löste er seine Hände von den Schultern. Die Finger rutschten ab. Da bewegte sich die Frau vor ihm.

Er sah nicht, dass sie ihre Arme anwinkelte, und als er es

bemerkte, war es fast zu spät. Er fühlte zwei Klammern, die sich in Höhe der Ellbogen um seine eigenen Arme gespannt hatten und nicht mehr loslassen wollten.

»Ich kriege dich, Freundchen!«, flüsterte die angeblich Verletzte.

Der junge Pater ruckte so hastig mit seinem Kopf zurück, dass die Visierklappe seines Helms, die er zuvor in die Höhe geschoben hatte, zuknallte. Er wollte hochschnellen, doch Lady X bewies, dass sie kämpfen konnte.

Sie drückte ihre Arme nach links. Einen Augenblick später lag der junge Mann am Boden und musste mit ansehen, wie sich die Vampirin auf ihn stürzte.

»Dein Blut und die Silberkugeln!«, keifte sie, als sie dem Mann entgegenfiel und ihre Hände gegen seinen gelbroten Helm schlugen. Da dröhnte es in den Ohren des Mönchs. Er wollte sich hochstemmen und als das nicht klappte, wegrutschen, doch die ehemalige Terroristin ließ ihm keine Chance.

Sie benötigte nur eine Hand, um das Lederband des Helms aufzufetzen, das das Kinn des Mannes umspannte. Der junge Mönch warf dabei seinen Kopf von einer Seite auf die andere. Der Helm lockerte sich so weit, dass er vom Schädel rutschte und über die Fahrbahn rollte.

Die Vampirin machte weiter. Sie kannte kein Pardon, hob den Kopf des Gegners kurz an und schlug ihn auf die Straße.

Der Mönch stöhnte.

Sterne funkelten vor seinen Augen. Der Schlag war verflucht hart gewesen, und er wusste, dass er einen weiteren ohne Bewusstlosigkeit nicht überstehen würde.

Dieses Wissen mobilisierte noch einmal all seine Kräfte, die er nun einsetzte.

Mehr instinktiv als bewusst zog er seine Beine an und stemmte gleichzeitig seine gespreizte rechte Hand in die Höhe, wobei er Glück hatte und das Gesicht der Untoten traf.

Lady X verspürte zwar keine Schmerzen bei einem normalen Angriff, sie zeigte dennoch Reaktionen, wie sie auch ein Mensch in ihrer Situation gehabt hätte, denn sie zuckte zurück.

Das gab dem jungen Mönch die Gelegenheit, abermals zuzustoßen. Diesmal wieder mit dem Knie, und die ehemalige Terroristin wurde von seinem Körper geschleudert.

Damit hatte Lady X nicht gerechnet. Mönche verabscheuten die Gewalt. Sie ahnte jedoch nicht, dass sich dieser junge Mann seiner Haut wehren konnte. Während seines Studiums war er ein Barrenturner gewesen. Er hatte Kraft und Kondition.

Der Schmerz in seinem Hinterkopf war ein wenig abgeflaut. Er wollte nicht mehr daran denken und wuchtete seinen Körper hoch, wobei er sich ein wenig zu viel Schwung gab und fast wieder zu Boden gefallen wäre.

Taumelnd blieb er stehen, wandte sich um und schaute genau auf die Scott.

Sie war ebenfalls aufgestanden. Jetzt hatte sich ihr Gesicht verzerrt. Der offen stehende Mund und die beiden aus dem Oberkiefer ragenden Zähne verwandelten es in eine widerliche Fratze.

Für Clemens gab es keinen Zweifel. Vor ihm befand sich kein Mensch, sondern ein Vampir.

Natürlich wusste er über die Blutsauger Bescheid. Er hatte sich sehr ausführlich mit der Kirchengeschichte beschäftigt, wusste einiges über das Mittelalter, wo der Vampirglaube entstanden war. Damals hatten auch Mönche gegen diese Blutsauger gekämpft, und er fühlte sich in diesen Augenblicken um ein paar hundert Jahre zurückversetzt.

Er erinnerte sich gleichzeitig an das, was seine älteren Brüder im Kloster erzählt hatten. Dass es mal von Dämonen angegriffen worden war, und sogar teuflische Rocker hatten es entweihen wollen.

Dies alles ging ihm durch den Kopf, sodass er die Frau vor sich als Realität nahm und nicht als Spukbild.

Vampire konnte man mit normalen Waffen nicht töten.

Auch das wusste der junge Mönch. Um gegen diese blutgierigen Monster Sieger bleiben zu können, musste er sich schon etwas einfallen lassen. Einen Eichenpfahl trug er nicht bei sich, eine Pistole mit geweihten Silberkugeln ebenfalls nicht, dafür jedoch eine andere Waffe, vor der sich die Mächte der Finsternis, und dazu zählte er die Vampire, fürchteten.

Das Kreuz!

Jeder aus dem Kloster trug es bei sich. Einige seiner Brüder besaßen wertvolle Silberkreuze, die Verwandte oder Bekannte ihnen geschenkt hatten, andere besaßen nur einfache geweihte Holzkreuze, wie auch der junge Bruder Clemens.

Seine Mönchskutte hatte er ausgezogen, das Kreuz jedoch legte er nie ab.

Er musste es nur hervorholen, was leider Zeit kostete, denn er hatte seine lederne Jacke bis zum Hals hin geschlossen.

Clemens wich zurück.

Er musste dies tun, denn die Vampirin hatte sich wieder gefangen und wollte das Blut des Gegners.

Wer war schneller?

Ein Sprung zurück.

Es war das Pech des jungen Mönchs, dass er sich dazu entschlossen hatte, denn er dachte nicht mehr an seine auf der Straße abgestellte Maschine.

Mit dem Rücken prallte er gegen sie, spürte zuerst den Widerstand, der plötzlich nachgab, und während die Honda umkippte, fiel auch Bruder Clemens.

Er prallte auf den Rücken, wobei er die Honda praktisch unter sich begrub.

Das Krachen, mit dem das Metall über den Asphalt schrammte, machte ihm klar, wie sehr sich seine Lage verschlechtert hatte, denn nun konnte sich die Bestie auf ihn stürzen.

Und sie kam.

Er sah sie seitlich. Den Mantel hatte sie weggeschleudert. Wie eine tote, übergroße Fledermaus lag er auf der Straße, und dann wuchtete sich Lady X vor.

Dass es eine Finte war, bemerkte der junge Mönch zu spät.

Die Blutsaugerin stoppte ihren Sprung, drehte kurz vor Erreichen ihres Gegners ab und trat mit dem rechten Fuß zu.

Es war ein Hammertritt.

Er erwischte den ungedeckten Körper, und der junge Mönch begann zu schreien. Plötzlich sah er seine Gegnerin nicht mehr, weil vor seinen Augen blutrote Nebel erschienen und sich einige Stellen seines Körpers anfühlten, als wären sie in kochendes Öl getaucht worden.

Clemens erlebte die Hölle.

Er hatte den Reißverschluss der Lederjacke zwar geöffnet, doch er kam nicht an sein Kreuz heran. Die Zeit war einfach zu kurz. Er schrie weiter, weinte und die Tränen verschleierten seinen Blick.

Dennoch wollte er nicht aufgeben, rollte sich um die eigene Achse und seine rechte Hand suchte nach dem schlichten Holzkreuz. An einem Band hing es um seinen Hals. Es hatte sich in die Haut gegraben, saß ziemlich eng und er musste sich höllisch anstrengen, um an diese kleine, aber dennoch sehr wertvolle Waffe heranzukommen.

Pater Clemens wusste nicht, wie viel Zeit vergangen war. Ihm erschien es wie eine Ewigkeit, während er sich über die Straße wälzte, den Schmerz verbiss und versuchte, das eng anliegende Band zu zerreißen.

Es gelang.

Einen Schrei stieß er aus. Befreiend drang er über seine Lippen. Er breitete die Beine aus, blieb auf dem Rücken liegen, wollte etwas sehen und hob die Hand, die er zur Faust geballt hatte und aus der das Kreuz hervorschaute.

Clemens wollte noch eine Gebetsformel hinzusetzen, doch er fühlte sich zu schwach. Nicht ein Wort drang über seine Lippen, und so hoffte er auf die abschreckende Wirkung des Kreuzes.

Er hoffte nicht vergebens.

Lady X sah ein, dass sie einen Fehler begangen hatte. Sie wollte es genießen, den jungen Mann fertigzumachen, und war aus diesem Grunde zu langsam gewesen.

Als sie ihn endlich erreicht hatte, da hielt er ihr das Kreuz entgegen, obwohl ihn der Schmerz fast wahnsinnig machen musste.

Die Scott zuckte zurück.

Wie alle Vampire hasste sie Kreuze, und aus ihrem Mund drang ein wütendes Knurren.

Für einen Menschen, den Christen, bedeutete das Kreuz den Anfang, die Hoffnung. Für sie als Vampir genau das Gegenteil: die Vernichtung und das Ende.

Das alles war der Scott bekannt.

Dennoch lächelte sie, obwohl sich ihr Gesicht verzogen hatte. Und sie zischte dem Mann die nächsten Worte entgegen, als wäre sie eine sprechende Schlange.

»Warte nur, ich kriege dich. Wenn nicht so, dann eben anders!« Ein böses Lachen folgte den Worten, das auch dann noch vorhanden war, als sie bereits abdrehte und sich der Felswand näherte, die links von ihr in die Höhe wuchs.

Sie führte senkrecht bis in die Scheitelhöhe eines Menschen hoch. Danach wurde sie mehr zu einem Hang, der mit Büschen bedeckt war, die bis an das senkrechte Teilstück heranwuchsen.

Zwischen den Zweigen schimmerte etwas schwarz in einem eigenartigen metallischen Glanz.

Der »Bräutigam« der Lady X.

Ihre Maschinenpistole!

Sie gehörte zu ihr wie das Ei zum Huhn. Man konnte sich Lady X ohne MPi überhaupt nicht vorstellen. Zudem hatte sie etwas fertig gebracht, was für Wesen wie sie wohl einmalig in der Geschichte war. Lady X besaß für die Maschinenpistole nicht nur normale Bleimantelgeschosse, sondern auch geweihte Silberkugeln.

Leider war dieser Vorrat zu Ende gegangen. Deshalb war sie in die Gegend gekommen, um sich mit neuer Munition einzudecken, damit sie gegen schwarzblütige Feinde mit einer weißmagischen Waffe antreten konnte. Etwas Unwahrscheinliches, aber die Scott liebte nun mal die unwahrscheinlichen

Dinge, und das machte sie so gefährlich, weil sie immer so handelte, wie es nicht vorauszusehen war.

Natürlich konnte sie selbst das geweihte Silber nicht anfassen. Es würde schwierig werden, das Magazin zu laden, aber auch dafür hatte sie schon eine Möglichkeit gefunden.

Lady X riss die Waffe aus dem Gebüsch hervor. Ein paar Zweige hakten nach, die sie mit Gewalt entfernte.

Jetzt hatte sie freie Bahn, wirbelte herum, lachte beißend und legte auf den jungen Mönch an.

Es war Clemens gelungen, sich unter unsäglichen Qualen aufzurichten. Er saß auf der Fahrbahn, stützte sich mit der linken Hand ab und hielt in der ausgestreckten Rechten das Kreuz, das genau auf den Körper der Vampirin wies.

Diesmal hatte sie keine Furcht. Jetzt war sie bewaffnet, und sie wollte die MPi einsetzen.

Nur kurz hob sie die Waffe an. Dann schoss sie.

Bis zuletzt hatte der junge Pater es nicht glauben wollen. Er war von der kleinen Mündung auf eine erschreckende Art und Weise fasziniert gewesen und sah dann das kurze fahle Aufblitzen, bevor ihn die Kugeln trafen. Das Kreuz zersplitterte von den Bleimantelgeschossen, die Holzstücke flogen durch die Luft und regneten auf einen leblosen Körper nieder, falls sie nicht vom Wind erfasst und weggeweht wurden.

Der Kampf hatte sehr lange gedauert, und Lady X war es gelungen, ihn für sich zu entscheiden.

Der Mönch lebte nicht mehr, das Kreuz war zerstört. Sie lachte leise, hob ihren Mantel auf und ging hinüber zu dem Toten. Dabei bückte sie sich und schleifte ihn an den Rand der Straße, wo es steil in die Tiefe ging. Zwischen zwei Begrenzungssteinen rollte sie den Toten über die Kante, der in die Tiefe fiel, Geröll mitriss, durch ein grau gewordenes Schneefeld rutschte und irgendwo liegen blieb.

Danach kümmerte sie sich um die Maschine. Für Lady X war sie der wichtigste Teil. Irgendwo mussten die Kugeln stecken. Sie öffnete die beiden Packtaschen. Als sie die Klappe an der linken hochhob, da sah sie das braune Päckchen.

Zufrieden war das Lächeln, das auf ihren Lippen lag. So hatte sie es sich gewünscht. Endlich hielt sie die geweihten Kugeln, die sie so dringend benötigte, in den Händen.

Zufrieden bewegte sie ihren Kopf. Sie nahm das Päckchen heraus und ließ es in der Innentasche des Mantels verschwinden, den sie anschließend überstreifte.

Noch stand die Maschine auf der Straße. Sie sollte verschwinden, aber das wollte nicht die Scott übernehmen, sondern ein anderer. Sie wusste auch, wer. Sie brauchte ihn nicht zu rufen, denn er kam schon den Hang herunter. Er hatte dort gesessen, damit er alles genau beobachten konnte.

Zuerst fiel Geröll auf die Straße, denn die Gestalt schaute nicht genau, wo sie auftrat. Es war ihr egal. Da knickten Zweige, da wurde Gras aus dem Boden gerissen, aber der Weg war frei.

Frei für Xorron!

Mit einem letzten Sprung überwand er die noch trennende Distanz und sprang auf die Fahrbahn.

Dicht neben Lady X kam er zur Ruhe, wobei er etwas mit beiden Händen festhielt.

Es war ein Würfel.

Ein besonderer Quader, die stärkste Waffe, die Lady X als Erbe des Solo Morasso übernommen hatte. Man nannte ihn den Würfel des Unheils, und seine Herkunft lag selbst für die Vampirin im Dunkel der Zeiten.

Sie hatte Xorron, diesem unheimlichen Monster, den Würfel zu treuen Händen übergeben. Jetzt wollte sie ihn wieder an sich nehmen und verlangte ihn zurück.

Xorron gab ihn widerspruchslos ab. Er hatte Lady X anerkannt, im Gegensatz zu dem anderen Monster, das noch zur Mordliga gehörte. Vampiro-del-mar. Ihm hätte die Scott den Würfel niemals gegeben, denn ihm passte es nicht, dass er ins zweite Glied gerückt war und die Befehle der Lady X entgegennehmen musste.

»Wirf die Maschine in die Schlucht!«, befahl die Vampirin.

Xorron gehorchte. Als bestünde die Honda aus Pappe, so

leicht hob er sie an und schleuderte sie dort über den Rand, wo auch die Leiche des Mönchs verschwunden war.

Beide lauschten dem Echo nach, das entstand, als die Honda gegen Felsen und Steine prallte. Danach war es ruhig.

Lady X wandte sich ab. Ihre Aufgabe war erfüllt. Sie hatte die Silberkugeln, und Sinclair würde sich wundern …

Ich wunderte mich in der Tat. Und zwar über das Telegramm, das mir der Pater geschickt hatte. Gleichzeitig war ich entsetzt. Als ich es sinken ließ und Suko anschaute, war auch sein Gesicht bleich geworden.

Mit wenigen Worten hatte Pater Ignatius alles Wesentliche in dem Telegramm zusammengefasst.

Jetzt wusste ich auch, aus welchem Grund der Nachschub an geweihten Silberkugeln nicht bei mir eingetroffen war. Er konnte nicht eintreffen, denn man hatte den Boten auf dem Weg vom Kloster hinunter nach Peelham überfallen und brutal ermordet. Seine Leiche war, wie auch das Motorrad, in einer Schlucht gefunden worden. Man hatte den Boten erschossen. Laut Polizeibericht sollte er von sechs Kugeln getroffen worden sein, abgefeuert aus einer Maschinenpistole.

So weit das Telegramm, das natürlich mit einem Hilferuf des Paters an mich verbunden war.

Ich aber dachte schon eine Etage weiter. Der Tote war durch die Garbe aus einer MPi umgebracht worden. Zudem hatte sein Mörder die Silberkugeln höchstwahrscheinlich gestohlen. Und wer schoss mit einer Maschinenpistole, die auch mit geweihten Kugeln geladen werden konnte?

Eigentlich nur eine.

Lady X!

Ich dachte daran, aber Suko, der die gleichen Gedankengänge verfolgte wie ich, sprach den Namen aus.

»Ja, es war die Scott!«, flüsterte ich und ballte die rechte Hand zur Faust. »Verdammt, dass ich daran auch nicht gedacht habe. Wir hätten es ja ahnen müssen. Die Kugeln halten schließlich nicht ewig, und selbst kann sie keine geweihten Geschosse herstellen.«

»Du kannst nicht an alles denken, John«, versuchte Suko mich zu trösten, dem ich wohl leid tat, weil ich meine Hände vor dem Gesicht verschränkt hielt und gebeugt auf dem Stuhl hockte.

»Nein, nein, ich habe da einen schweren Fehler gemacht.«

»Worum geht es eigentlich?«, hörten wir Glendas Stimme, und ich schaute erst jetzt hoch.

Himmel, an sie hatte ich gar nicht mehr gedacht. Glenda stand noch immer vor uns. Ich reichte ihr das Telegramm. »Hier, lies es selbst, ich will mich nicht noch mal wiederholen.«

Sie überflog die Zeilen und flüsterte anschließend: »Das ist ja schrecklich.«

»Kannst du sagen.«

»Und jetzt?«

Ich hob die Schultern. »Wir werden wohl nach Schottland fahren müssen.«

»Wolltest du da nicht sowieso hin?«

Suko hatte mich angesprochen und ich nickte. »Aber in eine andere Gegend!«, schränkte ich ein.

»Was ist wichtiger?«

Ich überlegte. »Glaubst du denn, dass sich Lady X noch in der Nähe des Klosters aufhält?«

»Möglich.«

»Richtig. Aber nicht sicher. Was sollte sie dort? Sie hat doch jetzt, was sie braucht.«

»Trotzdem würde ich an deiner Stelle mit dem Pater reden. Es ist besser, und vielleicht finden wir noch Spuren von Lady X oder ihren widerlichen Monstern.«

Da hatte Suko nicht unrecht. Wir mussten uns entscheiden, ob wir nun ins Kloster hochfuhren oder nach Billings, wo die seltsame Krankheit aufgetaucht war.

Darüber redeten wir, bis Glenda Perkins eine gute Idee hatte. »Weshalb teilt ihr euch die Arbeit nicht?«

Beide waren wir ein wenig begriffsstutzig, denn wir fragten wie aus einem Mund: »Wieso?«

»Einer von euch fährt hoch zum Kloster, der andere versucht es in Billings. Das wäre immerhin eine Möglichkeit.«

Ich schlug auf den Schreibtisch und stand gleichzeitig auf. »Mädchen, das ist nicht nur irgendeine Möglichkeit, sondern eine verdammt gute zudem. So machen wir es auch. Frage ist: Wer fährt nach Billings, und wer besucht das Kloster?«

»Du, John.«

»Das Kloster?«

Suko nickte. »Sicher, die Silberkugeln sind ja für dich bestimmt gewesen, obwohl ich auch etwas davon habe. Aber Adressat bist du nun mal. Tut mir leid.«

»Dann werde ich dem Pater einen Besuch abstatten«, erwiderte ich ergeben und schaute zu, wie Suko eine Karte von Schottland hervorholte, sie ausbreitete und sich darüber beugte.

Plötzlich lachte er auf, hob den Kopf und schaute uns an. »Wisst ihr was, Freunde?«

»Nein, du hast es uns noch nicht gesagt.«

»Das werde ich jetzt tun. Billings und das Kloster liegen gar nicht mal so weit auseinander. Man kann hinspucken.«

»Aber nur auf der Karte.«

»Sei doch nicht so pingelig«, grinste der Inspektor. »Wie heißt die Devise? Getrennt marschieren, aber vereint schlagen …«

Nicht Lady X hatte das Magazin mit Kugeln gefüllt, sondern der Unhold Xorron. Er konnte dies ohne Weiteres bewerkstelligen, denn es gab wohl kaum etwas, das er fürchtete. Ebenso schwer war es, eine Waffe zu finden, die tödlich für ihn war.

Xorron war bereits jetzt eine schreckliche Legende.

Er hatte nicht einmal direkt ein monsterartiges Aussehen. Man konnte ihn mit einem Menschen vergleichen, der einen milchigen Anstrich erhalten hatte. So sah die Haut von Xorron aus. Dabei hatte er eine menschliche Gestalt aufzuweisen. Da jedoch endeten die Zugeständnisse an die Menschheit.

Aus welch einem Material die Haut bestand, wusste niemand zu sagen. Sie galt jedoch als unzerstörbar, obwohl sie leicht durchsichtig war, denn hinter dieser milchig-weißen Haut schimmerten grünlich die Knochen eines Skeletts.

Wissenschaftler hatten es nie untersucht, und so konnte auch keiner sagen, ob es sich bei diesen Knochen um menschliche handelte. Zudem war das nicht das Problem, sondern Xorron und sein roboterhafter Killerinstinkt. Hinzu kam der blinde Gehorsam dem Chef oder Leiter gegenüber, und Xorron führte immer das durch, was man ihm auftrug. Unterschiede kannte und machte er dabei nicht.

Xorron war eine Bestie!

Dieser Ausdruck passte wohl am ehesten zu ihm. Er kannte keine Gefühle, weder menschliche noch nichtmenschliche, und in seinem glatten Gesicht war auch nichts abzulesen.

Eine Kopfform nebst Gesicht, das an ein großes Ei erinnerte, wobei auf das Ei fünf Schlitze aufgemalt worden waren. Zwei für die Augen, zwei für die Nasenlöcher, der letzte Schlitz für den Mund. Wenn er diesen öffnete, dann präsentierte er etwas wie Zähne oder Reißer, die an Stahlzinken eines aufgerichteten Kamms erinnerten.

So unförmig Xorron manchmal wirkte, er war dennoch schnell, geschickt und gewandt. Das hatte er bewiesen, als er seinen ersten Chef, Solo Morasso, retten wollte, als dieser in das Becken mit den gefräßigen Piranhas gefallen war.

Auch Lady X war aus ihrem wichtigen Helfer nicht schlau geworden. Während er das Magazin der Waffe mit den Silberkugeln auflud, schaute sie ihn aus den Augenwinkeln an. Sie fürchtete sich zwar nicht vor ihm, hatte manchmal jedoch ein ungutes Gefühl, wenn sie ihn so anblickte. Falls Xorron einmal durchdrehte, dann würde er auch sie unangespitzt in den Boden schlagen. So weit durfte es nicht kommen.

Die beiden dämonischen Wesen waren nicht auf der Straße geblieben, sondern hatten sie verlassen. Dabei hatten sie noch eine eigentlich etwas beunruhigende Beobachtung gemacht. Die Leiche des Mönchs war schon gefunden worden. Ein einsamer Schäfer, der trotz des Winters die Bergwelt durchwanderte, hatte sich in der Nähe aufgehalten und den Toten entdeckt.

Lady X war klar, dass Nachforschungen angestellt werden würden, und vielleicht erhielt auch John Sinclair Bescheid.

Sie richtete sich jetzt schon darauf ein, dass sie ihm irgendwann wieder gegenüberstehen würde. In den Karpaten waren sie sich zuletzt begegnet. Im Schloss des Vampir-Grafen von Leppe war es zum großen Kampf gekommen, und Sinclair hatte der Vampirin wieder einen Stolperstein in den Weg gelegt.

Ihren großen Plan allerdings wollte sie nicht aufgeben. Rumänien war genau das Land, das sie anzog. In diese Urheimat der Vampire wollte sie ihre Wirkungsstätte verlegen und dort auch den Geheimbund der Vampire ins Leben rufen.

Das allerdings hatte noch ein wenig Zeit. Erst mussten die Vorbereitungen abgeschlossen werden, und dazu gehörte auch die Beschaffung der geweihten Silberkugeln.

»Fertig?«, fragte sie.

Xorron wandte ihr seinen Kopf zu. Aus den Schlitzen schaute er sie an. Es war kaum zu merken, dass er die Augen geöffnet hatte. Er sprach auch nicht, sondern nickte.

»Dann gib die Waffe her!«

Xorron warf sie seiner Herrin hinüber.

Lady X fing die Maschinenpistole auf. Es waren noch Kugeln übrig geblieben. Zweimal konnte sie bestimmt nachladen, und diese Silbergeschosse ließ sie in einer Schachtel verschwinden, die sie einsteckte. Lady X war zufrieden.

Auch das Versteck hatte sie gut gewählt. Es lag am Hang, der eine Südseite aufwies, wo der Schnee weggetaut war. Bäume umgaben sie, und sie hatte einen freien Blick hinunter in ein Tal, wo ein schmaler Wildwasserbach schäumte.

Er quirlte über die Steine und Felsen. Dabei sah er aus, als hätte jemand Waschpulver hineingeschüttet.

»Wohin führt der Bach?«, wollte Xorron wissen. Er sprach mit einer seltsam klingenden Stimme, die mehr an einen Computer erinnerte als an die eines Menschen.

Lady X folgte mit ihren Blicken dem Verlauf und bewegte nickend den Kopf. »In die Nähe von Billings«, erklärte sie.

»Dort sind Menschen?«

»Ja.«

»Wäre das nicht etwas für uns?«

Die Scott lächelte schmal. »Eigentlich schon«, gab sie zu. »Nur müssen wir jetzt zusehen, dass wir erst einmal die Kugeln wegschaffen. Wir werden uns mithilfe des Würfels nach Südamerika teleportieren, denn ich will wissen, was Vampiro-del-mar so alles anstellt.«

Damit war Xorron einverstanden. Die Reste der Mordliga hatten hoch oben in den Anden ein gutes Versteck gefunden, eine Naturhöhle, in der sie sich verbergen konnten.

Lady X nannte sie die provisorische Operationsbasis, denn die richtige sollte in Rumänien entstehen, wo das Grauen seine Heimat hatte, wie sie immer zitierte.

Pamela Scott nahm den Würfel.

Sehr behutsam fasste sie ihn an. Er klemmte zwischen ihren Händen, und sie lächelte, als sie auf die Fläche starrte.

Dieser Würfel war etwas Besonderes. Man konnte ihn manipulieren. Er gehorchte jeweils seinem Besitzer. Lady X manipulierte ihn zum Schlechten hin, ein anderer würde damit Gutes tun. So war der Würfel ähnlich einem Chamäleon, das je nach Lage immer seine Gestalt farblich veränderte. Im übertragenen Sinne galt dies auch für den Quader.

Ein wirklich seltenes Stück. Lady X genoss es jedes Mal, wenn sie ihn in der Hand hielt. Vor allen Dingen dann, wenn sie Ruhe hatte und es auskosten konnte.

»Werden wir wieder zurückkehren?«, fragte Xorron.

»Ich denke schon.«

»Und was wollen wir hier?«

»Ich will nur sehen, wie es weiterläuft und welch ein dummes Gesicht John Sinclair macht, wenn er tatsächlich kommen …« Das letzte Wort verschluckte sie. Dafür zuckte sie zusammen.

Auch Xorron hatte es bemerkt, sagte aber nichts. Er schaute zu, wie Lady X aufstand.

Die Vampirin blieb breitbeinig stehen. Sie hielt den Oberkörper nach vorn gereckt. Der Wind fuhr gegen sie und blähte ihr langes Haar auf. Scharf drehte sie sich plötzlich zu Xorron herum. »Da stimmt etwas nicht«, sagte sie.

»Was?«

»Ich habe keine Ahnung.«

»Ist Sinclair da?«

»Nein. Er wäre nicht ein so großes Problem gewesen«, erwiderte sie leise. Dabei schüttelte sie den Kopf, zog ihre Lippen zurück, und die beiden Zahnspitzen schauten aus dem Oberkiefer hervor.

Xorron wollte ebenfalls nicht mehr sitzen. Er stand ein wenig schwerfällig auf und blickte in die Runde.

»Wir werden noch einmal zurückkehren und es herausfinden«, erklärte Lady X. »Jetzt wird es Zeit für die Höhle.« Sie konzentrierte ihre Gedanken auf den Würfel, begann damit, ihn zu manipulieren, dachte stark an ihr Ziel und wollte, dass der Würfel sie dorthin brachte.

Es tat sich nichts.

Zuerst lächelte die Vampirin noch. Dann zerfaserte dieses Lächeln, wurde zu einer Grimasse, während sie einen zweiten Versuch unternahm.

Wieder nichts.

»Was ist denn los?«, fragte Xorron.

Lady X hob die Schultern. »Der Würfel«, erwiderte sie mit leiser Stimme. »Er funktioniert nicht mehr …«

Zum ersten Mal seit langer Zeit verspürte sie so etwas wie Angst in sich aufsteigen …

Wir waren geflogen und gefahren. Die gesamte Strecke mit dem eigenen Wagen zurückzulegen erschien mir von der Zeit her nicht angemessen. Wir wären zu viele Stunden unterwegs gewesen, und das war nicht der Sinn unserer Aktion.

Zudem war es bei unserem Plan geblieben. Ich wollte Suko in Billings absetzen, wo er sich mit Dr. McGovern in Verbindung setzen konnte. Doch mein Freund hatte Einwände gehabt.

Wenn wir dort auftauchten und als Fremde erkannt wurden, konnte es seiner Meinung nach zu auffällig sein. Also wollte er mit dem Bus weiterfahren.

Dagegen hatte ich nichts. Auf der Straße nach Billings überholten wir den Bus, und eine Haltestelle weiter setzte ich meinen Freund und Kollegen ab.

Im Rückspiegel sah ich seine winkende Gestalt kleiner werden, als ich Gas gab und den Leih-Rover in eine Linkskurve lenkte, sodass Suko meinen Blicken entschwand.

Den Weg zum Kloster hoch kannte ich noch, obwohl ich sonst von einer anderen Seite gekommen war. Kurz vor Peelham traf ich wieder auf die normale Straße.

Im Ort selbst wollte ich noch tanken. An der ersten Station hielt ich an.

Soweit ich erkennen konnte, hatte sich nichts verändert. Peelham war noch immer das kleine Dorf am Fuß der herrlichen Schottland-Berge geblieben, die wenig Schnee zeigten und nur ihre Spitzen mit weißen Hauben verhüllt hatten.

Der Januar war wirklich zu warm.

Zwar schaute mich der Tankwart prüfend an. Vielleicht hatte er mich auch erkannt, doch er sagte nichts und füllte in aller Ruhe den Tank meines Wagens.

Ich mochte die Gegend. Sie strahlte eine gewisse Romantik aus, die man auch mit dem Wort ungezügelt umschreiben konnte. Hier hatte der Mensch noch nicht in den Haushalt der Natur eingegriffen, und gerade das gefiel mir so.

Ich zahlte die Rechnung und machte mich wieder auf den Weg. Bestimmt würde ich dem Ort noch später einen Besuch abstatten.

Hinter Peelham begann die Serpentinenstraße, die hoch

zum Kloster St. Patrick führte. Eine Straße, die kaum befahren war und zu den einsamsten gehörte, die ich kannte.

Die Fahrt in die Berge genoss ich sehr. Ich konnte mich manchmal nicht satt sehen an den stillen Gewässern, den schäumenden Wildbächen, dem plötzlich hinter einer Kurve erscheinenden Felspanorama und auch an dem leicht grauen Himmel mit seinen schweren Wolken, die mir sehr nach Schnee aussahen.

Je höher ich fuhr, umso enger wurden die Kurven. Irgendwann hörte auch der Asphalt auf, sodass ich den letzten Rest auf einem Schotterweg zurücklegte.

Jetzt sah ich auch mehr Schnee. Er lag besonders an den Nordhängen, doch er zeigte eine verharschte Oberfläche, und seine Farbe war schon schmutzig.

Noch eine Kurve, und ich sah die Mauern des Klosters vor mir. Ich atmete aus.

Da stand sie also, die Trutzburg des Guten. Das Kloster St. Patrick. Ein gewaltiges Bauwerk, in dem brave Mönche ihre Pflicht taten und das auch mir Schutz geben würde.

Die Stille wurde plötzlich durch ein helles Klingen gestört. Es waren Arbeitsgeräusche, die aus der Schmiede kamen, in der mein Freund, der Pater Ignatius, an der Arbeit war.

Dieser hell klingende Schlag kam mir vor wie ein Willkommensgruß, und als ich den Wagenschlag aufstieß, wurde die kleine Pforte neben dem großen Eingangstor bereits geöffnet.

Allerdings nur das Guckloch, hinter dem ich ein Gesicht entdeckte, das sich zu einem Lächeln verzog, als ich langsam näher heranschritt.

»John Sinclair«, vernahm ich die ruhige, aber dennoch freudige Stimme eines Mönches. »Sei herzlich willkommen.«

»Danke, Pater«, erwiderte ich und verbeugte mich leicht.

»Warte, ich öffne. Willst du deinen Wagen in den Hof fahren oder vor dem Kloster ...?«

»Ich fahre ihn schon in den Hof, wenn es dir nicht zu viele Umstände macht.«

»Nein, nein, ganz im Gegenteil. Komm nur, du bist ein Gast, den wir gern sehen.« Die Luke wurde geschlossen. Das Gesicht verschwand, und ich hatte ein wenig Zeit, mich umzuschauen.

Ich blickte an den trutzigen Mauern hoch. Ja, die kannte ich sehr genau. Und ich erinnerte mich automatisch an die Szene, als ich die Horror-Reiter bekämpfte. Ich sah Kara vor meinem geistigen Auge, die Schöne aus dem Totenreich. Auf der Mauer stand sie und schwang ihr Schwert mit der goldenen Klinge.

Es war ein unheimlicher, mörderischer Kampf gewesen. Im Nachhinein lief mir noch eine Gänsehaut über den Rücken. Und wäre Suko nicht gewesen, hätte es für mich trotz Karas Hilfe sehr bitter ausgesehen. Ich war ehrlich genug, dies zuzugeben.

Noch immer mussten schwere Riegel von innen zur Seite gewuchtet werden, um das Tor öffnen zu können. Ich vernahm die rumpelnden Geräusche, ging zurück zum Rover, stieg ein und konnte wenig später an- und in den Hof hineinfahren.

Als ich durch das Tor rollte, da sah ich auch die Mönche. Diejenigen, die sich in der Nähe aufgehalten hatten, ließen von ihren Arbeiten ab und schauten mir entgegen.

Besonders einer.

Ein hochgewachsener, kräftiger Mann, der mir zuwinkte und dessen Gesicht ein breites Lächeln zeigte.

Pater Ignatius!

Ich lenkte den Wagen nach links, denn ich wollte ihn nahe der Schmiede abstellen.

Der Pater wies mich ein. Zweimal musste ich noch rangieren, dann stoppte ich und stieg aus.

»John Sinclair!« Seine Stimme dröhnte mir entgegen. »Sei willkommen bei uns, mein Freund!« Der Pater kam mir mit ausgestreckten Armen entgegen, und wir begrüßten uns auf eine herzliche Art und Weise.

Ein gutes Gefühl erfüllte mich, denn ich war nach Hause

gekommen. Jawohl, Freunde, ich fühlte mich zu Hause. Dieses Kloster bot mir den richtigen Schutz, den ich voll auskosten konnte.

Nicht nur Pater Ignatius begrüßte mich, auch der Abt erschien. Sein Händedruck war fest. Die Augen strahlten eine Herzlichkeit aus, wie es sie nur bei zufriedenen Menschen gibt. Und diese hier waren sehr zufrieden.

»Wo können wir reden?«, fragte Pater Ignatius, nachdem die Begrüßungszeremonie vorbei war.

»Das ist mir egal.«

»Dann komm zu mir.«

»Gern.«

Wie betraten die Schmiede. Auch sie kannte ich. Der einzige Raum war nicht groß, doch er beinhaltete alles, was man für die Arbeit benötigte.

Da gab es die gemauerte Feuerstelle, das entsprechende Werkzeug, eine lange Bank und einen Schrank, der bis zur Decke reichte und in dem der Pater das Silber für die Kugeln aufbewahrte. Eigentlich war es Silbererz. Es stammte aus Minen, die der Kirche gehörten, und wurde zweimal im Jahr zum Kloster gebracht.

Das Feuer glühte noch. Es verbreitete einen düsteren Schein, der genau in diese Schmiede passte. Manchmal tanzten rote Flecken über die Wände, und der Pater bat mich, auf der Bank Platz zu nehmen. Er selbst setzte sich noch nicht. Dafür verschwand seine Hand unter der Kutte und aus irgendeiner Tasche holte er etwas hervor. Bei genauerem Hinsehen erkannte ich eine kleine Flasche.

»Whisky?«, fragte ich.

Pater Ignatius lächelte. »Nein, mein Freund, doch nicht so etwas. Obwohl wir auch guten Whisky haben. Aber es gibt hier einen Bruder, der es versteht, die Schnäpse selbst zu brennen. Und das ist einer davon. Aus den Beeren des Waldes. Ein flüssiger Rest des letzten Sommers, mein Freund.«

Er reichte mir die Flasche, die ich mit einem dankbaren Nicken entgegennahm und trank.

Kinder, war das ein Schnaps. Der trieb mir nicht nur die Tränen in die Augen, sondern auch ins Knopfloch. Ein paar Mal holte ich tief Luft, bevor ich die Flasche Ignatius zurückreichte.

»Wie war er?«

Ich schüttelte den Kopf, deutete auf meinen Mund. Mehr konnte ich nicht, denn eine Antwort zu geben war nicht drin. Der Schnaps erlaubte es nicht. Er brannte noch in der Kehle nach.

»Hat er dir gemundet, John?«

»Und wie. Aber man muss sich nach einem Schluck kurz erholen.«

Der Mönch nickte gedankenverloren. »Das habe ich dem Bruder auch gesagt. Ich glaube, er hat ihn ein wenig zu stark gemacht, der Gute.«

»Und das sagst du erst jetzt?«

»Tut mir leid, aber ich wollte sehen, wie ein normaler Mensch darauf reagiert.«

»Da kommt man nichtsahnend her, und schon ist man ein Versuchskaninchen.«

Pater Ignatius hob den Finger. »Das passiert nur bei Freunden.«

Ich gab mich erstaunt. »Dann möchte ich gern einmal wissen, was ihr euren Feinden anbietet.«

»Darüber will ich nicht reden, John.« Er ließ sich neben mir nieder und hob die Schultern. »Gleich ist die Beerdigung«, sagte er. »Wir haben Bruder Clemens hochbringen lassen. Wirst du an der Totenfeier teilnehmen, John?«

»Natürlich. Ist die Leiche normal?«

»Ja, wieso?«

»Ich kann dein Erstaunen verstehen«, erwiderte ich, »aber ich frage aus einem bestimmten Grund. Der Mann ist durch eine Garbe aus einer Maschinenpistole gestorben. Das kann auf Lady X hindeuten, muss aber nicht. Und da es sich bei ihr um einen Vampir handelt, wäre es möglich, dass sie das Blut getrunken hat.«

»Ja, das kann sein.« Der Pater stützte sein Kinn auf die offene Fläche der rechten Hand. Während er die Antwort gab, starrte er in das kleiner gewordene Feuer. »Nur will ich nicht so recht daran glauben.«

»Hast du einen Grund?«

Der Pater wand sich. »Grund ist zu viel gesagt. Weißt du, wir haben es hier wohl mit einer anderen Magie zu tun, nicht mit der eines Vampirs.«

»Jetzt verstehe ich gar nichts.«

Pater Ignatius schaute mich sehr ernst an. »Was ich dir jetzt sage, darüber habe ich bisher mit keinem geredet, und ich möchte dich bitten, es für dich zu behalten.«

»Ehrensache.«

»Es geschah während unserer Frühandacht«, begann mein frommer Freund und erzählte mir von seiner Vision.

Ich hörte sehr genau zu. Viele hätten darüber gelächelt. Ich hütete mich, dies zu tun. Nein, wenn der Pater so ernst redete, dann hatte das schon seine Bedeutung.

»Glaubst du mir?«, fragte er zum Schluss.

Ich nickte.

Er atmete schnaufend aus. »Das habe ich gehofft, mein Freund. Und ich bin tatsächlich nicht übergeschnappt, wenn du das vielleicht meinst. Es gibt diese weibliche Person, diesen Geist, wenn ich ihn mal so nennen darf.«

»Dann hast du einen Verdacht?«, stellte ich fest.

»Den habe ich in der Tat.«

»Rede.«

»Kennst du die griechische Mythologie?«

Ich hob die Schultern. »Was man halt so von der Schule behalten hat. Aber das ist nicht viel.«

»An Pandora wirst du dich erinnern.«

»Klar. Die Frau mit der Büchse oder dem Füllhorn. Schönheit und Grauen zu einer brisanten Mischung gepaart.«

»Das stimmt genau, John. Sie soll aus Lehm erschaffen worden sein. Der Göttervater Zeus hat ihr Leben eingehaucht und sie mit allen Vorzügen ausgestattet, die zu einer Frau gehören. Aber er wollte die Menschen strafen, und zwar durch sie strafen, denn die Menschen hatten Prometheus dazu überredet, das Feuer zu stehlen. Während Prometheus furchtbar für seinen angeblichen Frevel bestraft wurde – man band ihn an einen Felsen, und ein Adler kam jede Nacht und hackte ihm die immer nachwachsende Leber aus dem Leib –, ging Pandora mit ihrer Büchse oder dem Tonkrug zu Prometheus' Bruder Epimetheus. Von den Reizen dieser Frau geblendet, nahm Epimetheus Pandora in sein Haus auf, wo sie das Gefäß öffnete und Übel und Krankheit über die Menschheit schickte.«

Ich nickte. »Ja, jetzt erinnere ich mich wieder. Es ist eine schlimme Geschichte, aber die Mythologie der Griechen war verdammt grausam. Ist denn Prometheus von dem Felsen, an den er geschmiedet war, nicht befreit worden?«

»Ja, von Herakles.«

»Du hast dich gut informiert, Bruder Ignatius«, sagte ich und blieb, in Gedanken versunken, sitzen. »Deine Vision kann eine große Bedeutung haben«, murmelte ich.

»Welche?«

»Ich weiß es noch nicht so genau. Vielleicht spielt Atlantis eine Rolle. Denn Prometheus hing auch irgendwie mit Atlas zusammen, nach dem der Kontinent Atlantis seinen Namen erhalten hat.«

»Das stimmt.«

»Nur frage ich mich, wie Lady X in diese ganze Sache hineinpasst. Sie ist meiner Ansicht nach ein Störfaktor.«

»Kann es Zufall gewesen sein?«

»Möglich. Eigentlich wollte ich nicht ins Kloster kommen, sondern in Billings einen Fall lösen.«

»Das musst du mir erklären.«

Ich tat es, und wir zogen beide die gleichen Schlüsse. Diese seltsame Krankheit, die die Menschen von Billings befallen hatte, konnte unter Umständen mit der Vision des Paters zusammenhängen.

»Dann musst du unbedingt nach Billings fahren«, sagte Ignatius, doch ich schüttelte den Kopf.

»Das brauche ich nicht. Mein Freund Suko schaut sich dort um. Jetzt bin ich froh, ihn mitgenommen zu haben.«

Ignatius lächelte. »Demnach stehen wir beide nicht allein auf weiter Flur?«

»So ungefähr.«

»Pandora macht mir Sorgen, John. Ich bin überzeugt davon, dass sie es ist.«

»Eine Sagengestalt?«

Er lachte. »Daran denke ich auch immer. Trotzdem nehme ich meine Vision sehr ernst.«

»Wobei ich mich frage, welch einen Grund sie gehabt hat, aus irgendeinem Zwischenreich zu erscheinen.«

»Muss sie das?«

»Wenn es nicht so wäre, widerspräche dies allen Erfahrungen, die ich im Laufe der Zeit gesammelt habe. Wenn sie tatsächlich aufgetaucht ist, hat das etwas zu bedeuten.«

»Ich schließe mich deiner Meinung an, John.«

Über den Innenhof des Klosters schwang ein dünnes Bimmeln. Es war eine Glocke, die da läutete, doch ihr Klang war nicht dazu angetan, Menschen froh zu machen – im Gegenteil.

Der Pater stand auf. »Die Totenglocke«, sagte er mit leiser Stimme. »Sie ruft uns zur Beerdigung. Kommst du mit?«

»Ja.« Ich erhob mich ebenfalls.

Wir verließen die Schmiede, betraten den Hof und das Läuten hörte ich nun lauter. Noch immer konnte ich mich damit nicht anfreunden und mir rann eine Gänsehaut über den Rücken, während mir ein steifer Wind ins Gesicht fuhr.

Die Mönche versammelten sich. Sie gingen gebeugt, stemmten sich gegen den Wind an, der an ihren Kutten zerrte und den Stoff knattern ließ. Am Himmel türmten sich Wolken. Wir hatten zwar späten Vormittag, aber richtig hell wollte es eigentlich nicht werden. Alles in allem eine schaurige Kulisse für eine Beerdigung.

Ignatius und ich gesellten uns zu den anderen, um den Weg zum Friedhof zu gehen …

Lady X schien auf der Stelle festgewachsen zu sein. Sie schüttelte ein paar Mal den Kopf, fluchte dann wütend, zischte wie eine Schlange und knurrte auch.

Trotzdem erreichte sie nichts. Der Würfel gehorchte ihr nicht. Er dachte nicht daran, sich dem Willen der Blutsaugerin unterzuordnen.

Langsam ließ Lady X die Arme sinken und schaute nach rechts, wo sich Xorron aufhielt.

Das Monster rührte sich nicht. Es stellte auch keine Fragen. Deshalb sprach Lady X.

»Er reagiert nicht mehr«, flüsterte sie.

»Wieso?«

»Verflucht, das weiß ich eben nicht. Ich habe keine Ahnung, was mit dem Würfel geschehen ist. Vielleicht hat ihn auch jemand manipuliert. Wer weiß?«

»Du hast ihn doch nicht aus der Hand gegeben.«

»Genau, das ist es ja, was mich so fertig macht. Ich kann mir keinen Grund für dieses Verhalten des Würfels vorstellen.«

»Hast du nicht vorhin etwas gespürt?«, fragte Xorron.

Lady X zog die Augenbrauen zusammen. »Ja«, klang ihre gedehnte Antwort, »das stimmt.«

»Was war es denn?«

»Ich kann es nicht sagen, nicht in Worte fassen. Es war irgendwie anders.«

»Und wie?«

»Keine direkte Gegenmagie«, erklärte die Vampirin. »Das auf keinen Fall. Nein, nein ...« Sie ging einen Schritt vor, um danach stehen zu bleiben wie ein witterndes Raubtier. Einen Erfolg erreichte sie nicht. Aber ihr fiel die Stille auf. Zwar war der Wind nicht eingeschlafen, doch von den üblichen sie umgebenden Geräuschen hatte sie nichts mehr gehört. Sie kam sich vor wie auf einer Insel, die irgendwo im Niemandsland lag.

»Warte hier auf mich«, ordnete sie an und war Sekunden später verschwunden.

Xorron blieb zurück. Er tat immer, was man ihm sagte. So war es auch an diesem Tag.

Sie hatten sich zwischen Bäumen verborgen gehalten. Nicht nur Tannen und Fichten wuchsen auf dem kargen Boden, sondern auch verkrüppelte Laubbäume, die man allerdings mehr als Sträucher oder Unterholz bezeichnen konnte.

Normal konnte Lady X nicht laufen. Sie musste schon schräg gehen, damit sie auf dem Boden nicht rutschte. Hin und wieder stützte sie sich auch an den Baumstämmen ab, und als sie eine kleine Lichtung auf dem Hang erreichte, blieb sie stehen.

Ihr Blick fiel hinunter ins Tal. Sie sah ein schmales Band. Es war ein Weg, keine Straße, und er führte irgendwann aus den Bergen heraus, wo er in eine asphaltierte Straße mündete, die verstreut liegende Orte miteinander verband.

Lady X hatte zwar den besten Aussichtspunkt in Beschlag genommen, sie sah trotzdem nichts.

Still und friedlich lag die schweigende Bergwelt vor ihren Augen. Nichts wies auf eine Gefahr hin.

Und doch störte sie etwas.

Lady X war ärgerlich, dass sie dies zugeben musste, es aber nicht fassen oder begreifen konnte. Obwohl die Luft klar war, schien sie dennoch mit einer fremden Magie erfüllt zu sein, die die ehemalige Terroristin bemerkte, gegen die sie aber nicht angehen konnte.

Dann hörte sie ein Rascheln. Es war hinter ihr aufgeklungen. Sie fuhr herum, ließ die MPi von ihrer Schulter rutschen und hielt sie im Anschlag.

Sie sah nichts.

Es schien ein Tier gewesen zu sein, das sich seinen Weg gesucht hatte. Das erste Tier überhaupt, dessen Geräusche sie wahrnahm. Deutete dies vielleicht auf eine Veränderung hin?

Sie wusste es nicht zu sagen. Etwas Neues hatte sie auch nach einem abermaligen Rundblick nicht feststellen können und deshalb entschloss sie sich, wieder zu Xorron zu gehen.

Xorron hatte ebenfalls nichts bemerkt. Er wartete noch immer an derselben Stelle, schaute seine Herrin an und bewegte seine klauenartigen Hände.

»Nichts«, sagte Lady X. Sie hatte das Wort kaum ausgesprochen, als beide ein seltsames Geräusch hörten. Es wies Ähnlichkeit mit einem Knurren oder Schnaufen auf, und es war dort aufgeklungen, wo der Hang weiter in die Höhe wuchs.

Beide schauten in die Richtung.

Unterholz bewegte sich.

Lady X folgte mit dem Lauf der Maschinenpistole den sperrigen Zweigen eines Busches, aus dem das Tier, oder was immer es war, herauskriechen musste.

Es kam auch.

Selbst Lady X zeigte sich überrascht. Was sich da aus den Büschen schob, das hatte mit einem Tier kaum noch Ähnlichkeit, obwohl es dem Körperbau nach ein Fuchs sein musste.

Wie hatte er sich verändert!

Wesentlich größer war er geworden, mindestens um das Doppelte gewachsen, und wo sonst das Fell auf dem Rücken wuchs, war die Haut aufgeplatzt, sodass eine schleimige Masse ihren Weg nach draußen und auf den Rücken des Tieres gefunden hatte.

Ein widerliches Sekret, das penetrant stank und an den Seiten nach unten rann, wobei es graugelb schimmerte.

»Ein Ghoul?«, hauchte die Vampirin. »Nein.« Sie gab sich selbst die Antwort. Das war kein Ghoul. Die sahen anders aus als dieses mutierte Wesen.

Ghouls waren zwar auch Schleimwesen, und sie ernährten sich von Leichen, doch sie hatten keine Ähnlichkeit mit Tieren. Das Wesen, das aus dem Unterholz kroch, war ein Tier.

Ein Fuchs!

Kalt blickten seine Augen. Sie waren auf eine unnatürliche Art und Weise vergrößert, wirkten wie zwei runde Steine. Die lange Schnauze stand halb offen, aus dem Mund tropfte Geifer, der sich mit der gallertartigen Masse vermischte.

Lady X schüttelte sich. Nicht vor Ekel, sondern vor Wut, denn sie wusste nicht, was das noch alles bedeuten konnte. In diesem Wald lauerten die Gefahren. Da waren aus Tieren Monster geworden, und Lady X hatte ihren Beweis für eine andere Magie bekommen.

Sie drehte sich ein wenig und gab Xorron ein Zeichen. »Schnapp ihn dir.«

Das war der Augenblick, als der Fuchs sprang. Lady X hatte gespürt, dass er sie attackieren wollte, und sie hatte den Befehl genau im richtigen Moment gegeben, denn als der mutierte Fuchs auf sie zuhechtete, setzte sich auch Xorron in Bewegung.

Und abermals bewies er, wie schnell er sein konnte. Sein so plumpes Aussehen täuschte. Plötzlich befand er sich zwischen seiner Herrin und dem Fuchs, der gegen ihn prallte.

Ein seltsames Gurgeln und Knurren drangen aus dem Maul des widerlichen Tieres, das jedoch schnell verstummte, als Xorron seine Pranke um die Schnauze des Fuchses gedrückt hatte und sie zusammenpresste.

Das Wesen strampelte mit seinen Beinen. Es sonderte noch mehr Schleim ab. Lady X trat zurück, weil sie ihre Füße von dem Zeug nicht beschmutzen lassen wollte.

Xorron war da nicht so zimperlich. Er tötete das Tier. Auf solche Sachen verstand er sich.

Eine Hand hatte er noch frei. Damit packte er den Nacken des Fuchses und drehte einmal kräftig entgegen dem Uhrzeigersinn. Das Genick wurde gebrochen. Schlaff fiel das Tier aus dem Griff des Unholds Xorron.

Er stand langsam auf. An seiner Haut rann der widerliche Schleim in langen Spuren nach unten und hinterließ auf der Erde feuchte Flecken. Zudem stank er erbärmlich.

Lady X drehte das getötete Tier auf den Rücken. Es lag inmitten einer Lache, die allmählich im Boden versickerte.

»Ein Fuchs, der mich an einen Ghoul erinnert«, sprach sie zu sich selbst, »wie ist das möglich?«

Von Xorron erhielt sie keine Antwort. Er handelte in den nächsten Sekunden selbstständig, denn er untersuchte die nähere Umgebung dieses Mordplatzes.

Ein weiteres Tier fand er nicht. So kehrte er beruhigt zu der Scott zurück.

»Eine fremde Magie!«, flüsterte die. »Ich habe es gespürt. Sie ist hier, nur – wo versteckt sie sich?« Scharf fuhr sie herum.

Ihre Augen lebten. Trotz der schwarzen Pupillen war darin ein Funkeln zu lesen. »Welche Magie ist es? Und weshalb ist sie gerade hier und jetzt erschienen? Das müssen wir herausfinden, Xorron!«

»Pandora!«

Dieses Wort hatte das Monster ausgestoßen, und Lady X glaubte, ihren Ohren nicht trauen zu können. »Was hast du da gesagt?«

»Pandora!«

»Wer ist das?«

Xorron streckte seinen Körper. Er schien noch zu wachsen, bevor er die Antwort gab. »Es ist die Frau mit der Büchse, dem Krug, dem Füllhorn. Es ist Pandora!«

»Kennst du sie?«

»Ja.«

»Woher?« Lady X fragte es lauernd.

»Das weiß ich nicht!«

Hätte ein anderer als Xorron Lady X diese Antwort gegeben, so wäre sie ihm an die Gurgel gefahren. So aber riss sie sich zusammen und fragte mit seidenweicher Stimme. »Du weißt es nicht?«

»Genau.«

»Wieso?«

Jetzt riss Xorron seine Augen auf, und die ehemalige Terroristin sah das rote Leuchten darin. »Es liegt im Dunkel meiner Vergangenheit begraben«, erwiderte er.

»Deiner Vergangenheit? Hast du überhaupt eine?«

»Sicher.«

Lady X dachte nach. Ihre Gedanken schweiften zurück. Sie dachte an ein anderes Land, einen anderen Erdteil, an eine andere Stadt.

New York!

Und dort, mitten im Herzen von Manhattan, gibt es einen großen Park. Den Central Park. Wo täglich Tausende von Menschen flanierten, hatte Xorron begraben gelegen. Wie lange? Das konnte niemand sagen. Auch nicht, wie er dahin gekommen war, aber er war dort wieder auferstanden, weil Solo Morasso, Chef der Mordliga, ihn damals aus der feuchten Erde geholt hatte.

Unwahrscheinlich und unglaublich war so etwas. Lady X konnte es kaum fassen. Sie hatte sich immer gefragt, woher Xorron wohl stammen mochte, aber einen Hinweis hatte es nie gegeben. Seine Herkunft lag im Dunkel der Vergangenheit verborgen, und nun sollte sie ein gewisser Lichtstrahl aufhellen.

Ein Lichtstrahl, der einen Namen hatte.

Pandora!

Lady X war nicht dumm. Vor allen Dingen hatte sie das Wissen, das sie sich als Mensch aneignete, nicht vergessen. Ihre Schulbesuche waren immer erfolgreich verlaufen, bis sie während ihres Studiums in eine Szene geriet, die sich mit dem Terrorismus befasste. Lady X hatte dort zugegriffen. Sie war den Parolen gefolgt und anschließend als eine der meistgesuchten Verbrecherinnen auf die Fahndungsliste gesetzt worden. Als Frau ohne Gewissen, ohne Gesicht, wie ein Phantom – von den Zeitungsleuten war der Name Lady X kreiert worden.

Den hatte sie behalten, auch dann, als Solo Morasso aufgetaucht war und sie auf seine Seite geholt hatte. Sie war das zweite Mitglied der Mordliga gewesen und hatte eine steile Karriere hinter sich. Auf ihren Rat hörte Doktor Tod auch noch, als sie durch ein Versehen zum Vampir geworden war.

»Die Büchse der Pandora«, sagte sie. »Ein Gefäß, das Schrecken und Unheil verbreitet. Kann es auch Menschen verändern?«, fragte sie scharf und schaute Xorron an.

Von ihm erhielt sie keine Antwort. Er hob nur die Schultern, ansonsten fühlte er sich ziemlich unbehaglich. Das merkte auch die Scott, denn Xorron blieb nicht mehr so ruhig stehen wie sonst. Er bewegte sich auf der Stelle. Sein Blick wieselte, als suche er die Gegner dort, wo sie gar nicht waren.

Konzentriert dachte die Vampirin nach. Sie schaute auf den Fuchs, dessen Kadaver am Boden lag und allmählich auslief. Wenn Pandora ihr Füllhorn oder ihre Büchse geöffnet hatte und die dämonischen Bazillen ausleerte, dann hatten sie sicherlich schon ihre Wirkung gezeigt. Und nicht nur bei diesem Fuchs, sondern auch bei anderen Menschen und Tieren. Warum, zum Teufel, hatte sie es gerade jetzt getan, wo sich Lady X und Xorron in der Nähe befanden?

An Zufall konnte und wollte die Scott nicht glauben. Es gab eine Verbindung zwischen Xorron und Pandora. Sie musste nur noch herausfinden, wie sie zustande gekommen war.

Und an noch etwas dachte sie. Konnte es möglich sein, dass Pandora ihr feindlich gesonnen war? Xorron gehorchte ihr. Wenn er mit Pandora irgendwann einmal in Verbindung gestanden hatte und ihr sogar untertan gewesen war, dann würde sie unter Umständen Rechte beanspruchen, die ihr Lady X keinesfalls zugestehen wollte.

Obwohl sie Pandora bisher noch nicht zu Gesicht bekommen hatte, stufte sie diese Person bereits als Feindin ein.

Sie sah sie nicht. Sie hörte sie. Wie auch Xorron erreichte sie plötzlich die Stimme aus dem Nichts.

»Ich begrüße dich, Xorron, Herr der Untoten …«

Wir gingen noch nicht zum Friedhof, sondern in die kleine Leichenhalle. Bevor ich allerdings einen Fuß über die Schwelle setzen konnte, hielt mich der Pater zurück.

»John, ich möchte dich nicht kränken, aber du musst dich entscheiden, ob du mit in die Kapelle kommen oder dir den Toten noch anschauen willst.«

Ich dachte einen Moment nach und entschied mich dafür, bei dem Toten zu bleiben.

»Der Sarg ist übrigens offen«, erklärte Ignatius im Weggehen.

»Danke.«

Ich trat über die Schwelle der kleinen Leichenhalle. Ob klein oder groß, vor Leichenhallen hatte ich zwar keine Angst, aber ein bedrückendes Gefühl strahlen all diese Räume aus. Es ist der allgegenwärtige Geruch des Todes, der Vergänglichkeit und der Verwesung.

Die Halle hatte eine schmale Tür, aber keine Fenster. Dicht unter der Decke sah ich zwei Guck- oder Luftschlitze, ähnlich, wie man sie in alten Burgtürmen sieht.

Der schmucklose Sarg stand in der Mitte. Nicht einmal ein Kranz lag darauf als Dekoration. Der Boden bestand aus rötlichen Steinen, die fast fugenlos ineinander übergingen. Es gab nicht einmal Bänke, auch kein elektrisches Licht. Erleuchtet wurde der Raum durch sechs Kerzen, die in eisernen Haltern in jeweils zwei Dreierreihen zu beiden Seiten des Sargs standen.

An der Stirnseite der kleinen Leichenhalle, der Tür damit genau gegenüber, hing ein schmuckloses Kreuz an der Wand.

Zwischen dem Kreuz und mir befand sich nur noch der Sarg. Er war tatsächlich offen, wie man es mir gesagt hatte. Der Deckel lehnte an der Wand. Wahrscheinlich würde der Abt den Sarg schließen wollen. Das entsprach der Tradition.

Da es in der Leichenhalle sehr still war, vernahm ich den Gesang der Mönche. Er klang dumpf, irgendwie pessimistisch und war der folgenden Zeremonie angemessen.

Sie beklagten einen Toten, den eine schreckliche Macht ihnen genommen hatte.

Sehr nahe trat ich an den Sarg heran, so dicht, dass ich mit den Knien fast dagegen stieß. Dann senkte ich meinen Blick und schaute auf die Leiche.

Der Mann war noch jung gewesen. Auch in der Totenstarre konnte ich das erkennen. Er lag auf dem Rücken. Sein Gesicht war wachsbleich, die Hände hatte man ihm auf der Brust gefaltet. Aus der Lücke zwischen den beiden Daumen und Zeigefingern schaute ein schlichtes, kleines Holzkreuz hervor.

Der Tote trug kein Leichenhemd. Er wurde in seiner Kutte begraben. Der Sarg war selbst angefertigt worden, denn innerhalb der Klostermauern gab es auch eine Schreinerwerkstatt, die solche Arbeiten übernahm.

Weshalb hatte er sterben müssen? Was war geschehen? Wenn er hätte reden können, wäre mir wohler gewesen, so aber war ich weiterhin nur auf Vermutungen angewiesen.

Ich dachte, während ich das Gesicht des Toten betrachtete, wieder an die Vision von Pater Ignatius. Er hatte eine schöne Frau gesehen, die eine Büchse in der Hand trug.

War es tatsächlich Pandora gewesen? Eine kaum glaubliche Vorstellung, aber was hatte ich nicht alles schon in meiner Laufbahn erlebt, sodass ich inzwischen das Unmögliche für möglich hielt.

Ich hatte die Tür der kleinen Halle nicht ganz geschlossen. Hin und wieder fuhr ein Windstoß in den Raum. Er strich über die Flammen und bewegte sie, sodass sie einen geisterhaften Tanz aufführten, dem eine gespenstische Schattenbildung folgte, die über die Innenwände zuckte. Nicht nur dort. Auch die Leiche blieb nicht verschont. Das Gesicht nahm eine andere Farbe an. Manchmal glühte es rötlich, dann wurde es wieder bleich, und einen Augenblick später hatte ich das Gefühl, als würden sich Augen und Mund bewegen.

Eine Täuschung?

Nein, die Augen bewegten sich tatsächlich. Nicht nur sie, auch das Gesicht zuckte. Es begann an den Wangen, die sich spannten, und es schien so, als wollte der Tote noch einmal tief Luft holen.

Hatte ich es hier mit einem Zombie zu tun? Ein Untoter an geweihter Stätte? Das durfte doch nicht wahr sein, das konnte es nicht geben und widersprach allen Regeln.

Ich schaute genauer hin.

Das Gesicht der Leiche lebte. Es war allerdings kein Leben wie bei einem Zombie. Innerhalb des kalten Körpers schien sich etwas anderes anzubahnen. Dort wirkte eine Magie, die allmählich zum Ausbruch kam.

Es war unwahrscheinlich, so gut wie nicht zu erklären, doch die Magie war vorhanden. Etwas schob sich aus der Tiefe des Körpers in die Höhe, erreichte das Gesicht der Leiche und veränderte es.

Da war ein zweiter Körper, ein Geistkörper, der sich nun allmählich löste.

Ich war fasziniert.

Im ersten Augenblick fielen mir die Geschichten der alten Menschen ein, die davon redeten, dass sie die Seele eines Toten aus dem Körper hätten steigen sehen. Sie sprachen da immer von seltsamen Lichtstreifen, die über dem Toten schwebten und dann blitzschnell verschwanden.

Das war hier nicht der Fall. Der Geist, der in dem Körper hockte, konzentrierte sich auf das Gesicht, und er veränderte es, indem er sich selbst darüber schob.

Ein neues Gesicht entstand.

Das Gesicht einer Frau.

Und da wusste ich Bescheid. Auch ohne mich näher damit befasst zu haben, war mir klar, wer mich da im Sarg liegend anschaute.

Pandora!

Ihr Gesicht hatte sich über das des Toten geschoben und es sah aus, als bestünde es aus Glas.

Ich wagte nicht, mich zu rühren, denn irgendetwas musste das Ereignis zu bedeuten haben. Obwohl Pandora der Geschichte nach eine Feindin von mir sein musste, war ich gespannt, was sie mir zu sagen hatte.

Es waren Laute, die mich an Sphärenklänge erinnerten. Sie drangen aus einer Ferne zu mir, die eigentlich nicht messbar war. Dabei hätte ich nur die Hand auszustrecken brauchen, um sie zu berühren, aber ich zögerte.

»Xorron«, sagte die Stimme. »Xorron. Ich habe ihn gefunden. Er wird mir zur Seite stehen. Die Pest, das Grauen, ich werde meine Büchse öffnen, die Rache der Pandora hat begonnen ...«

Xorron und Pandora!

Verdammt, ich hatte es sehr gut verstanden, und mir wurde ein wenig mulmig zumute, als ich daran dachte. Was hatte Xorron mit dieser seltsamen Frau zu tun? Sie hatte ihn gefunden. Dann musste sie ihn gesucht haben. Aus welchem Grund?

Pandora allein war schrecklich genug. Mit Xorron zusammen jedoch würde sie eine Gefahr bilden, der man kaum etwas entgegensetzen konnte. Aus diesem Grund musste ich etwas tun.

Jetzt und hier!

Seit ich die Geheimnisse meines Kreuzes zum größten Teil kannte, hatte ich noch mehr Vertrauen in diese magische Waffe gesetzt. Vorhin hatte ich das Gesicht berühren wollen, aber gezögert.

Jetzt nicht mehr. Nur nahm ich nicht allein meine Hand, sondern verließ mich auf das Kreuz. Ich streifte die Kette über den Kopf, nahm das Kreuz zwischen die Finger und näherte die Hand vorsichtig dem Gesicht der Leiche.

Verzerrten sich die Züge der Pandora? Ich glaubte es und hatte im nächsten Moment Kontakt.

Das Kreuz berührte das Gesicht.

Jedoch das eines Toten!

Das andere Gesicht war nicht mehr zu sehen. Es hatte sich innerhalb einer Sekunde aufgelöst.

Eine letzte Botschaft hatte Pandora noch für mich. Wie die Geisterstimme einer allmählich vergehenden Seele erreichte sie mich, und die Worte trafen mich hart.

»Von nun an sind wir Feinde …«

Hatte ich einen Fehler begangen?

Ich stand wie zu Stein erstarrt und dachte über die vergangenen Ereignisse nach. Nein, eigentlich nicht. Wir wären auch so Feinde geworden, aber ich hatte zu früh die Entscheidung gewollt, weil mir ein Bündnis zwischen Pandora und Xorron einfach zu schrecklich erschien.

Ich nahm die Hand zurück.

Das Metall hatte sich nicht erwärmt. Demnach war das Kreuz nicht aktiv geworden. Pandora schien es nichts auszumachen. Sie stand mit den höllischen Kräften nicht in direkter Verbindung. Gegen sie, die aus der griechischen Mythologie stammte, hatte der Prophet Hesekiel und Erschaffer des Kreuzes kein Mittel gefunden.

Das war ein Tiefschlag für mich. Am Sarg dieses toten Mönches wurde mir bestätigt, dass ich wirklich kein großer Held war und auch niemals sein würde.

Für mich war es nicht einfach, mit diesem Wissen fertig zu werden. Ich durfte auch nicht in Depressionen verfallen, der Kampf ging weiter. Über den Vorgang wollte ich Pater Ignatius und auch den Abt des Klosters unterrichten. Der hohe Würdenträger hatte nicht einmal nach dem Grund meines Besuches gefragt, und das sollte sich schnell ändern. Ich drehte meinen Körper und war dabei, mich abzuwenden, als mir etwas auffiel.

Ein beißender, nach Pest und Schwefel stinkender Geruch breitete sich aus, und dieser Gestank hatte seine Ursache in der Gestalt der Leiche gefunden.

Sie veränderte sich auf schreckliche Weise. Wobei Pandora mir demonstrierte, zu welch grauenvollen Handlungen sie fähig war …

Der Bus war so leer, dass Suko sich seinen Platz aussuchen konnte und allein in einer Bankreihe sitzen konnte. Er zahlte und setzte sich drei Reihen hinter dem Fahrer ans Fenster. Ein paar Reisende musterten ihn verstohlen, wahrscheinlich deshalb, weil er ein Chinese war.

Aber das störte ihn nicht. An solche Blicke hatte sich der Inspektor längst gewöhnt. Viel stärker beschäftigten sich seine Gedanken mit dem Fall und damit, ob sie wohl richtig gehandelt hatten.

Sicher konnte er da nie sein, aber das musste erst die Zukunft lehren, ob er sich nicht geirrt hatte.

Der Bus rollte auf Billings zu. Die Landschaft konnte man als lieblich hügeliges Gelände bezeichnen, das weiter vorn zu kleinen Bergen hochstieg, deren Hänge einen dichten Wuchs zeigten. Normalerweise hätte auf den Bäumen eine helle

Schneeschicht liegen müssen, das jedoch war nicht der Fall. In ihrer grünen Naturfarbe grüßten die Bäume hernieder. Der Wind bewegte ihre Kronen, und das erinnerte Suko an die Wellen einer Brandung.

Der Bus fuhr ein wenig langsamer, weil er einen Berg überwinden musste. Hinter Suko unterhielten sich zwei Frauen in einem Dialekt, aus dem der Chinese nicht schlau wurde.

Da er Platz hatte, streckte er die Beine seitlich weg und beobachtete die rechte, freie Straßenseite.

Überholt worden waren sie bisher nicht. Nach Billings verirrte sich wohl kaum jemand, und Suko war gespannt darauf, wie man ihn, den Fremden, wohl aufnehmen würde.

Als sie die Hügelkuppe erreicht hatten, führte die Straße bergab. Eine letzte Haltestelle erschien und der Fahrer erkundigte sich über Lautsprecher und Mikrofon, ob jemand aussteigen wollte.

Es meldete sich niemand. Wer sollte schon in dieser einsamen Gegend, wo es weder Häuser noch Höfe gab, den Bus verlassen wollen?

Die nächste Station war Billings.

Suko schaute zu den Bergen hoch. Sie durchfuhren ein ziemlich breites Tal. Aus diesem Grund waren die Berge gut zu überblicken. Dort oben irgendwo trieb sich jetzt bestimmt John Sinclair herum. Der Inspektor drückte seinem Freund beide Daumen. Hoffentlich hatte er Erfolg bei seinen Nachforschungen im Kloster. Irgendwie wurde er das Gefühl nicht los, dass beide Fälle zusammenhingen.

Man musste abwarten.

Aus der Gegenrichtung fuhr ein Wagen herbei. Ein schwarzer Pkw. Suko erkannte einen Leichenwagen.

Ein schlechtes Omen, hätten abergläubische Menschen gesagt. Als sich der Inspektor umdrehte, da bemerkte er, dass sich die beiden Frauen hinter ihm hastig bekreuzigten.

Eine große Kurve musste der Bus nehmen. Als sie den Scheitelpunkt erreicht hatten und Suko an dem Fahrer vorbeischaute, da erkannte er bereits den Ort Billings.

Die Häuser standen dicht beieinander, so jedenfalls sah es aus. Manche hatten rote Dächer. Um das Dorf herum waren zahlreiche Felder angelegt worden, die allerdings brachlagen.

Der Winter ohne Schnee war trostlos. Die ersten Gehöfte erschienen. Aus einem Feldweg fuhr ein Landwirt. Er saß auf seinem Trecker und stoppte nicht, obwohl er den Bus sehen musste.

Der Fahrer hupte. Das Echo dröhnte laut über die Straße, und im Nu ballte sich die Gefahr zusammen.

Suko hielt sich fest und hörte den Busfahrer gleichzeitig lästerlich fluchen, während der Trecker einfach auf die Straße gelenkt wurde und seine Reifen eine breite braune Schicht aus Dreck auf dem Asphalt hinterließen.

Hart musste der Fahrer in die Bremse steigen, denn es blieb ihm überhaupt nichts anderes übrig.

Suko hatte die Szene vorausgeahnt und sich dementsprechend verhalten, die anderen Fahrgäste nicht.

Es begann mit einem Zischen der Druckluft. Dann wurde das Fahrzeug durchgebeutelt, die ersten Schreie klangen auf, irgendetwas polterte. Suko fiel nach vorn und im nächsten Augenblick wieder nach hinten, wobei er sich trotz seines Festklammerns den Kopf stieß.

Fast wäre der schwere Bus mit dem Heck ausgebrochen. Der Fahrer jedoch war gut. Er schaffte das schier Unmögliche und brachte sein Fahrzeug dicht neben dem Trecker zum Stehen.

Kaum hatte der Bus angehalten, als Suko aufsprang und sich umdrehte. Keiner der restlichen Fahrgäste saß mehr normal auf seinem Platz. Die beiden Frauen hinter ihm hatte es in den Gang geschleudert, wo sie lagen und vor Schmerzen stöhnten.

Ein Mann zog sich an der Rückenlehne hoch und schimpfte wie ein Rohrspatz. Den beiden Frauen schien nichts passiert zu sein. Sie setzten sich wieder hin. Zudem waren beide ziemlich korpulent, und ihr Speck hatte Schlimmeres verhütet.

Suko blieb stehen. So hatte er einen besseren Überblick, überlegte es sich im nächsten Augenblick anders und folgte dem Fahrer, der mit einem Satz nach draußen sprang. Der Kopf des Mannes war rot angelaufen vor Wut. Das war verständlich. Neben dem Traktor blieb er stehen und schimpfte auf den Fahrer ein, der sich jedoch nicht rührte und starr wie ein Denkmal sitzen blieb. Er hatte nur ein wenig den Kopf gedreht.

Suko verließ ebenfalls den Bus. Die Augenbrauen des Inspektors zogen sich zusammen, denn aus der Reaktion des Treckerfahrers wurde er nicht schlau.

Der Mann reagierte nicht normal. Irgendwie schien er geistesabwesend zu sein, regelrecht apathisch, als würde er nicht normal leben, sondern sich in einem Traum befinden. Sein Blick war starr geradeaus gerichtet, die Lippen so fest zusammengekniffen, dass sie einen Strich bildeten, und seine Hände hatte er um den Lenkradring gelegt.

»Bist du wahnsinnig geworden, du dummer Kuhbauer?«, brüllte der Busfahrer. »Wenn ich nicht so aufgepasst hätte, dann wäre es zu einer mittleren Katastrophe gekommen.«

Der Angesprochene erwiderte nichts. Er hockte auf dem Trecker und schaute ins Leere.

Suko ging ein wenig näher heran. Das Verhalten des Mannes hatte ihn sehr misstrauisch gemacht. Er fand keine Erklärung dafür, es widersprach allen Regeln.

Um das Geschimpfe kümmerte sich der Inspektor nicht. Für ihn war nur der Treckerfahrer wichtig und besonders dessen Gesicht. Die Haut zeigte eine bleiche Farbe. Deshalb waren die dunkelgrauen Flecken umso deutlicher zu erkennen. Sie hatten etwa die Größe von Geldstücken und waren auf den Wangen sowie der Stirn verteilt.

War der Mann krank?

»Warum sagst du nichts?« Der Busfahrer hatte sich noch immer nicht beruhigt. Sein Arm schnellte vor. Die Finger griffen zu und verhakten sich im Stoff des Ärmels. Dann schüttelte er den Bauern durch, der alles mit sich machen ließ, ohne auch nur ein einziges Mal zu reagieren. Er blieb bei seiner Apathie.

Als der Fahrer zum Schlag ausholen wollte, fing Suko dessen Faust ab.

»Lassen Sie«, sagte er, »es lohnt sich nicht. Außerdem befinden Sie sich im Vorteil.«

Der Fahrer war überrascht von der Kraft des vor ihm stehenden Chinesen. Er wollte sich umdrehen. Suko ließ es auch geschehen und die beiden Männer starrten sich an.

»Okay«, sagte der Busfahrer. »Lassen Sie mich los. Ich werde mir an diesem Idioten nicht die Finger schmutzig machen. Aber so etwas ist mir noch nie passiert. Fährt der einfach auf die Straße, wo er uns doch sehen musste.«

»Manche schlafen eben«, stellte Suko fest.

»Aber nicht beim Fahren.« Scharf machte der Fahrer kehrt und stieg wieder ein.

Suko blieb noch. Im Gesicht des Bauern rührte sich nichts. Er schaute stur geradeaus, dann stellte er den Motor wieder an.

Der Inspektor ließ ihn fahren. Als sich Suko umdrehte, stand der Busfahrer in der offenen Tür. Er blickte dem Bauern wütend nach.

»Haben Sie so etwas schon erlebt?«, fragte er, während sich Suko an ihm vorbeischob, um wieder einzusteigen.

»Nein.«

»Ich auch nicht. Dieser Penner.«

Als Penner wollte Suko den Bauern nicht bezeichnen. Der hatte nicht geschlafen, und wahrscheinlich trug er nicht einmal die Schuld für sein Verhalten.

Nein, da spielten andere Dinge mit. Dieser Dr. McGovern hatte nicht umsonst Alarm geschlagen. Der Bauer musste zu den kranken Bewohnern von Billings gehören.

Es war nicht mehr weit zu fahren. Da der Trecker auch auf das Dorf zurollte, wurde er vom Bus überholt. Der Fahrer drohte dem Mann noch, dann rauschte er vorbei.

Suko war der Einzige, der in Billings ausstieg.

»Wenn Sie den Kerl noch mal sehen, Mister, dann grüßen Sie ihn von mir«, sagte der Fahrer zum Abschied.

»Ich werde mich daran erinnern.«

»Viel Spaß noch.«

»Ebenfalls.« Suko blieb an der Haltestelle stehen. Er bekam als Andenken noch eine Auspuffwolke mit, dann rollte der große Überlandbus davon.

Der Chinese schien in ein komisches Nest geraten zu sein, denn die Menschen, die er sah, machten einen apathischen Eindruck. Ob Männer, Frauen oder Kinder, es gab da keinen Unterschied.

Zwar schien jeder seiner gewohnten Tätigkeit nachzugehen, doch die Bewegungen hatten sich verlangsamt. Suko schien es, als würde ein jeder eine gewaltige Last auf seinem Rücken tragen, die schwer drückte. Hinzu kamen die Gesichter der Menschen. Suko sah sehr große Ähnlichkeiten mit dem Gesicht des Bauern. Auch die der Einwohner waren bleich und mit grauen Flecken versehen.

Von Suko nahm man keine Notiz. Man ließ ihn links liegen, und dem Chinesen fiel zudem noch auf, dass die Menschen kaum miteinander sprachen. Er musste zu Dr. McGovern. Die Adresse wusste er nicht. Weit brauchte er sicherlich nicht zu laufen, denn die Ortschaft war überschaubar.

Der Chinese trat einem Jungen in den Weg. Der Knabe stoppte auch und schaute zu dem Erwachsenen hoch. Suko erschrak, denn er sah in dem Gesicht des vielleicht elfjährigen Kindes dieselben Symptome wie bei den Erwachsenen.

Anmerken ließ er sich nichts, setzte sein bestes Lächeln auf und fragte nach Dr. McGovern.

Der Junge nickte und legte die Stirn in Falten, als müsste er erst überlegen. Schließlich hob er den Arm, deutete mit dem Daumen hinter sich und sprach dabei: »Die erste Straße rechts müssen Sie rein, Mister. Da ist dann auch das Haus.«

»Woran kann ich es erkennen?«

»An dem Schild.«

»Danke sehr.«

Der Junge nickte, setzte seine Mütze gerade, ließ die Hände in den Hosentaschen verschwinden und schritt davon.

Kinder, die so reagierten, hatte Suko noch nie erlebt. Der Junge sah aus, als würde er gleich auf der Straße einschlafen. Das war dem Chinesen nicht geheuer.

Die Ortschaft konnte man mit dem Begriff verträumt umschreiben. Suko sah alte Häuser, aus deren Schornsteinen dünne Rauchfahnen quollen. Die Gehsteige waren mit Kopfsteinpflaster versehen, ein Teil der Straßen ebenfalls. Autos gab es nicht sehr viele, sodass noch genügend Parkplätze vorhanden waren.

Suko schritt um die Ecke und gelangte in eine Gasse. Er schaute an den Hausfronten hoch und sah das Glänzen eines Messingschilds.

Da musste der Arzt seine Praxis haben. Suko brauchte nur wenige Schritte zu gehen, als er vor dem alten, etwas schief gebauten Haus stehen blieb. Die Tür war nicht verschlossen. Ein großer Mensch musste den Kopf einziehen, wenn er hindurchgehen wollte, und Suko gelangte direkt in ein Wartezimmer, wo einige Stühle in einem großen Halbkreis standen. In der Mitte sah er einen runden Tisch. Auf ihm lagen Illustrierte vom vergangenen Monat.

Patienten sah er nicht.

Bis auf ihn war das Wartezimmer leer. Außer der Eingangstür zweigten noch zwei weitere ab, auf denen Suko Schilder entdeckte. Bevor er dazu kam, eine Tür aufzustoßen, wurde sie von innen geöffnet, und eine Frau stand auf der Schwelle.

Sie erschrak, als sie den Chinesen so dicht vor sich stehen sah, und presste ihre Hand dorthin, wo unter der Brust das Herz schlug. »Meine Güte, haben Sie mich erschreckt.«

Die Frau war etwa 40 Jahre alt und hatte dunkles Haar, das erste graue Fäden zeigte.

»Was wollen Sie?«, sprach sie Suko an.

»Ich möchte zu Dr. McGovern.«

»Mein Bruder behandelt nicht mehr. Er ist selbst krank.«

»Wie auch die anderen?«

Die Frau schluckte. »Ja.«

»Aber Sie sind es nicht?«

»Nein. Ich bin erst heute eingetroffen. Ich komme aus Manchester, heiße ebenfalls McGovern und arbeite normalerweise als Krankenschwester in einer Privatklinik. Fred rief mich um Hilfe. Was ich hier erlebt habe, widerspricht jeglicher Erfahrung.«

»Ich bin zwar kein Fachmann«, erwiderte Suko, »aber so wie Sie sehe ich es auch.«

»Was sollen wir denn tun? Woher kommen Sie, Mister ...?«

Suko sagte seinen Namen und fügte auch den Beruf hinzu.

»Von der Polizei sind Sie?«

»Ja, und ich komme aus London.«

»Dann hat Sie bestimmt der Freund meines Bruders geschickt. Er ist Polizeiarzt.«

»Richtig.«

Die Frau schüttelte den Kopf und hob dabei noch die Schultern. »Ich will Ihnen ja nicht zu nahe treten, Mr. Suko, aber ich glaube nicht, dass Polizisten hier etwas erreichen können. Es ist einfach unerklärlich, widerspricht den üblichen Krankheitsbildern, und ich habe das Gefühl, dass eine Seuche die Menschen hier befallen hat.«

»Seuche, vielleicht. Können Sie sich da konkreter ausdrücken, Miss McGovern?«

Die Krankenschwester schaute sich verschwörerisch um, damit nur keiner in der Nähe war, wenn sie ihre Antwort formulierte. »Wissen Sie, Mister, es kann die Pest sein!«

Mit einer ähnlichen Erklärung hatte der Chinese gerechnet. Die Pest! Ein grausames Wort. Eine Krankheit, die im ausgehenden Mittelalter Hunderttausende dahingerafft hatte. Heute hatte man die Krankheit im Griff.

»Sind Sie sich da sicher?«

»Ja, Mr. Suko. Ich bin mir sicher.«

»Ich glaube nicht daran.«

»Wieso?«

Suko lächelte. »Nun ja, eine Art Pest ist es schon, aber keine normale, wenn Sie verstehen, was ich meine.«

»Nein.«

»Vielleicht erkläre ich es Ihnen später. Jetzt möchte ich erst einmal Ihren Bruder sehen.«

»Kommen Sie mit. Ich bringe Sie zu ihm. Er wollte nicht in seiner Wohnung oben liegen, sondern im Behandlungszimmer. Ich habe ihm dort sein Bett aufgebaut.« Die Frau öffnete die Tür hinter Suko.

Der Chinese befand sich in einer völlig normal eingerichteten Arztpraxis. Nicht übermodern, aber die Geräte, die dort standen, reichten wohl aus.

Das Bett befand sich rechts von der Tür, direkt an der Wand. Dort lag auch der Arzt.

Suko schritt langsam auf ihn zu, während die Frau zurückblieb. Er hatte ebenfalls einen Mann erwartet, in dessen Gesicht sich dunkle Flecken befanden. Zu seinem Entsetzen sah er sich getäuscht. Nicht Flecken bedeckten das Gesicht des Arztes, sondern dicke schwarze Pusteln, groß wie Fingernägel.

Der Inspektor war geschockt. Er musste sich stark beherrschen, um dies nicht zu zeigen.

Dr. McGovern lag apathisch unter dem weißen Laken. Er schaute Suko zwar an, reagierte allerdings nicht. Erst als der Chinese neben dem Bett stehen blieb, sagte er ein Wort.

»Pandora!«

Über Sukos Rücken rann ein Schauer …

Lady X stand wie festgewachsen auf der Stelle. Sie horchte ebenso wie Xorron, lauschte dem Klang der Stimme nach und wartete darauf, dass sie sich wiederholte.

Das geschah auch. »Xorron, Herr der Untoten und Zombies. Endlich bist du gekommen. Lange genug habe ich gewartet, doch ich wusste genau, dass uns das Schicksal zusammenführen würde.«

Xorron überwand als Erster seine Überraschung. »Du bist Pandora?«

»Ja.«

»Was willst du von mir?«

»Was will die Herrin schon von ihrem Diener?«, antwortete Pandora mit einer Gegenfrage.

Jetzt griff Lady X in den Dialog ein.

»Herrin und Diener?«, kreischte sie. »Dass ich nicht lache. Du, Pandora, oder wer immer du sein magst, bist nicht seine Herrin. Das bin ich. Ich ganz allein, denn ich habe die Führung der Mordliga übernommen, und Xorron gehorcht nur mir, das schwöre ich dir!«

»Blase dich nicht so auf, Lady X. Wer bist du denn schon? Ein Nichts, ein Wesen, über das ich lächle!«

»Dann zeige dich doch, damit wir es austragen können!«

Die Scott geriet allmählich in Wut und ließ ihre Maschinenpistole von der Schulter gleiten, wobei sie den Würfel des Unheils in die linke Hand nahm.

»Du kannst mich sehen. Schau genau hin!«

»Nein, du hast dich verkrochen!«

»Sieh in den Würfel!«

Diese Aufforderung war schlimmer als alles andere. Lady X zuckte zusammen, denn damit hatte sie nicht gerechnet. Sollte Pandora tatsächlich den Würfel manipulieren können? Hatte er deshalb nicht reagiert? Sie traute sich kaum, den Blick zu senken. Erst nach der zweiten Aufforderung tat sie es.

Zuerst einmal sah sie Schlieren, weißlich schimmernd. Sie bewegten sich in einer Fläche. Bisher allerdings noch ziemlich langsam, dann wurden sie schneller. Sie quirlten durcheinander, und aus ihnen formte sich ein Gesicht.

Lady X erschrak.

Es war das Gesicht einer Frau. Sie lächelte, aber die ehemalige Terroristin ließ sich nicht täuschen.

Dieses Lächeln war kalt und grausam. Es stand im genauen Gegensatz zu dem Gesicht, das fast eine überirdische Schönheit ausstrahlte.

Der Göttervater Zeus hatte Pandora mit allen Vorzügen einer Frau ausgestattet und dazu gehörte es, dass sie das Gesicht eines Engels, jedoch die Seele eines Teufels hatte.

Blond, fast weiß schimmerte das Haar. Ein seltsam heller Glanz schien um ihren Kopf zu liegen. Die Augen erinnerten an zwei Sterne, wobei die Farbe der Pupillen kaum zu erkennen war.

»Nun, Lady X, siehst du mich?«

»Ja, verdammt.«

»Dann weißt du auch, dass dir dein Würfel nicht mehr viel helfen kann. Ich habe ihn an mich genommen und werde mich auch seiner Kräfte bedienen, wenn es nötig sein sollte, obwohl ich sonst mit einer anderen Waffe ausgerüstet bin.«

»Mit der Büchse, nicht wahr?«

»Genau. Du bist informiert, Lady X. Und diese Büchse habe ich inzwischen geöffnet. Ich weiß, dass du die Mordliga an dich gerissen hast, aber ich werde dir einen Strich durch die Rechnung machen. Du hättest Xorron nicht auf deine Seite ziehen sollen, denn er gehört mir allein. Er und ich waren schon, als die Welt noch anders aussah, und deshalb wirst du zurücktreten, denn deine stärkste Waffe nützt dir nichts mehr. Der Würfel gehorcht dir nicht!«

Lady X war durcheinander. Sie schaute auf Xorron, blickte danach den Würfel an, und das Spiel begann von vorn.

»Nun?«, höhnte Pandora aus dem Würfel.

»Ich kann dir nichts glauben!«

»Du solltest es tun. In deinem Interesse. Wenn ich dir Beweise liefern soll, bist du verloren.«

Lady X überlegte. Sie konnte normalerweise ziemlich gelassen bleiben, was vielleicht mit ihrem Vampirdasein zusammenhing. Wenn es jedoch um Macht und deren Ansprüche ging, dann wurde sie sauer und reagierte wütend. Macht war der wichtigste Faktor überhaupt, und ihn wollte sie sich nicht aus den Händen reißen lassen.

Auch nicht von Pandora!

»Der Würfel gehört mir«, erklärte sie mit zischender Stimme. »Ich werde ihn nicht hergeben!«

Pandora lachte. »Was weißt du denn? Du hast ihn übernommen, in Verwahrung gehalten, doch seine wahren Besitzer sind ganz andere.«

»Wer? Du?«

»Unter anderem.«

Lady X schüttelte den Kopf. Dann übermannte sie die Wut, und sie schleuderte den Würfel zu Boden.

»Er taugt nichts mehr!«, schrie sie. »Du kannst ihn haben.« Demonstrativ ging sie einen Schritt zurück, um zu beweisen, dass ihr nichts mehr an dem Würfel lag.

Das allerdings war ein Irrtum. Ihr lag sehr wohl an dieser gefährlichen Waffe, denn der Würfel galt für sie als die Basis der Macht. Ihn konnte sie manipulieren, durch ihn zwang sie andere Gegner in die Knie, und wenn sie jetzt aufgab, dann nur zum Schein. Sie dachte nicht wirklich daran, sich zurückzuziehen.

Niemals!

»Nimm ihn auf!«, befahl Pandora, und dieser Befehl galt Xorron, dem Herrn der Untoten und Zombies.

»Du lässt ihn liegen!«, peitschte die Stimme der Scott.

Die erste Machtprobe bahnte sich an. Lady X war gespannt, wie Xorron sich entscheiden würde. Bisher hatte er ihr treu zur Seite gestanden, hatte jeden ihrer Befehle ausgeführt. Nun aber griff eine andere ein, jemand, der ebenfalls mit Xorron zu tun gehabt hatte – und dies weit vor ihrer Zeit.

Konnte sich Xorron noch erinnern?

Langsam, sehr langsam drehte er sich um. Er schaute auf den Würfel, der von einem schräg im Boden steckenden Stein aufgehalten worden war. Dann wechselte sein Blick, und er sah Lady X voll ins Gesicht.

»Komm her, Xorron!«, flüsterte die Vampirin.

Die Spannung hatte sich verdichtet. Fast greifbar stand sie zwischen ihnen. Zu Fäusten hatte die Scott ihre Hände geballt. Die Augen funkelten, in den Pupillen stand der Wille zu lesen, jetzt erst recht nicht aufzugeben, sondern es bis zum Ende durchzufechten.

Nur einen Sieger konnte es geben. Und der wollte Lady X sein.

Xorron bewegte sein rechtes Bein. Durch seinen Körper

ging ein gewaltiger Ruck. Gleichzeitig schüttelte der Unhold den Kopf, als er Lady X anschaute, und da wusste die Untote, dass sich ihr Helfer gegen sie entschieden hatte.

Im nächsten Augenblick erhielt sie den Beweis, denn Xorron bückte sich, öffnete seine Hände, sodass aus ihnen Greifwerkzeuge wurden, und er fasste nach dem Würfel.

Mit einer Hand hob er ihn hoch.

Lady X schüttelte sich. Es war die Enttäuschung, die durch ihren Körper rann, denn für sie brach in diesen Augenblicken eine Welt zusammen. Xorron hatte sich von ihr gelöst und sich auf die Seite der Pandora gestellt. Es war etwas eingetreten, das sie nie für möglich gehalten hatte, denn nach Doktor Tods Vernichtung hatte Xorron ihr immer treu zur Seite gestanden.

Und nun dies!

Was verband ihn mit Pandora? Weshalb gehorchte er ihr und nicht der Führerin der Mordliga?

Das Gesicht der Untoten verzerrte sich. Angst, Hass und Staunen waren auf ihren Zügen zu lesen. Aus brennenden Augen schaute sie zu, wie sich Xorron erhob und den Würfel in einer Hand hielt. Auf seinen Flächen erschien das Gesicht von Pandora. Sie hatte von dem Würfel Besitz ergriffen. Wo der Betrachter auch stand, er konnte sie immer sehen, und Xorron hatte eine neue Herrin.

Das Lachen von Pandora ging Lady X unter die Haut. Sie schüttelte sich, denn sie erlebte, dass sie als Vampirin fertiggemacht wurde. Von einem anderen Dämon, von einer sagenhaften Gestalt, die es eigentlich nicht geben durfte.

»Du siehst, er gehorcht mir«, erklärte Pandora mit ruhiger Stimme. »Du bist ein Nichts, ein Dämon der neuen Zeit vielleicht. Dabei hast du nur vergessen, dass die Dämonen der alten Zeit wesentlich mächtiger gewesen sind. Heute kommt ihr gegen die Magie von damals nicht an. Du hättest an meiner Seite kämpfen sollen, aber das ist dir nicht eingefallen und wird dir auch wohl nicht in den Sinn kommen. Deshalb sehe ich dich als eine Feindin an und werde dementsprechend handeln. Seine erste Prüfung hat Xorron bestanden, die zweite, die wesentlich stärkere, steht ihm noch bevor. Xorron!« Die Stimme hatte sich gesteigert, und das Monster senkte seinen Blick. »Wirst du mir gehorchen?«

»Ja, Herrin!«

Als er die Antwort gab, glaubte Lady X, mit einem glühenden Messer geteilt zu werden.

Sie bleckte ihre Vampirzähne. Die Hände verkrampften sich um den Waffenstahl, aber sie wusste genau, dass eine Salve aus der MPi nur Munitionsverschwendung gewesen wäre, denn Xorron widerstand den geweihten Kugeln.

»Wenn du alles für mich tun willst, dann führe auch meinen nächsten Befehl aus.«

»Sag ihn mir!«

»Töte Lady X!«

Aus dem offenen Sarg stieg der Rauch. Dieser widerliche, beißende, nach Pest und Schwefel stinkende Gestank, der sich zu Wolken verdichtete und mir entgegenwehte.

Ich konnte nicht erkennen, was mit dem Toten geschah. Ich wollte es jedoch sehen, holte ein Taschentuch hervor und presste es mir gegen den Mund, sodass ich einen kleinen Filter hatte, der den gröbsten Gestank abhielt.

Es war eine kurze Distanz, die ich zu überwinden hatte. Ich blieb dicht neben dem offenen Sarg stehen und wedelte mit einer Hand den Rauch durcheinander, um eine bessere Sicht zu haben.

Mich traf fast der Schlag.

Vergessen war der eklige Gestank, ich schaute nur auf den Toten, der dabei war, sich auf eine schreckliche Art und Weise zu verändern.

Der Rauch stieg aus seinem Körper. Die Haut änderte ihre Farbe. Sie schrumpfte zusammen, nahm einen grauen Ton an, der schließlich pechschwarz wurde.

Der Begriff einer verkohlten Leiche fiel mir ein und das Schaurige daran waren die Augen, deren Pupillen seltsam hell schimmerten und mir vorkamen, als wären sie ein Stück aus den Höhlen geschoben worden.

Der Tote schrumpfte. Ich konnte zusehen, wie er immer kleiner wurde, denn die Haut verlor wohl Feuchtigkeit und spannte sich schließlich nur noch wie ein dünnes Blatt über die Knochen.

Ein scheußlicher Anblick, der mir hart auf den Magen schlug, sodass ich mich schütteln musste.

Zum ersten Mal hatte ich die Magie von Pandora direkt zu spüren bekommen, denn sie ließ vor meinen Augen einen Vorgang abrollen, der mit Worten kaum zu beschreiben war, da er so scheußlich war.

Ich stand inmitten der Pestwolken, die träge durch den Kerzenschein zogen und allmählich in Richtung Ausgang wanderten.

Noch etwas Schauriges wurde mir präsentiert. Obwohl der Tote kein Zombie war, bewegte er sich.

Es lag wohl am Austrocknen des Körpers, dass sich die Haut so scharf spannte und sogar die Finger der Leiche streckte, sie gleichzeitig bog, sodass aus seiner linken Hand eine Klaue wurde, die sich ein wenig aufgerichtet hatte und anklagend auf mich wies.

Ich wankte zurück.

Bisher hatte ich so gut, wie es eben möglich war, die Luft angehalten. Nun machte sich der Mangel an Sauerstoff bemerkbar. Ich musste atmen und tat dies sehr flach, wobei ich weiterhin das Taschentuch vor meine Nase hielt.

Mehr torkelnd als gehend bewegte ich mich auf den Ausgang zu, streckte die Arme aus, erreichte die Tür und zog sie auf. Ich wankte über die Schwelle nach draußen. Mein rechter Arm fiel nach unten, und ich saugte die kalte Luft eines trüben Tags in meine malträtierten Lungen. Einige Male atmete ich tief durch, schüttelte den Kopf, beugte ihn dabei nieder, und ich dachte mit Schrecken daran, dass es mich unter Umständen auch erwischt haben könnte.

Ich war dem Toten sehr nahe gewesen. Der jetzt aus der offenen Tür quellende Qualm hatte mich umwölkt, sich in meiner Kleidung festgesetzt und auch auf der Haut.

War ich angesteckt worden?

Dieser Gedanke bereitete mir Angst. Ich schüttelte mich und ging einige Schritte zur Seite, damit ich weg von den aus der Tür quellenden Rauchwolken kam.

Der Wind stand so günstig, dass er die Schwaden nicht in meine Richtung trieb, sondern in die, wo der Friedhof lag. Wie ein dicker Nebel zogen sie davon, und ich weinte den Pestwolken keine Tränen nach.

Ein paar Mal musste ich noch tief durchhusten. Mein Magen rebellierte. Er schien sich allmählich dem Kinn zu nähern. Ich keuchte weiter, spie einen bitter schmeckenden Schleim aus und erholte mich nur sehr langsam.

Erst jetzt fiel mir auf, dass der Gesang der Mönche verstummt war. Eine seltsame Stille lag über dem Kloster. Ich hörte nur meinen eigenen Atem sowie hin und wieder das Säuseln des Windes, wenn er um die Ecken der Gebäude fuhr oder sich in irgendeinem löchrigen Mauerwerk fing.

Noch einmal musste ich husten. Dabei wartete ich auf die Mönche, denn die Totenmesse war sicherlich beendet.

Die Männer kamen nicht.

Es wunderte mich, dachte mir allerdings nichts dabei, denn es konnte sein, dass sie noch ein gemeinsames stilles Gebet sprachen.

Mein Blick wanderte wieder in die andere Richtung. Ich schaute der allmählich entschwindenden Wolke nach, die sich wie ein Schatten auf den Friedhof zu bewegte.

Hoffentlich kehrte sie nicht mehr zurück und ließ uns in Ruhe. Da die unmittelbare Gefahr vorbei war, schritt ich wieder auf die Leichenhalle zu und betrat sie.

Zwei Kerzen waren verloschen. Die beiden, die in Kopfnähe des Toten standen. In der Halle war es dunkler geworden, die Schatten dafür größer und nicht mehr so scharf konturiert.

Ich nahm mir trotz der Scheußlichkeit des Anblicks die Zeit, die Leiche genauer anzuschauen.

Sie war tatsächlich geschrumpft. Da ich keine genauen Maße kannte, konnte ich nur schätzen, und zwar glaubte ich, dass sie um die Länge einer Hand kleiner geworden war.

Mein Arm zuckte vor. Ich war drauf und dran, den Toten anzufassen, scheute jedoch davor zurück und ließ den Toten liegen. Die Kutte war nicht zerstört worden. Sie wirkte jetzt nur größer, weil der Leichnam zusammengeschrumpft war.

Was sollte ich den anderen sagen?

Darüber dachte ich, am Sarg des Toten stehend, scharf nach, aber ich gelangte zu keinem Resultat. Ich musste einfach mit der Wahrheit herausrücken und hoffte auf das Verständnis der Mönche, die schließlich nicht zum ersten Mal mit den Praktiken schwarzer Magie konfrontiert worden waren.

Ziemlich bedrückt verließ ich die Leichenhalle wieder. Meine Gedanken drehten sich auch um Suko. Wo mochte er jetzt stecken? Bestimmt längst in Billings, um mit dem Arzt zu reden. Man hatte mir von einer seltsamen Krankheit berichtet, die den Landarzt befallen hatte. Auch das Gesicht der Leiche war schwarz geworden. Pandora mischte mit. Ich war ihr Feind, dies alles hatte sie mir deutlich genug zu verstehen gegeben, und ich glaubte, dass Pandora an zwei Orten gleichzeitig mitmischte.

Hier im Kloster und in Billings!

Was war der Grund? Darüber grübelte ich nach, fand jedoch keine Erklärung dafür, es sei denn, ihr Eingreifen hing mit meinem Auftauchen zusammen.

Noch immer befanden sich die Mönche in der kleinen Kapelle. Das wurde mir langsam unheimlich. Auch wenn ich vielleicht ein Gebet verletzte, ich wollte nachschauen.

Quer über den Klosterhof musste ich schreiten, um mein Ziel zu erreichen.

Vor der Tür verließ mich ein Teil meines Mutes. Ich traute mich nicht so recht, die Kapelle zu betreten, lauschte sicherheitshalber, wobei ich mein Ohr gegen das Holz presste, aber aus dem Innern der Kapelle war nichts zu hören.

Es blieb still.

Nein, da stimmte etwas nicht. Mein Herz klopfte schneller. Aufregung hielt mich gepackt, und ich rechnete mit dem Schlimmsten, als ich meine Hand auf den gusseisernen Griff der Tür legte, ihn nach unten drückte und die Tür langsam aufstieß.

Bei alten Kapellen kommt es oft vor, dass eine Tür quietscht. Das war hier nicht der Fall. Diese glitt nahezu lautlos nach innen und schlug auch nicht gegen die Wand, denn sie stoppte kurz zuvor.

Dicht vor der Schwelle stehend hatte ich einen ausgezeichneten Blick in das Innere der Kapelle.

Kerzen verbreiteten Licht. Sie waren am Altar und an den Wänden aufgebaut. Sie schufen Helligkeit, allerdings auch Schatten, und diese Schatten konzentrierten sich auf die beiden Bankreihen im Schiff der kleinen Kapelle.

Dort saßen die Mönche. Im ersten Augenblick kam es mir so vor.

Nein, die Mönche saßen nicht mehr. Sie waren zusammengesunken, übereinander gefallen und lagen wie tot auf dem Boden.

Pandora hatte auch hier zugeschlagen!

Ich konnte es kaum glauben. Es war unwahrscheinlich, aber eine Tatsache. Beim näher Herangehen erkannte ich das gesamte Ausmaß des Schreckens. Die Mönche waren so gefallen, wie sie gesessen hatten. Nach rechts, links, vorn und hinten. Sie lagen kreuz und quer.

Selbst die Christenstätte hielt dieses Monster nicht zurück. Welch eine Macht musste es besitzen!

Mir lief es kalt den Rücken hinab, als ich daran dachte, und mir kam ein grauenhafter Verdacht. Langsam schritt ich näher. Die Mönche bewegten sich nicht. Sie lagen steif und starr, als wären sie tot.

Sollte Pandora hier einen Massenmord auf ihr Gewissen – falls sie überhaupt eines hatte – geladen haben?

Ich musste mich davon überzeugen, blieb in dem Gang an den beiden hinteren Bankreihen stehen und beugte mich nach links.

Dort lag eine Gestalt auf der Seite. Sie war so gefallen, dass ihr ausgestreckter Arm in den Gang hineinragte und die Hand zu einer Klaue gekrümmt war.

Ich zitterte innerlich und äußerlich, als ich mich über den Mann beugte, denn ich hatte ihn erkannt.

Es war Pater Ignatius!

Ein toter Mönch?

Meine Kehle war trocken geworden. In meinen Augen brannte es, als ich nach der Hand fasste.

Kalt fühlte sie sich an.

Tief saugte ich den Atem ein. Die Sekunden zählte ich zu den schrecklichsten in meinem Leben. Fast fürchtete ich mich davor, den Arm anzuheben, doch es gab keine andere Alternative, wenn ich die endgültige Gewissheit haben wollte. So hob ich ihn hoch, ließ ihn los, und der Arm schlug wieder nach unten. Wie bei einem toten Gegenstand.

Keine Reaktion.

Meine Hände tasteten sich weiter vor, wühlten im Stoff der Kutte. Ich drehte den Pater auf den Rücken und schaute in sein Gesicht.

Selbst bei diesen schlechten Lichtverhältnissen war zu erkennen, dass es sich auf eine erschreckende Art und Weise verändert hatte. Die Haut war bleich geworden, dazu sah sie sehr dünn aus. Die Augen hielt der Pater geöffnet. Der Blick richtete sich starr gegen die Decke der kleinen Kirche.

Lag vor mir ein Toter?

Noch war ich nicht sicher, und ich suchte die Stelle, wo ich den Herzschlag fühlen konnte.

Es war nicht so einfach, denn der Kuttenstoff störte ein wenig. Ich musste ein paar Mal nachtasten, dann hatte ich mein Ziel gefunden und ließ meine Hand leicht dort liegen.

Ich konzentrierte mich auf den Herzschlag.

Ja, er war zu spüren.

Schwach, sehr schwach. Dennoch, vor mir lag kein Toter. Mein Freund lebte.

Mir fiel eine schwere Last vom Herzen, und das Aufatmen glich schon mehr einem Stöhnen.

Es war geschafft.

Ich richtete mich wieder auf. Pater Ignatius lebte. Die anderen vielleicht auch?

Ich wollte es herausfinden, ging zu dem Nächsten und tastete dort nach dem Herzschlag.

Auch hier fühlte ich das schwache Schlagen und war einigermaßen beruhigt. Die Magie der Pandora hatte die Menschen nicht getötet, sondern nur außer Gefecht gesetzt, und ich hoffte stark, dass sie nicht von demselben dämonischen Bazillus infiziert worden waren wie der Leichnam im Sarg.

Nur – welch einen Grund hatte Pandora gehabt, so zu handeln? Weshalb hatte sie mich verschont, oder war ich letzten Endes doch durch meine magischen Waffen so geschützt, dass sie sich bei mir etwas anderes einfallen lassen musste?

Durchaus möglich, und ich war gespannt, wie sich der Fall noch entwickelte.

In der Kapelle wollte ich nicht bleiben. Hier war alles entschieden. Pandora hatte die Menschen außer Gefecht gesetzt, die mir hätten zur Seite stehen können. Sicherlich wollte sie mich allein.

All right, das konnte sie haben.

Ich straffte mich innerlich. Die letzten Sekunden hatten mich wieder aufgemöbelt. Ich wusste nun, dass die Menschen nicht gestorben waren, und dies gab mir wieder Mut.

Der Weg zur Tür war nicht weit. Zudem stand sie offen. Ich drängte mich durch den Spalt, schaute nach vorn auf den Klosterplatz und wurde mit der zweiten Überraschung konfrontiert.

Ich war nicht allein innerhalb des Klosters. Jemand wartete auf mich.

Weder Pandora noch ein ähnlicher Dämon, sondern ein völlig anderes Untier.

Ein riesiger pechschwarzer Vogel.
Ein Todesadler!

Xorron sollte Lady X, seine bisherige Herrin, töten!

So lautete der Befehl, und die Scott hatte sich nicht verhört. Sie hätte an Pandoras Stelle nicht anders gehandelt, und irgendwie brachte sie sogar Verständnis für die Dämonin auf.

Und doch hatte es sie hart getroffen. Es war immer etwas anderes, ob man selbst den Befehl gab oder der Feind. Und Lady X war klar, dass Xorron sich diesem Befehl nicht widersetzen würde. Er konnte nicht anders. Es lag in seiner dämonischen Natur.

Lady X wusste ferner, dass sie ihm nicht gewachsen war. Wenn Xorron sie einmal hatte, konnte er sie zerreißen und ihrem vampirischen Dasein ein Ende bereiten.

Xorron bewegte sich gedankenschnell und geschmeidig. Er stürzte jedoch nicht auf Lady X zu, sondern sprang in die Höhe, hängte sich mit beiden Händen an einen starken Ast und brach ihn ab.

Er fiel zu Boden wie ein Turner, bei dem die Reckstange gebrochen war, prallte auf den schrägen Hang und verlor das Gleichgewicht, wobei er sich ein paar Mal überrollte, jedoch wieder auf die Füße kam und seine Gegnerin angriff.

Er war um keinen Deut langsamer als bei seinem ersten Sprung, und den Ast hielt er wie eine Lanze, denn er wollte ihn durch die Körpermitte der Untoten rammen.

Die Scott feuerte.

Eine kurze Garbe nur. Dabei ärgerte sie sich, dass sie Kugeln verschwendete, aber sie wollte Xorron kurz stoppen. Aufhalten konnte sie ihn nicht.

Die Kugeln prallten von ihm ab. Ein Baum aber, so stark dieser auch war, hatte den Einschlägen der Geschosse nichts entgegenzusetzen, und der Ast, diese gefährliche Waffe, zersplitterte.

Plötzlich hielt Xorron nur noch Fragmente in seinen Fäusten, während er für einen kurzen Augenblick der Überraschung sein rasantes Vorwärtsstürmen unterbrach.

Diese Spanne reichte der Vampirin. Sie hatte schon zuvor sprungbereit gestanden, stieß sich nun ab und hechtete nach rechts, wo dichtes Unterholz wuchs.

Mit ihrem gesamten Gewicht flog Lady X im hohen Bogen hinein, brach sperrige Zweige und kleinere Äste ab, wobei sich einige noch in ihrer Kleidung verhakten.

Der Mantel erwies sich für sie als ein Störfaktor. Während sie sich drehte, gelang es ihr, sich des Kleidungsstücks mit schlangengleichen Bewegungen zu entledigen. Die MPi hatte sie dabei aus der Hand legen müssen, und so rasch es ging, riss sie die Waffe wieder an sich.

Jetzt weiter.

Vor ihr lag ein Hang. Lady X hatte ihn von der kleinen Lichtung aus schon gesehen. Er war ihr eigentlich steiler vorgekommen. Umso besser, dass sie sich getäuscht hatte.

Sie wusste, dass sie sehr schnell sein musste. Sie selbst hatte Xorron oft genug kämpfen sehen, wusste um seine Geschmeidigkeit und Technik. Sie musste schon viel Glück haben, wenn sie seinen Klauen entkommen wollte.

Dann stellte sie fest, dass der Hang doch nicht so einfach zu begehen war. Ein falscher Tritt brachte sie in Schwierigkeiten, denn Lady X knickte weg und konnte sich auch nicht mehr fangen, sodass sie das Gleichgewicht verlor.

Plötzlich kam der nasse Boden rasend schnell auf sie zu. Sie schlug auf, überkugelte sich. Das Gewicht des eigenen Körpers riss sie auf der schiefen Ebene weiter und auch sie als Vampirin verlor den Überblick und wusste nicht, wo oben oder unten war.

Zwar versperrten Büsche ihren weiteren Weg, doch sie standen nicht so fest im Boden verwurzelt, als dass sie ihren Fall hätten bremsen können.

Lady X rutschte weiter. Auf dem Bauch war sie liegen geblieben, und plötzlich erschien vor ihr ein großer grauer

Schatten. Sie dachte noch an den Felsblock, als sie hart dagegen stieß.

Zuerst mit dem Kopf.

Das dabei entstehende Geräusch hätte einen zuschauenden Menschen Nerven gekostet, einen den Hang hinunterrutschenden vielleicht umgebracht, aber Lady X war kein Mensch, sondern eine Untote. Für sie allein zählte, dass die unfreiwillige Reise ihr vorläufiges Ende gefunden hatte. Sofort drehte sie sich und kam auf die Füße, wobei sie sich mit dem Rücken gegen den Felsen lehnte.

Für einen Moment blieb sie stehen und schaute den Hang hoch.

Zwei Dinge sah sie.

Ungefähr an der Stelle, wo sie sich von Xorron gelöst hatte, schwebte etwas in der Luft.

Es war ein quadratischer Gegenstand, ihre Waffe, die sie nun verloren hatte.

Der Würfel des Unheils!

Wie zum Hohn schwebte er über dem Hang, als würde er von einem dünnen Faden gehalten. Sie gab die Schuld Pandora, denn sie spielte mit der Vampirin und machte ihr klar, dass sie auf den Würfel nicht mehr zählen konnte.

»Vorerst nicht!«, knirschte Lady X. »Aber freu dich nicht zu früh, du Dreckstück! Ich hole ihn mir wieder …«

Davor jedoch hatte Pandora einen Riegel namens Xorron gesetzt. Und der Unhold kam.

Er brach wie ein Berserker durch die Büsche. Was Lady X durch Geschicklichkeit erledigen wollte, das schaffte er mit Kraft. Da widerstand kein Busch, kein Unterholz. Xorron, das Monster, war durch nichts zu stoppen.

Er führte die Befehle seiner Herrin bis in die letzte Konsequenz hinein durch.

Sie hatte ihm befohlen, Lady X zu töten, das würde er auch schaffen.

Die Scott verzog das Gesicht. Weiß schimmerten ihre spitzen Vampirzähne. Sie musste zusehen, dass sie so schnell wie möglich von dieser Stelle verschwand, denn Xorron näherte sich unaufhörlich wie eine alles planierende Walze.

Die ehemalige Terroristin huschte um den mannshohen Felsen herum. Sie sah jetzt beschmutzt aus. Der feuchte Boden hatte auf ihrer Kleidung Dreckstreifen hinterlassen. Bevor sie startete, schaute sie noch einmal in die Tiefe.

Der Weg schien kaum näher gekommen zu sein. Sie konnte über die Wipfel einiger Nadelbäume hinwegschauen, die sich noch zwischen ihr und der Straße befanden.

Der Wald war nicht sehr weit entfernt. Sie musste sich nur schräg nach links halten.

Und sie rannte los.

Noch schneller als beim ersten Mal, denn eine wahnwitzige Idee war in ihrem Kopf aufgezuckt. Sie sah plötzlich eine geringe Chance, Xorron zu stoppen.

Allerdings kostete das Silberkugeln, es sei denn, sie ließ sich die Zeit und wechselte das Magazin.

Das musste man sehen.

Lady X hatte das Gefühl zu fliegen, so schnell war sie. Ihre eigenen Beine konnte sie nicht stoppen, sie liefen automatisch. Die Gegend um sie herum tanzte wie verrückt, und es grenzte schon an ein kleines Wunder, dass sie bisher nicht gestolpert war.

Auch das von ihr angepeilte Ziel schien sich zu bewegen. Es tanzte auf und nieder, die Bäume hoben und senkten sich, bildeten eine schwarze Wolke, die nicht ruhig sein konnte und immer größer und drohender wurde.

Der Vampirin war klar geworden, dass sie irgendwann einmal stoppen musste, wollte sie nicht von den sperrigen Ästen und Zweigen der Nadelbäume aufgefangen werden wie von eisernen Armen.

Was tun?

Pamela Scott ließ sich fallen. Als hätte ihr jemand die Beine unter dem Körper weggerissen, so schaffte sie es, aus vollem Lauf nach vorn zu hechten.

Wieder schlug sie zu Boden. Die Eigengeschwindigkeit

wirbelte sie um die Achse. Ein paar Mal stieß sie sich hart den Schädel, ohne irgendwelche Schmerzen zu verspüren. Sie krümmte sich instinktiv zusammen, war froh, dass die MPi sie nicht behinderte, und sie kam sich dabei vor wie eine Kugel.

Da war der Wald.

Geschossartig raste Lady X zwischen die ersten Bäume. Wie Peitschen schlugen Äste und Zweige gegen ihr Gesicht, rissen in die Haut, verhakten sich in ihrer Kleidung. Sie rutschte über den Boden und unter einigen Zweigen hinweg, die dicht über der Erde ein Dach bildeten.

Ausruhen konnte sich Lady X nicht. Das brauchte sie auch nicht, denn sie war kein Mensch und hatte eine Kondition, die eigentlich nie erlahmte.

Die Scott wälzte sich auf den Rücken. Während dieser Bewegung entfernte sie das Magazin mit den Silberkugeln und holte ein mit normalen Geschossen gefülltes aus ihrem Gürtel.

Das legte sie ein.

Es waren routinierte Bewegungen, tausend Mal geübt. Allerdings lag der Schusswinkel ein wenig ungünstig. Sie musste ein paar Yards vorrobben, um den Rand des Waldes zu erreichen. Dort konnte sie liegen bleiben und die Waffe anlegen.

Lady X beeilte sich. Sie wühlte den Boden auf. Die Knie hinterließen Spuren, ebenso wie die Ellbogen, denn sie hatte die Maschinenpistole auf ihre vorgestreckten, angewinkelten Arme gelegt und war wenige Sekunden später schussbereit.

Xorron kam.

Er walzte den Hang herunter, nicht mehr in der Geschwindigkeit, er ließ es ein wenig langsamer angehen. Dafür sprang er jetzt mehr und den Felsblock hatte er bereits passiert.

Die Scott legte an.

Eine Maschinenpistole kann ziemlich weit schießen, und wer sie beherrscht, erzielt eine hohe Zielgenauigkeit. Lady X beherrschte die Waffe.

Sie zielte an Xorron vorbei, behielt dabei nur den großen Felsblock im Auge und drückte ab.

Die Salve knatterte. Ein hartes Tack-Tack ertönte. Kugel auf Kugel verließ den Lauf, und die Geschosse zogen ihre Bahn, als wären sie tödliche Insekten.

Sie hackten in den Boden, schleuderten Dreck und winterbraunes Gras in die Höhe, wobei sie mit großer Geschwindigkeit auf das eigentliche Ziel, den Felsen, zuwanderten.

Ihn selbst wollte sie nicht treffen, nur den Boden davor, und sie musste sich beeilen, denn Xorron steigerte in diesem Augenblick seine Geschwindigkeit.

Lady X lag leider zu weit entfernt, sodass sie Einzelheiten nicht erkennen konnte. Sie hoffte allerdings, dicht vor dem Felsen eine Furche in den weichen Boden zu schießen, damit der schwere Block seinen Halt verlor und sich in Bewegung setzte.

Die Scott schoss weiter.

Längst war der Lauf heiß geworden, und sie sah plötzlich einen Erfolg, während sie sich, noch immer schießend, langsam aufrichtete.

Der Felsblock zitterte. Er schien einen Stoß bekommen zu haben und setzte sich plötzlich in Bewegung.

Die ehemalige Terroristin wusste nicht, wie schwer er war. Einige Tonnen musste er schon wiegen. Und die – einmal in Bewegung gesetzt – würden so leicht durch nichts zu stoppen sein, auch nicht durch ein Monster wie Xorron.

Der Brocken rollte.

Zum Glück behielt er seine ursprüngliche Bahn bei. Es bedurfte schon gewaltiger Kräfte, um ihn herauszuwuchten. Nach jedem Überschlag wurde er schneller, hüpfte manchmal wie ein Ball und kam Xorron immer näher.

Er holte auf.

Xorron merkte nichts. Vielleicht wollte er auch nichts merken, aber Lady X war klar, dass sie jetzt die Stellung wechseln musste, und zwar verdammt schnell.

Sie huschte zur Seite, blieb wieder stehen, weil ihr eingefallen war, dass auch Xorron seine Richtung ändern und sich auf ihre Fersen setzen könnte, und sie drehte sich noch einmal um.

Es war ein rascher Blick, den sie zurückwarf, wobei ihr die Nähe des Felsblocks bitter aufstieß, der in diesem Augenblick Xorron erreichte, ihn von der Größe her noch überragte und mit vollem Gewicht in dessen Rücken wuchtete.

Ein wahrer Volltreffer, der Xorron von den Beinen riss. Das Monster mit dem grünlich schimmernden Skelett krachte zu Boden. Der Felsbrocken war nicht mehr zu stoppen, schleuderte Xorron noch nach vorn und wuchtete ihn auf den Rand des Waldes zu, wobei er nicht nur den Dämon unter sich begrub, sondern auch noch ein halbes Dutzend Bäume knickte, als wären sie dünn wie Streichhölzer.

Lady X sah zu, dass sie aus der unmittelbaren Gefahrenzone geriet. Sie hörte das Krachen schräg hinter sich, tauchte in den Wald ein, fand Lücken zwischen den Bäumen, schlug ein paar Haken und verließ den Wald an einer anderen Stelle wieder.

Sie gönnte sich die Zeit und warf einen hastigen Blick über ihre Schulter zurück.

Keine Spur von Xorron.

Dafür entdeckte sie eine Lücke zwischen den Baumwipfeln. Dort war das Monster hingeschleudert worden. Lady X glaubte nicht, dass der Stein es geschafft hatte, Xorron zu vernichten. Aber er hatte ihn erst einmal aufgehalten, und das war für sie sehr wichtig.

Jetzt hielt sie nichts. Vor ihr lag der Hang. Ein leerer Hang, der erst an der kleinen Straße endete, die doch nicht mehr so weit entfernt lag.

Pamela Scott, die Vampirin, rannte weiter. Und sie lachte dabei gellend auf, bevor sie die Worte schrie, die wie ein finsterer Schwur durch die klare Luft hallten.

»Ich komme wieder, Pandora! Noch hast du nicht gewonnen? Warte es nur ab …«

Als Suko zusammen mit der Schwester des Arztes das Krankenzimmer verließ, hatte sich seine Gesichtsfarbe verändert. Sie war um eine Spur bleicher geworden, und das hing mit dem Zustand des Mannes zusammen. Suko war geschockt gewesen. Dass sich diese unerklärliche, wahrscheinlich dämonische Krankheit so ausbreiten würde, damit hätte er nie gerechnet. Es bewies ihm aber, wie groß die Gefahr bereits war, in der die Menschen der Ortschaft schwebten.

Miss McGovern schloss die Tür. Den Kopf hielt sie gesenkt. Suko konnte erkennen, dass sie weinte. »Ich weiß mir keinen Rat mehr, Mr. Suko«, sprach sie leise und von mehrmaligem Schluchzen unterbrochen. »Tut mir leid, aber so ist es.«

Es fiel dem Chinesen schwer, die Frau zu trösten, denn die passenden Worte fielen ihm nicht ein. Auch er wusste keine Lösung, hatte kein Patent zur Hand, das ihm helfen konnte. Die Krankheit war wie ein unsichtbares, schleichendes Gift in das Dorf eingefallen und hatte die Menschen erfasst.

Die weinende Frau sprach dabei Worte, an die Suko schon gedacht hatte: »Wahrscheinlich haben wir uns auch bereits infiziert. Wir werden denselben Weg gehen.«

»Ich hoffe, nicht. Am besten ist es, wenn Sie abreisen«, gab der Inspektor zur Antwort.

»Nein!« Entschieden klang die Erwiderung. »Das kann ich nicht. Ich lasse die Leute nicht im Stich. Ich bin Krankenschwester. Und sollte ich den Keim tatsächlich in mir tragen, so würde ich nur andere gesunde Menschen damit anstecken.«

Da hatte sie ein wahres Wort gesprochen, was Suko ihr auch mit einem Nicken zu verstehen gab.

»Sie wollen bleiben?«

»Ja, Mr. Suko.«

»Gut. Tun Sie mir wenigstens einen Gefallen. Halten Sie sich hier in der Praxis auf.«

»Das werde ich. Und was machen Sie?«

»Ich sehe mich mal im Ort um.«

Miss McGovern umkrampfte ihr vom Weinen nass gewordenes Taschentuch mit beiden Händen. Sie stand wie erstarrt da. Die Angst war ihr anzusehen, und die Gefühle las Suko von ihrem Gesicht ab. »Das können Sie doch nicht riskieren, Mr. Suko. Sie setzen Ihr Leben aufs Spiel …«

»Sie nicht?«, unterbrach der Inspektor die Frau.

»Ja, aber …«

»Kein Aber, Miss McGovern. Ich bin Polizist und muss etwas tun, verstehen Sie? Als Polizist habe ich den Auftrag, einen Fall aufzuklären, was ich in der nächsten Zeit versuchen werde. Ich muss ein Motiv herausfinden, denn es geschieht nichts ohne Motiv.«

»Was könnte es denn sein?«

»Das kann ich Ihnen jetzt nicht sagen. Es wäre reine Spekulation.«

»Bitte …«

»Nein, Miss McGovern. Vertrauen Sie mir, und bleiben Sie um Himmels willen bei Ihrem Bruder. Wir …«

Beide hörten sie den Schrei. Er war aus dem Nebenraum aufgeklungen. Genau dort, wo der Arzt lag.

Während der Schreck Miss McGovern auf der Stelle bannte, sprintete Suko los. Zwei große Schritte brachten ihn bis an die Tür. Er riss sie auf, schaute in das Zimmer und wurde blass.

Über dem Bett stand eine graugrüne Rauchwolke. Sie bewegte sich dort zitternd, wölkte durcheinander, quirlte, stank entsetzlich, wobei sie immer mehr Nachschub bekam, denn aus der Haut des im Bett liegenden Arztes drang weiterer Rauch.

»Was ist denn …?« Miss McGovern hatte die Worte ausgestoßen. Danach ihr Schrei. »Neiinn!«

Suko drehte sich um. Es war gut, dass er so reagiert hatte, denn so konnte er die Frau noch auffangen, bevor sie zusammensackte. Suko hielt eine Ohnmächtige in den Armen. Rasch bettete er sie in einen Sessel, bevor er wieder in das Krankenzimmer zurückging und sich dort umschaute.

Es kostete den Inspektor Überwindung, nahe an die Liege des Veränderten heranzutreten. Nur blieb ihm keine andere

Möglichkeit, wenn er dem schrecklichen Phänomen auf den Grund gehen wollte.

Er schaute sich den Arzt genau an.

Dr. McGovern war tot.

Das stellte Suko auf den ersten Blick fest. Und die Leiche war dabei, sich zu verändern, denn eine unheimliche Kraft hatte von ihr Besitz ergriffen.

Suko schüttelte sich, als er in das Gesicht des Toten schaute. Es war schwarz, wirkte wie verbrannt, und es veränderte sich weiter. Zwar nahm die Schwärze nicht mehr zu, dafür schrumpfte sie zusammen. Der Kopf wurde kleiner.

Auch die Haut hatte nicht mehr die Dicke, wie Suko sie gewöhnt war. Sie erinnerte ihn jetzt an dünnes Seidenpapier, das sich jedoch hart über die Knochen spannte. Und weiß schimmerten die Augäpfel in dem verbrannten Gesicht.

Suko hatte bisher die Luft angehalten. Er konnte einfach nicht atmen, der Gestank dieser graugrünen Wolke war zu widerlich. So ging er zum Fenster, öffnete es und ließ die frische Luft in das Zimmer, die sofort die Wolken durcheinander quirlte und sie dann auf die Öffnung zu trieb.

Der Chinese verließ den Raum. Mit der Handfläche wischte er über seine feucht gewordene Stirn. Über seinen Rücken rann eine Gänsehaut. Er war hier mit Dingen konfrontiert worden, für die er im Moment keine Erklärung hatte, wobei er jedoch glaubte, dass hinter den Vorgängen der Name Pandora stand.

Pandora!

Die Sagengestalt mit der Büchse. Sie konnte Unglück, Pest und Qual verbreiten. Wie das vor sich ging, das hatte sie hinlänglich bei Dr. McGovern bewiesen.

Über das Motiv dachte Suko in diesen Augenblicken nicht nach. Er hatte andere Sorgen, verließ den Raum des Schreckens und kümmerte sich um die Schwester des Toten.

Sie lag weiterhin im Sessel und war im Begriff, aus ihrer Ohnmacht zu erwachen. Auch die Erinnerung kehrte sofort zurück, denn sie schüttelte den Kopf und stieß ein gehauchtes »Mein Gott, ich begreife es nicht!« hervor.

Suko fand keine Worte des Trostes. Er wusste nicht, was er ihr sagen sollte. Diese Frau hatte ihren Bruder gepflegt und alles gegeben. Jetzt hatte sie miterleben müssen, wie er zu Tode kam. Eine schlimme Sache, bei der man ihr kaum helfen konnte.

»Es tut mir sehr leid«, sagte Suko und hob die Schultern. Eine Geste der Verzweiflung, die genau seinen Gemütszustand widerspiegelte. »Ich hoffe nur, dass Ihr Bruder das einzige Opfer geblieben ist und nicht alle Menschen aus diesem Ort das schreckliche Schicksal erleiden.«

»Glauben Sie das wirklich?«, fragte die Frau leise.

»Zumindest will ich es nicht ausschließen.«

Die Frau nickte und senkte den Kopf. »Er war ein so guter Mensch«, flüsterte sie mit erstickter Stimme, »ein so guter Mensch. Er hat sich für seine Kranken wirklich aufgeopfert.«

»Das kann ich mir gut vorstellen«, erklärte der Chinese.

»Was wollen Sie jetzt tun?«

»Sie erst einmal von hier wegbringen.«

»Nein!« Entschieden klang die Antwort. »Das lasse ich nicht zu. Ich werde bleiben.«

»Aber wieso? Sie können doch nicht ...«

»Doch, Mr. Suko. Mein Platz ist und bleibt hier. Ich kann den Bruder nicht allein lassen, auch wenn er nicht mehr lebt. Ich weiß nicht, ob Sie das verstehen, aber es ist nun einmal so.«

Der Inspektor hob die Schultern. »Zwingen kann ich Sie nicht, Miss McGovern. Tun Sie das, was Sie für richtig halten.«

»Und Sie?«

»Ich werde mich ein wenig umschauen.«

»Hier im Ort?«

»Ja, das wollte ich vorhin schon.«

»Das ist gefährlich.«

»Wenn ich hier warte, ist es ebenfalls kaum anders. Zudem erwarte ich noch einen Freund.«

»Auch ein Polizist?«

»Genau.«

»Na ja, wenn Sie meinen …«

Suko strich der schwer geprüften Frau noch einmal über das Haar und machte sich auf den Weg.

Die Kälte tat gut. Er atmete ein paar Mal tief durch und holte danach einen Taschenspiegel hervor, um sich sein Gesicht anzuschauen. Suko rechnete damit, dass auch er sich infiziert hatte. Genau schaute er sein Gesicht an, untersuchte jedes Stückchen Haut, doch er entdeckte keinerlei graue Flecken.

Noch nicht …

Der Chinese schüttelte sich, als er den Spiegel wieder einsteckte. Er wusste, dass er nicht zum letzten Mal bei diesem Fall in ihn geschaut hatte.

Dann ging er.

In Billings war es ruhig geworden. Die Stadt schien eingeschlafen zu sein. Mochten die Orte auch noch so klein sein, Betrieb herrschte eigentlich immer. Natürlich alles im Rahmen der Gegebenheiten, aber wenn es war wie hier, konnte man die Umgebung schon mit dem Wort ungewöhnlich umschreiben.

Auch Suko war ein Mensch mit Gefühlen und es lief ihm kalt den Rücken hinab, als er an all den Schrecken dachte, der unter Umständen noch vor ihm lag.

Langsam schritt er durch die schmale Straße. Er ging an einem geparkten Wagen vorbei, der im Vergleich zu den alten Häusern wie ein Fremdkörper wirkte.

Das Kopfsteinpflaster war unregelmäßig gelegt worden. Manche Steine standen so weit hervor, dass sie schon regelrechte Stolperfallen bildeten und man als Spaziergänger stark aufpassen musste.

Suko stolperte nicht, obwohl er seinen Blick stramm nach vorn gerichtet hielt, denn am Ende der Gasse erschien etwas.

Es waren Tiere.

Im ersten Augenblick wollte der Chinese schon vorbeischauen, dann jedoch blieb er stehen und wunderte sich. Die

Tiere glichen Hunden, aber sie hatten für Hunde eine seltsame Größe und eine noch seltsamere Art und Weise, sich zu bewegen.

Suko witterte Gefahr!

Er war zwar nicht direkt attackiert worden, aber das Auftauchen der Hunde und ihr allmähliches Heranschleichen hatten ihn doch in Alarmstimmung versetzt.

Er schluckte ein paar Mal, denn die Tiere hatten ihn entdeckt und reagierten dementsprechend. Sie teilten sich. Der eine Hund bewegte sich auf der rechten Straßenseite weiter, während der andere hinüber auf die linke wechselte.

Für Suko stand fest, dass sie ihn wollten. Ihn allein. Aber sie erinnerten nicht an normale Tiere. Die bewegten sich schneller und rannten auf ein Ziel zu, das sie einmal fixiert hatten.

Diese nicht.

Sie gingen langsam und schleichend. Dabei hatten sie sich geduckt. Da sie sich Suko ziemlich genähert hatten, konnte sie der Chinese auch besser erkennen.

Unförmige Körper und Köpfe. Kein Fell mehr, sondern Löcher und Risse innerhalb des Körpers, aus denen ein widerlicher Schleim kroch, der immer mehr Nachschub erhielt und auf dem Boden eine feuchte Spur hinterließ, wobei er den Weg nachzeichnete, den die beiden Hunde genommen hatten.

Das waren veränderte Tiere. Suko bekam hier präsentiert, wie die seltsame dämonische Kraft auf sie wirkte.

Würden sie angreifen?

Wahrscheinlich. Deshalb wollte der Chinese auch gewappnet sein. Seine Beretta ließ er stecken. Dafür zog er die Dämonenpeitsche, schlug einmal einen Kreis und die Riemen fielen aus der Öffnung, wobei sie mit ihren Spitzen den Boden berührten.

Da hörte er das Fauchen.

Nicht die Hunde hatten es ausgestoßen, sondern ein anderer. Das Geräusch war auch aus einer anderen Richtung aufgeklungen, und der Inspektor musste sich scharf nach rechts drehen.

Auf dem Vordach über einer Haustür hockte ein weiteres Tier. Kein Hund, sondern eine Katze.

Sie war übergroß, regelrecht gewuchert. Von dem schwarzen Fell konnte Suko nicht mehr viel erkennen, denn wie bei den Hunden waren auch hier die Haut und das Fell aufgeplatzt, sodass die schleimige Masse genügend Platz fand, um aus dem Katzenkörper zu quellen. Sie verteilte sich so auf dem Dach, dass sie bis an den Rand rutschte und von dort aus nach unten tropfte.

Der Kopf der Katze war noch völlig normal. Die Augen schillerten gelblich, das Knurren klang drohend. Die Katze scharrte mit ihren Vorderpfoten, und Suko richtete sich auf einen Angriff ein.

Auch die Hunde wurden schneller.

Doch zuvor sprang die Katze, und ihr Ziel war Suko!

Ein schwarzer Todesadler!

Ich konnte es kaum fassen, glaubte an eine Täuschung oder wollte daran glauben, doch es war eine Tatsache.

Der Vogel hockte auf dem Hof des Klosters und starrte mich aus seinen schockgelben Augen an.

Kalt rann es meinen Rücken hinab. Diese Szene beinhaltete einen stummen Schrecken. Wir standen uns gegenüber, wobei ich in der Kapelle die bewusstlosen Mönche wusste und der Adler und ich die einzigen Lebewesen waren.

Was wollte er?

Fragen konnte ich ihn schlecht. Ich glaubte jedoch nicht, einen Freund vor mir zu haben.

Sekundenlang starrten wir uns nur an. Er hatte ein herrliches Gefieder. Es glänzte wie Seide. Über die Spannweite der Flügel konnte ich nichts sagen, denn er hatte seine Schwingen zusammengelegt. Sicherlich erreichte er die Größe der roten Vampire, über die Vampiro-del-mar befehligt hatte und die jetzt ausgerottet waren.

Der Kopf war im Verhältnis zum Körper klein. Die gelben

Augen fielen auf sowie der lange Schnabel, der eine Krümmung nach unten zeigte und mich an ein scharfes Messer erinnerte.

Wenn er einmal zuhackte, hatte ein Mensch kaum eine Chance. Daran musste ich denken, als wir uns anstarrten.

Es gab verschiedene Möglichkeiten. Ich konnte meine Beretta ziehen und schießen, aber ich wollte nicht derjenige sein, der zuerst angriff, und der Adler hatte sich bisher auch nicht gerührt.

Was tun?

Mich verschanzen? In irgendeinem Haus verstecken, das so dicke Mauern hatte, die der Adler nicht zerstören konnte?

Natürlich, das ginge, nur hätte ich damit nichts gewonnen. Ich wäre praktisch aus dem Spiel gewesen, und das wollte ich nicht. Vielleicht aber meine Gegnerin. Möglicherweise hatte sie deshalb den Adler geschickt, um mich innerhalb der Klostermauern festzuhalten, damit sie woanders ungestört ihr Grauen verbreiten konnte, und ich dachte da an Billings.

Nein, sie hatte sich verrechnet. Ich wollte und ich würde nicht im Kloster bleiben. Wenn der Adler mich daran hinderte, okay, sollte er es versuchen.

Kreuz, Beretta, die Gemme, der Dolch – ich war gut bewaffnet, und der Bumerang lag im Wagen.

Zu ihm wollte ich.

Es wäre ein Fehler gewesen, schnell zu laufen, obwohl es mich wirklich in den Beinen juckte, aber ich konnte mich ausgezeichnet beherrschen und drehte mich nur ein wenig nach links, wobei ich gleichzeitig den ersten Schritt machte.

Der Adler blieb sitzen.

Mir fiel ein Stein vom Herzen. Ich hatte auch nicht gesehen, dass er sich bewegte. In diesen Augenblicken erinnerte er mich nicht an ein lebendes Tier, sondern an eine Figur aus Stein.

Der zweite, der dritte und vierte Schritt. Diesmal gezielt. Ich hatte den Ausgang des Klosters ins Auge gefasst und steuerte ihn in einer direkten Linie an.

Der Adler blieb hocken!

Schon atmete ich auf. Der Schweiß, der sich auf meiner Stirn gebildet hatte, trocknete allmählich. Mir ging es besser, und ich wagte es einfach.

Ich ging schneller.

Noch blieb der Adler ruhig. Allerdings drehte er seinen Kopf, damit er mich im Auge behalten konnte. Damit machte er mir klar, dass ich noch nicht gewonnen hatte.

Als ich ihn passierte und wenig später in meinem Rücken wusste, hatte ich doch ein komisches Gefühl. Ein Kribbeln lief über meine Haut, das sogar den Kopf erreichte.

Vor mir wuchs das Tor in die Höhe. Eine an sich lächerliche Distanz von mir bis zum Ziel, aber jeder Schritt, den ich tat, war von einer gewissen Angst und Spannung begleitet.

Ich schaute mehr auf meine Füße als nach vorn. Der Innenhof des Klosters war nicht glatt asphaltiert, sondern rau und uneben. Man konnte leicht stolpern, und zu einfach wollte ich es dem Adler nun doch nicht machen. Es reichte schon, wenn ich ihm meinen ungeschützten Rücken zuwandte.

Ich packte es.

Drei Schritte bis zum Tor. Die überwand ich sehr schnell, blieb stehen und drehte mich um.

Der Adler hatte seinen Standort nicht verändert. Nach wie vor hockte er bewegungslos und mit angezogenen Flügeln auf dem Boden. Er hatte nur seinen Kopf gedreht, sodass er mich jetzt anschauen konnte.

Selbst auf diese Entfernung erkannte ich die gelben Augen, die mir Unbehagen einjagten.

Automatisch ergriff ich den schweren Riegel, der von eisernen Klammern gehalten wurde, und zog ihn zurück. Das war mit Geräuschen verbunden, die überlaut durch die Stille hallten.

In meinem Mund sammelte sich der Speichel, so konzentriert war ich. Ich schluckte ihn herunter, stemmte mich noch einmal gegen den Riegel und zog ihn zurück.

Durch die kleine Seitenpforte hätte ich nicht gehen können, denn sie war von innen verschlossen.

Das schwere Tor zog ich nur so weit auf, bis Platz genug war, um hindurchschlüpfen zu können.

Als ich vor dem Tor stand, atmete ich tief durch. Wieder fiel mir ein Stein vom Herzen. Jetzt folgte das Schwerste der eigentlichen Aufgabe. Wie würde der Adler reagieren, wenn ich zurückging und den Wagen holte? Ich hatte ihn bewusst gelockt, aber er blieb auf dem Innenhof des Klosters hocken.

Konnte ich es jetzt riskieren und das Tor so weit aufdrücken, dass ich mit dem Rover hindurch kam?

Es blieb mir keine andere Möglichkeit. Deshalb drehte ich mich wieder um, streckte die Arme aus, berührte mit beiden Händen das raue Holz und drückte das Tor nach innen.

Kraft musste ich schon einsetzen, denn der Boden des hölzernen Flügels schrammte über die Erde.

Schließlich war es geschafft.

Noch immer hockte der Adler an derselben Stelle. Er bewegte sich auch nicht, als ich mit kleinen, dennoch zielstrebigen Schritten auf den Rover zuging. Den Schlüssel hielt ich bereits in der Hand. Ich brauchte nur aufzuschließen, einzusteigen und wegzufahren.

Das war alles …

Würde der schwarze Adler es zulassen?

Als ich den Rover erreichte, fand der Schlüssel zielsicher das Schloss. Eine kurze Umdrehung, der Riegel innen schnellte in die Höhe, und die Tür war offen.

Ich zog den Wagenschlag auf.

Niemand hinderte mich daran. Der Adler blieb sitzen, und ich duckte mich, um in den Rover einzusteigen.

Aufatmend ließ ich mich auf den Sitz hinter das Lenkrad fallen. Bis jetzt hatte alles wunderbar geklappt, keine Schwierigkeiten, und ich hoffte stark, dass es auch so bleiben würde.

Die nächsten Bewegungen folgten automatisch. Anlegen des Gurts, das Zünden und dabei den Blick im Innenspiegel haltend, denn in ihm konnte ich erkennen, was hinter mir ablief.

Ich sah den schwarzen Adler.

Kleiner als normal. Die gelben Augen waren zwei winzige Punkte. Er hatte den Kopf in meine Richtung gedreht.

Überlaut kam mir der Motor vor, als er ansprang. Ich legte den ersten Gang ein und ließ den Wagen auf dem leicht abschüssigen Gelände ausrollen.

Vor mir gähnte die Toröffnung. Sie war so breit, dass der Rover ohne Schwierigkeiten hindurch passte. Ich lauschte auf das Mahlen der Reifen. Jedes fremde Geräusch würde mich elektrisieren. Ich stand unter einer hohen Spannung und wusste genau, dass ich erst einen Teil geschafft hatte.

Hindurch!

Ohne Schwierigkeiten ließ ich das Gelände des Klosters hinter mir zurück und musste jetzt sehr acht geben, denn der Weg führte erstens ziemlich steil bergab und war zudem noch sehr kurvig.

Ein letzter Blick in beide Spiegel.

Der Adler saß nicht mehr auf seinem Platz.

Für einen Moment verzog ich das Gesicht. Mir schwante Böses. Aber ich konnte jetzt nicht anhalten und schauen, denn die nächsten engen Kurven erforderten mein gesamtes Fahrvermögen.

Ich kam um die erste Kurve, nahm die zweite, und da erschien vor meinem Wagen ein Schatten.

Der Adler war da!

Und mir wurde klar, dass ich einen Kampf auf Leben und Tod zu bestehen hatte …

Auch Suko befand sich in einer gefährlichen Lage. Vor ihm die gefährlichen Hunde, schräg über ihm die Katze, die ihn bereits anvisiert hatte und sich auf dem Weg zu ihm befand.

Das Tier war bestimmt um das Doppelte seiner normalen Größe gewachsen. Es hatte sein Maul weit aufgerissen. Die Zunge hing hervor, und das Fauchen erreichte Sukos Ohren.

Er wirbelte zur Seite, schien von einer Sekunde zur anderen zu explodieren und schlug mit seiner Dämonenpeitsche zu, deren drei Riemen sich fest um den Körper der Katze wickelten.

Ihr schreiendes Miauen klang fast menschlich, als sie die Magie der Peitsche zu spüren bekam. Sie prallte zu Boden, überschlug sich dabei, scharrte mit allen vier Pfoten und wollte sich wieder erheben, als Suko die Peitsche löste.

Das schaffte sie nicht, denn plötzlich lag die Katze dreigeteilt vor den Füßen des Inspektors, der hastig zurücksprang und sich seinen nächsten Gegnern zuwandte.

Die beiden Hunde jagten mit gewaltigen Sprüngen heran. Es war nicht zu erkennen, welcher Rasse sie angehörten, so sehr hatten sich ihre Körper verändert.

Aufgedunsen, aufgequollen und mit Schleim bedeckt, so näherten sie sich ihrem Gegner. Zudem hatten sie sich verteilt. Der eine kam von rechts, der andere von links. Mit einem Schlag seiner Peitsche konnte Suko sie auf keinen Fall zugleich erwischen.

Es blieb ihm nichts anderes übrig, als sich die Tiere einzeln vorzunehmen.

Das tat er auch. Zuerst kümmerte er sich um den linken Burschen. Doch Suko hatte die Rechnung ohne den zweiten Hund gemacht, der seine Richtung änderte und auf ihn zuwuchtete.

Da half nur ein Tritt.

Wie es manchmal in den Karatefilmen gezeigt wurde, so reagierte der Chinese.

Er sprang in die Höhe. Sein rechtes Bein schoss vor, und die Seite seines Fußes traf das Tier, als es sich noch in der Luft befand. Der Inspektor hatte hinter diesen Tritt sehr viel Kraft gelegt und sein Ziel, den Kopf des Tieres, getroffen.

Das wurde zurückgeschmettert. Suko glaubte, ein Knacken zu hören, konnte sich jedoch nicht darum kümmern, da er einen Blick auf seinen ersten Angreifer warf.

Der krümmte sich am Boden. Getroffen von der Peitsche, hauchte er sein verändertes Leben aus.

Auch er zerfiel, und sein Fell wurde dabei grau und zerfiel

zu Asche. Schwaden krochen aus den getroffenen Stellen, die träge über die Straße wehten und sich verteilten.

Suko schüttelte sich. Es war ein grauenvolles Bild, und der zweite Hund, von Sukos Tritt erwischt, bekam nun den Rest, indem Suko ihn mit der Peitsche erwischte, als sich das Tier wieder erheben wollte.

Dieser Treffer bedeutete sein Ende.

Ein schauriger Laut entrang sich noch seiner Kehle, ein erschreckendes Winseln, dann war es vorbei.

Er starb.

Suko atmete auf, hörte in seinem Rücken den entsetzten Ruf und wirbelte herum.

Auf der Straße stand Miss McGovern. Sie hatte die Hände vor ihr Gesicht geschlagen und schüttelte den Kopf. Wahrscheinlich hatte sie den Kampf mit angesehen.

»Gehen Sie ins Haus zurück!«, rief der Chinese. »Bitte ...«

Sie ließ die Hände sinken, nickte und verschwand rasch.

Suko blieb stehen. Er hatte drei Gegner erledigt, und er fragte sich, was als Nächstes auf ihn zukommen würde. Griffen ihn dann vielleicht Menschen an?

Bei diesem Gedanken schüttelte er sich, aber es war nicht von der Hand zu weisen.

Suko ging weiter.

Die Straße wollte er hinter sich lassen, und er war jetzt noch aufmerksamer als zuvor. Überall konnten die veränderten Raubtiere lauern. Die jedoch sah er nicht. Dafür menschliche Gesichter hinter den schmalen Fenstern der Häuser.

Gesichter, in denen nichts abzulesen war. Stumpf, apathisch, keinerlei Gefühle, und Suko glaubte auch, die graue Farbe auf ihnen zu sehen. Es war schlimm.

Pandora hatte voll zugeschlagen und diesen kleinen Ort unter ihre Kontrolle gebracht.

Er erreichte das Ende der schmalen Straße und blieb für einen Moment stehen.

Sollte er sich nach links wenden? Von dort war er gekommen. Das Schild eines Gasthauses stach ihm ins Auge. Es hing über der Tür eines alten Gebäudes, wurde vom Wind bewegt, und als Suko genauer hinschaute, konnte er auch die Schrift lesen.

»Tommy's Hotel«

Der Inspektor wusste aus Erfahrung, dass man in solchen Dorfgasthäusern zumeist die interessantesten Informationen sammeln konnte. Deshalb entschloss er sich, dem Lokal einen Besuch abzustatten, obwohl er sicher war, dort auch Veränderte zu finden.

Sehr weit brauchte er nicht zu gehen. Die Hauptstraße ein Stück nach links, dann über einen mit Bäumen bepflanzten Marktplatz, und schon hatte er sein Ziel erreicht.

Wo waren die Menschen?

Suko sah sie nicht. Er entdeckte wohl die abgestellten Fahrzeuge, aber Männer, Frauen und Kinder hielten sich in den Häusern versteckt. Die Bänke waren verwaist, niemand kauerte auf den kleinen Bruchsteinmauern in der Marktplatzmitte. Es schien, als hätten sich die Menschen deshalb verkrochen, weil sie etwas erwarteten.

Suko blieb stehen.

Auch er spürte, dass eine Veränderung bevorstand. Genaues konnte er nicht sagen, aber Unheil lag in der Luft.

Er hatte sich nicht geirrt!

Es begann nicht im Ort, sondern über ihm, wo dicke Wolken schwebten und den Himmel in ein graues Meer verwandelten.

Innerhalb der Wolken bewegte sich etwas. Suko sah plötzlich zwei Hände, die einen seltsamen Gegenstand umklammert hielten, der ihn zuerst an eine große Tüte erinnerte.

Das war es nicht, sondern ein Füllhorn.

Die Büchse der Pandora!

Der Chinese war von diesem Anblick gebannt, hatte den Kopf in den Nacken gelegt und hielt seinen Blick in die Höhe gerichtet, wo das riesige Füllhorn, von zwei Händen gehalten, erschienen war.

Und es wurde gekippt!

Suko wollte noch ein »Nein, nicht!« schreien, die Worte blieben ihm aber in der Kehle stecken, denn Pandora hatte ihr Füllhorn geöffnet und schickte das Grauen auf die Erde.

Lautlos segelten sie nach unten. Schreckliche Gestalten. Skelette, Monster, Dampf und Qualm.

Sie fielen wie Fallschirmspringer vom Himmel, eingehüllt in eine dicke gelbgrüne Wolke, die wahrscheinlich auch Pandora verbarg.

Die Büchse war geöffnet. Der alte Fluch des Göttervaters Zeus sollte sich auch in der modernen Zeit erfüllen und über die Menschheit herfallen.

Pandoras tödliche Botschaft hatte ihr Ziel erreicht …

XORRON – MEIN LEBENSRETTER

Lady X starrte auf ihre mit Silberkugeln geladene Maschinenpistole und hätte sie am liebsten weggeworfen. Nichts, aber auch gar nichts nützte ihr die Waffe. Vor allen Dingen nicht gegen Pandora oder auch Xorron, der sich auf deren Seite geschlagen hatte.

Ja, Lady X hatte Xorron an eine andere Dämonin verloren, weil diese ältere Rechte an dem Herrn der Zombies und Ghouls hatte. Das jedenfalls behauptete sie.

Aber das war nicht alles. Weitaus schlimmer hatte Lady X der Verlust des Würfels getroffen, der jetzt irgendwo am Hang zwischen den Bäumen lag und als triumphale Beute für Pandora gedacht war.

Reingelegt worden war Lady X. Eiskalt ausmanövriert, und sie wäre vielleicht auch von Xorrons Klauen zerfetzt worden, wenn es ihr nicht durch einen Trick gelungen wäre, das Monstrum zu stoppen.

Sie schaute noch einmal den Hang hoch und sah die Stelle, wo Xorron samt Felsbrocken in den Wald hineingeschleudert worden war. Dort allerdings rührte sich nichts.

»Hoffentlich dauert es noch eine Weile, bis du freikommst, du Bastard!« Ihre Augen funkelten, als sie die Worte sprach, obwohl sie Xorron nicht die Schuld gab. Er hatte nicht anders handeln können, und er musste Pandora von irgendwoher kennen. Leider wusste sie nichts Genaues, die Bekanntschaft der beiden schien in der Vergangenheit zu liegen.

Lady X hoffte, auch dieses Rätsel lösen zu können.

Sie befand sich auf einem schmalen Pfad, der auf der anderen Seite des Berges lag und nicht wie die Straße nach Peelham, sondern tiefer in die schweigende Bergwelt des schottischen Hochlandes führte. Lady X hatte sich zuvor informiert. Wie sie wusste, würde sie der Weg, wenn sie ihm folgte, irgendwann nach Billings bringen, einem kleinen Ort, den sie aber nicht kannte.

Hätte sie den Würfel gehabt, wäre alles ein Kinderspiel gewesen. Durch seine Hilfe hätte sie sich an ihr Ziel teleportieren können, nun musste sie zu Fuß gehen.

Eine einsame Gestalt, die eine Maschinenpistole über die Schulter gehängt trug, ganz in weiches Leder gekleidet war, schmutzig aussah und nach Blut dürstete.

Sie war eine Vampirin, und sie brauchte Blut, um überleben zu können, wobei sie sich zu den modernen Vampiren zählte, die auch tagsüber existieren konnten und nicht nur in finsteren Grüften die Stunden der Helligkeit verbringen mussten.

Obwohl sie das andere Extrem sehr reizte, denn sie hatte einen gewaltigen Plan gefasst.

Die alten Vampirstätten, vor allen Dingen die, die in Rumänien lagen, interessierten sie sehr, und Lady X hatte bereits erste Vorkehrungen getroffen, um in diesem Land ihr Hauptquartier einrichten zu können, auch wenn der erste Anlauf gescheitert war, aber sie wollte nicht aufgeben und weitere Versuche unternehmen.

Und sie brauchte einen starken Rückhalt, eben diese dezimierte Mordliga, deren Chefin sie war. Deshalb konnte sie Xorron nicht so ohne Weiteres der Pandora überlassen.

All diese Gedanken spukten durch ihren Kopf, als sie ihren Weg fortsetzte und schon bald von dem Hang aus nicht mehr gesehen werden konnte, weil eine enge Klamm sie aufnahm.

Es gab dort nur einen schmalen Pfad. Rechts von ihr fiel die Wand steil in die Tiefe. Dort gurgelte ein Wildbach, der durch Schmelzwasser stark angeschwollen war, graugrün schimmerte und seine Strömung zischend und schäumend über die Steine ergoss.

Lady X ging vorsichtiger.

Sie durfte auf keinen Fall mit fließendem Wasser in Berührung kommen, denn das hätte ihre Vernichtung bedeutet. Deshalb hielt sie sich zurück und beeilte sich nicht so sehr, wie es eigentlich hätte sein müssen.

In Schlangenlinien führte der Weg weiter. Er wand sich an den hochsteigenden Felsen entlang, die an einigen Stellen sogar überhingen und wie gewaltige Nasen nach unten schauten.

Vor jeder Kurve zögerte sie und schaute erst um das Gestein, denn Xorron hatte sicherlich nicht aufgegeben.

Er war nicht zu sehen.

Wieder ging sie weiter. Um ihren Mund spielte ein kaltes Lächeln, als sie daran dachte, wie ihre Rache aussehen sollte.

Auch auf der anderen Seite des Wildbaches wuchs eine Felswand hoch. Zwischen beiden Wänden war nicht mehr viel Platz. Das spärliche Tageslicht hatte Mühe, die Schlucht auszufüllen.

Auf einmal blieb sie stehen. Es geschah abrupt, denn von links oben herabfallendes Gestein hatte sie aufgeschreckt.

Lady X lauschte.

Ihr Körper spannte sich, die Waffe hatte sie von der Schulter gleiten lassen und hielt sie schussbereit mit beiden Händen umklammert. Die Mündung wies schräg nach oben.

Sie dachte natürlich an Xorron. Noch fehlte ihr der Beweis, denn das Geröll konnte gut und gern von einem Tier stammen, das über ihr herumkletterte.

Als ihr dieser Gedanken in den Sinn kam, musste sie wieder an den mutierten Fuchs denken. Ein Tier, das in die Magie der Pandora hineingeraten war und sich auf so grässliche Art und Weise verändert hatte, dass es ein Bildnis des Schreckens abgab.

Etwa eine Minute verging. Hören konnte sie nichts. Zudem übertönte das durch die Schlucht rauschende Wasser jedes andere Geräusch. Vorsichtig und mit schussbereiter Waffe, dabei leicht geduckt, setzte sich die Untote wieder in Bewegung.

Vor ihr stach eine Felsnase in den Weg. Wie es dahinter aussah, konnte sie nicht erkennen.

Die Scott schob sich jetzt vor. Sie tastete sich förmlich weiter, ihr Instinkt sagte, dass etwas im Busch war und irgendwer auf sie lauerte. Leider konnte sie den Gegner nicht sehen.

Dann presste sie sich gegen die Felsnase. Halb offen stand ihr Mund, das bleiche Gesicht war verzerrt, die Augen funkelten, und plötzlich hörte sie das Donnern.

Von der anderen Seite her erhielt die Felsnase einen unheimlichen Schlag. Lady X reagierte gedankenschnell. Sie wuchtete ihren Körper zurück, denn sie ahnte, dass man ihr hier eine teuflische Falle aufgebaut hatte. Und sie sollte recht behalten.

Xorron war da!

Er, das Monster, versehen mit der Kraft der Hölle, hatte mit beiden Fäusten und ungeheurer Kraft die vorspringende Felsnase zertrümmert.

Lady X hatte sehr viel Glück gehabt. Auch ihr Reaktionsvermögen trug daran einen Teil der Schuld, sie war hastig zurückgewichen und beobachtete, wie das schwere, kompakte Gestein zusammenbrach. Die einzelnen Brocken flogen ihr zum Teil entgegen oder kippten zur Seite weg, wobei sie über den Rand rollten und im schäumenden Wasser des durch die Schlucht schießenden Bachs verschwanden.

Sie wurde getroffen. Es waren keine großen Stücke, die gegen sie prallten, kleinere Steine nur, außerdem verspürte sie sowieso keine Schmerzen.

Aber sie sah Xorron.

Und der ließ keine Zeit verstreichen.

Wie eine gewaltige Maschine, ein nicht zu stoppender, alles vernichtender Roboter walzte er heran, um seinen Auftrag zu erfüllen und Lady X zu zerreißen.

Noch stand sie. Wenn Xorron erst einmal über sie herfiel, war alles verloren.

Was sollte sie tun?

Ins Wasser konnte die Untote nicht springen, einen direkten Kampf mit Xorron hätte sie immer verloren, und für eine Flucht war der Weg viel zu schmal.

Sie musste sich blitzschnell entscheiden.

Und sie tat es.

Die Scott wusste selbst nicht, woher sie den Mut zu solch einer gefährlichen Entscheidung nahm, aber sie setzte in diesen Augenblicken alles auf eine Karte.

Als Xorron sie fast erreicht hatte und sie das Schimmern der grünen Knochen besonders deutlich erkennen konnte, ließ sie sich zu Boden sinken und stellte den Lauf der Maschinenpistole zwischen die Beine des Monsters.

Mit Kraft konnte man ihn nicht besiegen, nur überlisten. Und das hatte Lady X getan.

Xorron verlor das Gleichgewicht. Er stolperte. Seine Hände griffen daneben, und Lady X konnte ihr linkes Bein gegen ihn stemmen, sodass Xorron auf die Abgrundkante zu gedrückt wurde.

Und dort befand sich kein Geländer, keine Brüstung oder sonst irgendetwas, das ihn aufgehalten hätte.

Xorron musste irgendwo Halt finden. Er versuchte es, trat dabei auch nach hinten, und das war sein Fehler.

Plötzlich war unter seinem rechten Fuß nichts mehr, was ihn abgestützt hätte. Er sackte weg, sein großes Gewicht sorgte dafür, dass er in die Tiefe gerissen wurde, und er versuchte noch, die Hände um den Rand zu klammern.

Abermals spielte ihm sein Gewicht einen bösen Streich. Das Gestein war am Wegrand nicht so fest und hart, es gab da einige lose Stellen und ausgerechnet dort hatte sich Xorron festkrallen wollen.

Nichts konnte ihn mehr halten. Xorron, Herr der Untoten und Zombies, rutschte ab und fiel in die Tiefe.

Mit einem großen Schritt erreichte Lady X die Absturzstelle, schaute nach unten, sah den wirbelnden, fallenden Körper und konnte sich nicht mehr beherrschen.

In diesen Augenblicken reagierte sie menschlich, denn aus ihrem offenen Mund drang ein gellendes Lachen, das sogar noch das Rauschen des Wassers übertönte.

Xorron stürzte in die schäumende, graugrüne Flut, prallte noch gegen einen Stein, sein Körper wurde in die Höhe gewuchtet und im nächsten Augenblick von dem reißenden Strom erfasst und mitgerissen. So kräftig er auch war, gegen die Strömung kam er nicht an. Er schlug mit den Armen, richtete sich immer wieder auf, wobei das Wasser bis an seine Brust reichte, doch die zum Teil stark gestauten Fluten fegten ihn immer wieder von den Beinen.

»Gute Reise, du Verräter!«, brüllte Lady X und schwenkte ihre Maschinenpistole.

Erst jetzt war sie einigermaßen beruhigt, obwohl Xorron längst nicht erledigt war. So eine Strömung, mochte sie noch so kräftig sein, brachte ihn nicht um.

Die Vampirin schaute dem Monster so lange nach, bis es nicht mehr zu sehen war und die Fluten es nicht wieder an die Oberfläche spülten. Erst dann ging sie weiter.

Auf dem Weg lag Geröll.

Die Teile der zerbrochenen Felsnase waren nicht alle in die Tiefe gestürzt, die meisten versperrten den Weg, sodass die Scott erst noch hinüberklettern musste.

Sie schaffte es mit Leichtigkeit, erreichte die freie Strecke und ging wesentlich unbeschwerter weiter.

Zehn Minuten später hatte sie die Schlucht hinter sich gelassen. So etwas ging urplötzlich. Man erlebt das oft in den Bergen. Auf einmal treten die Felswände zur Seite oder verschwinden ganz, und der Blick fällt auf eine weite Ebene oder in ein Tal.

So erging es Lady X.

Sie stand da und schaute auf Hausdächer. Diese Bauten mussten zu dem kleinen Ort Billings gehören. Den Wildwasserfluss sah sie nicht mehr. Er war unterwegs in einer Felshöhle verschwunden, floss unterirdisch weiter und würde vielleicht überhaupt nicht mehr ans Tageslicht treten. Möglich war alles.

Für einen Moment blieb sie stehen. Sie stand höher, als Billings lag. Ihr Blick glitt über die Dächer, aber auch über den grauen Himmel, der sich hoch über dem Dorf spannte. Die Wolkendecke sah ziemlich geschlossen aus. Ein Zeichen dafür, dass es sicherlich bald anfangen würde zu schneien. Auch war es kühler geworden.

Plötzlich stutzte sie.

Innerhalb der Wolkendecke hatte sich etwas bewegt, was dort nicht hingehörte. Der Dunst wurde zuerst durcheinander gewirbelt, bevor er sich verdichtete und eine andere Farbe annahm.

Eine neue Wolke entstand. Eine unnatürliche. Und aus ihr schob sich etwas hervor.

Zwei riesige Hände, die einen seltsamen Gegenstand umklammert hielten, den es in der modernen Zeit kaum noch gab und der mehr an das Pulverhorn eines Jägers aus früheren Jahrhunderten erinnerte.

Es war ein Füllhorn.

Pandoras Waffe!

Und es wurde von zwei Händen gehalten, die es jetzt langsam umkippten und eine Brut des Schreckens entließen.

Eingehüllt in Dampf und Qualm, fielen Skelette und schreckliche Monster der Erde entgegen.

Sie hatten nur ein Ziel.

Das kleine Dorf Billings!

Ich befand mich in einer verfluchten Lage!

Zwar saß ich in meinem Leih-Rover und hatte das Kloster auch verlassen, doch das half nicht viel, denn man hatte mir einen gefährlichen Aufpasser mit auf den Weg gegeben.

Den Todesadler!

Ein gewaltiges Tier, ein Monster. Pechschwarz in der Farbe, mit einem messerscharfen, gebogenen Schnabel versehen, gewaltigen Schwingen und schockgelben Augen.

Ich hatte keinen hundertprozentigen Beweis, dass Pandora mir den Vogel auf den Hals geschickt hatte, aber es lag auf der Hand. Und ich musste sehen, dass ich ihn loswurde.

Im Augenblick schwebte er mit ausgebreiteten Schwingen vor meinem Wagen. Er stand nicht in der Luft, sondern beobachtete mich und vollzog jeden Schlenker nach, den ich mit dem Rover ausführte.

Ich konnte den engen Kurven und der Strecke, die ein starkes Gefälle aufwies, nicht ausweichen, denn es gab leider nur diesen einen Weg hinunter ins Tal.

Zudem war die Straße feucht und genau dort, wo der Asphalt begann, leicht gefroren. Sogar erste, feine Schneekristalle fielen gegen die Frontscheibe, wo sie gleich wegtauten.

Sollte ich aussteigen und kämpfen oder weiterfahren? Es

gab nur diese zwei Möglichkeiten für mich. Wenn ich die letzte in Betracht zog, würde ich auf jeden Fall den Kürzeren ziehen. Der Adler konnte sich auf meinen Wagen stürzen und mit seinem scharfen Schnabel die Scheiben zerhacken. Auf freier Strecke wäre ich das Risiko noch eingegangen, aber nicht in diesen oft sehr engen Serpentinen.

Ich bremste.

Wahrscheinlich hatte ich das Pedal etwas zu hart getreten, der Rover geriet mit seinem Heck ins Rutschen und hätte sich fast quergestellt, denn er brach aus der Spur aus, driftete ein wenig nach links und kam zum Glück noch vor der Felswand zum Stehen. An der gegenüberliegenden Seite ging es steil in die Tiefe.

Vor Schreck würgte ich sogar den Motor ab und blieb für zwei Sekunden sitzen, während ich den Gurt löste.

Bevor ich ausstieg, duckte ich mich etwas und suchte, während ich gleichzeitig den Kopf drehte, den Himmel ab.

Den Adler sah ich nicht.

Ein kaltes Lächeln umspielte meine Lippen. Es war auch nicht nötig, dass ich ihn sah, er war bestimmt noch da und lauerte auf seine Chance, mich zu vernichten.

Mal sehen, wer stärker war.

Die Waffen hatte ich griffbereit und stieß vorsichtig den Wagenschlag auf.

Kalte Luft umwehte mich. Schneekörper peitschten in mein Gesicht, der Wind trieb sie hart voran, dass sie fast die Wirkung von kleinen Nadeln hatten, als sie gegen meine Haut hämmerten.

Mit dem rechten Bein stieg ich zuerst aus. Die Beretta hatte ich gezogen, das Kreuz hing vor meiner Brust, und ich hoffte stark, dass mir beides helfen würde.

Dann schaute ich zurück.

Einen Teil der Klostermauern konnte ich noch erkennen. Sie ragten wuchtig und stark vom Berggipfel aus in die Höhe, doch ich wusste genau, dass die Mauern das Böse nicht abhalten konnten.

Vor wenigen Minuten noch war es mir auf drastische Art und Weise gezeigt worden, denn ich hatte die Mönche völlig leblos in der kleinen Kapelle liegen sehen, nachdem mir Pandora bewiesen hatte, dass ihr Einfluss auch vor Leichen keinen Halt machte. Der tote Pater Clemens hatte sich auf schreckliche Art und Weise verändert. Er war schwarz geworden und dabei geschrumpft. Es würde lange dauern, bis das Bild aus meinem Gedächtnis verschwunden war.

Im nächsten Augenblick verschwammen die Klostermauern hinter grauen Schleiern, denn die dicken Wolken trieben langsam heran. Sie wirkten in ihrer Trägheit schwerfällig, und als ich meinen Blick zur anderen Seite hindrehte, da entdeckte ich auch die anderen Wolken, die aus den Tälern in die Höhe krochen.

Hier oben braute sich ein widerliches Wetter zusammen, und ich steckte mittendrin.

Wo befand sich der Adler?

Ich suchte ihn. Dabei hatte ich mich hinter dem offenen Wagenschlag geduckt und so eine einigermaßen gute Deckung gefunden. Als ich bremste, war er noch in der Nähe gewesen, doch nun hatte er sich verkrochen. Auf jeden Fall würde er nicht aufgeben.

Links wuchs die Felswand hoch. Sie war ziemlich zerklüftet, zeigte Risse und Spalten, in denen Schnee klebte.

Dort sah ich den Vogel nicht.

An der anderen Seite auch nicht. Bis ich den Schatten innerhalb der Wolken erkannte.

Dort hielt er sich versteckt.

Ich zielte mit dem Waffenlauf genau in diese Richtung und legte ihn dabei auf den Holm der offen stehenden Tür. So konnte ich am besten zielen und erhöhte auch die Treffsicherheit.

Im nächsten Augenblick war er verschwunden. Ob nach oben oder unten, hatte ich nicht erkennen können, jedenfalls bot sich meiner Waffe kein Ziel mehr.

Ein Nervenkrieg begann.

Sekunden dauerte er nur, dann sah ich ihn wieder. Und er war so verflucht nah, denn er schwebte fast lautlos dicht über dem Serpentinenweg und tauchte vor dem Wagen auf.

Dieses Tier hatte die Witterungsverhältnisse geschickt ausgenutzt und rechnete wohl auch mit meiner Schrecksekunde.

Die hatte ich, sodass es dem Vogel gelang, seinen Körper gegen die Wagentür zu schmettern. Die wurde nach hinten gedrückt und damit auch gegen mich geschleudert.

Da ich mein Gewicht mehr auf beide Hacken verlagert hatte, konnte ich der aufschwingenden Tür kaum Widerstand entgegensetzen. Ich fiel auf den Rücken. Eine schlechte Position, die der Adler natürlich ausnutzte.

Sein Körper, das habe ich schon einmal betont, war gewaltig und auch schwer. Er breitete dicht über mir seine großen Schwingen aus, und ich hatte das Gefühl, in einem Zelt zu verschwinden, so dunkel wurde es plötzlich um mich herum.

Ich dachte nur an den Schnabel, der große Wunden reißen konnte, wenn er kräftig zuhackte. Und Schnabelhiebe in das Gesicht wollte ich um jeden Preis vermeiden.

Ich riss den linken Arm als Deckung hoch und zielte mit der Beretta an ihm vorbei, als ich abdrückte. Das Aufblitzen des Mündungsfeuers nahm ich nicht wahr, es wurde von dem Körper verschluckt. Meine Kugel musste treffen, auf diese Entfernung konnte ich nicht fehlen.

Der Adler stieß einen wilden, wütenden Schrei aus, der dicht vor meinen Ohren aufgellte und als Widerhall in meinem Kopf zu explodieren schien. Dann schrammte etwas über meinen Arm, das sehr scharf war und meine Kleidung aufriss.

Der gekrümmte Schnabel erwischte auch noch meine Haut und riss eine Furche hinein.

Ich biss die Zähne zusammen, denn der erste Schmerz war schlimm. Dann jedoch schien der Adler genug zu haben, denn er stieg in die Höhe und bewegte seine Flügel dabei sehr schnell.

Ich konnte wieder Atem holen, blieb allerdings noch am Boden und verfolgte das Tier mit meinen Blicken.

Der schwarze Todesadler flog normal. Kein torkelnder Flug, kein Flügelschlag, der auf eine Schwäche hindeutete, obwohl ihn die Silberkugel erwischt hatte.

Aber sie konnte ihn nicht vernichten. Dieses Tier war gegen geweihtes Silber resistent.

Zum Glück hatte er mir eine kleine Atempause gegönnt, die ich nutzen wollte. Mich auf einen Kampf mit ihm einzulassen hatte keinen Sinn. Er war erstens sehr schnell, zweitens sehr gefährlich und ich konnte ihn wirklich nicht mit den Riesenfledermäusen vergleichen, die Vampiro-del-mar gehorcht hatten, denn die hatten meinen Silberkugeln nichts entgegenzusetzen. Einmal getroffen, waren sie vernichtet. Als Rest blieb bei ihnen der Staub zurück.

Anders hier.

Der Adler musste einen dämonischen Ursprung haben, der mir jedenfalls fremd war. Er und Pandora waren zwei Verbündete, die mir sehr große Schwierigkeiten bereiten konnten und auch würden, denn ein Gegenmittel oder eine Gegenwaffe kannte ich nicht.

Ich streckte den rechten Arm aus, umklammerte den Türholm und zog mich daran hoch. Dann drehte ich mich nach links, wobei ich den Kopf einzog, um mich in den Rover fallen zu lassen.

Wuchtig knallte ich die Tür zu.

Aufatmen. Für einen Moment jedenfalls. Sekunden der Ruhe und der Erholung, bis ich die Schmerzen spürte, die einen Teil des linken Arms ergriffen hatten.

Ich winkelte ihn an und drehte ihn so, dass ich auf ihn schauen konnte.

Die Wunde sah nicht sehr böse aus. Der Schnabel, schon mit einem Säbel zu vergleichen, hatte hineingehackt, war aber zum Glück durch die dicke Winterkleidung gebremst worden. Trotzdem brannte sie. Ich dachte an eine Infektion und wollte dafür sorgen, dass dies nicht eintraf.

Die Notapotheke, in ein weiches Kissen verpackt, lag griffbereit. Einen Reißverschluss musste ich aufziehen, um in die beiden Kissenhälften hineingreifen zu können.

Ich fand ein Pflaster und ein Desinfektionsmittel.

Den Adler wollte ich bei meiner eigenen Verarztung auch weiterhin im Auge behalten, wobei mir der auf der Scheibe klebende Schnee leider die Sicht ein wenig versperrte.

Die Wischer schaufelten die Scheibe zum Teil frei.

Von dem schwarzen Todesadler entdeckte ich nicht eine Feder. Dafür den wirbelnden, weißen Schleier, der über der Straße tanzte und schon eine dünne Schicht auf den Rover gelegt hatte.

Nicht nur der Adler war zu meinem Feind geworden, auch der verfluchte Schnee, der die Straße in eine eisglatte Rutschbahn verwandelte, denn das Zeug blieb liegen.

Aber ich musste ins Tal. Wer konnte denn schon sagen, was dort unten alles geschah? Wahrscheinlich hatte Pandora den Adler nur auf mich gehetzt, um mich von einer Fahrt in die nächste Stadt abzuhalten.

Obwohl es nicht mein Bentley war, hatte ich mich inzwischen an den Wagen gewöhnt. Zudem war er ausgezeichnet in Schuss, der Motor sprang an, kaum dass er den Zündschlüssel gerochen hatte, und ich fuhr los.

Nur vorsichtig gab ich Gas, denn der Untergrund glich einer Schicht aus Seife, doch ich hatte Glück und kam von der Stelle.

Monoton arbeiteten die Wischer. Das Zeug, das gegen die Frontscheibe prasselte, war nicht weich. Es bestand aus Eiskörnern, die festklebten, und ich schaltete das Warmluftgebläse ein.

Zuvor hatte ich die Scheibenwischer eingeschaltet. Ein matter gelber Glanz fiel auf den eisigen Weg, viel mehr konnte ich durch das Licht nicht sehen, zudem herrschte ein seltsames Zwielicht.

Die erste Kurve.

Ich musste mich stark auf das Fahren konzentrieren und

den Todesadler erst einmal aus meinen Gedanken verbannen.

»Bleib ja in der Spur«, flüsterte ich, »und schmier um Himmels willen nicht ab!«

Der Wagen hatte mein Flehen erhört und tat mir den Gefallen. Er blieb auf dem Weg, ich schaffte die Kurve und sah bereits die nächste vor mir, die zum Glück nicht so eng war.

Für einen Moment besserte sich die Sicht. Eine Felswand hielt den meisten Schnee ab. Die Kurve vor mir war gut einzusehen. Schatten fielen auf die Straße, machten sie unübersichtlicher, und an einigen Stellen glitzerte es hell.

Ich musste mich hüten, dort hinzufahren, dann würde ich wirklich abschmieren.

Da kam der Adler.

Der Todesvogel schwebte herbei wie ein gewaltiger Schatten. Ich nehme das Beispiel deshalb, weil sich die Scheibe vor mir verdunkelte, ich den Vogel selbst aber nicht genau sah.

Er griff zum zweiten Mal an. Obwohl ich fuhr, störte er sich nicht daran, sondern zielte auf die Scheibe. Dann konnte ich überhaupt nichts mehr sehen, der Vogel kam von vorn, nahm mir die Sicht, und ich ging vom Gas ganz herunter und drückte gleichzeitig sehr dosiert das Bremspedal nach unten.

Ich rutschte weg.

Dagegen konnte der beste Fahrer nichts unternehmen. Der Rover war einfach nicht zu halten, ich betete, dass er noch vor der Felswand zum Stehen kommen würde, und hatte Glück.

Er hielt, stand zwar schräg, doch das war mir egal.

Endlich konnte ich mich um den Adler kümmern, und das wurde auch Zeit, denn das Tier griff an. Und es nahm seinen Schnabel dabei als Waffe, deren Wirkung ich bereits zu spüren bekommen hatte.

Der erste Hieb gegen die Scheibe war wie der Schlag mit einem Stein. Wobei der Stein härter war als das Glas, denn ich hörte das satte, platzende Geräusch, sah das Spinnwebmuster im Glas und auch ein kleines Loch darin.

Der nächste Hieb.

Es hatte keinen Sinn, eine Kugel gegen den Adler abzufeuern, so ließ ich ihn und sah zu, wie sich das Loch erweiterte und mir erst kleine Splitter ins Gesicht flogen.

Wieder musste ich raus.

Das wollte der Adler, denn wenn ich nicht mehr durch irgendetwas gedeckt und geschützt war, konnte er seine Schnelligkeit voll ausspielen.

Ich wuchtete die Tür auf, duckte mich, ließ mich nach draußen fallen, machte dabei einen zu großen Schritt und rutschte auf dem Eis aus. Zum Glück konnte ich meinen Fall abfangen. Mir war jedoch klar geworden, dass ich an dieser Stelle keinesfalls weiterkämpfen konnte. Ich hätte keine Standsicherheit gefunden, deshalb gab es nur eine Möglichkeit.

Rein in die Felsen!

Noch hockte der Adler auf der Kühlerschnauze des Rover. Als ich mich in Bewegung setzte, da drehte auch er seinen Körper, um mich zu verfolgen.

Ich riskierte es einfach, beschleunigte meine Schritte und es gelang mir, mich an einer Stelle der steil in die Höhe ragenden Wand festzuklammern. Es war eine kleine Felsnase, die ich zu fassen bekam, durch einen Ruck ihre Festigkeit prüfte, zufrieden sein konnte und damit begann, in die Höhe zu klettern.

Beeilen musste ich mich dabei, denn ich wandte dem Adler zwangsläufig den Rücken zu. Davor hatte ich Angst, die sich durch Herzklopfen bemerkbar machte.

Drei, vier Yards wollte ich in die Höhe gelangen, denn dort hatte ich eine kleine Plattform entdeckt, auf der verkrüppelte Bäume wuchsen, die mir beim Klettern Halt geben konnten.

Mit dem ausgestreckten rechten Arm bekam ich einen Ast zu fassen. Er hielt mein Gewicht, sodass ich mich in die Höhe ziehen konnte und mich zusammenkauerte, als ich die Plattform endlich erreicht hatte.

Der Schneevorhang war ziemlich dicht geworden. Er war wie eine wirbelnde, tanzende Mauer. Mein Leihwagen verschwand bereits in diesem Kreisel, und auch der schwarze Todesadler ließ sich Zeit. Mir stach ein Ast besonders ins

Auge. Er wuchs schräg in die Höhe und berührte mich fast mit seiner Spitze.

Damit wollte ich mir den verfluchten Todesadler vom Hals halten.

Mit einer Hand schaffte ich es nicht, den Ast abzureißen, sondern musste beide nehmen, lehnte dabei noch meinen Körper zurück und zog.

Ein erstes Knirschen wies daraufhin, dass sich etwas tat.

Der Ast brach. Dicht über dem Boden splitterte er ab, ich flog zurück und hatte große Mühe, mich zu fangen. Auf dem glatten Boden kein Kinderspiel, fast wäre ich noch von der kleinen Plattform gerutscht. Mit einer Drehung hielt ich mich auf den Beinen.

Dann fuhr ich herum.

Scharf jagten die zahlreichen Schneekörper in mein Gesicht. Sie hieben gegen die Haut, dort brannten sie, und aus der ersten Hitze, die entstand, wenn die Körner aufschlugen, wurde schnell das Gefühl einer kalten Starre.

Ich holte ein paar Mal tief Luft, hatte mich leicht geduckt aufgebaut und wartete auf den Adler, wobei ich den abgebrochenen Ast mit beiden Fäusten festhielt.

Sollte er kommen …

Und er kam. Längst hatte er bemerkt, wo sich sein Feind befand. Er griff an und stieß nicht von unten auf mich, sondern war in den Schneewirbel getaucht, um aus diesen Flocken überfallartig zu erscheinen.

Ich hatte wirklich bis zum allerletzten Moment gewartet. Es war fast schon zu spät.

Wie ein Ritter mit seinem Schwert kämpfte, so hielt ich meinen Ast. Seitlich geschlagen, klatschte er gegen den Körper des schwarzen Todesadlers und holte ihn aus der Luft. Der Treffer schleuderte ihn jedoch nach unten, wo er auf die kleine Plattform prallte und mit seinen Flügeln wild um sich schlug. Ich musste ihn an einer entscheidenden Stelle erwischt haben. Durch meine Aktion ermuntert, griff ich an.

Diesmal war der Ast für mich eine Lanze. Von oben nach

unten rammte ich ihn. Ich merkte einen kurzen Widerstand, als das Ende den Körper traf, und noch in derselben Sekunde flatterte das Tier mit seinen Schwingen, die sich vor meinen Augen in die Höhe schraubten und ich von einer gestreift wurde.

Es war ein Schlag, kein Streicheln. Der Adler hatte Kraft, und er war noch nicht erledigt. Während ich nach dem Gleichgewicht suchte, rutschte er über die Plattform, wobei er von dem dichten Flockenwirbel aufgesaugt wurde.

Bei normalem Wetter hätte ich ihn verfolgt. Bei dieser Witterung allerdings musste ich mich um mich selbst kümmern. Eine Sturmbö hatte mich fast umgehauen. Ich steckte jetzt mitten in den Wolken und konnte die Hand kaum vor Augen sehen. Der Abstieg gestaltete sich als sehr schwierig, das richtige Schuhwerk fehlte mir, ein paar Mal rutschte ich aus, ging einen anderen Weg und musste zur Straße hin noch springen. Bis zu den Knöcheln reichte mir bereits der Schnee. Die Schicht war auch auf dem Rover liegen geblieben, sodass mich der Wagen an ein Schneeungeheuer erinnerte.

Wo steckte der Adler?

Den Ast schlagbereit in der Hand haltend, stand ich da und schaute mich um.

Wenn Tiere sterben, dann verkriechen sie sich in eine einsame Ecke, um dort ihr Leben auszuhauchen. Da ich den Adler nicht sah, hoffte ich, dass es auch bei ihm so sein würde und ich ihn so stark verletzt hatte, dass er nicht mehr zurückkehrte.

Mehr rutschend als gehend bewegte ich mich auf meinen Leih-Rover zu und stieg ein.

Durch die zerstörte Scheibe war der Schnee gewirbelt. Er lag auf dem Armaturenbrett, wo er allerdings sehr schnell wegtaute und eine Pfütze hinterließ.

Zu einem Vergnügen würde die Fahrt ins Tal für mich auf keinen Fall werden, das stand fest. Schneeketten lagen auch nicht im Kofferraum, davon hatte ich mich schon zuvor überzeugt. Zwar war der Rover mit Winterreifen ausgerüstet, aber es kam immer mehr Schnee hinzu, dass ich schon einen Räumer benötigte, um weiterzukommen.

Trotzdem versuchte ich es. An meiner rechten Fahrerseite konnte ich noch einigermaßen etwas erkennen, ich brauchte nicht die Scheibe einzuschlagen, musste mich allerdings schräg hinsetzen.

Und dann begann eine Fahrt, die ich nie im Leben vergessen werde. Mit einem geliehenen Fahrzeug über vereiste und verschneite Serpentinenwege hinunter ins Tal, das war die Hölle. Ich verfluchte nicht nur mich und das Wetter, sondern auch Pandora, die mir dies alles eingebrockt hatte.

Zudem dachte ich an die Mönche, die in einem Zustand magischer Lethargie oben im Kloster St. Patrick zurückgeblieben waren und von denen ich nicht wusste, was noch weiterhin mit ihnen geschehen würde.

Ich war die Strecke schon des Öfteren gefahren, allerdings nicht bei so einem Sauwetter. Von der Gegend sah ich nichts. Der weiße wirbelnde Vorhang verdeckte alles. Dass ich die Straße trotzdem noch fand, grenzte an ein Wunder.

Und dann die Kurven.

Wenn sie eng waren, hatte ich besonders viel Angst. Da wuchsen dann die Wände wie gefährliche Schatten bis dicht an die Straße heran, und manchmal, wenn der Wagen rutschte, glitt ich nur haarscharf an vorspringenden Kanten vorbei.

Von einer Geschwindigkeit konnte man kaum sprechen. Es war ein Kriechen, mehr nicht.

Ich schaute angestrengt nach vorn, atmete durch den offenen Mund und hatte die Hoffnung, dass es eigentlich nur besser werden konnte. Man erlebte es oft genug in den Bergen, dass oberhalb einer gewissen Grenze das Wetter ganz anders ist als im Tal.

An diese Hoffnung klammerte ich mich.

Irgendwann – ich wusste nicht, wie viel Zeit vergangen war – erreichte ich das mir bekannte große, gerade Teilstück in dem Hochtal des Gebirges.

Auch schien es mir, als hätte der starke Schneefall ein wenig nachgelassen. Die Sicht wurde besser, ich konnte rechts und links wieder Umrisse erkennen.

Dann machte ich einen Versuch und steigerte die Geschwindigkeit. Im Anfang klappte es, bis ich ein wenig leichtsinnig wurde und zu stark mit dem Gaspedal spielte.

Da geriet der Wagen ins Rutschen, und ich näherte mich gefährlich schnell einem Abgrund.

Plötzlich stand Schweiß auf meiner Stirn. Im Nu hatte sich die Lage wieder verschärft, die Reifen rutschten auf dem seifigen Boden und zu allem Unglück erschien vor der Kühlerschnauze noch ein großer Schatten.

Der Adler!

Ich hatte es geahnt, doch um sich Vorwürfe zu machen, dazu war es zu spät.

Die nächsten Sekunden waren schrecklich, und sie dehnten sich, als würden sie an einem Gummiband hängen, denn der Adler nahm keine Rücksicht mehr.

Er flog den Wagen direkt an und wuchtete seinen großen Körper dort gegen das Blech, wo sich die Beifahrerseite befand. Das Krachen hallte wie ein Donner in meinen Ohren nach, dazwischen hörte ich das satte Platzen, als die Scheibe barst. Ich erschrak heftig und konnte mich unmöglich auf zwei Dinge gleichzeitig konzentrieren, nämlich auf das Fahren und den Adler.

Vielleicht rutschte mein Fuß auch ab, ich wusste es nicht so genau, denn der Rover kippte auf einmal nach vorn.

Man hatte keine Leitplanken aufgestellt. Wer hier fuhr, kannte die Strecke normalerweise, ich auch, aber nicht bei dieser Gefahr und dem Wetter.

Wie im Zeitlupentempo bekam ich mit, dass sich der Wagen nach vorn beugte, als wollte er sich verneigen.

Sollte ich aussteigen?

Zu lange hielt ich mich mit der Entscheidung auf, denn der Adler umflatterte das Fahrzeug, und er hieb noch einmal dagegen, sodass es den schweren Rover durchschüttelte.

Es war auch gleichzeitig der Beginn des Sturzes.

Nirgendwo fanden die Räder Halt. Zusammen mit dem Auto geriet ich ins Rutschen, wurde immer schneller und durchgeschüttelt. Schnee, Dreck und Wasser drangen durch die zerstörte Frontscheibe, vermischten sich mit dem Glas und nahmen mir die Sicht.

Mir kam die Zeit endlos vor. Als ich das Krachen hörte, dachte ich, jetzt hat es dich erwischt. Der Rover stellte sich allmählich aufrecht. Ich sah noch, wie sich sein Vorderteil zusammenschob und zu einer Ziehharmonika wurde, bevor der schwere Wagen wieder nach hinten und gleichzeitig auf die Seite fiel.

Den Aufprall hörte ich noch, dann packten mich Kräfte, denen ich nichts entgegenzusetzen hatte, und die machten mit mir, was sie wollten …

Im Tal schneite es nicht.

Das Wetter hing zwischen den Bergen fest, sodass jeder in dem kleinen Ort Billings freie Sicht hatte.

Auch Suko.

Und er sah das Grauen.

Am grauen Himmel waren zwei Hände aufgetaucht, die ein Füllhorn hielten, das sie allmählich zur Seite kippten und das Gefäß somit leerten.

Es brachte das Grauen!

Die Büchse der Pandora war geöffnet worden, und vielleicht war Suko der einzige Zeuge, der wahrnahm, wie das Unheil der Erde entgegenwirbelte.

Dabei flog es lautlos. Da rutschten Skelette aus dem Füllhorn, gefolgt von kleinen, grünen Monstern, dämonenartigen Wesen, die Suko nie gesehen hatte und irgendwo in weiterer oder näherer Umgebung den Boden berührten.

Für Suko war es schrecklich, denn er hatte bereits erlebt, welch ein Grauen Pandora anrichten konnte.

Er brauchte nur an den Arzt Dr. McGovern zu denken, den es voll erwischt hatte. Suko hatte mit ansehen müssen, wie er starb, und der Inspektor schüttelte sich noch im Nachhinein, wenn er daran dachte.

Billings war eine tote Ortschaft.

Zwar lebten die Einwohner noch, doch die dämonischen Bazillen hatten ihren Keim in die Menschen gelegt und sich ihrer Körper als auch Seelen bemächtigt.

Es schien Suko, als hätte man ihnen die Psyche genommen, sie ihrer Seelen beraubt, und das ließ ihn schaudern. Soviel er bisher wusste, gab es nur zwei Personen im Ort, die noch normal waren.

Miss McGovern, die Schwester des toten Doktors, und eben Suko. Der Chinese hatte versucht, Miss McGovern zur Flucht zu überreden, sie aber wollte bleiben und nicht von der Seite ihres toten Bruders weichen. Eine Reaktion, die Suko irgendwie verstehen konnte.

Er hatte das Haus verlassen, um sich in Billings umzuschauen, und er wollte sich in einer Gaststätte informieren. Dort fand man die meisten Menschen, die etwas zu erzählen hatten, denn Suko wollte mehr, viel mehr über Billings wissen. Vielleicht gelang es ihm, die Menschen zum Reden zu bewegen.

Auf dem Weg dorthin passierte es.

Plötzlich erschienen die Wolken. Aus ihnen tauchte das Paar Hände auf, das ein Füllhorn hielt und es über dem Ort Billings ausleerte. Suko hatte die Skelette und Monster gesehen, aber er konnte nicht erkennen, wo sie gelandet waren.

Mittlerweile war auch der Nebel verschwunden. Von Pandora entdeckte der Inspektor ebenfalls nicht die geringste Spur. Minutenlang hatte seine Pause angedauert, jetzt setzte er sich wieder in Bewegung und schritt über die menschenleere Hauptstraße seinem Ziel, der Gastwirtschaft, zu.

Da rührte sich nichts. Der Inspektor hatte das Gefühl, durch eine Geisterstadt zu laufen. Die Bewohner schienen sich verkrochen zu haben, und abermals stieg die Angst in ihm hoch, denn wer sagte ihm, dass er von dem Bazillus verschont blieb?

Er schaute auf seine Hände, suchte nach grauen Flecken, die eine Veränderung ankündigten, aber er sah nichts.

Noch nichts …

Auch die Tiere hatten sich verkrochen. Allerdings wusste Suko sehr genau, dass die Veränderung auch sie erfasst hatte. Nicht umsonst hatte er gegen zwei mutierte Hunde und eine Katze gekämpft, die ihn an schleimige Ghouls erinnerten, denn so hatten die Körper fast ausgesehen.

Er brauchte nur noch ein paar Schritte zu gehen, um sein Ziel zu erreichen.

Unter dem Schild blieb er für einen Moment stehen und schaute zurück. Die Straße hinter ihm blieb leer. Der Marktplatz wurde von keinem Lebewesen bevölkert.

Tief atmete Suko ein. Er stand vor einer schweren Entscheidung, aber er musste sie durchstehen, denn er durfte von dem einmal eingeschlagenen Weg nicht abgehen.

Das Blut stieg Suko zu Kopf, als er sich mit einem entschlossenen Ruck umdrehte und die Tür der Gaststätte aufstieß.

Kein Lärm, keine Stimme schallte ihm entgegen. Der Inspektor wurde von einer fast lähmenden Stille empfangen, obwohl sich Menschen innerhalb des Gastraums aufhielten.

Frauen befanden sich nicht darunter. Alle Altersgruppen waren vertreten. Suko zählte sieben Männer. Zwei Jüngere standen an der Theke und hielten Bierkrüge umklammert. Der Wirt zapfte ein weiteres Glas, und das Geräusch des einschäumenden Bieres unterbrach als Einziges die Stille.

Man hatte Suko bemerkt. Jeder Gast drehte sich in Richtung Tür und schaute den Fremden an.

Für einen Moment blieb Suko hinter der Schwelle stehen. Seine Stirn legte sich in Falten, er nahm die Atmosphäre in sich auf, bevor er weiterging.

Sieben Gäste und der Wirt.

Jetzt war auch Suko hinzugekommen. Insgesamt neun Personen. Acht von ihnen zeigten bereits die ersten Anzeichen der schrecklichen Seuche. Ihre Haut wirkte bleich. Deshalb waren die grauen Flecken auf den Wangen besonders deutlich zu erkennen. Bei einigen waren sie groß wie Fingernägel, andere hatten schon Ausmaße von Geldstücken.

Pandora hatte zugeschlagen!

Der Gastraum zeigte eine gemütliche Einrichtung. Holzbalken unter der Decke, grobe Tische, kleine Fenster. Ein warmes Licht, von Decken und Tischlampen angestrahlt, sorgte dafür, dass man sich in diesem Raum wohl fühlen konnte.

Die Tische waren kreuz und quer aufgestellt worden. Trotzdem erkannte Suko bei näherem Hinsehen so etwas wie einen Gang, durch den er zur Theke schreiten konnte.

Als er sich in Bewegung setzte, knarrten unter seinen Füßen die Holzdielen. Sie bewegten sich ächzend, federten noch etwas und zeigten an einigen Stellen Flecken von eingetrockneten Bierlachen.

Die Menschen verfolgten ihn mit Blicken. Die meisten saßen an den Tischen und drehten die Köpfe, je weiter Suko vorging. Ein älterer Mann öffnete den Mund. Für einen Moment sah es so aus, als wolle er etwas sagen, dann überlegte er es sich und schüttelte den Kopf. Er sprach dabei kein Wort. In ihrer Stummheit wirkte diese Bewegung regelrecht gespenstisch.

Suko erreichte den Tresen. Nur die Holztheke trennte ihn noch von dem Wirt, der seinen Kopf angehoben hatte und ihn fragend anschaute.

»Ich möchte etwas trinken«, sagte Suko.

Der Wirt nickte. Er war ein Rübezahl-Typ. Groß, kantig. Sein dunkler Bart, der ebenso rötlich schimmerte wie das Haar, reichte ihm fast bis auf die Brust. Er trug ein grünes Hemd und darüber eine Weste aus speckigem Leder.

Auch in seinem Gesicht befanden sich die grauen Flecken, wie Suko mit Schrecken feststellte.

Der Wirt bewegte sich sehr langsam. Er drehte sich zur Seite, um einen Krug in die Hand zu nehmen, stellte ihn danach unter den Zapfhahn und drehte diesen auf.

Das Bier schäumte aus einem großen Holzfass, das die Mitte der Theke einnahm.

Normalerweise verzichtete Suko auf Alkohol, aber er hätte

in so einer Wirtschaft kaum Saft bestellen können. Hier trank jeder das schottische Bier.

Die Menschen schauten Suko an. Sie saßen an ihren Tischen, und als sich der Chinese umdrehte, da sah er ihre Blicke auf sich gerichtet. Es sprach niemand.

Nur das stumme Taxieren und das apathische Starren, das bei dem Inspektor Unwohlsein verursachte.

Er drehte sich wieder um, weil er ein paar Worte reden wollte, und wandte sich an den Wirt. »Was ist denn hier los?«, erkundigte er sich mit leiser Stimme.

Der Bärtige hob die Schultern. Er stand in einer etwas schiefen Haltung hinter dem Zapf und zapfte.

»Weshalb bekomme ich keine Antwort?«

»Sie sind fremd.«

Wenigstens etwas, dachte Suko. Er ist also doch nicht stumm. »Natürlich bin ich fremd, aber ich kann nicht verstehen, was hier vorgeht. Weshalb spricht man hier nicht?«

»Wir reden doch.«

Diese Antwort entlockte dem Chinesen nur ein müdes Lächeln. »Ich weiß, dass die Schotten nicht gerade verschwenderisch sind, aber dass sie auch mit Worten geizen, ist mir neu«, erklärte Suko und schüttelte den Kopf.

»Trinken Sie Ihr Bier, Mister!« Diesen Satz hätte man auch scharf formulieren können, doch der Wirt sprach ihn ebenso ruhig aus wie seine früheren Antworten.

Irgendwie nichtssagend, lethargisch.

»Was ist geschehen?« Suko ließ nicht locker. Er war einmal hier und wollte es auch wissen.

»Nichts.«

»Das sehe ich.« Suko drehte sich um, wandte dem Wirt jetzt den Rücken zu und schaute in das Lokal hinein.

Die Männer hockten an ihren Tischen. Niemand rührte sich. Nicht ein Arm wurde erhoben, um ein Glas zum Mund zu führen. Wie Wachsfiguren kamen die Menschen dem Inspektor vor.

»Ich frage euch«, wandte er sich mit lauter Stimme an die Gäste, »was ist hier in Billings geschehen?«

Man redete nicht, sondern schwieg ihn, den Fremden, an. Soweit es Suko möglich war, blickte er in jedes Gesicht. Ablehnung las er in allen, vermischt mit Apathie und einem gewissen Desinteresse. Suko suchte nach Spuren in den Gesichtern der Männer. Die allerdings sah er nicht. Bis ein jüngerer Mann meinte, der links von Suko neben einer Säule saß: »Dich trifft es auch noch, Fremder.«

»Was trifft mich?«

»Halt den Mund, Rac!«, sagte ein anderer Mann.

»Nein, lassen Sie ihn reden«, beharrte der Inspektor.

Der mit Rac Angesprochene stand auf und ging. Er beugte dabei seinen Oberkörper vor, die Schritte waren schwer, mit denen er das Lokal durchschritt.

Für einen Moment spielte Suko mit dem Gedanken, ihn zu verfolgen, ließ es dann bleiben, weil er sich von den anderen Gästen Antworten erhoffte.

»Weshalb wollt ihr nicht reden?«, erkundigte er sich.

Jetzt schauten die Männer ihn nicht einmal an, sondern blickten ihrem Freund nach, der verschwunden war und zuletzt die Tür hinter sich zugeknallt hatte.

Suko runzelte die Stirn und schüttelte gleichzeitig den Kopf. Da war nichts zu machen. Er kam sich vor, als hätte er gegen eine Wand geredet und nicht Menschen angesprochen.

»Ihr Bier, Mister. Wollen Sie es nicht trinken?« Jetzt sprach der Wirt hinter Suko.

Der Chinese drehte sich um.

Apathisch blickten die Augen in dem Rasputin-Gesicht. Das Fass stand zwischen Suko und dem Wirt. Letzterer bewegte sich ein wenig nach links, um Suko den Bierkrug vorbeireichen zu können.

Auch der Inspektor rückte weiter. Er wollte nicht unhöflich sein und das bestellte Bier annehmen.

Mit der rechten Hand hielt der Wirt den Henkel fest. Zwangsläufig schaute Suko auf den Krug und sah auch die Hand.

Seine Augen wurden groß. Er wollte es nicht glauben, doch eine Täuschung war es nicht.

Die Hand hatte sich verändert.

Sie schillerte pechschwarz und fiel genau in diesem Moment ab, als sie Suko das Glas reichen wollte …

Ich wurde nicht bewusstlos, sondern erlebte alles mit, auch wenn ich mich in einem Zustand befand, der dem der Gleichgültigkeit irgendwie nahe kam.

Die Wucht des Aufpralls und der von mir nicht kontrollierten Bewegungen hatte mich auf die Seite, genau zwischen die Sitze gepresst. Mit dem Kopf lag ich am Boden. Wasser tropfte vom Armaturenbrett in meinen Nacken, wo es sich sammelte.

Während ich lag, bewegte sich der Rover. Unendlich langsam neigte er sich zur Seite. Irgendwie unternahm ich den völlig irrwitzigen Versuch, mich noch dagegen anzustemmen und mein Gewicht zu verlagern, aber so konnte ich das Fahrzeug auf keinen Fall aufhalten. Ein Knirschen und Reißen erklang innerhalb der Karosserie, der Rover stöhnte, als läge er in den letzten Zügen, was auch irgendwie seine Berechtigung hatte, denn mit dem Fahrzeug konnte niemand mehr fahren.

Noch ein Schlag.

Dann platzten die Scheiben. Die Frontscheibe war sowieso schon zerbrochen, die anderen Scheiben gaben allmählich ihren Geist auf, und der Rover geriet wieder ins Rutschen.

Ich hatte gedacht, dass er sich irgendwo verkantete oder aufgehalten werden würde, aber dies schien nur so, denn mit dem Vorderteil zuerst rutschte der Rover talwärts.

Langsam, dennoch unaufhörlich.

Ich hatte mich geduckt. Bei der Rutschpartie war mit mir gespielt worden. Einige blaue Flecken würden zurückbleiben, gebrochen oder verstaucht hatte ich mir zum Glück nichts.

Immer weiter ging es.

Ein Hindernis erschien. Ich konnte es nicht sehen, dafür hörte ich, wie der Rover dagegen hieb. Diesmal mit der linken Seite, die eingedrückt wurde.

Zum Glück lag ich rechts, sodass mir nichts geschah. Ich schielte rüber und sah, dass sich die Tür verbeulte und die Verkleidung innen wegplatzte.

Noch ein Ruck.

Diesmal hatte ich den Eindruck, als würden starke Hände am Heck des Rover kräftig schieben.

Dann stand das Fahrzeug.

Es gab ein letztes Stöhnen von sich, als wäre es ein waidwund geschossenes Tier. Mir hatte mal ein Autonarr erzählt, dass auch Blech ein eigenes Leben führte. Als ich das Stöhnen vernahm, konnte ich dem Auto-Fan fast glauben.

Danach legte sich die Stille über die Absturzstelle. Obwohl es dabei nicht absolut still war, denn ich hörte das Prasseln des Eisregens, der, vom Wind getrieben, auf die Karosserie hieb und durch die zerstörten Scheiben drang, wobei er auch mein Gesicht traf.

Ich musste raus.

Das war leichter gedacht als getan. Schließlich wusste ich nicht, wie der Wagen gefallen und wohin er gerutscht war. Er konnte am flachen Hang liegen, aber auch ebenso gut dicht vor einem Steilhang gestoppt haben.

Nur keine zu hastigen Bewegungen, mein zerknautschtes Blechgefängnis konnte es mir unter Umständen übel nehmen.

Ich bewegte mich sehr vorsichtig. Zum Glück hatte ich selbst nicht viel abbekommen, die einzige Verletzung hatte mir eigentlich der Adler beigebracht.

Den unteren Rand des Lenkrads umklammerte ich mit einer Hand und konnte mich ein wenig in die Höhe ziehen. Jetzt sah ich die zerstörten Scheiben, der Blick fiel nach draußen und auf die wirbelnde, tanzende Schneewand.

Ich hatte jetzt Furcht vor der Kletterei, denn irgendwie musste ich ja wegkommen. Und sicherlich würde zudem noch in der Nähe der Adler lauern. Der hatte bestimmt nicht aufgegeben.

Da der Wagen auf der Seite lag, musste ich tatsächlich zur

Tür hin hochklettern. Ein dummes Gefühl, jedoch nicht zu ändern. Ich hoffte nur, dass sich die Tür nicht verklemmt hatte und ich sie aufstoßen konnte. Andererseits musste ich dann durch das Wagenfenster klettern, was nicht gerade reizvoll war.

Mir fiel mein Ersatzkoffer ein. Er hatte bisher auf dem Rücksitz gelegen. Auf den wollte ich keinesfalls verzichten, denn er enthielt wertvolle Waffen.

Der Koffer war bei der Reise talabwärts natürlich nicht liegen geblieben. Er lag irgendwo am Boden und war unter die Sitze gerutscht, sodass ich nicht an ihn herankam.

Er musste dort liegen bleiben. Solange ich nicht wusste, welche Verrenkungen ich machen musste, um das wertvolle Stück in die Hand zu bekommen, war alles zu riskant, denn durch heftige Bewegungen würde auch der Wagen in Schwingungen geraten und sich vielleicht von der Stelle lösen, wo er gerade stand.

Ich konnte mich relativ gut hochziehen und erreichte die Tür. Durch die zerstörte Scheibe drängten die Schneekörner, trafen mein erhitztes Gesicht und kühlten es.

Mit einer Hand suchte ich nach dem Türverschluss, fand ihn schnell, löste ihn und drückte dann gegen die Tür, um sie aufzustoßen. Sie hakte. Ich wurde blass, hielt mit meinen Bemühungen inne und nahm einen erneuten Anlauf.

Diesmal stemmte ich die Schulter gegen die Innenverkleidung der Tür. Ich merkte, dass sie sich bewegte, der Hoffnungsschimmer wurde heller, noch ein Druck, und dann schwang die Tür tatsächlich nach oben.

Sehr schwerfällig, sie wollte gleich wieder zuknallen, bis sie die Sperre überwunden hatte, die sie hielt.

Das erste Hindernis auf dieser gefährlichen Bahn hatte ich hinter mich gebracht.

Ich zitterte innerlich, warf einen langen Blick nach draußen und sah nur diese tanzende weiße Fläche des Schneegestöbers. Schwach hoben sich dahinter Umrisse ab. Es waren Felsen und schräg laufende Hänge.

Ich befand mich inmitten der Bergwelt und schob meinen Körper weiter über den Sitz an der Beifahrerseite, sodass ich aus dem Fahrzeug klettern konnte.

Erst jetzt stellte ich fest, wo der Wagen gelandet war.

Glück muss der Mensch haben. Ich hatte Glück, denn ein Stück weiter wäre nichts mehr zu machen gewesen. Drei Schritte entfernt begann ein Abgrund. Der Rover aber war gegen einen hochragenden Felsen geschoben worden, der wie eine Nase in die Höhe stach.

Mir fiel ein Stein vom Herzen. Sekundenlang blieb ich neben dem Fahrzeug hocken und atmete tief durch.

Der Schnee hatte die Welt um mich herum mit einem weißen Leichentuch bedeckt. Alles schimmerte hell. Die Flocken fielen schwer und nass vom grauen Himmel.

Tief hingen die Wolken. Graue Schatten innerhalb der weißen Wand, die eine Sicht zusätzlich erschwerten.

Wo sollte ich hin?

Nach oben, also wieder zurück, konnte ich nicht. Es blieb mir nichts anderes übrig, als den Weg talwärts zu nehmen, ebenfalls durch unbekanntes Gelände, vorausgesetzt, dass der Gegner mich ließ. Damit meinte ich den Adler.

Ich stellte mich hin. Das klappte gut. Verletzungen waren nicht festzustellen.

Auch der Schneefall wurde dünner. Wie es beim Regen oft ist, der von einer Minute zur anderen aufhören kann, erlebte ich es hier beim Schnee. Deshalb blieb ich stehen, freute mich, dass die Sicht klarer wurde, und atmete auf, als keine Flocken mehr aus den grauen Wolken dem Boden entgegensanken.

Die Luft hatte sich gereinigt. Sie war von einer seltsamen Klarheit, die Wolken verzogen sich, und mein Blick fiel auf eine fantastische Welt.

Eine schweigende schneebedeckte Berglandschaft lag vor mir. Schnee, wohin mein Auge reichte. Die gesamte Landschaft schien in Zuckerwatte eingepackt worden zu sein, aber weiter unten, wo die Täler lagen, da hatte es nicht geschneit, dort sah ich ein grünbraunes Schimmern.

Und da musste ich hin.

Vorausgesetzt natürlich, der Adler würde mich lassen, und das war die große Frage.

Ich suchte und sah ihn.

Hoch über mir kreiste ein Vogel. Ob es der Adler war, konnte ich nicht mit Bestimmtheit sagen, ging jedoch davon aus, denn selbst auf diese Entfernung war die große Spannweite seiner Flügel zu erkennen. Ja, das musste er sein, denn er war der einzige Vogel in der klaren Winterluft.

Sofort verschwand meine Siegesfreude wieder. Ich dachte an die erste Auseinandersetzung mit dem Tier und war sicher, dass es eine weitere geben würde.

Bis dahin wollte ich einen guten Platz zur Verteidigung gefunden haben, denn hier oben konnte ich nicht bleiben. Zwar lag der Wagen in meiner Nähe, ich hätte auch eine gute Deckung gehabt, aber die Bewegungsfreiheit war zu sehr eingeschränkt.

Ein paar Schritte brachten mich an diese Felsnase heran, wo ich die eingedrückte Kühlerschnauze meines Leihwagens deutlich erkannte.

Der Schnee knirschte unter meinen Füßen. Jetzt kam auch wieder Wind auf, er fuhr in mein Gesicht und schnitt wie viele kleine Messer.

Über die Felsnase schaute ich hinweg.

Nicht schwindelfreie Menschen hätten Angst bekommen, denn vor mir ging es sehr steil hinab. Da lag eine regelrechte Schlucht, in die konnte ich keinesfalls klettern, und ich wurde an den Fall erinnert, den ich mal in der Via Mala erlebt hatte. Da war es ähnlich gefährlich gewesen.

An diesem Fleck konnte ich auf keinen Fall stehen bleiben, also musste ich mir einen anderen Weg suchen.

Aber wo?

Es war schwer, ich kannte das Gelände nicht, und ein Bergsteiger war ich auch nicht.

Tief atmete ich durch. Dabei schielte ich zum Himmel hoch und sah den Adler über mir.

Er war jetzt tiefer gesackt, änderte dabei die Richtung, flog einen weiten Kreis und schoss plötzlich auf eine Wolke zu, die aus dem Nichts aufgetaucht war.

Eine grüne Wolke!

Der Himmel war klar. Wenn Wolken erschienen, dann waren es graue oder weiße, aber grünliche Wolken deuteten auf einen dämonischen Einfluss hin.

Ich erhielt Besuch.

Die Wolke näherte sich ziemlich rasch. Ihre Geschwindigkeit hielt mit der des Adlers mit, der sie begleitete.

Wie ein Denkmal stand ich auf dem Felsen. Das Kreuz vor meiner Brust lag offen. Die Beretta hatte ich stecken gelassen. Mit Silberkugeln konnte ich wohl nicht viel ausrichten, aber noch blieb mir Zeit, und so wollte ich versuchen, an den Einsatzkoffer zu gelangen, denn in ihm befand sich der Bumerang.

Wenn es eine Möglichkeit gab, den Adler vom Himmel zu holen, dann mit dieser Waffe.

Ich ging wieder zurück. Der Wagen lag auf der rechten Seite. Wenn ich an den Einsatzkoffer wollte, musste ich wieder hineinkriechen. Dies mit dem Kopf zuerst, sodass ich meinen Gegnern den Rücken zuwandte.

Keine beruhigende Vorstellung. Kaum hatte ich meine Hand auf den Türgriff gelegt, als ich die Stimme in meinem Rücken vernahm. Es war eine Frauenstimme.

Sie klang kalt, höhnisch und grausam. Dazu siegessicher, und ich wusste sofort, wer da sprach.

Pandora.

Sofort drehte ich mich um.

Die Wolke war so nahe gekommen, dass ich sie mit der Hand hätte greifen können. Sie wallte und wölkte dicht vor mir, wobei der Adler über ihr schwebte und aus scharfen Augen mit ansah, was nun geschah.

Zwei Hände erschienen.

Große Hände mit langen Fingern. Sie stießen aus dem Dampf, und ich sah, dass sie etwas festhielten.

Es war ein Füllhorn.

Pandora war also nicht allein gekommen. Sie hatte ihre teuflische Dose oder Büchse mitgebracht. Durch sie war sie in die Mythologie und Geschichte eingegangen.

Nicht nur die Hände bekam ich zu sehen, denn nun zeigte sie sich ganz.

Eine Frau schälte sich hervor.

Eine schöne Frau!

Ich holte tief Luft und hielt für einen Moment den Atem an. Wie stand es noch geschrieben? Der Göttervater Zeus hatte Pandora mit allen Vorzügen ausgestattet, die zu einer schönen Frau gehörten. Wahrlich, es war kein Irrtum, Pandora war von nahezu überirdischer Schönheit, wobei sie und das Grauen so dicht nebeneinander lagen.

Die Haare umwallten lockig den Kopf. Sie schimmerten in einem weißlichen Goldton, und die Haut erinnerte mich an den frisch gefallenen Schnee, vielleicht um eine Idee dunkler.

Pandora trug ein ebenfalls weißes Kleid, ähnlich einer Tunika geschnitten. In der Körpermitte wurde es durch einen Goldgürtel gehalten, dessen Hälften mit zwei ebenfalls goldenen Spangen verbunden waren. Eigentlich hätte sie in dieser Kleidung frieren müssen, besonders an den Füßen, denn sie steckten in offenen Sandalen, aber Pandora tat nichts. Sie stand da, ohne eine Gänsehaut zu bekommen, zitterte nicht und erinnerte mich an eine Statue.

Aber sie war eine Feindin, denn sie hielt das Füllhorn in der Hand. Aus ihm verbreitete sie das Grauen, schickte Pest und Verderben über die Menschen, um sie in schreckliche Geschöpfe zu verwandeln.

»Wir haben uns schon einmal gesehen!«, begrüßte sie mich in meiner Sprache, während über ihrem Kopf der Adler wie ein Denkmal in der Luft stand und nicht einmal seine Flügel bewegte.

»Ja«, gab ich zu. »Ich weiß. Oben im Kloster …«

»Genau. Ich habe mich extra des Toten angenommen, damit

du sehen kannst, wie chancenlos du bist und welche Macht in meinen Händen liegt. Ich bin gekommen, um diese Macht auszuspielen. Was vor sehr langer Zeit ins Leben gerufen wurde, soll nun fortgesetzt werden. Zudem habe ich mir ihn zurückgeholt.«

Das verstand ich nicht. Pandora sprach in Rätseln. Wen meinte sie nur damit?

Sie lachte. »Weißt du nicht, wer mein Diener ist? Wer eigentlich an meiner Seite steht?«

»Nein!«

»Dann schau nach rechts!«

Sie hatte so anfordernd gesprochen und meine Neugierde geweckt, dass ich nichts anderes konnte, als ihrem Wunsch Folge zu leisten. So drehte ich den Kopf.

An der seitlichen Begrenzung des Felsens lag der weiße Schnee. Er geriet allerdings jetzt in Bewegung, wurde nach unten gewischt, sodass das blanke Gestein zum Vorschein kam, um das sich zwei Hände klammerten.

Zehn helle Finger, allerdings dunkler als der frisch gefallene Schnee und ein wenig durchsichtig, sodass ich grüne, dünne Knochen unter der Haut erkannte.

Ich brauchte erst nicht weiter hinzuschauen, denn ich wusste auch so, wer sich da zeigte.

Es war ein Mitglied der Mordliga, ein Wesen, das eigentlich zu Lady X gehörte.

Xorron!

Während sich der Herr der Zombies und Untoten über die Kante schob, durchzuckten mein Gehirn zahlreiche Gedanken. Ich war nicht in der Lage, sie zu ordnen, meine Überraschung war zu groß. Mit allem hätte ich gerechnet, nur nicht mit einem Wesen wie Xorron.

Das durfte nicht wahr sein!

Xorron und Pandora! Was hatten die beiden miteinander zu tun? Welche Verbindung gab es zwischen ihnen?

Ich wusste es nicht, sondern konzentrierte mich auf Pandora, die mir die Überraschung wohl ansah.

Sie lachte, bevor sie sprach: »John Sinclair, ich weiß, dass du jetzt durcheinander bist. Ich wäre es an deiner Stelle auch, aber du wirst noch erfahren, wie alles zusammenhängt. Lady X, die sich angemaßt hat, Xorron zu beherrschen, ist nicht seine wahre Herrin. Das bin ich allein.« Während dieser Worte kippte sie ihr Füllhorn, und ich erlebte die zweite Überraschung.

Aus der breiten Öffnung fiel ein Gegenstand, den ich nie im Leben bei ihr vermutet hätte.

Es war der Würfel des Unheils!

Er kugelte heraus und fiel genau in die linke offene Handfläche der Pandora. Mit einer Hand hielt sie ihn, hob den Arm und streckte mir den Würfel entgegen.

»Kennst du ihn?«

Ich nickte nur. Sprechen konnte ich in diesen Augenblicken nicht, meine Kehle war wie zugeschnürt.

»Der Würfel des Unheils!«, flüsterte sie. »Fast noch wichtiger als mein Füllhorn. Eine sehr gute Waffe, auf die ich lange Zeit gewartet habe, denn der Würfel war bereits in der Antike ein Begriff der Macht. Ich habe ihn jetzt an mich genommen, denn mir steht er zu, nicht einem Wesen wie dieser blutsaugenden Scott. Ich werde und ich kann ihn manipulieren. Er und das Füllhorn, sie sind unschlagbar, und beides befindet sich nun in meinen Händen …«

Sie lachte laut, denn sie weidete sich an meinem Schrecken. Ich durfte nicht daran denken, was geschehen würde, wenn sie den Würfel auch weiterhin besaß.

Grauenhafte Ereignisse standen dann bevor.

Inzwischen hatte Xorron seine Kletterei hinter sich gebracht und war auf dem schmalen Felsen stehen geblieben. Ich drehte ein wenig den Kopf, denn so konnte ich ihn anschauen.

Er war noch immer dasselbe Monster. Bisher hatte ich kein Mittel gefunden, um es zu besiegen, und ich fragte mich inzwischen, ob es überhaupt eins gab.

Es war schwer, daran zu glauben.

Xorron war ein Neutrum. Geschlechtslos. Ein Monster, das tötete, ohne einen Grund zu haben. Es brauchte nur den entsprechenden Befehl zu erhalten, dann tat es alles.

»Er hat sich gegen Lady X gestellt«, erklärte Pandora. »Daran kannst du erkennen, wer seine eigentliche Herrin ist. Nicht wahr, Geisterjäger?«

»Ja, ich habe es bereits bemerkt.«

»Xorron wird mir gehorchen. Er hat es bereits bewiesen, denn ich habe den Würfel an mich genommen, und ich gab ihm den Befehl, Lady X zu töten.«

»Hat er es getan?« Die Frage stieß ich hervor, ohne zu überlegen, denn ich wollte wissen, ob Xorron seine ehemalige Herrin wirklich umgebracht hatte. Gegen ihn hatte eine Vampirin wie Lady X keine Chance, das stand fest.

»Er hat es versucht«, erklärte mir Pandora. »Er hat es sogar zweimal versucht, aber er ist gescheitert.«

Innerlich frohlockte ich zwar nicht, doch ein leichtes Grinsen konnte ich mir nicht verkneifen. Lady X war zwar nicht meine Freundin, doch sie schien noch stärker zu sein, als ich es von ihr annahm. Denn wer schaffte schon Xorron?

»Sie hat Glück gehabt, sehr großes Glück«, erklärte mir Pandora. »Ich hätte mich selbst darum kümmern sollen, denn ich hatte vergessen, dass Xorron manchmal ein wenig ungestüm ist und deswegen leicht die Übersicht verliert.«

Ja, das konnte ich ihr nachfühlen. Auch ich hatte dieses Monster schon in Aktion erlebt. Es glich dann einer Walze, die niemand stoppen konnte.

»Bei dir wird er so vorgehen, wie ich es will«, erklärte sie mir. »Außerdem befinde ich mich in der Nähe und kann notfalls eingreifen. Mach dich auf etwas gefasst, Sinclair!«

Das musste ich auch. Zeit, mir einen Verteidigungsplan zurechtzulegen, hatte ich nicht mehr, denn Xorron kam wie der berühmte Rammbock auf mich zu …

Suko erstarrte fast, als er die Hand abfallen sah. Sie knickte dicht über dem Gelenk einfach um. Der Bierkrug konnte nicht mehr gehalten werden, er fiel ebenfalls, landete auf dem Tresen, die Flüssigkeit lief aus und klatschte gegen Sukos Hose, weil der Inspektor nicht schnell genug zur Seite sprang.

Er war wie vor den Kopf geschlagen. Es war ein makabres Bild. Die abgefallene Hand lag auf der Theke. Direkt über ihr befand sich eine Lampe, die ihren Schein auf die Hand fallen ließ, deren Finger noch den Griff umklammerten.

Suko wusste nicht, was er tun sollte. Er schnappte nach Luft, stierte auf das schreckliche Relikt, und er glaubte erkennen zu können, dass die Finger zuckten, die den Griff des Bierkrugs umklammert hielten.

Er schüttelte sich. Und dann sagte der Wirt etwas, das Suko bis in die Grundfesten hinein erschütterte. »Ich zapfe Ihnen ein neues!« Kein Wort von seiner abgefallenen Hand, gar nichts. Er hatte es überhaupt nicht zur Kenntnis genommen.

Das sollte begreifen, wer wollte. Suko schaffte es nicht. Er atmete ein paar Mal tief ein, schüttelte den Kopf und hob die Schultern. Grauenhaft war dies.

»Danke, ich verzichte«, sagte der Chinese leise.

Der Wirt hob nur die Schultern und griff mit einer Hand nach der Zigarettenschachtel.

»Hören Sie mal!«, zischte der Inspektor. »Haben Sie eigentlich gesehen, was mit Ihnen passiert ist?«

»Natürlich.«

»Und?«

Der Wirt steckte sich ein Stäbchen zwischen die Lippen, nahm ein Feuerzeug und zündete die Zigarette an. »Meine Hand ist abgefallen«, erklärte er.

»Können Sie sich nicht vorstellen, dass dies einen Grund haben muss?«

»Doch.« Er paffte ein paar Züge.

»Dann sagen Sie ihn mir!«

»Pandora!«

Suko stöhnte auf. Sie wussten es also. Ja, es war ihnen

bekannt. Pandora hatte von der Stadt Besitz ergriffen, und die Einwohner fanden sich damit ab.

Das war es.

»Wollen Sie sonst noch etwas wissen?«, erkundigte sich der Wirt leise.

»Nein, eigentlich nicht. Doch«, widersprach sich Suko im selben Augenblick. »Wo kann ich Pandora finden?«

»Sie ist irgendwo.«

»Das ist keine Antwort.«

»Warten Sie auf sie. Irgendwann kommt sie, dann werden auch Sie ihr dienen.«

»Ich will …« Weiter sprach Suko nicht, denn er hatte hinter seinem Rücken einen schweren Fall vernommen. Blitzschnell wirbelte er herum und sah einen der Gäste. Er war von seinem Stuhl gekippt und schwer zu Boden geschlagen, wo er liegen blieb und sich nicht mehr rührte.

Suko sprang vor. Er benötigte zwei Schritte, um ihn zu erreichen. Als er sich bücken wollte, zuckte er zurück. Den Gast hatte es voll erwischt. Zu helfen war ihm nicht mehr, denn Suko erkannte bei ihm dieselben Symptome wie bei Dr. McGovern.

Schwarze Flecken auf einer hellen Haut, und die Flecken breiteten sich aus, sodass sie fast das gesamte Gesicht erfasst hatten. Der ganze Körper war von dem schrecklichen dämonischen Keim schon so infiziert, dass er sich allmählich auflöste und erste Rauchschwaden, dünn wie Zigarren, über dem Gesicht schwebten.

Der Rauch stieg aus der Haut, das Gesicht verzerrte sich dabei in unendlicher Qual, und der Körper des Menschen schrumpfte zusammen, er wurde mumienhaft.

Der Inspektor schüttelte sich und schluckte gleichzeitig. Der Vorgang jagte ihm Angst ein. Aber nicht nur er, auch die Apathie der übrigen Gäste ließ ihn schaudern. Da schaute jeder zu, was mit seinem Nachbarn geschah, und niemand griff ein.

Wie sollte er auch? Denn jeder wusste, dass ihm dasselbe Schicksal bevorstand, wenn er genauer darüber nachdachte.

Die Menschen steckten in einem Kreislauf, der nur mit der Vernichtung und dem Tod enden konnte. Anderes war nicht mehr drin.

Suko schaute die Männer der Reihe nach an. Sie hielten seinem Blick stand, das war alles. »Will ihn denn keiner hinausschaffen?«, rief der Inspektor.

»Warum?« Ein alter Mann hatte dies gefragt. Seine Stimme klang brüchig, resignierend. Es war ihm anzumerken, dass er aufgegeben hatte. Da steckte kein Widerstand mehr in seinem Körper, der Wille war gelähmt, ausgeschaltet, tot …

Suko drehte sich um. Er streckte dabei seine Arme aus und fragte: »Wo steckt Pandora?«

»Das möchte ich auch gerne wissen«, wurde ihm von der Tür her geantwortet, die mit einem Ruck aufgeflogen war.

Suko erstarrte.

Auf der Schwelle stand, lässig die Maschinenpistole im Anschlag haltend, eine alte Bekannte.

Lady X!

Xorron war ein Monster. Man konnte ihn fast als unbesiegbar bezeichnen, und doch hatte auch er mit der Tücke des Objekts zu kämpfen. Und das war in diesem Fall der glatte Boden.

Er kam nicht so weg, wie er es sich vorgestellt hatte. Mit dem rechten Bein knickte er ein, weil es abrutschte. Ich hatte eine Gelegenheit zum Kontern. Und ich wollte es noch einmal versuchen. Dieser Unhold musste doch zu packen sein.

Als Xorron so unfreiwillig vor mir kniete, nahm ich das Kreuz und presste es blitzschnell gegen seinen Rücken.

Es reagierte.

Von dem Kreuz strahlte ein grünblauer Schein ab, der sich gedankenschnell über Xorrons Körper verteilte und ihn einhüllte wie ein durchsichtiger Mantel.

Dasselbe Phänomen hatte ich schon einmal bei einem Kampf mit ihm erlebt. Damals nur hatte es nicht viel gebracht. Würde es heute vielleicht anders sein?

Xorron stieß einen Grunzlaut aus. Dann schüttelte er sich und hob den Arm.

Er konnte sich also noch bewegen. Die Magie des Kreuzes schaffte es leider nicht, ihn zu stoppen. Ich hatte wieder einmal das Nachsehen und bekam den Hieb mit.

So schnell und auch so hart geschlagen, dass es mir nicht gelang, auszuweichen. An der Hüfte wurde ich getroffen, ließ Xorron los, wurde zurückkatapultiert und landete mit dem Rücken im Schnee, der hoch aufstob, als ich hindurchsegelte.

Mit beiden Armen ruderte ich, um mich zu halten. Leider war die Geschwindigkeit zu groß. Ich konnte mich selbst nicht stoppen, das besorgte der Wagen, vor den ich krachte. Mit dem Rücken hieb ich gegen das Blech des verbeulten Rover. Der Wagen bewegte sich, so hart war ich dagegen geschlagen.

Ich krümmte mich am Boden liegend. Mein Gesicht war verzerrt, ein paar Mal holte ich tief Luft, wälzte mich von einer Seite zur anderen, und es drang Schnee in meinen Mund, den ich hastig ausspie.

»Pack ihn dir!«

Diesen Befehl gab Pandora. Nichts, was Xorron lieber getan hätte. Ich lag am Boden, er hatte sich wieder erholt und kam auf die Füße. Das grünblaue Schimmern hatte sich verflüchtigt, der magische Angriff des Kreuzes war abgeschmettert worden, und Xorron hatte sich wieder einigermaßen erholt.

Er wälzte näher.

Aus meiner Perspektive wirkte er noch größer und wuchtiger. Seine Arme bewegten sich vor und zurück. Er schlenkerte sie. Grün schimmerten die Knochen unter der Haut, ich besaß zwar mein Kreuz, doch es zeigte bei Xorron keine Wirkung.

»Terra pestem teneto – Salus hic maneto!«

Diese Worte offenbarten ein großes Geheimnis. Mit ihnen konnte ich das Kreuz aktivieren, und ich schrie sie dem heranstürmenden Xorron entgegen.

Im selben Augenblick veränderte sich die Welt. Das Kreuz in meiner Hand wurde zu einer »Bombe«. Es leuchtete an seinen vier Ecken auf. Gewaltige Lichtbalken schossen hervor, die nicht nur Xorron umhüllten, sondern auch Pandora.

Hatte ich gewonnen?

Kaum war dieser Gedanke in meinem Hirn aufgezuckt, als der Gegenschlag erfolgte.

Und der traf mich voll!

Mit allem hätte Suko gerechnet, nur nicht mit dem Auftauchen der ehemaligen Terroristin und jetzigen Vampirin Pamela Barbara Scott. Sie stand vor der Türschwelle und gab sich sehr lässig, hielt die Waffe locker und lächelte. Wobei dieses Lächeln schon eher einem Grinsen glich. Sie fühlte sich in diesen Augenblicken sehr bestätigt, denn sie hatte seit ihrem Eintreten die Regie übernommen und genoss ihren Auftritt sichtlich.

Suko kannte die Untote. Er ließ sich von ihrer Lässigkeit nicht täuschen, denn er wusste genau, dass sie die Situation voll unter Kontrolle hatte und jeden im Auge behielt. Vor allen Dingen den Inspektor. Er gehörte schließlich zu ihren Erzfeinden.

»So sieht man sich wieder«, sagte sie.

Der Chinese nickte. »Ja, ich hatte mir schon gedacht, dass wir uns treffen. Der Mord an dem Pater wies auf dich hin.«

»Ich brauchte Nachschub.«

»Silberkugeln?«

»Genau, Chinese, Silberkugeln! Die Konkurrenz ist stark geworden, und ich muss mich wehren können.«

»Auch gegen Pandora?«

»Sicher.«

Suko lächelte. »Dann ist meine Vermutung falsch gewesen. Ich nahm an, ihr hättet euch zusammengeschlossen.«

»Nein. Es ist wie bei manchen Ehepaaren. Wir passen einfach nicht zueinander.«

»Dann sind wir jetzt drei Parteien«, stellte der Inspektor fest. »Sehr interessant.«

»Richtig. Aber bilde dir nur keine Schwachheiten ein, Chinese. Jeder kocht hier seine eigene Suppe, auch ich. Wir sind und werden keine Verbündeten.«

»Das habe ich nicht erwartet.«

Lady X trat näher und behielt ihr Lächeln bei. Sie hatte einen kurzen Blick in die Runde geworfen und kommentierte das Ergebnis.

»Pandora hat aufgeräumt. Mir scheint, dass wir auf die Leute nicht mehr zählen können.«

»Das stimmt.«

»Was ist mit ihnen geschehen?«

»Dämonische Bazillen haben sie infiziert. Als Pandora ihr Füllhorn auskippte, gelang es ihnen nicht mehr, sich in Sicherheit zu bringen. Die Saat der Unglücksbotin ist voll aufgegangen. Sie sitzt wohl am längeren Hebel.«

»Das scheint so«, erwiderte die Untote, wobei sie eine besondere Betonung auf das zweite Wort legte. »Aber noch hat sie nicht gewonnen.«

Suko wunderte sich. So hatte er Lady X eigentlich noch nie erlebt. Obwohl ihr Auftreten absolut sicher war, konnte Suko jedoch eine gewisse Unsicherheit bei ihr erkennen.

Er wusste nicht genau, woran es lag, und zermarterte sich das Gehirn, bis er sich die Blutsaugerin ein wenig genauer anschaute und feststellen musste, dass etwas fehlte, das sie sonst immer bei sich trug.

Der Würfel des Unheils!

Genau, er fehlte. Sie ging nie ohne ihn, er hatte sonst seinen Platz an ihrem Gürtel, und auch vom Äußeren her sah die Vampirin ziemlich ramponiert aus.

Sie musste einiges durchgemacht haben. Als Suko das klar geworden war, konnte er sich ein Lächeln nicht verkneifen.

»Dein Grinsen stört mich, Chinese!«

»Ich dachte nur über die Lage nach und vermisse etwas an dir, Lady X. Oder hast du es nicht mehr nötig, den Würfel des

Unheils mitzunehmen? Bist du bereits so erstarkt, dass du auf ihn verzichten kannst?«

Da hatte der Inspektor ein Thema angesprochen, das die Vampirin überhaupt nicht mochte. Sie schüttelte sich vor Wut, die Augen schleuderten Blitze, noch breiter verzog sie ihren Mund, wobei die Zunge hervorschnellte und Suko das Gefühl hatte, seine Karten, die sowieso nicht die Besten waren, überreizt zu haben.

Würde sie schießen?

»Ich an deiner Stelle würde es mir überlegen«, sagte Suko, der ihre Reaktion irgendwie vorausahnte. »Behalte dein Feuer, Lady X. Auch ich gehöre zu Pandoras Gegnern.«

Die Scott entspannte sich wieder ein wenig. Unter der Haut an der Wange bewegten sich ihre Muskeln, aus dem Mund drang ein Räuspern, und sie schüttelte den Kopf. »Glaube nur nicht, Chinese, dass wir jetzt Partner sind.«

»Das habe ich auch nicht angenommen, aber ich wollte nur die Fronten klären.«

»Und?«

»Ich weiß inzwischen, dass Pandora noch stärker ist, als ich annahm. Sie hat dir den Würfel genommen.«

»Es stimmt.«

»Und deine Helfer? Du bist doch sicherlich nicht allein gekommen. Wo stecken Vampiro-del-mar und Xorron?«

»Ich habe sie nicht mitgenommen.«

»Na gut. Lassen wir es dabei.« Suko hob die Schultern und gab sich ganz locker. »Wie hast du dir das weitere Vorgehen so gedacht?«

»Ich werde mein Spiel aufziehen.«

»Es wird dir schwerfallen.«

Da lachte Lady X hart auf. »Glaubst du denn im Ernst, dass ich zurückstecke, auch wenn ich den Würfel im Augenblick nicht mehr besitze? Nein, ich mache weiter. Und ich werde mir den Würfel zurückholen. Aber ohne deine Hilfe, Chinese.«

»Sie könnte dir etwas nutzen.«

Die Scott schüttelte den Kopf. »Du kannst mich nicht reinlegen. Genau wie ich weißt auch du, dass uns alles trennt und nichts verbindet. Wir sind und wir bleiben Feinde.«

»Dann schieß!«

Es hatte auch einen Mann wie Suko Überwindung gekostet, diese Worte zu sprechen. Er warf sein Leben nicht leicht weg, trotz der zahlreichen Gefahren, in die er immer geriet, hing er sehr daran. Er und die Vampire waren Feinde. Jeder wollte die Vernichtung des anderen, doch Suko glaubte nicht daran, dass sie ihn so einfach mit einer Garbe auslöschen wollte. Sie konnte es sich nicht leisten, denn sie stand einer feindlichen Umwelt gegenüber.

Lady X schoss nicht. Stattdessen sagte sie: »Nein, Chinese, so einfach mache ich es dir nicht. An anderer Stelle vielleicht, aber nicht hier. Ich will dich jedoch waffenlos sehen. Leg deine Kanone weg und auch deinen verfluchten Stab.«

»Wenn ich es nicht tue, wirst du dann schießen?«

»Sicher!«

»Nun gut, ich werde dir den Gefallen erweisen, aber es ist ein Fehler. Die andere Seite ist zu mächtig. Ich habe die Menschen sterben sehen. Du kommst als einfacher Vampir gegen die Magie der Pandora nicht an, Lady X. Lass dir das gesagt sein!«

»Waffen weg!«

Bisher hatten die Gäste dem Dialog gelauscht. Niemand mischte sich ein, sie saßen auf ihren Plätzen und ihre Blicke schwankten zwischen Lady X und Suko.

Es sah auch nicht so aus, als würden sie für irgendjemanden Partei ergreifen. Im Gegenteil. Suko dachte daran, dass, wenn zwei sich streiten, sich der Dritte immer freute. Und das konnten in diesem Falle die Gäste sein.

»Beeil dich!«, forderte die Vampirin. »Ich will nicht eine halbe Ewigkeit hier stehen!«

»Schon gut.« Suko griff unter sein Jackett. Die Finger berührten bereits den Stab, als etwas eintrat, womit er nicht im Traum gerechnet hatte.

Die Gäste erhoben sich von ihren Stühlen.

Das lief nicht langsam ab, nicht einer nach dem anderen stand auf, nein, es waren alle, die förmlich in die Höhe schnellten, als hätten sie einen Befehl erhalten, den außer ihnen weder Suko noch die ehemalige Terroristin gehört hatten.

Und sie blieben stehen.

Der Vergleich von Zinnsoldaten kam Suko in den Sinn, denn so steif standen sie auf ihren Plätzen.

Auch Lady X zeigte sich irritiert. »Was soll das?«, zischte sie. »Setzt euch wieder hin!«

Zwei drehten die Köpfe. Einer von ihnen, ein jüngerer Mann, griff nach einem Stuhl, hob ihn an und es war klar, was er vorhatte. Er wollte ihn auf die Scott schmettern.

Die staunte einen Moment. Auf ihrem Gesicht breitete sich die Überraschung aus. Sie reagierte dennoch blitzschnell und bevor der Stuhl auf sie zuflog.

Ein Schuss peitschte durch den Raum.

Sparsam ging Lady X mit den Kugeln um. Sie hatte auf Einzelfeuer gestellt, dies wiederum bewies, welch ein Profi sie im Umgang mit der Waffe war.

Ein kurzes Aufblitzen des Mündungsfeuers, Suko sprang zur Seite und sah den Stuhlwerfer fallen.

Er sah noch mehr. Vielleicht hatte ihm der Sprung sogar das Leben gerettet, denn der Wirt, der nur noch eine Hand hatte, griff mit der anderen unter die Theke und holte ein Gewehr hervor.

Und er bewies, dass er auch einhändig schießen konnte. Der Kolben der Jagdflinte lag in seiner Ellbogenbeuge, der Finger befand sich am Drücker, und er schoss.

Lady X stand genau im Weg. Sie zuckte nicht einmal, als die Kugel den Lauf verließ, das hatte sie nicht nötig. Fast stemmte sie sich noch dagegen und das Geschoss hieb dicht unter der rechten Brust voll in ihren Leib.

Weit riss sie ihren Mund auf, ließ sich zurückfallen und lachte dabei gellend. Bleimantelgeschosse taten ihr nichts, bei der Scott musste man schon mit härteren Dingen kommen.

Plötzlich brach das Lachen ab. Leicht geduckt stand sie

da, schien inmitten einer Bewegung erstarrt zu sein, und im nächsten Augenblick knatterten die Abschüsse durch den Raum.

Mündungsflammen tanzten. Diesmal eine Garbe, bestehend aus normalen Geschossen, sägte schräg auf den Wirt zu, und von mindestens acht Kugeln am und dicht unterhalb des Kopfes getroffen, wurde er zurückgefegt und zwischen das Regal geworfen, wo er langsam zu Boden sackte und sich nicht mehr erhob.

Suko hatte Deckung gefunden.

Diese wertvollen Sekunden, in denen die Scott abgelenkt worden war, hatte der Chinese ausgenutzt. Ein Pfeiler verbarg ihn vor den Augen der Lady X, und hier kauerte er sich zusammen.

Er hatte seine Beretta gezogen, die Waffe schräg gegen den Pfeiler gepresst und zielte damit dorthin, wo sich die Vampirin aufhielt. Die jedoch hatte andere Sorgen, sie wurde angegriffen, denn man wollte sie von der Tür wegdrängen.

Auch auf Suko kam jemand zu. Er schwang eine volle Flasche, um sie auf den Kopf des Chinesen sausen zu lassen. Da er bereits ziemlich nahe herangekommen war, hatte der Inspektor Mühe, dem Hieb auszuweichen.

Die Flasche krachte gegen den Pfeiler, zersplitterte, und ein Regen aus Scherben und Whisky ergoss sich nach unten. Suko wollte nicht unbedingt getroffen werden, rollte sich mit viel Schwung zur Seite und damit aus der Gefahrenzone.

Einen zweiten Angriff brauchte er nicht hinzunehmen, denn der Mann kümmerte sich nicht mehr um ihn. Er ging auf die Tür zu, wo sich die meisten der anderen Gäste befanden, denn ein unwiederbringlicher Drang zog sie nach draußen.

Ein paar Spritzer hatte Suko abbekommen. Er wischte über seine Augen, erhob sich wieder und sah, dass die Scott auf einen Tisch gesprungen war, die MPi dabei in Anschlag haltend.

»Lass sie gehen!«, schrie der Chinese, denn er konnte sehen, wie sie auf die Männer anlegte.

Lady X zuckte herum. »Wieso? Ich …«

»Lass sie, verdammt!« Suko lehnte am Pfeiler, den rechten Arm ausgestreckt, und er zielte mit der Beretta auf Lady X.

»Chinese, du verfluchter …«

»Lass sie gehen!«

Die Scott senkte die Waffe.

Suko atmete auf. Dieser Sieg ging auf sein Konto, das stand fest.

Die Gäste beeilten sich, den Raum zu verlassen. Irgendetwas trieb sie nach draußen. Suko war sich nicht sicher, was es war, das wollte er herausfinden, und er dachte auch an die Menschen selbst, die vielleicht noch zu retten waren, wenn es ihnen gelang, Pandora zu überwältigen und zu vernichten.

Die Tür wurde aufgestoßen, als die Ersten die Gastwirtschaft verließen. Suko schaute kurz hin, und er sah einen flackernden Schein auf der Straße.

Feuer!

Für einen Moment vereiste er. Wollten die von Pandora beeinflussten Menschen vielleicht ihren Ort abbrennen? Wenn ja, dann hatte er wohl einen Fehler begangen, als er sie gehen ließ.

»Was ist los?«, schrie er Lady X zu.

»Sie brennen etwas ab.«

»Was?«

»Sieh selbst nach. Du hast sie ja schonen wollen, verdammter Hundesohn!«

Suko gab darauf keine Antwort. Er lief jedoch nicht zur Tür, sondern stellte sich an ein Fenster, nahm einen Aschenbecher und zertrümmerte die Scheibe, denn sie war zu schmutzig, um durch sie genau erkennen zu können, was draußen vor sich ging.

Dass er Lady X dabei den ungedeckten Rücken zuwandte, störte ihn nicht. Sie hatte hoffentlich eingesehen, dass es besser war, wenn sie ihre Kugeln zurückhielt.

Suko schaute nach draußen. Seine Kehle wurde trocken,

denn was sich dort anbahnte, konnte man schon mit dem Begriff »ungeheuerlich« umschreiben …

Pandora hatte voll auf Xorron gesetzt!

Sie kannte ihn, sie wollte ihn zurückhaben, aus der Zukunft in die Vergangenheit holen, denn sie kam aus einem Reich, in dem sich die Zeiten mischten.

Er hatte ihr mal gehorcht, und er sollte ihr wieder gehorchen. Jeder, der sich ihm oder ihren Plänen in den Weg stellte, musste vernichtet werden.

Aus der Vergangenheit war sie zu einer kurzen Stippvisite erschienen, hatte in der Gegenwart ihre Macht bewiesen und würde in die Vergangenheit zurückkehren, doch dann, wenn es ihr passte.

Ein Hindernis stellte sich ihr in den Weg.

John Sinclair und das Kreuz!

Sie spürte plötzlich, zu welch einer Magie dieses Kreuz fähig war, und als John Sinclair die magische Formel schrie, da war es ihr, als würde ein Blitzstrahl durch ihren Körper fahren.

Diese Kraft, diese mörderische magische Kraft drohte sie zu zerreißen. Sie selbst warf sich zurück, schwebte in der Luft, umklammerte den Würfel und stieß einen gedanklichen Hilferuf an ihren eigentlichen Schöpfer aus.

Es war Zeus, der griechische Göttervater!

Würfel und Kreuz waren aktiviert worden. Beide Kräfte prallten gegeneinander.

Hoben sie sich auf? Entstand unter Umständen ein magisches Vakuum? Auch Pandora wusste es nicht. Niemand hatte ihr gesagt, dass dieser Gegner eine so mächtige Waffe mitführte, und sie sah noch, wie es auch John Sinclair von den Beinen riss und sich sein Körper in einer Wolke von Licht auflöste.

Dann war alles anders.

Die Magie der Zeiten stellte die Weichen …

Suko wollte nicht glauben, was er sah, aber er konnte seinen Augen trauen.

Das Dorf hatte sich verändert. Die Häuser und Straßen waren dieselben geblieben, nur die Menschen verließen ihre Wohnungen, hatten sich auf der Straße versammelt und kreisten das Haus ein, in dem sich die Gastwirtschaft befand.

Nicht nur sie waren gekommen, auch die Gestalten, die Pandora geschickt hatte.

Skelette, bräunlich schimmernd und mit langen Flammenpeitschen bewaffnet, ähnlich wie sie der Dämon Belphégor getragen hatte, gesellten sich zu den anderen.

Sie alle führten einen makabren Reigen auf. Sie tanzten um ein großes Feuer herum, das sie angezündet hatten und das ein schauriges Spiel aus Licht und Schatten über die gesamte Straße warf. Dabei schrien sie immer wieder den Namen Pandora, warfen sich auf die Erde und erinnerten Suko an alte Klageweiber aus der Antike.

Er konnte es nicht fassen. Lady X war vergessen, in diesem Augenblick interessierte er sich nur für diese Gestalten, die sich so seltsam benahmen.

Auch andere Dämonen befanden sich zwischen ihnen. Diese kleinen huschenden grünen Wesen, die ebenfalls aus dem Füllhorn der Pandora nach unten gekippt waren, bewegten sich über die Straße und hüpften wie glühende Bälle.

Sie saßen in der Falle.

Für Suko stand dies fest, und daran gab es auch nichts zu rütteln. Er war gespannt, wie Lady X darüber dachte, denn diese irre Situation hatte beide praktisch zu Verbündeten gemacht.

Die Scott war von der Tür zurückgetreten und presste die Mündung der Maschinenpistole gegen Sukos Hals. Der Inspektor spürte den kalten Druck. Er bewegte sich nicht und verspürte auch seltsamerweise keinerlei Angst, auch dann nicht, als er die Worte der Vampirin vernahm.

»Was meinst du, Chinese, wird mir dein Blut schmecken?«, flüsterte sie.

»Du wirst dich vergiften!«

»Wie sollte ich?«, gab sie lachend zurück.

»Ganz einfach. Weil die anderen stärker sind. Du hast nur deine Maschinenpistole, nicht den Würfel, weder Xorron noch Vampiro-del-mar. Und du kannst beide nicht erreichen, also stehst du allein, wenn du mich tötest. Bleibe ich jedoch am Leben, vergrößern sich die Chancen um hundert Prozent. Hast du das begriffen?«

»Sicher. Nur sehe ich es anders.«

»Und wie?«

»Ganz einfach, Chinese. Du hast gesehen, dass ich so leicht nicht zu töten bin. Sie haben auf mich geschossen, ich lebe. Das wird ihnen eine Lehre sein …«

»Hast du das Feuer vergessen?«, fragte Suko.

»Die kleinen Flämmchen?«

Suko schielte aus dem Fenster. Er sah ein Skelett mit seiner feurigen Peitsche in der Nähe des Fensters. Lady X konnte es nicht erkennen. Suko sagte auch nichts, sie sollte ihre Lehren selbst ziehen, und es dauerte nur noch einen Moment, bis es so weit war.

Der Schlag kam von der Seite, war kaum zu erkennen, und die glühende Peitsche wickelte sich um den noch bestehenden Fensterrahmen und teilte ihn in der Mitte.

Er krachte zusammen. Suko zuckte zurück, obwohl er die Mündung noch immer spürte, aber Lady X schoss nicht, denn sie wusste genau, dass diese Peitsche gefährlich werden konnte, wenn das Feuer auf sie übergriff.

Im nächsten Augenblick kletterte das Skelett selbst in den Raum. Suko war es leid. Er stieß Lady X zurück, zückte seine Dämonenpeitsche und schlug einmal einen Kreis über den Boden. Die drei Riemen fielen genau in dem Augenblick nach draußen, als sich das Skelett von der Fensterbank fallen ließ.

Es stand nicht ganz, als Suko gegen die bräunlich schimmernde Monsterfigur seine Peitsche einsetzte.

Die Riemen wickelten sich um den Knochenmann, der eigentlich zerrissen werden musste, aber wer konnte die Überraschung des Inspektors beschreiben, als dies nicht geschah.

Hastig zog Suko die Peitsche zurück. Er hörte hinter sich das wütende Schreien der Lady X und sprang zur Seite.

Jetzt erst erfolgte die Reaktion, denn es zeigte sich, dass die Peitsche dennoch eine Wirkung erzielt hatte.

Das Skelett platzte nicht auseinander, es füllte sich stattdessen auf. Vor den Augen des staunenden Suko lief etwas ab, das er noch nie in seinem Leben gesehen hatte. Die Rückverwandlung eines Skeletts zum Menschen. Fleisch bedeckte auf einmal die Knochen. Muskeln und Sehnen konnte der Inspektor erkennen, auch die Haut wuchs nach, und die leeren Höhlen innerhalb des Totenschädels füllten sich mit Augen, dem Mund und der Nase.

Ein Mensch entstand.

Ein Mensch mit einer Waffe, denn aus der flammenden Peitsche wurde ein Krummschwert, dessen Klinge bläulich schimmerte.

Vor Suko stand ein muskulöser Krieger der Antike. Ein fast nackter Mann mit einem flachen Gesicht und einer hohen Stirn, sodass der Kopf ein wenig Ähnlichkeit mit dem eines Affen annahm.

Dem Inspektor blieb vor Staunen der Mund offen. Wenn er das jemandem erzählte, kein Mensch würde ihm glauben, und auch Lady X war gebannt, wie der Inspektor mit einem raschen Seitenblick feststellen konnte. Sie rührte sich ebenfalls nicht von der Stelle, stand da und hielt ihre MPi umklammert.

Pandora hatte ihre Büchse ausgekippt und das Grauen auf die Erde geschickt. Bei ihr wurden aus Menschen keine Monster, sondern aus Monster Menschen.

Das war der Unterschied.

»Wir müssen ihn erledigen«, sagte Lady X und schoss.

Die Bleigarbe hieb in die Brust des auf magische Art und Weise entstandenen Kriegers. Es waren mehrere Kugeln, die trafen und den Körper auch aufrissen. Blut war nicht zu sehen. Nur eine braune Masse, wie sie der Körper auch außen zeigte.

Der Krieger schlug mit seinem Schwert zu. Als er die Klinge durch die Luft zog, entstand ein fauchendes Geräusch, das Suko als ziemlich störend empfand, und ihm klarmachte, dass mit diesem Gegner auf keinen Fall zu spaßen war.

»Erledige du ihn doch!«, peitschte die Stimme der Scott.

Suko musste innerlich grinsen. Plötzlich stand sie auf seiner Seite. Ein Wahnsinn. Bis aufs Messer hatten sie sich bekämpft, nun fighteten sie nebeneinander gegen Wesen aus einer anderen Zeit.

Noch hielt Suko die ausgefahrene Peitsche in der Hand. Er wollte nicht sofort und zu ungestüm angreifen, denn der Krieger ging mit seinem Kurzschwert um wie mit einem etwas zu langen Messer. Es konnte leicht sein, dass er mit einem Streich die Peitschenriemen traf und sie durchtrennte.

Sie belauerten sich.

Da die Tür offen stand, fiel auch weiterhin der flackernde Widerschein des Feuers in den Gastraum, malte gespenstische Schatten und verzerrte so manches Mal die Gestalten der drei Anwesenden, die noch lebten.

Auch Lady X griff ein.

Die Maschinenpistole hielt sie in einer Hand. Sie hatte sie in die Linke gewechselt. Mit der Rechten packte sie die Lehne eines Stuhls, wuchtete das Möbel in die Höhe und schleuderte es auf den Krieger der Antike zu.

Sie lenkte ihn damit ab. Das war die Chance für Suko. Ein blitzschneller Ausfallschritt brachte ihn an die rechte Seite und im nächsten Moment zuckte sein Arm vor. Die drei Peitschenriemen falteten sich auseinander, wischten an der Klinge vorbei und trafen zielsicher die Gestalt des Kriegers.

Lady X und Suko hörten das Klatschen, als die Riemen den nackten Körper berührten. Für beider Ohren war es Musik, und der Krieger stieß einen grunzenden Laut aus, während er herumfuhr und den Arm ausstreckte, denn er wollte den Inspektor noch mit seinem Schwert erwischen.

Suko drehte fast tänzelnd ab, riss die Peitsche an sich und sah zu, wie der Krieger verschwand.

Er wankte nach draußen.

Plötzlich hatte er kein Interesse mehr an seinem Gegner, sondern ließ den Gastraum hinter sich. Suko und Lady X schauten ihm staunend nach, wie er schnurstracks auf das Feuer zuschritt.

Hoch loderten die Flammen, und sie erhielten noch mehr Nahrung, als der Krieger mitten in sie hineintrat.

Er tötete sich selbst!

»Das begreife ich nicht!«, zischte die Scott. »Verdammt, das will mir nicht in den Kopf. Dir?«

Suko schüttelte den Kopf.

»Wir brechen aus, Chinese«, sagte die Vampirin. »Und wenn du es nicht willst, dann versuche ich es allein. Auf jeden Fall will ich hier weg. Ich fühle mich eingekreist.«

»Du kannst ja gehen.«

»Und du?«

Da lachte Suko. »Glaubst du denn im Ernst, dass sie dich durchlassen? Du kommst doch gegen die Meute nicht an. Die machen dich fertig, sobald du einen Fuß über die Schwelle gesetzt hast. Aber wie du willst. Versuche es!«

Die Worte waren bei der ehemaligen Terroristin auf fruchtbaren Boden gefallen. Sie zögerte, ihr Vorhaben weiterhin durchzuführen, und schaute wie Suko nach draußen, wo der aus dem Skelett entstandene Körper allmählich verbrannte.

Aber Pandora hatte nicht nur die Skelette geschickt, auch andere Dämonen waren aus dem Füllhorn gefallen. Kleinere Wesen, die harmlos aussahen, es jedoch in sich hatten.

Vor allen Dingen waren sie schnell.

Wie kleine Raketen starteten sie auf der Straße, huschten durch die offene Tür und glichen hart geworfenen Bällen mit glühenden Augen, die plötzlich größer wurden und in Flammen übergingen.

Suko und Lady X brauchten nicht mehr zu raten, was diese dämonischen Wesen vorhatten. Sie wollten die Gaststätte in Brand stecken, und es blieb nicht nur bei einem, sondern drei, vier huschten durch die offene Tür, ohne dass die Scott oder

Suko etwas unternehmen konnten, weil alles zu schnell über die Bühne lief.

Drei dieser Geschöpfe hatten den Weg gefunden, prallten gegen Tische oder Wände, wo sie in einem glühenden Regen auseinander fielen und dort, wo die Reste von ihnen gelandet waren, Flammenbündel hochschossen und sich ausbreiteten.

Da durch die offene Tür ein Windstoß fauchte, wurde die Flammenwand dicht hinter der Schwelle hochgeschleudert und zu einem wahren Feuerorkan, der Suko und Lady X den Weg nach draußen versperrte.

Die Scott hatte Glück. Sie war schon auf dem Weg zur Tür, als sie stoppte und ihren Oberkörper herumwarf. Über ihr verzerrtes Gesicht tanzte der Widerschein des Feuers. Suko las keine Angst von ihren Zügen ab, sondern eher Wut und Ärger. Er konnte sich den Grund leicht denken.

Lady X fehlten ihre Helfer und der Würfel. Bisher hatte sie sich immer auf sie verlassen können, nun sah es schlecht für sie aus, denn sie musste allein einen Ausweg finden, wobei sie Suko als Partner nicht anerkennen konnte, denn er war schließlich ihr Feind. Sollten sie diese Hölle überstehen, würde jeder von ihnen versuchen, den anderen zu töten. Nur die gemeinsamen Gegner schweißten sie für den Moment zusammen.

»Siehst du einen Ausweg?«, schrie Lady X und wich ein wenig zurück, da sich das Feuer ausbreitete.

Suko hob die Schultern. »Keinen besonderen, aber wir müssen nach oben.«

»Was?« Dieses eine Wort deutete an, dass Lady X so begeistert von dem Vorschlag nicht war.

»Ja, ich habe eine Treppe gesehen. Es ist die einzige Möglichkeit. In der ersten Etage ist noch alles normal.« Suko hustete, weil ein Rauchschwall gegen ihn stieß.

Die Scott schaute in die Flammen. Wie Suko erkannte sie hinter den tanzenden Feuerzungen die schattenhaften Gestalten der braunen Skelette, die nur darauf warteten, wieder eingreifen zu können.

Sie nickte. »Dann gehen wir!« Im nächsten Augenblick duckte sie sich, denn mit großem Tempo wirbelte ein weiterer Dämon in den Gastraum.

Er flog etwa in Kopfhöhe und hatte eine so große Geschwindigkeit, dass er bis über den Tresen flog und gegen die Wand prallte, wo noch einige Flaschen standen. Dort prallte er ab, fiel zu Boden, wo er sich im Nu zu einer zischenden Lohe ausbreitete, die augenblicklich den gesamten Platz hinter dem Tresen ausfüllte.

Suko spürte die heiße Welle des Feuers. Wie ein Höllenatem fauchte sie ihm entgegen, er drehte sich um, denn er wollte zur Treppe, die hinter der Theke nach oben führte.

Lady X rannte ebenfalls. Sie schimpfte. Suko konnte nicht verstehen, was sie sagte, dafür sah er, dass einer der Balken Feuer gefangen hatte. Am Beginn der Treppe blieb er stehen und hörte hinter sich einen Knall. Scharf drehte er sich um.

Die Tür zum Hof war aufgeflogen. Ein Schwall Feuer brach in den Gang. Und mit den Flammen kamen die Skelette, denen die heißen Zungen nichts ausmachten.

Der Weg war auch versperrt. Sukos Annahme hatte sich als korrekt herausgestellt. Es war nichts mehr zu machen.

Noch war die Treppe frei. Mit einer Hand packte Suko den Geländerkopf und wuchtete seinen Körper herum. Dann jagte er mit langen Sätzen die Stufen hoch, erreichte den ersten Absatz und schaute in die wabernden Wände aus Flammen und Rauch.

Auch die Scott beeilte sich. Feuer war ebenso gefährlich für sie wie geweihte Silberkugeln oder ein angespitzter Eichenpflock. Zusammen mit dem Inspektor überwand sie den nächsten Treppenabsatz und sie befanden sich nun in der ersten Etage.

»Wie weiter?«

Suko hob die Schultern. Er sah sich um. Hier oben hatte das Feuer noch nicht gewütet. Sie hörten von unten her die Flammen fauchen und knistern, wobei erste dicke Rauchschwaden ihren Weg über die Treppe fanden und in die Höhe quollen.

»Vielleicht gibt es eine Verbindung zum Nachbarhaus«, sagte der Inspektor.

»Und dann?«

»Über die Dächer.«

Lady X wollte etwas sagen, verschluckte ihre Worte allerdings, denn sie hatte Schritte gehört.

Sie kamen die Treppe hoch.

Suko drückte sich an der Vampirin vorbei und sah zwei Skelette mit flammenden Peitschen.

Lady X schoss an Suko vorbei. Die Kugeln konnten die Wesen zwar nicht töten, sie hieben jedoch in die braunen Körper und schleuderten sie wieder zurück.

Für einen Moment hatten sie Ruhe.

Suko war bereits weitergelaufen. Das Haus hatte nur die erste Etage, darüber begann das Dach, zu dem es sicherlich einen Aufstieg geben musste, denn so etwas ist bei jedem Haus üblich.

Suko fand die Luke am Ende des Ganges. Sie war in die Decke eingelassen. Braun schimmerte das Holz. Man musste einen Griff packen und konnte die Luke aufziehen.

Der Chinese blieb direkt darunter stehen, duckte sich zusammen und sprang in die Höhe. Er streckte seinen rechten Arm aus, bekam den Griff zwischen die Finger und zog die Luke nach unten.

Mit ihr fiel eine Leiter heraus, deren Ende wuchtig auf den Boden knallte.

Lady X hatte es sehr eilig. Sie drängte sich an dem Chinesen vorbei und kletterte die Stufen hoch. Als Suko ihr folgte und einen Blick zurückwarf, da sah er die beiden Skelette den Gang entlanglaufen. Sie hielten weiterhin ihre flammenden Peitschen fest.

Für Suko wurde es Zeit. Lady X hatte bereits ihren Weg auf den Speicher genommen und sich dort verkrochen. Der Chinese überlegte, ob er zwei Silberkugeln opfern sollte, doch er ließ es bleiben. Nein, damit waren die anderen nicht zu stoppen.

Aber der Inspektor wollte es den Verfolgern erschweren. Deshalb zog er die Luke wieder zu, nachdem er den Speicher erreicht hatte. Die Leiter kam automatisch mit hoch.

Finster war es nicht. Durch schräge Fenster fiel Licht. Allerdings waren sie sehr klein, so gering in den Ausmaßen, dass Suko kaum hindurchpasste.

Er hätte schon Ziegel ausbrechen müssen, um den Weg auf das Dach zu finden.

Während er die Bleistiftleuchte einschaltete, hörte er das Fluchen der Vampirin. Sie geisterte über den Speicher und suchte einen Ausstieg. Außer Staub, Dreck und vergammelten Möbelstücken fand sie nichts.

»Dann müssen wir eben die Dachpfannen lösen«, sagte der Inspektor und machte sich bereits an die Arbeit. Der Speicher war nicht isoliert. Die einzelnen Pfannen lagen auf den Balken und Querverstrebungen. Da das Dach ziemlich alt war, gab es an einigen Stellen Lücken, wo graues Tageslicht hindurchschimmerte. Suko suchte sich eine dieser Lücken aus, stemmte seine Handflächen gegen die Dachpfannen und setzte all seine Kraft an.

Er sprengte die Pfannen weg, hörte ihr Poltern und Rutschen. Das Loch hatte sich erweitert.

Auch Lady X half mit. Nur nahm sie nicht ihre Hände, sondern den Lauf der Maschinenpistole. Ihn schlug sie gegen die Pfannen und war ebenfalls erfolgreich.

»Wäre doch gelacht, wenn wir das bisschen nicht schaffen«, knurrte Suko, wobei er einen schrägen Blick der Vampirin auffing.

Der Inspektor grinste. »Woran denkst du?«, fragte er. »An mein Blut? Das kannst du dir abschminken, Lady X!«

Als Antwort zog sie ihre Lippen zurück und präsentierte die beiden Vampirzähne.

»Die haue ich dir noch ein, diese kleinen Beißerchen!«, versprach ihr Suko, bevor er damit begann, durch das jetzt offene Dach nach draußen zu klettern.

Die Öffnung war breit genug, sodass er mit seinen Schultern hindurch kam. An einem Holzbalken hielt er sich fest, strampelte noch mit den Beinen und schaffte es, auf das Dach zu gelangen.

Er blieb liegen, denn es war nicht einfach, auf die Füße zu kommen, weil das Dach ziemlich schräg und durch die Feuchtigkeit auch sehr rutschig war.

Sogar hier wurde er vom Widerschein der Flammen getroffen. Genaues konnte er nicht erkennen, da ihm die Dachschräge den Blick in die Tiefe verwehrte.

Dann kam Lady X. Sie hatte sich die Maschinenpistole um die Schulter gehängt. Geschmeidig waren ihre Bewegungen. Wie eine Schlange glitt sie auf die Schräge und blieb neben Suko.

»Was machen wir jetzt?«

Der Inspektor deutete nach vorn. Genau an der Stelle, wo das Dach sein Ende fand, schloss sich das nächste Haus an, das allerdings nicht in gleicher Höhe, sondern um etwa einen Yard tiefer lag. Wenigstens schätzte Suko dies.

»Dort müssen wir hin.«

»Dann geh!«

Suko machte den Anfang. Auf allen Vieren bewegte er sich vor und hielt aufgeschreckt inne, als unter ihnen etwas zusammenkrachte, wobei sich die Erschütterung sogar auf das Dach übertrug.

Die Flammen breiteten sich aus, und es würde sicherlich nicht lange dauern, bis sie auch das Dach erfasst und die Pfannen weggesprengt hatten.

Über ihnen lag ein grauer Himmel. Von der Straße her leuchtete der Widerschein des Feuers. Zuckenden Schatten gleich tanzte er über die graue Himmelsfläche.

Es war eine gespenstische Atmosphäre, in der sich die beiden so ungleichen Partner voranbewegten. Man hatte sie in die Enge getrieben, und sie sahen keine andere Möglichkeit, zu einem Erfolg zu kommen.

Deshalb diese Tour.

Suko erreichte zuerst das Ziel. Noch hielt das Dach, hatte

sich das Feuer nicht so weit ausgebreitet, dass es auch die Konstruktion erfasste, doch als Suko nach unten blickte, da erkannte er, dass ihre Chancen nicht gut standen.

Pandoras Brut hatte die Straße regelrecht überschwemmt. Und nicht nur sie, auch an den anderen Seiten des Hauses lauerten sie und hatten mit ihren Flammenpeitschen Feuer gelegt. Suko sah einen alten Schuppen lichterloh brennen.

Zwischen den Wesen bewegten sich schattenhaft und wie Marionetten die Bewohner von Billings. Sie waren durch den Keim der Unheilbringerin voll infiziert worden.

Suko musste den Sprung auf das Nachbardach schaffen.

Wirklich keine große Entfernung. Normalerweise eine der leichtesten Übungen des Chinesen und Suko holte tief Luft, bevor er sich auf das Nachbarhaus fallen ließ.

Er wäre gern in diesem Augenblick eine Katze gewesen. Sie hätte sich festgekrallt. Suko konnte es nicht, obwohl er es versuchte, fast das Gleichgewicht verlor, nachgreifen musste, dabei wegrutschte, aber Glück im Unglück hatte, denn er bewegte sich genau auf einen Schornstein zu, der ihm nicht nur im Weg stand, sondern ihm auch den nötigen Halt bot, sodass Suko seine Arme um das Mauerwerk klammern konnte.

Geschafft!

Er zog die Beine etwas an, drehte seinen Unterkörper, um mit den Knien Halt zu finden, und konnte nicht nur zurück, sondern auch auf Lady X schauen, die ebenfalls in diesem Moment sprang.

Sie hatte es so machen wollen wie Suko. Im ersten Moment sah es auch so aus, als würde sie es schaffen, dann aber war ihr ausgerechnet ihre Waffe im Weg. Der Lauf der MPi kantete auf eine Dachpfanne, dadurch geriet Lady X aus der Richtung, und sie rutschte gleichzeitig ab.

Im Nu befand sich die Vampirin auf dem Weg zum Dachrand.

Suko hörte ihren Fluch. In einer reaktionsschnellen Bewegung löste er einen Arm vom Schornstein und streckte ihn so aus, dass er Lady X den Weg versperrte.

Trotzdem reichte es nicht.

In einer Entfernung von vielleicht einer Handspanne glitt die Untote an Sukos Fingern vorbei.

Dabei fluchte sie wie ein Seemann, und sie verfluchte auch den Inspektor, denn sie glaubte, dass Suko sie reingelegt hatte. Verzweifelt war sie bemüht, die Rutschpartie nach unten zu beenden, doch das Dach hatte einfach eine zu starke Neigung, die Lady X nicht ausgleichen konnte. Zudem wurde ihr die auf den Pfannen liegende Feuchtigkeit zum Verhängnis und der Dachrand kam immer näher.

»Du verfluchter Bastard!«, brüllte sie voller Hass. »Du hast mich hier hängen lassen. Ich hole mir dein Blut! Ich …« Sie verstummte, denn jetzt hatte sie den Dachrand erreicht. Ihre Beine befanden sich schon darüber, sie pendelten, unter ihnen lag die Tiefe, wo die Feinde auf sie lauerten und das Feuer immer höhere Flammen gegen den trüben Himmel schickte.

Was weiter geschah, konnte Suko nicht sehen, denn das Feuer hatte jetzt auch das Nachbarhaus erfasst, und die Gewalt der Flammen, vermischt mit heißer Luft, sprengte die Pfannen in die Höhe, sodass sie wie Geschosse wegflogen, bevor die feurige Lohe gierig und fauchend aus der Öffnung stieß.

Auch Suko spürte die Hitze. Sie übergoss ihn, brannte auf seiner Haut, und er musste seinen Platz wechseln, denn lange konnte er es in dieser Stellung nicht aushalten, das stand fest.

Der Inspektor konzentrierte sich auf jede seiner Bewegungen, führte sie langsam durch und hoffte darauf, keinen einzigen Fehler zu machen, der tödlich enden konnte.

Wie ein Gummimensch drehte sich Suko um den Schornstein herum. Er wollte auf die andere Seite gelangen und sich dort weiterbewegen, vielleicht gelang es ihm auch, das Dach des nächsten Hauses zu erreichen. Er hatte es schon gesehen, und es kam ihm wesentlich flacher vor als das, auf dem er sich nun fortbewegte.

Was mit Lady X geschehen war, konnte er nicht erkennen.

Wenn sie gefallen war, hatten sich ihre Gegner sicherlich über sie gestürzt, aber Suko wollte nicht glauben, dass sie ohne Widerstand aufgab. Zumindest hätte sie geschossen, und das hatte er nicht gehört.

Zoll für Zoll kam er voran. Trotz der kühlen Luft war er in Schweiß gebadet. Es lag an der Anspannung und vielleicht auch daran, dass hin und wieder der heiße Atem des Feuers über seinen Rücken leckte.

Sein Blickwinkel wurde besser. Er schaute nach rechts, sah auf die Schräge hinab und konnte die Dachrinne erkennen, die nicht genau gerade verlief, sondern sich an einigen Stellen, durch was auch immer, hochgebogen hatte.

Und genau dort entdeckte er zwei Hände!

Suko kannte Lady X sehr genau. Er brauchte nur einmal hinzuschauen, um zu erkennen, dass ihr die Finger gehörten. Sie hatte sich im letzten Augenblick festklammern können und war nicht in die Tiefe gefallen und von ihren Feinden zerfetzt worden.

Deshalb keine Schüsse und Schreie.

Suko hielt inne. Sollte er Lady X zu retten versuchen? Es wäre Wahnsinn gewesen, und er entschloss sich, es nicht zu tun. Nein, die hatte zu viel auf dem Gewissen. In diesem Augenblick war sich jeder selbst der Nächste. Zudem hätte die Blutsaugerin auch nicht gezögert, ihn zu töten, wenn sich die Chance dazu bot.

Suko behielt seine Richtung bei und er passierte Lady X, wobei er das Dach des folgenden Hauses nicht aus den Augen ließ.

Natürlich hatten seine Feinde längst festgestellt, wo sie sich befanden, und entsprechend reagiert.

Suko hielt plötzlich inne, als er auf dem Dach vor ihm die Gestalten auftauchen sah.

Es waren die mit flammenden Peitschen bewaffneten Skelette, die aus einer Dachluke kletterten.

Vier zählte der Chinese, und seine Gegner benötigten nur Sekunden, um ihn zu entdecken.

Die Chancen des Inspektors sanken allmählich dem Nullpunkt entgegen …

Kreuz gegen Würfel!

Wer war stärker? Konnte das Kreuz es schaffen und die magische Kraft des Würfels besiegen? Denn der Würfel war zum Bösen hin manipuliert worden, weil seine Trägerin es so wollte.

Ich fand keine Antwort auf diese Fragen, da ich in diesen Momenten nicht mehr ich selbst war. Andere Kräfte, die außerhalb meiner Kontrolle lagen, hatten Besitz von mir ergriffen und mich in einen Strudel hineingerissen, wo es weder eine Zeit noch andere Begriffe gab, mit der man die Lage hätte erklären können.

Ich befand mich in einem magischen Vakuum, und um mich herum tobten die Entladungen.

Es war nicht dunkel wie bei einigen Dimensions- und Zeitsprüngen, die ich bereits hinter mich gebracht hatte. Ich bekam alles mit und konnte doch nicht eingreifen, denn andere Kräfte kontrollierten meinen Körper und meinen Geist.

Um mich herum war es hell.

Zwar kein Strahlen, aber ein seltsames Glänzen, als würde ich mich in einem Käfig befinden, dessen Innenwände mit Silberpapier ausgekleidet waren.

Hin und wieder sah ich Gesichter innerhalb der Flächen auftauchen. Und es waren die, die ich zuletzt gesehen hatte, bevor Würfel und Kreuz reagierten.

Grauenhaft verzerrt das sonst so schöne Gesicht der Pandora. Blass und ausdruckslos das von Xorron, dem Herrn der Untoten und Zombies, und auch ein anderes schimmerte durch.

Allerdings sah ich nur zwei Augen, die so wirkten, als wären sie von einem Schleier überdeckt.

Der Seher?

Meine Gedanken arbeiteten trotz allem klar und scharf. Wenn er es tatsächlich war und vielleicht seine schützende Hand über mich hielt, fühlte ich mich wenigstens nicht so allein. Irgendwie gaben mir diese Augen, die so gütig, gleichzeitig streng und auch wissend blicken konnten, die große Hoffnung.

Ich wusste nicht genau, wer der Seher war. Es gab Spekulationen. Einmal hatte ich daran geglaubt, Nostradamus in ihm zu erkennen, ein anderes Mal dachte ich an Hesekiel, den Erschaffer meines Kreuzes. Auf jeden Fall war es ein Geist, der über vielem stand.

Noch immer tobten die Kräfte. Ich ließ mich treiben. Erstens konnte ich mich nicht wehren, zweitens wollte ich es auch nicht, und drittens war ich nicht in der Lage, irgendetwas bewusst zu steuern. Ein Mantel aus Magie umhüllte mich, ich wurde getragen, weggezerrt, und mein eigener Wille war ausgeschaltet.

Die verschneite Umgebung des schottischen Hochlandes hatte ich längst vergessen. Im Tunnel der Zeiten gab es keine Gegenstände, da existierte einfach nicht die Welt, wie ich sie kannte. Dort wurden die irdischen Gesetze ad absurdum geführt.

Wie lange sollte die Reise noch dauern? Und an welches Ziel würde sie mich führen?

Darüber dachte ich nach, obwohl ich selbst nichts steuern konnte. Weit hielt ich die Augen geöffnet. Vielleicht gelang es mir, einen Blick auf den Seher zu werfen. Unter Umständen wollte er mir eine Botschaft überbringen, denn er hatte sich mir gezeigt.

Ich täuschte mich, denn das Augenpaar tauchte nicht wieder auf.

Dafür sah ich Pandoras Gesicht. Und ich erkannte darin einen gewissen Schrecken, den man auch mit dem Ausdruck Entsetzen umschreiben konnte. Irgendetwas hatte sie aus der Bahn geworfen, musste sie gestört haben, dass sie so reagierte.

›Bleibe ruhig, John Sinclair! Bleibe um Himmels willen ruhig. Aber sieh der Gefahr ins Auge. Du hast eine magische Reise unternommen. Der Würfel und dein Kreuz haben ihre volle Kraft entfaltet. Es ist zu einer Eskalation gekommen, und du wärst fast zwischen den Mahlsteinen dieser beiden gegensätzlichen Pole zerrieben worden. Ich habe es soeben verhindern können, das Ende des Sohnes des Lichts vermeiden. Mehr kann ich nicht tun, auch mir sind die Hände gebunden, denn du wirst bald in einer Zeit und in einer Dimension erwachen, in der die alten Sagen und Legenden zur Wirklichkeit geworden sind. Menschen, die über diese Sagen berichtet haben, konnten hin und wieder einen Blick in die Dimension werfen, anderen blieb es versagt, und du wirst etwas erleben, was später für dich noch einmal wichtig ist. Behalte also, schaue genau hin, und wehre dich deiner Haut, John Sinclair!‹

Derjenige, der mir diese Sätze durch einen geistigen Kontakt übermittelt hatte, war der Seher. Er hatte mich also nicht verlassen, sondern stand nach wie vor auf meiner Seite.

Auch ich wollte eine Antwort formulieren und ebenfalls eine Frage stellen, da war der Kontakt abgebrochen.

Ein gewaltiges Rauschen erreichte mich einen Moment später. Ich hatte das Gefühl, als würden die Ohren auseinander fliegen, und plötzlich war diese seltsame Welt um mich herum verschwunden.

Alles wieder normal.

Im ersten Augenblick überfiel mich ein Schwindel. Er machte mich benommen, ich schüttelte den Kopf, atmete ein paar Mal tief durch, öffnete die Augen und war überrascht, dass ich noch immer auf dem Felsen stand, wo alles seinen Anfang genommen hatte.

Ich schaute in die Tiefe.

Nein, doch nicht! Ich hatte mich geirrt, denn ich sah keinen Schnee mehr. Er konnte nicht so rasch weggetaut sein, es gab auch keine Hänge und Weiden. Eine andere Berglandschaft umhüllte mich, und ich sah in der Ferne eine graugrüne, wogende Fläche, die heranrollte und gegen gewaltige Felsen dröhnte, wo sie lange Schaum- und Gischtstreifen in die Höhe wuchtete.

Dort lag das Meer, und ich befand mich dicht an einem Steilufer oder auf einer Insel.

Beides konnte sein.

Tief holte ich Luft. Sie schmeckte nach Salz und war lau.

Ich lächelte bei diesem Gedanken, da ich nicht so recht mit ihm vertraut werden konnte. An das Mittelmeer wollte ich nicht glauben, sondern eher an eine Reise in eine andere Dimension.

Am Himmel stand eine tiefe Sonne. Ich musste meine Augen mit der Hand beschatten, um gegen die Strahlen schauen zu können, die sich wie flüssiges Gold auf die Oberfläche des Meeres legten.

Trotz der intensiven Suche gelang es mir nicht, ein Schiff zu entdecken. Das Meer blieb einsam.

Ich kontrollierte meine Waffen, bevor ich mich umwandte. Bis auf den Bumerang trug ich alles bei mir. Wenn sich Feinde zeigen sollten, konnte ich mich wehren.

Bis zur Steilküste war es nicht weit. Ebenso nah war die Distanz zu den Felsenbergen, die vor mir hochragten. Sie sahen aus wie nebeneinander gestellte Säulen, waren rau, zeigten Spalten, Furchen, zahlreiche Vorsprünge und auch vom Wind blank gewaschene Stellen.

Meine Blicke tasteten die Wände ab. Ich suchte nach Lebewesen, vielleicht nach einem Vogel oder einem anderen Tier. Nichts war zu sehen, nur das nackte Gestein.

Ich ging langsam vor. Wo der Sand hergekommen war, der auf dem Boden lag, wusste ich nicht. Er musste vom Wind aus irgendeiner entfernt liegenden Wüste über das Wasser hergeweht worden sein, und er stäubte hoch, als ich auf die Felsen zuschritt.

Wenn ich an ihnen hoch schaute, fühlte ich mich ungeheuer klein. Sie waren wirklich gigantisch, und es schien mir, als würden sie sich auf mich zuneigen, je näher ich auf sie zuschritt. Rechts von mir wurden sie von den Strahlen der untergehenden Sonne getroffen, die das Gestein in einer Breite von ungefähr drei nebeneinander stehenden Häusern anmalten.

Am unteren Ende der Felsen, wo der Wind gebrochen wurde, hatte er den Sand aufgetürmt. Er schien wie ein erstarrter breiter Schleier am Gestein zu kleben.

Ein imposantes mächtiges Bild, das sich veränderte, je näher ich herankam, denn nun konnte ich Einzelheiten erkennen und ich entdeckte die Eingänge von Höhlen.

Es waren keine runden Höhlenlöcher, sondern breite Spalten, die, wie mit einem Messer geschnitten, innerhalb des Gesteins klafften. Einige befanden sich so tief, dass ich zu ihnen hinklettern konnte.

Das wollte ich auch.

Es hatte keinen Sinn, näher über mein Schicksal nachzudenken. Ich hätte mir nur unnötig Sorgen gemacht und mir den Kopf zerbrochen. Da man etwas von mir wollte, würde ich alles auf mich zukommen lassen. Die anderen meldeten sich schon. Zudem hatte ich schlimmere Dinge erlebt in ganz anderen Welten.

Allerdings ahnte ich nicht, was mich hier noch alles erwartete, und so ging ich optimistisch den Aufstieg an, um die erste Höhle zu erreichen.

Der Weg war nicht einfach. Auch konnte ich ihn nicht in gerader Linie nehmen, sondern musste Serpentinen gehen, um das Ziel zu erreichen. Die letzte Strecke gestaltete sich als die schwierigste, da kam ich mir wie ein Steinbock vor, der in den Felsen herumklettert.

Schließlich stand ich vor der Höhle.

Der Rand war ziemlich breit. Die Gefahr eines Fehltritts bestand kaum, und ich schaute mich wieder um. Da ich mich jetzt noch höher befand, gestaltete sich der Blick über das Meer besser, und am Horizont, wo das Meer und der Himmel zu einer Linie verschmolzen, entdeckte ich ein Boot.

Tag und Dämmerung gingen ineinander über. Die Luft war

klar. Das Boot konnte ich deutlich erkennen und zeigte mich überrascht wegen der Form der Segel.

Segelboote auf dem Mittelmeer?

Okay, davon gab es viele. Wenn mich meine Augen jedoch nicht täuschten, konnte man das Boot, das ich sah, nicht mit einer modernen Jacht vergleichen. Das sah mir eher so aus wie ein Boot aus dem Altertum.

Allmählich dämmerte es mir.

Ich war wahrscheinlich nicht in einer anderen Dimension, sondern in einer anderen Zeit gelandet.

In der Vergangenheit vor Christi Geburt!

Das musste ich verdauen. Nicht zum ersten Mal war mir so etwas passiert. Ich meine damit einen Zeitrutsch in die Vergangenheit. Im vierten oder fünften Jahrhundert nach Christi Geburt hatte mir ein alter Makkabäer die meisten Geheimnisse des Kreuzes offenbart, als ich mit der Pyramide des Wissens dort gelandet war. Im Zeitalter weit vor Christi Geburt, als nicht die Römer, sondern die Griechen die beherrschende Macht in der damals bekannten Welt waren, dahin hatte es mich zum ersten Mal verschlagen.

Dachte ich genauer darüber nach, so konnte ich es als eine logische Folge bezeichnen. Die Gestalt der Pandora stammte aus der griechischen Mythologie. Es würde mich nicht wundern, wenn mir noch Odysseus begegnete.

Das Boot hatte ein neues Ziel gefunden.

Die Insel!

Ein schiefer Blick zur Sonne zeigte mir, dass sie noch nicht versunken und ein Rest an Helligkeit zurückbleiben würde, wenn das Schiff die Insel erreichte.

Mich brauchte man nicht unbedingt zu sehen, deshalb schaute ich mich nach einem Versteck um.

Ich fand es.

Nicht in eine Höhle verkroch ich mich, sondern klemmte meinen Körper in einen Spalt, der wie geschaffen für mich schien. Ich verschmolz mit dem Fels, und es würde für andere schwierig werden, mich überhaupt zu entdecken.

So wartete ich ab.

Schon bald war das Schiff deutlicher zu erkennen. Es hob sich von der graugrünen Fläche des Meeres ab, das einzige, schräg gespannte und geblähte Segel schimmerte in den Farben von Rot und Weiß. Nicht nur die Kraft des Windes trieb das Schiff an, sondern auch Ruderskiaven, die ich zwar selbst nicht sah, dafür jedoch die Ruderstangen, die an der Backbord- und Steuerbordseite des Schiffes aus den dafür vorgesehenen Öffnungen stachen.

Deshalb war der Kahn so schnell, und ich dachte wieder an die Worte des Sehers, der mir berichtet hatte, dass ich ein Ereignis erleben würde, das in der Zukunft noch Bedeutung haben könnte.

Ich war gespannt, wie das Schiff die Brandung überstehen würde. Sie war ziemlich hart, man musste den Kahn gut ausmanövrieren, und einen Hafen hatte ich nicht entdeckt.

Es drehte ab.

Nach backbord hin wurde es geleitet und geriet aus meinem Blickwinkel. Das ärgerte mich. So konnte ich nicht erkennen, was weiterhin geschah. Ich musste raten.

Wahrscheinlich lief der Kahn einen Hafen an. Ich jedenfalls hatte keinen gesehen, und auch das Schiff blieb meinen Augen weiterhin verborgen.

Fast platzte ich vor Neugierde. Das Schiff lief sicherlich nicht ohne Grund diese einsame Insel im Meer an.

Ich spielte mit dem Gedanken, meine Deckung zu verlassen, doch das wäre schlecht gewesen, man sollte mich nicht entdecken.

Es wurde dunkler.

Fast übergangslos geschah dies, und die Schatten der hohen Felsen glichen einem finsteren Tuch, das alles andere überdeckte.

Manchmal, wenn der Wind günstig stand, da glaubte ich, Stimmen zu vernehmen. Als verwehende Fetzen wurden die Laute an meine Ohren getrieben, verstehen konnte ich nichts.

Hell und weiß war der Schaum an der Brandung. Er wurde

so hoch geschleudert, dass ein glitzernder Tropfenregen über die Steilwand fiel.

Am Himmel stand der Mond. Die Sichel leuchtete fahl und warf ihr silbriges Licht nach unten. Ein fast romantisches Bild, wenn ich in meiner Zeit auf so einer Mittelmeerinsel Urlaub gemacht hätte, so aber fand ich es nicht romantisch, sondern eher düster und geheimnisvoll.

Das Warten wurde zur Qual. Manchmal brachte der Wind wieder feinen Sand mit, der seinen Weg auch in mein Gesicht fand.

Plötzlich bewegte sich etwas. Das geschah vor mir am Strand, und im nächsten Augenblick schob sich wieder etwas hinaus in die anrollenden Wellen der Brandung.

Das Boot legte ab.

Eine Veränderung konnte ich nicht feststellen. Weshalb hatte es die Insel angelaufen? Grundlos sicherlich nicht. Ich dachte nach und gelangte zu der Überzeugung, dass die Männer vielleicht etwas auf der Insel zurückgelassen hatten.

Mein Blick glitt in die Richtung, wo ungefähr der Anlegeplatz hätte liegen können. Dort bemerkte ich auch etwas. Es war ein Spiel von Licht und Schatten. Einem Licht, das tanzte und eigentlich nur von einem Feuer stammen konnte, das jemand angezündet hatte, denn genauso sahen die Schatten aus, die zwischen den Felsen zuckten.

Der rötliche Widerschein wurde stärker. Das Feuer musste durch den aufkommenden Wind neue Nahrung erhalten haben, weshalb die Flammen auch höher schlugen.

Ich war wirklich mehr als gespannt und wollte meine Deckung schon verlassen, als ich aus reinem Zufall einen letzten Blick nach links und rechts warf.

Da sah ich sie.

Eine Gestalt verließ nicht weit von mir entfernt eine der Höhlen. Sie hatte helles, fast golden schimmerndes Haar und trug ein Gewand, das wie eine Tunika aussah.

Die Frau war Pandora!

Als hätte mich ein gütiges Schicksal davor bewahrt, voreilig zu reagieren, so kam es mir vor. Wäre ich wenige Sekunden früher aus dem Schatten der Felsen getreten, hätte sie mich gesehen. So aber sah ich sie und konnte die Verfolgung aufnehmen.

Pandora schaute sich nicht um. Sie wandte sich nach links und schritt auf dem Vorsprung immer an den hohen Felsen entlang, wobei sie sich nicht ein einziges Mal umdrehte.

Mir gereichte es zum Vorteil, dass sie ein so helles Gewand trug. So war sie gut zu erkennen und verschmolz niemals mit den düsteren Schatten der Felsen.

Natürlich war ich gespannt, wohin sie der Weg führen würde. Wahrscheinlich hinunter zum Strand, denn sie nahm die Richtung, die dorthin wies, wo das Schiff angelegt hatte.

Ich bemühte mich, so leise wie möglich zu sein. Pandora ging nicht sehr schnell, dafür zielstrebig und sehr sicher.

Schon bald verließ sie den Vorsprung und wandte sich scharf nach rechts. Sie brauchte nicht zu klettern, denn ein schmaler Pfad führte in die Tiefe und wand sich schlangengleich zwischen den rechts und links aufragenden Felsen einher.

Ich konnte näher an sie heran. Einmal löste sich unter meinem rechten Fuß ein Stein. Zum Glück rollte er nicht in die Tiefe und riss auch keine anderen mit.

Trotzdem war ich stehen geblieben und lauschte mit angehaltenem Atem. Es rührte sich nichts. Pandora ging weiter, demnach hatte sie mich nicht gehört.

Nach wenigen Minuten konnte ich bereits über die Felsen schauen und mehr erkennen.

Da gab es tatsächlich einen kleinen Hafen. Ein natürliches Gewässer, zum Meer hin geschützt durch halbrunde Felsen, die wie die Zangen eines Skorpions wirkten.

Dort brach sich das Wasser.

Am Strand jedoch, auf einer hellen weißen Fläche aus Sand, da brannte ein Feuer.

Die Ankömmlinge hatten es als Zeichen zurückgelassen,

und die Flammen fraßen sich gierig in die rohen Holzbalken hinein.

Das Feuer war das Ziel der Pandora.

Natürlich trug sie ihr Füllhorn. Ohne diesen Gegenstand konnte man sie sich überhaupt nicht vorstellen. Pandora hatte es unter den linken Arm geklemmt, die runde Öffnung wies nach vorn.

Ich duckte mich tiefer zwischen die Felsen, während ich die nächsten Schritte zurücklegte. Schließlich konnte ich wieder normal gehen und fand einen Platz, der nur wenige Armlängen vom Feuer entfernt war und im Schatten lag.

Pandora hatte das Feuer erreicht. Sie ging einmal um die Flammen herum und hielt den Kopf dabei gesenkt. Mit ihren Blicken suchte sie den Boden ab.

Was hoffte sie dort zu finden?

Ich wusste es nicht, doch ich sah, wie sie sich bückte und etwas aufhob. Es sah aus wie ein längliches Paket und schimmerte glasig, als bestünde es aus geschmolzenem Sand.

Sosehr ich mich auch bemühte, genau konnte ich es nicht erkennen, was Pandora in ihren Armen hielt.

Es wurde spannend, denn sie war vor dem Feuer stehen geblieben. Dabei wandte sie mir ihr Profil zu, das im Widerschein der Flammen seltsam hart erschien.

Sehr genau schaute ich hin. Selbst das Füllhorn hatte Pandora abgestellt, sie hielt nur den Gegenstand in den Händen, den die Seeleute zurückgelassen hatten.

»Aus dem Reich der aufgehenden Sonne bist du gekommen«, sprach sie plötzlich mit lauter Stimme. »Du, großer Xorron, den die Mythen der Götter erschaffen haben, damit die Unsterblichkeit bewiesen wird. Aus den magischen Kristallen gläserner Welten wurden Geist, Kraft und Stärke eingeschmolzen. Du bist unsterblich, denn ich, Pandora, werde dich erwecken, weil der Göttervater Zeus mir die Kraft gegeben hat, das Grauen auf die Erde und damit über die Menschen zu bringen. Du wirst immer dem gehorchen, der dir befiehlt, und ich allein werde deine Herrin sein!«

Als sie das Wort »sein« aussprach, ließ sie den Gegenstand los und wuchtete ihn nach vorn.

Er fiel in die Flammen.

Für einen Moment stoben sie auf. Mir kam es so vor, als würden sie Gesichter annehmen. Fratzen, die tanzten und zuckten, lautlos lachten und einen gespenstischen Reigen vollführten.

Hier geschah etwas Weitreichendes, der Seher hatte davon gesprochen, denn ich erinnerte mich in diesem Augenblick wieder an seine so großen Worte.

Ein Zischen ließ mich zurückzucken. Ich stieß mir hart den Kopf und sah für einen Moment Sterne, und als ich wieder richtig schauen konnte, da entdeckte ich den Qualm.

Dick, träge und grünlich schimmernd stieg er aus dem Feuer, überdeckte die Flammen und wurde zu einem wallenden Nebel, der allmählich auf mich zu quoll.

Aber der Wind vertrieb ihn, peitschte Löcher hinein, und ich sah aus den Flammen eine Gestalt steigen.

Es war Xorron!

Damit hatte ich nicht gerechnet. Ich war in die Vergangenheit geschleudert worden, um zu erleben, wie Xorron entstand. Oder wieder entstand, denn er musste schon einmal gelebt haben, denn ich erinnerte mich an die Sätze, die Pandora gesprochen hatte.

Der Dämon war aus dem Reich der aufgehenden Sonne gekommen. Und das hieß im Klartext: Er stammte aus Japan.

Aus dem alten, uralten Japan, wobei ich sofort Verbindungen zu Tokata und dem Goldenen Samurai zog.

Japan und das antike Griechenland. Nie hatten sie Berührungspunkte gehabt, doch hier sah es anders aus. Sie näherten sich. Zwei Mythologien griffen ineinander über.

Welch eine Erkenntnis!

Ich stand da und schluckte. Xorron sah aus, wie ich ihn

kannte. Ein milchigweißes Ungeheuer, das durch die Flammen schritt und den brennenden Kreis jetzt verließ.

Ich wusste nicht, ob er mich gesehen hatte, jedenfalls machte ich mich so klein wie möglich, duckte mich fast an den Erdboden und beobachtete ihn weiter.

Er hatte die Flammen verlassen. Sein Kopf ruckte nach rechts. Er schaute auf Pandora, die ihm zunickte und lächelte. Dabei wurde ihr Gesicht vom Widerschein des Feuers gestreift, und das Lächeln fiel verzerrt aus.

Sie sagte ein paar Worte, redete jedoch in einer Sprache, die ich nicht verstand, aber Xorron gehorchte ihren Befehlen. Er trat auf sie zu. Pandora ging noch einen Schritt.

Nur das Knistern des Feuers war zu hören und das leise Knacken, mit dem das Holz brach.

Xorron verhielt seinen Schritt. Vor Pandora blieb er stehen, streckte seinen Arm aus und legte ihn auf die Schulter der Frau.

In diesem Augenblick wurde der Pakt geschlossen. Pandora und Xorron waren Verbündete.

Ich konnte es nicht begreifen. Wir hatten Xorron in New York zum ersten Mal erlebt, hier aber war er geboren oder wiedergeboren, und ich fragte mich, wie so etwas möglich sein konnte.

Welche Räder im Mechanismus der Zeit griffen da ineinander?

Es war müßig, auf diese Frage eine Antwort zu suchen. Jedenfalls hatte ich einen kleinen Schleier um das Geheimnis dieses Monsters gelüftet, und irgendwie musste Xorron auch mit der japanischen Mythologie verbunden sein.

Ich stoppte meine Überlegungen und konzentrierte mich wieder auf Pandora und ihren Diener.

Beide hatten sich umgedreht. Xorron überragte sie so weit, dass ich sie nicht erkennen konnte. Sie schauten zu der gewaltigen Felswand hin, die sich in der Dunkelheit als ein hoher, wuchtiger Schatten abhob. Dabei deutete Pandora nach vorn, sie wollte Xorron etwas zeigen und ich folgte unwillkürlich ihrem Blick.

Über dem Felsen schwebte ein heller Punkt. Er war nur sehr klein, erinnerte mich an einen weit entfernten Stern, der allmählich näher schwebte.

Gleichzeitig stellte ich fest, dass mit meinem Kreuz etwas geschah. Es erwärmte sich, ich spürte es auf der Haut und warf einen Blick nach unten.

Es glühte.

Noch strahlte es nicht ab, aber die Magie wurde von Sekunde zu Sekunde stärker.

Und auch der helle Gegenstand kristallisierte sich immer mehr aus der Dunkelheit hervor, sodass es mir gelang, seine Umrisse zu erkennen.

Es war ein Quader.

Der Würfel des Unheils.

Und er schwebte nicht allein in der Luft, sondern wurde von den Klauen des Adlers gehalten.

Der große Vogel hinterließ einen düsteren Schatten, als er sich mit großer Geschwindigkeit unserem Standort näherte, um den Würfel zu bringen, weil er ihn Pandora überreichen wollte.

Konnte ich das verhindern?

Ich dachte nicht mehr an die Zeiten, die mich aufgesaugt hatten, verließ meine Deckung, sprang vor, sah, wie Pandora und Xorron herumfuhren, und hatte auf einmal das Empfinden, in einen zähen Teig geraten zu sein, so sehr hatte sich die Welt um mich herum verändert. Nicht nur ich bewegte mich langsam, auch die anderen, doch ich war es, der wieder in diese magische Falle geriet, den Würfel noch deutlich sah und darin das hohnlachende Gesicht der Pandora, das sich in allen Flächen widerspiegelte.

Dann verschwand um mich herum die Welt …

Pandora hatte die grausame Ladung ihres Füllhorns geleert, und Suko musste die Folgen ertragen.

Er konnte nicht mehr weiter, denn der Weg zum Nachbardach wurde ihm durch die braunen Skelette versperrt.

Furchtbar sahen sie aus, schwangen ihre flammenden Peitschen, die als feurige Zungen über das Dach leckten und die Feuchtigkeit von den Pfannen wegdampften.

Der Chinese grübelte nach einem Ausweg. Er schätzte die Entfernung ab, die ihn noch vom anderen Haus trennten. Das nächste Dach war wesentlich flacher, es hatte sogar an der hinteren Seite einen senkrechten Einschnitt, sodass ein Balkon oder eine Art Terrasse entstanden war, auf der sogar noch zusammengeklappte Stühle standen. Die Skelette hatten gewusst, wie sie am besten auf das Dach gelangten, denn sie hatten den Aufstieg über diese Terrasse benutzt.

Wenn Suko sie erreichte, konnte er von dort aus auf einen in der Nähe stehenden Baum springen und ihn als Zwischenstation nehmen, um zu Boden zu klettern.

Ein sehr gewagter Plan, vor den die Götter nicht nur den Schweiß, sondern in diesem speziellen Fall auch die Skelette gesetzt hatten. Sie würden es verhindern, falls Suko nicht zum allerletzten Mittel griff, das ihm noch geblieben war.

Buddhas Stab!

Zum Glück hatte der Chinese seine Waffen nicht weggelegt, als Lady X ihm dies befahl. Er besaß sogar noch die Nerven, näher an das Dach heranzurutschen, wobei er sich in Gefahr begab, denn die flammenden Peitschen der Skelette hatten eine nicht zu unterschätzende Reichweite.

Darum kümmerte sich Suko nicht.

Er überwand kriechend zwei Yards. Dabei krallte er sich mit seinen Fingern zwischen den Dachpfannen fest, presste die Lippen zusammen und atmete nur durch die Nase.

Die Skelette ließ er dabei nicht aus den Augen. Sie waren ebenfalls nicht faul und hatten schon fast den Dachrand erreicht. Für den Inspektor wurde es Zeit.

Er tat es nicht gern, aber er musste eine Hand von der Dachpfanne lösen, um an seinen Stab zu gelangen. Vor Anstrengung und Konzentration hatte sich sein Gesicht verzerrt. Mit der linken Hand nur stützte er sich ab, sein Arm zitterte dabei, während der rechte den Weg unter das Jackett suchte.

Suko fand den Stab mit einer nahezu traumwandlerischen Sicherheit, ließ sich jedoch noch Zeit und schob seinen Körper abermals um einen halben Yard vor.

Das Erste der vier Skelette war schon verflucht nahe. Es hatte bereits seinen rechten Knochenarm zum Schlag erhoben, um Suko die flammende Peitsche ins Gesicht zu schmettern.

Da rief er laut und deutlich das magische Wort.

»Topar!«

Die Umgebung erstarrte!

Das Skelett ebenfalls. Zu einem Denkmal schien der Knöcherne geworden zu sein, und Suko musste die fünf Sekunden, die ihm blieben, unter allen Umständen ausnutzen. Nur er konnte sich bewegen.

Das Dach lag etwas tiefer. Suko richtete sich mit einem Ruck auf und hatte plötzlich große Angst, nach rechts zur Seite wegzukippen, denn dann würde es ihm so ergehen wie Lady X.

Für den Bruchteil einer Sekunde war der Erfolg seiner Aktion wirklich infrage gestellt. Ein Zuschauer hätte einen Mann auf der Dachkante gesehen, der um sein Gleichgewicht kämpfte und die Arme ausgebreitet hatte.

Suko überwand den Punkt. Vielleicht auch deshalb, weil er seinen Körper so gestählt hatte und ihn in heiklen Situationen wie diesen voll unter Kontrolle hatte.

Der Inspektor setzte all seine Sprungkraft ein und wirkte in den folgenden Augenblicken wie ein fliegender Mensch, überwand tatsächlich die trennende Distanz und landete auf der höher gelegenen Terrasse des Nachbarhauses, wo die vier Skelette erstarrt dastanden.

Suko konnte seinen Schwung nicht sofort stoppen. Er trug ihn noch weiter, und der Inspektor rollte sich mit der Schulter ab, als er nach vorn geschleudert wurde.

Im nächsten Augenblick stand er wieder auf den Füßen.

War die Zeit um?

Fünf Sekunden können lang werden, aber auch sehr schnell verstreichen. Eigentlich zu schnell. Kaum hatte sich Suko umgeschaut, da war die Zeit vorbei.

Die Skelette bewegten sich wieder. Und zwar führten sie genau die Bewegung fort, in der sie gestoppt worden waren. Eine der glühenden Peitschenschnüre raste etwa in Halshöhe auf den Chinesen zu, wobei sich Suko im letzten Augenblick noch wegducken konnte, sodass die Waffe ihn verfehlte.

Mit einem Ausfallschritt erreichte er die Brüstung der Terrasse. Zum Glück war es nicht finster, sodass der Inspektor die trennende Distanz zum Baum ziemlich gut abschätzen konnte.

Das war zu schaffen.

Geschwind kletterte Suko auf die Terrassenbrüstung, während zwei Häuser weiter das brennende Dach zusammenbrach, wobei die glühenden Balken nach unten fielen und ein gewaltiger Funkenregen in die Höhe geschleudert wurde, bevor weitere Flammen nachfauchten.

Wieder musste Suko springen.

Das Netz der Äste und Baumzweige kam näher, wurde übergroß. Suko hatte seine Arme ausgestreckt, nicht allein um nach den Ästen zu fassen, sondern auch um sein Gesicht zu schützen, denn er wollte möglichst ohne Verletzungen den Sprung überstehen.

Sein Körper brach durch das Geäst.

Es knackte und knirschte. Die Zweige, längst nicht so stark wie die Äste, brachen zuerst zusammen. Suko spürte Schläge gegen den Kopf, steckte sie jedoch weg und hatte das große Glück, den Sprung unverletzt zu überstehen.

Der Inspektor hieb gegen den Stamm. Zahlreiche sperrige Hindernisse hatte er durch seinen Sprung zur Seite räumen können, und als der Stamm vor ihm auftauchte, da umfasste Suko ihn mit beiden Armen. Obwohl er an der Rinde abrutschte und nachgreifen musste, konnte er sich dennoch gut halten.

Er arbeitete mit den Beinen, zog sie an, streckte sie aus, tastete und rutschte.

Dann fand er Halt.

Ein wenig bewegte sich Suko nach rechts. Er hatte einen relativ sicheren Stand auf einem festen Ast gefunden und konnte, nachdem er stehen geblieben war, zurück zum Haus schauen.

Zwar standen die Skelette noch auf der Terrasse, doch auch sie wollten den Weg gehen, den Suko genommen hatte. Aufgabe gab es für sie nicht, und Suko konnte es nicht riskieren, länger in dieser Höhe sitzen zu bleiben.

Er musste möglichst schnell zu Boden klettern, denn dort hatte er mehr Bewegungsfreiheit.

Sich den Weg erst noch groß auszusuchen konnte sich der Chinese zeitlich nicht erlauben. Er brach kurzerhand durch den Wirrwarr von Ästen und Zweigen, das Splittern war jedes Mal Musik in seinen Ohren, und so kam er dem Erdboden ziemlich schnell näher.

Auch die Skelette waren nicht von vorgestern. Sie hatten es leichter als ihr menschlicher Feind. Die Knöchernen mit den flammenden Peitschen brauchten sich nur auf das Geländer zu stellen und dann einfach nach unten springen.

Das taten sie.

Flammende Spuren zeichneten ihren Weg, als sie dem Erdboden entgegenrasten, und als die ersten im Garten landeten, befand sich Suko noch im Baum.

Alles deutete darauf hin, dass er vom Regen in die Traufe geraten war. Als Vorteil konnte er die Entfernung zwischen den Skeletten und dem Baum auf seine Seite buchen. Sie benötigten ein paar Schritte, um ihn zu erreichen.

Suko entdeckte so etwas wie eine Lücke. Zwar standen seinem Sprung zur Erde einige Zweige im Weg, sie sahen jedoch nicht allzu fest und hart aus.

Suko ließ sich fallen.

Als er gegen die Zweige schlug, da knickten sie weg wie Streichhölzer. In einem wahren Regen von Splittern überwand der Inspektor die trennende Distanz und prallte zu Boden.

Das erste Skelett war schon verflucht nahe. Es hatte auf

Suko genau achtgegeben, und als es zuschlagen wollte, war Suko noch nicht richtig kampfbereit.

Er machte aus der Not eine Tugend, sackte zusammen und ließ sich kurzerhand nach hinten fallen, wobei er seinen Fall in eine Rolle rückwärts verlängerte.

Der Schlag mit der Flammenpeitsche verfehlte ihn, und Suko hatte freie Bahn.

Obwohl die Gefahr noch längst nicht gebannt war, fühlte er sich viel besser. Hier unten konnte er sich bewegen, auf dem Dach war es ein Glücksspiel gewesen.

Der Inspektor befand sich inmitten eines Gartens. Er war nicht verwildert, man hatte ihn nur als Obst- und Gemüsegarten genommen und entsprechende Dinge angebaut. Ein Zaun trennte ihn zum Nachbargarten. Der Wind blies aus der entgegengesetzten Richtung in das brennende Nachbarhaus hinein und trieb die dicken, grauen Schwaden durch den Garten, sodass Suko husten musste.

Die Skelette verfolgten ihn. Im Gegensatz zu den Knöchernen konnte Suko schneller laufen, wobei er keinesfalls an Flucht dachte, sondern daran, dass er auf die Straße musste, denn er wollte unbedingt im Brennpunkt des Geschehens bleiben. Zudem dachte er an Lady X, die auch noch mitmischte.

Wenn er nicht bis zum Ende der Straße laufen wollte, musste er eine Lücke zwischen den Häusern finden.

Und die entdeckte er auch.

Eine Durchfahrt, ein Pfad, kaum größer als zwei nebeneinander gelegte Handtücher. Bevor Suko in den Zwischenraum eintauchte, schaute er hindurch.

Am Ende lauerte niemand auf ihn, und er konnte bis zur Straße blicken. Das musste klappen.

Suko klemmte sich in den Raum zwischen zwei Häusern. Er musste zwar die Schultern etwas einziehen, ansonsten jedoch kam er gut von der Stelle, brauchte nur ein paar Sekunden, um die Einfahrt hinter sich zu lassen, und blieb an deren Ende stehen, um auf die Straße zu schauen.

Es hatte sich kaum etwas verändert. Noch immer loderten die

Flammen auf der Straße, wurde die Szene von den Skeletten und grünlich schimmernden kleinen Monstern beherrscht, und er sah die Menschen von Billings, die sich seltsamerweise zurückhielten und eigentlich nur noch als Beobachter fungierten.

Suko überlegte. Innerhalb von Sekunden musste er einen Plan gebastelt haben, mehr Zeit blieb ihm nicht.

Die Übermacht war stark. Eigentlich schon zu stark, und Suko dachte daran, Verstärkung zu holen, denn zusammen mit John war ihre Kampfkraft wesentlich wirkungsvoller.

John befand sich im Kloster. Es hatte Suko sowieso schon gewundert, dass sein Freund und Kollege noch nicht zurückgekommen war. Anscheinend hatte man ihn dort in den Bergen aufgehalten, weil alles nicht so nach Plan lief.

Um zum Kloster zu gelangen benötigte er einen fahrbaren Untersatz. Der befand sich nicht in der Nähe, und Suko nahm sich vor, einen »auszuleihen«.

Er hatte parkende Wagen entdeckt, wusste, wie man sie kurzschließen konnte, um ohne Schlüssel losfahren zu können.

Da wurden seine Augen groß, denn als er nach links schaute, erkannte er einen Wagen.

Er bog aus einer Seitenstraße, fuhr sehr langsam, und Suko identifizierte die Automarke.

Es war ein Ford Escort.

Rasch löste er sich aus seiner Deckung. Über die Straße wehten dunkelgraue Rauchschleier, die die Sicht behinderten. Zum Glück trieb sie der Wind in die Richtung, die dem Wagen entgegengesetzt lag.

Der Inspektor lief auf das Fahrzeug zu und wedelte mit beiden Armen. Egal, wer darin saß, er brauchte das Auto jetzt.

Der Fahrer bremste.

Im selben Augenblick erkannte Suko ihn und stellte fest, dass er es mit einer Fahrerin zu tun hatte.

Er kannte die Frau, denn es war die Schwester des verstorbenen Arztes, Miss McGovern …

Lady X erstickte fast an ihrer eigenen Wut. Sie hätte schreien können und machte sich die bittersten Vorwürfe, überhaupt mit dem von ihr verhassten Chinesen Seite an Seite gekämpft zu haben. Jetzt war sie von dem Schlitzauge reingelegt worden und wäre es ihr im letzten Augenblick nicht gelungen, sich an der Dachrinne festzuklammern, hätte nichts mehr ihren Fall bremsen können.

Noch hielt sie sich, doch dieser Halt war sehr trügerisch. Eine Dachrinne besteht nicht aus Eisen, sondern aus einem dünnen Blech, das nicht dafür gebaut ist, für längere Zeit ein Gewicht zu tragen.

So erging es auch der Dachrinne, an der Lady X nun schon seit Minuten hing.

Sie bog sich allmählich durch.

Wut, Hass und Zorn steigerten sich bei der Blutsaugerin noch. Ihr Gesicht hatte sich verzogen, die Gegner brauchten überhaupt nichts zu tun, nur zu warten. Sie würde ihnen wie eine reife Frucht in den Schoß fallen.

Das ärgerte sie so sehr.

Abermals gab es einen Ruck, und sie vernahm dabei das verdächtige Knirschen. Links von ihr war es aufgeklungen. Dort stand das allmählich abbrennende Haus. Als Lady X einen Blick dorthin warf, sah sie den Funkenregen, der aus dem Dach stob und wie eine gewaltige Wunderkerze in den grauen Himmel stieg.

Wie lange hielt die Rinne noch?

Bewegen wollte sie sich nicht. So etwas konnte den Vorgang nur beschleunigen. Sie hatte bereits versucht, mit den Fußspitzen an der Mauerwand einen Halt zu finden, es aber nicht geschafft, da die Wand einfach zu glatt war, und das nächste Fenster befand sich leider nicht in ihrer Höhe.

Da riss die Rinne.

Sie hörte nicht einmal das Knacken, sondern spürte nur den plötzlichen Ruck, der sie in die Tiefe zog.

Ein wilder Fluch drang über ihre Lippen, als sie dem Boden entgegenschwebte, denn die Dachrinne wurde nicht vollständig abgerissen, sie hing noch an einer Kante fest, und sie erschien Lady X wie ein rettendes Seil.

Die Vampirin schwankte. Von einer Seite zur anderen wurde sie geschleudert, bewegte jetzt auch ihre Beine und sah bereits die Skelette mit den flammenden Peitschen, wie sie zusammenliefen und sich dort sammeln wollten, wo die Untote landete.

Der Scott war klar, dass sie etwas unternehmen musste. Sie tat es auf eine spektakuläre Art und Weise, indem sie sich kurzerhand fallen ließ.

Die Entfernung zum Grund hätte einem Menschen die Knochen brechen können.

Lady X kannte da keine Hemmungen. Sie prallte hart auf den Boden, sackte zusammen, doch sie fing sich wieder und kam auf die Füße, wobei sie in der Drehung die Maschinenpistole von der Schulter rutschen ließ.

Das erste Skelett war bereits sehr nahe. Die Scott feuerte.

Eine Kugelgarbe tanzte aus dem Lauf. Sie hieb in die braunen Knochen, wobei sie das Skelett zurückschleuderte, sodass Lady X freie Bahn für sich hatte.

Da sah sie etwas, das ihre Augen groß werden ließ.

In die Straße bog ein Wagen ein. Und sie sah Suko, den Chinesen. Er hatte es ebenfalls geschafft.

Na warte, du Hund!, dachte sie, wollte schon feuern, denn die Entfernung war günstig, als seitlich von ihr eine glühende Schnur auf sie zuzuckte und die Scott in Deckung zwang, sodass sie ihr Vorhaben erst einmal aufgeben musste.

Dabei war sie so weit gesprungen, dass sie von der Hauswand gestoppt wurde.

Wieder schoss sie.

Ihre Kugel trieb das zweite Skelett zurück. Wild lachte die Untote. Sie konnte die anderen zwar nicht vernichten, aber in Schach halten, und noch hatte sie nicht verloren, das wollte sie auch beweisen …

Ich spürte die Kälte – und den Schnee!

Ja, Freunde, Schnee und Kälte. Ein fast brutal zu nennender Übergang, der mich völlig aus der Bahn warf. In den ersten Augenblicken wusste ich nicht, wo ich mich befand, die Welt um mich herum war ein völliges Durcheinander. Mit den Gedanken befand ich mich noch ganz woanders, in einer Zeit, die weit vor der Geburt Christi lag, und ich dachte auch an die Szenen, die ich gesehen und die sich unauslöschlich in meinem Gehirn festgebrannt hatten.

Jetzt wieder die andere Seite.

Ich lag auf dem Boden. Der Schnee pappte an meinem Gesicht. Ich hielt das Kreuz fest, es schaute aus meiner Faust und verstrahlte einen seltsamen Glanz. Am liebsten wäre ich liegen geblieben, da ich mich erschöpft fühlte, aber ich konnte es nicht riskieren und musste wieder hoch.

Wo steckten die anderen, meine Gegner?

Ich hob den Kopf, wischte mir den Schnee aus den Augen und sah sie.

Pandora und Xorron.

Der Herr der Zombies und Untoten lag in meiner Nähe. Er rührte sich nicht, nur seine grünen Knochen schimmerten in einer seltsam starken Farbe durch den Körper.

Pandora war auch noch da. Auch sie hatte es nicht mehr auf den Beinen gehalten, die explodierende Magie hatte keinen von uns richtig verschont. Wir waren alle in den Kreislauf hineingezerrt worden, der uns nun wieder ausgespien hatte.

Mit mir zusammen erhob sich Pandora auf die Füße. Sie hielt den Würfel fest, ich das Kreuz, und wir starrten uns an.

»Sinclair!«, ächzte sie.

Ich lachte rau und gleichzeitig wild, wobei ich mich nicht um Xorron kümmerte.

»Du hast es nicht geschafft, Pandora!«, flüsterte ich. »Du hast mich nicht fertigmachen können.«

»Wer hat dir geholfen?«

»Mein Kreuz!«

»Nein!«, schrie sie. »Nein, das kann es nicht allein gewesen sein. Es ist nicht so stark. Der Würfel ist stärker, ich weiß es. Du musst noch einen anderen Helfer gehabt haben.«

Den hatte ich in der Tat, und ich dachte an den Seher, der vielleicht eingegriffen hatte, aber das band ich der Pandora nicht unbedingt auf die Nase.

»Du weißt, wo wir uns befunden haben?«, fragte ich.

»Zu gut, Sinclair, zu gut. Die Magie hat uns in die Vergangenheit geschleudert. Du hast eine Episode aus meinem Dasein erlebt. Ich habe Xorron damals an mich genommen, und ich bin gekommen, um ihn wieder zurückzuholen.«

»Wer hat ihn gebracht?«

»Ein anderes Volk.«

»Japaner?«

»Wer ist das?«

Sie konnte es nicht wissen. Der Name Japan war erst viel später entstanden. »Ich meine die Söhne aus dem Land der aufgehenden Sonne, wo die Kirschen blühen.«

»Ja, daher kam er.«

»Was ist er?«

Pandora schüttelte den Kopf. »Ich werde es dir nicht sagen. Du musst die Kristallwelt selbst finden, wenn du es wissen willst. Aber du kennst die Samurais und die Ninjas. Daran musst du dich halten, nur wird es dir nichts nutzen. Xorron ist zu stark, sein Geheimnis oder das Geheimnis seiner Herkunft bleibt versiegelt, auch du wirst es nicht lösen können. Sie haben ihn weggeschafft, weil sie ihn nicht mehr brauchten. Aber ich nahm mich seiner an.«

»Das habe ich gesehen.«

Noch immer stand die Partie unentschieden. Ich wusste nicht, wie es weitergehen sollte und welche Pläne Pandora noch verfolgte. Gute waren es nicht, und ich musste versuchen, all das zu verhindern, was sie in die Tat umsetzen wollte.

»Weshalb ziehst du dich nicht in deine Zeit zurück?«, fragte ich.

»Ich wollte Xorron!«

»Und wer hat ihn dir damals abgenommen?«

»Das ist eine andere Geschichte.«

»Die du mir nicht erzählen wirst!«

»Du hast es erraten.«

Ich konnte sie nicht zwingen. Die Vergangenheit interessierte mich im Augenblick auch nicht. Ich war mir fast sicher, dass ich es irgendwann einmal erfahren würde. Steinchen für Steinchen wollte ich zusammentragen, um das Geheimnis Xorrons zu ergründen.

Nun interessierte mich die Gegenwart. Und da gab es Menschen, die Pandora getötet hatte und noch töten wollte. Die Toten konnte ich nicht mehr erwecken, aber ich wollte verhindern, dass die Botin des Unheils weitere Menschenleben vernichtete.

Ich stand ihr jetzt mit einem anderen Gefühl gegenüber. Sie hatte versucht, mich ebenfalls umzubringen, es war ihr nicht gelungen, weil beide gegensätzlichen Kräfte sich aufhoben. Mein Kreuz glich die magische Kraft des Würfels aus, es war zu einer Eskalation gekommen, die uns in die Vergangenheit geschleudert hatte.

Gewonnen hatte ich einige Erkenntnisse, den Kampf allerdings nicht. Er stand unentschieden.

Nach wie vor belauerten wir uns gegenseitig. Pandora würde nicht aufgeben, ich allerdings auch nicht.

»Ich mache dir einen Vorschlag, Pandora«, sagte ich mit leiser, aber dennoch gut zu verstehender Stimme.

»Lass hören!«

»Geh wieder zurück! Verschwinde aus unserer Zeit! Es ist nicht die deinige. Du musst dorthin und dort bleiben, wo die Mythen und Legenden ihre Heimat haben. Du bist für unsere Dimension nicht geschaffen. Die Erde gehört dir nicht mehr. Vielleicht der Olymp, wo die Gestalten der griechischen Mythologie ihre Heimat haben. Die Menschen hier sind anders geworden.«

»Sie reagieren auf meine Magie.«

Ich nickte. »Das schon. Aber sie haben dir nichts getan, Pandora. Sie griffen dich nicht an, sondern leben für sich und mit ihren alten Legenden über euch. Lass es so bleiben!«

»Nein!«

Ich holte tief Luft. Mit einer ähnlichen Reaktion hatte ich gerechnet, und ich fragte mich, was das alles sollte. Dieses schreckliche Morden, dieses Grauen. Es hatte doch keinen Sinn. Und dies sagte ich Pandora auch.

»Es hat einen Sinn«, erklärte sie mir eiskalt. »Und zwar einen, den mir der Göttervater Zeus mit auf den Weg gab. Er überreichte mir die Büchse. Sie sollte das Unheil über die Menschheit verbreiten. Zeus war zornig, als Prometheus der Menschheit das Feuer brachte. Deshalb wurde ich erschaffen. Aus dem Lehm der Erde hat er mich geformt und mich mit all den Vorzügen einer Frau ausgestattet. Ich besitze mein Füllhorn, und ich habe es geleert, so wie ich es immer leeren werde, darauf kannst du dich verlassen.«

»Du hast Xorron. Was willst du mehr?«

»Die Macht.«

»Die wird dir Zeus nicht geben.« Ich redete jetzt in einer Sprache, die sie hoffentlich verstand. »Willst du mächtiger sein als der Göttervater? Nein, Pandora, das schaffst du nicht. Du bist ihm untertan, daran solltest du denken. Nimm deinen Adler und verschwinde. Es ist doch der Vogel, der Prometheus, als er an einen Felsen im Kaukasus gekettet war, jede Nacht die Leber aus dem Leib riss und die immer wieder nachwuchs.«

»Ja, das ist er!«

»Dann verschwindet beide!«

»Niemals!«

Ein hartes, ein endgültiges Wort, das Pandora da gesprochen hatte, und ich sah, dass sie Verstärkung erhielt. Hoch über uns schwebte ein Vogel. Es war der schwarze Todesadler, der Pandora unterstützen wollte.

Wenn er uns erreichte, stand ich drei Feinden gegenüber. Deshalb musste ich handeln.

Pandora hatte mit dem Angriff nicht gerechnet, ich selbst

wohl auch nicht, irgendetwas ließ mich automatisch reagieren, und bevor Pandora ihre Magie einsetzen konnte, war ich bei ihr, schlug gegen ihre Arme und entriss ihr mit einer Hand den Würfel des Unheils …

Ihren Schrei der Wut hörte ich zwar, doch was war er schon gegen meinen Triumph?

Ich hatte den Würfel.

Endlich!

Es war ein Gefühl in mir, das ich gern stundenlang ausgekostet hätte, es allerdings nicht konnte, weil mir die Zeit dafür nicht blieb. Ich musste in der kurzen Zeitspanne daran denken, welche Kämpfe es um den Würfel gegeben hatte. Doktor Tod hatte ihn an sich genommen. Nach seiner Vernichtung hatte Lady X den Würfel für ihre Zwecke missbraucht, sie verlor ihn an Pandora, nun besaß ich ihn.

Man konnte ihn manipulieren.

Darin lag ja seine Stärke. Nicht nur zum Bösen wandte sich der Würfel hin, nein, wenn jemand etwas Gutes mit ihm vorhatte, dann reagierte er dementsprechend.

Ich wollte ihn für eine gute Sache einsetzen!

Pandora war noch bleicher geworden. Zum ersten Mal erlebte ich sie fassungslos. Damit hatte sie nicht rechnen können. Ich umklammerte mit meiner linken Hand den Würfel des Unheils, mit der rechten hielt ich das Kreuz fest und mich durchströmte ein gutes Gefühl.

Ich konzentrierte mich auf diesen Gegenstand, während ich gleichzeitig Pandora anschaute.

»Nimm deine Magie zurück, Pandora!«

»Nein, nie!«

»Dann zwinge ich dich dazu!«, flüsterte ich und befahl ihr, durch den Würfel so zu handeln, wie ich es wollte. Über mir hörte ich das Rauschen der Schwingen, der Adler war bereits verflucht nahe, aber um ihn konnte ich mich jetzt nicht kümmern, Pandora war wichtiger.

Etwas ging vom Würfel aus. Es wurde in ihm geboren, und ich glaubte sogar, einen Kraftstrom zu spüren, der meinen Körper überrollte. Die Magie des Würfels setzte ein, sie bemächtigte sich meiner Gedanken und ich steuerte sie.

Gegen Pandora!

»Verschwinde aus dieser Welt!«, formulierte ich. »Du hast hier nichts zu suchen. Mache deine Magie rückgängig!«

Immer wieder sprach ich diese Sätze in Gedanken aus, und ich sah jetzt den Adler über Pandora schweben, die sich gegen den magischen Strom stemmte.

Sie hatte nach ihrem Füllhorn gegriffen, wollte es kippen und noch mehr Unheil verbreiten.

Ein gedankliches »Nein« schmetterte ich ihr entgegen.

Der Würfel des Unheils bekam Macht über sie. Pandora besaß kein Kreuz wie ich, sie musste den magischen Strömen gehorchen und ihre schrecklichen Vorsätze zurücknehmen.

Kein Mensch sollte mehr durch sie sterben, und die von ihr Infizierten würden wieder leben.

So wollte ich es, so befahl ich es ihr. Der Würfel verstärkte meine Gedanken, die in ihr Gehirn drangen, und es buchstäblich auseinander rissen.

Sie wehrte sich.

Hart warf sie den Kopf zurück, riss ihre freie Hand hoch, wobei sich die Finger im Gefieder des Adlers verkrallten, der wild mit den Flügeln schlug.

Die Magie des Würfels traf beide. Ich hielt mich auch nicht zurück, meine Gedankenströme waren stark wie selten, die Konzentration ungeheuer, denn ich musste es schaffen. Wenn es mir nicht gelang, war alles verloren.

»Weg! Hinweg!«

Gedankliches Schreien. Einen anderen Ausdruck gab es nicht dafür. Und der Würfel veränderte sich im Innern. Die Schlieren gerieten in Wallung. Sosehr sich Pandora auch gegen mich und die Magie des Würfels wehrte, sie kam nicht dagegen an.

Und plötzlich entstand dort, wo sie sich aufgestellt hatte,

eine dünne Rauchwolke. Im nächsten Augenblick verschwand ihre Haut, ich sah für einen nicht messbaren Moment eine Lehmfigur vor meinen Augen, bevor eine fauchende Wolke entstand und Pandora sowie ihren Adler mit sich riss. Hinein in die Welt und Dimensionen der Mythen und Legenden. Dort sollte sie bleiben. Da gehörte sie hin. Ich hatte sie besiegt, aber nicht durch eigene Kraft, sondern durch die des Würfels.

Schwer holte ich Atem. Die Stelle, wo Pandora gestanden hatte, war leer.

Meine Knie zitterten. Es fiel mir schwer, mich auf den Beinen zu halten. Schwindel wollte mich überkommen, nicht allein wegen der Erschöpfung, sondern auch in dem Wissen, einen Sieg errungen zu haben. Eine mächtige Gegnerin war zurückgeschlagen worden und wie es aussah, hatte ich auch ihre Magie aufheben und eine neue verhindern können.

Ein doppelter Erfolg, der bald darauf einen gehörigen Dämpfer bekommen sollte.

Ich hatte Xorron vergessen.

Er mich nicht.

Xorron lag noch am Boden. Er war nicht ausgeschaltet worden, da ich den Würfel des Unheils nur gegen Pandora eingesetzt hatte.

Ich dachte weiterhin an den Würfel. Schon oft genug hatte ich erlebt, dass uns Lady X durch seine Hilfe entwischt war. Der Würfel erlaubte es, Zeitsprünge durchzuführen.

Ich konnte zwischen drei Zielen wählen.

Da war erst einmal der Rover, der tief unter mir lag. Dort befanden sich noch der Bumerang und mein Einsatzkoffer. Beides wollte ich gern an mich nehmen.

Auch das Kloster stand auf meiner Liste, um nachzuschauen, ob es den Mönchen wieder besser ging.

Und ein drittes Ziel hatte ich vor Augen. Die kleine Stadt Billings, wo sich Suko herumtrieb und sicherlich in große Schwierigkeiten geraten war, wie ich mir vorstellen konnte.

Wohin?

Ich entschied mich für die letzte der drei Möglichkeiten, für Billings und für Suko.

Abermals konzentrierte ich mich auf den Würfel und auf das neue Ziel. Meine Gedanken wurden herrlich leicht, sie ließen sich so einfach steuern, ich lächelte, fühlte einen Triumph und wusste, dass es nicht mehr lange dauern würde, bis auch ich verschwand.

In meinem Körper begann das Kribbeln, an den Füßen fing es an, der Würfel wurde plötzlich größer, ich hatte das Gefühl zu schweben und von hellem Rauch umgeben zu sein.

Jetzt musste es passieren. Da wurde ich gepackt. Jemand hatte sich von hinten auf meinen Körper geworfen und klammerte sich mit seinen Händen daran fest.

Xorron!, schrie es in mir. Ihn hatte ich vergessen, wollte die Reise noch rückgängig machen – zu spät.

Nicht nur ich befand mich auf dem Weg nach Billings, auch Xorron war mitgekommen, und ich hatte mir ein Kuckucksei ins eigene Nest gelegt …

Zuerst sah Suko das erschreckte Gesicht der Frau, dann drückte sie auf die Bremse.

Der Ford stand augenblicklich. Sie war nicht sehr schnell gefahren, so rutschte der Wagen auch nicht.

Suko wartete nicht, bis Miss McGovern die Tür aufgestoßen hatte, sondern riss selbst die Beifahrertür auf. Die Frau drehte ihm ihr erschrecktes Gesicht zu.

»Steigen Sie aus, und setzen Sie sich auf den Beifahrersitz!«, befahl Suko.

»Aber wie …?«

»Machen Sie schon!«

Die Schwester des toten Arztes stellte fest, dass es dem Chinesen ernst war. Sie hielt sich an die Anordnungen, ohne ein weiteres Wort zu verlieren, verließ den Wagen, während Suko in den Ford hineintauchte, über den Beifahrersitz rutschte und auf dem Fahrersitz Platz nahm.

An der anderen Seite stieg die Frau ein. »Ich hatte Feuer gesehen und wollte nachschauen, was los ist.«

»Die Hölle«, erwiderte Suko hart und wuchtete die Tür zu.

Der Motor lief nicht. Miss McGovern hatte ihn vor Schreck abgewürgt, und Suko musste ihn erst erneut starten.

»Was geht da vor?« Die Frau war völlig durcheinander. Sie starrte die Straße hoch und sah die schrecklichen braunen Skelette, die ihre Flammenpeitschen in den knöchernen Klauen hielten. Auch das brennende Haus konnte sie nicht übersehen und die seltsamen kleinen Feuerdämonen auch nicht, die ihre Gestalt verändert hatten und zu glühenden Bällen geworden waren.

»Wir müssen hindurch«, sagte Suko.

»Wie ...?«

»Ja, es geht nicht anders. Zurück können wir nicht. Da haben wir sie im Nacken und es würde uns schwerfallen, ihnen auszuweichen. Also drücken Sie die Daumen.«

»Gibt es denn wirklich keine andere Chance?«

»Nein!«

Miss McGovern nickte. Sie warf Suko dabei einen schiefen Blick zu und bewunderte diesen Mann, der neben ihr saß und ein so großes Vertrauen ausströmte. Allerdings konnte sie nicht in Sukos Seele schauen. In seinem Inneren war er längst nicht so ruhig, wie er sich äußerlich gab. Da tobte eine regelrechte Hölle, und die Angst, es nicht schaffen zu können, drückte wie ein Alb auf seine Brust.

Der Inspektor startete. Die Skelette hatte er zur Genüge beobachten können, und er dachte auch an eine weitere Feindin.

Lady X!

Sie war nicht erledigt. Wie Suko sie kannte, würde der Waffenstillstand zwischen ihnen beiden nicht mehr gelten.

Er entdeckte sie in dem Augenblick, als die Dachrinne riss und sich allmählich nach unten senkte. Die Scott hielt sich krampfhaft fest. Ihr Körper pendelte, sie ließ trotzdem nicht los, neigte sich mit der Dachrinne dem Boden entgegen und erreichte ihn auch unbeschadet.

Danach wurde Sukos Aufmerksamkeit von anderen Dingen in Anspruch genommen, er musste sich auf die Fahrerei konzentrieren und vor allen Dingen auf seine Feinde, denn die Skelette hatten bemerkt, wer und was sich ihnen da näherte, deshalb formierten sie sich.

»Was machen Sie?«, schrie die Frau neben dem Inspektor angsterfüllt. »Mein Gott, ich …«

»Schnallen Sie sich an, Mädchen, ich gebe Gas!«, knurrte Suko und drückte das Pedal nach unten.

Als das erste Skelett die Flammenpeitsche schleudern oder schlagen wollte, befand es sich bereits zu nahe an der Stoßstange des heranbrausenden Ford.

Ein winziger Dreh mit dem Lenkrad, der Wagen machte einen Schlenker, das Skelett wurde erfasst, es erklang ein hohles Klappern, und einen Moment später flog der Knochenmann im hohen Bogen davon. Er krachte auf die Straße, überschlug sich dabei, wurde aber nicht zerrissen, sondern kam wieder auf die Füße.

Da hatte Suko ihn längst passiert.

Miss McGovern zitterte vor Furcht. Ihr Mund stand offen, die Lippen zitterten, ebenfalls die Hände, und sie hatte beide ineinander gekrallt.

»Wir schaffen es!«, sagte Suko. »Wir …« Da weiteten sich seine Augen, denn wie ein Schatten hatte sich Lady X von der Hauswand gelöst, war auf die Straße gesprungen und legte auf den heranfahrenden Wagen an.

Die Entfernung schmolz zu schnell. Suko konnte bereits ihr Gesicht erkennen, in dem alles Dämonische leuchtete und sich widerspiegelte, zu dem sie fähig war.

»Runter!«, brüllte der Chinese. Seine Beifahrerin war angesprochen. Als sie nichts tat und vor Schreck steif saß, nahm Suko die Sache in die Hand und drückte die Frau nach unten.

Mit einer Hand lenkte er weiter und schaute dabei in das fahle Mündungslicht der Maschinenpistole.

Lady X hatte eiskalt geschossen!

Dem Inspektor blieb nur eine geringe Chance, um dem Großteil der Kugeln zu entgehen. Er musste den Wagen herumreißen, ihn vielleicht ins Schleudern bringen, damit die Garbe vorbeirauschte.

Suko riss das Lenkrad nach links.

Schon hörte er die hässlichen Geräusche der Einschläge, die Frontscheibe wurde zerschmettert, Suko konnte nichts mehr erkennen und sah auch nicht, wohin er den Ford lenkte.

Miss McGovern schrie. Suko fühlte einen harten Schlag an der rechten Hand. Dicht oberhalb des Gelenks sah er sein Blut sprudeln und erlebte in den nächsten Augenblicken den großen Bruch.

Der Wagen war einfach zu schnell gewesen. Suko hatte ihn vor der Hauswand nicht mehr herumreißen können, und so krachte er mit der Kühlerschnauze dagegen.

Beide waren nicht angeschnallt und wurden durch den Aufprall nach vorn und wieder zurückgeschleudert.

Leblos sackte Miss McGovern zusammen. Suko bekam schreckliche Angst um sie, er warf ihr einen schnellen Blick zu und entdeckte das Blut auf Kopf und Schultern.

Er wusste nicht, ob es von seiner Verletzung stammte oder von der seiner Beifahrerin. Schlimm genug war es, und auch die Kühlerschnauze des Ford konnte man nur noch als einen Haufen von Blech bezeichnen.

Gleichzeitig hatte Suko Angst, dass es einen Kurzschluss gegeben haben könnte und der demolierte Wagen Feuer fing. Deshalb wollte er so rasch wie möglich raus und hoffte, dass sich die Türen nicht verklemmt hatten.

Der Innenspiegel stand schief. Suko selbst war mit Splittern übersät worden. Obwohl es so drängte, warf er noch einen Blick in den Seitenspiegel und sah die Skelette kommen.

Sie schwangen ihre Peitschen, schlugen feurige Kreise und wollten töten.

Was Lady X unternahm, konnte er nicht erkennen. Wichtiger waren Pandoras Dämonen. Wenn Suko und die Frau innerhalb des zerstörten Autos hocken blieben, konnten die

Skelette mit ihren glühenden Waffen nicht nur das Fahrzeug zerstören, sondern sie gleich mit.

»Miss McGovern, raus!« Suko brüllte die Frau an, die jedoch nicht reagierte. Er nahm sich die Zeit und suchte nach dem Grund. Sie konnte nicht mehr reagieren, denn sie war tot.

Eine Kugel hatte sie genau in den Kopf getroffen. Diese Wunde blutete kaum. Die Leiche sah nur deshalb so schrecklich aus, weil sie von Sukos Blut beschmutzt worden war, das aus der schmerzhaften Wunde an der Hand drang.

»Verdammte Bestie!«, fluchte der Chinese und wuchtete sich gegen die Tür. Sie klemmte. Der Inspektor gab nicht auf, er nahm einen zweiten Anlauf und schaffte es.

Die Tür flog auf. Es geschah so heftig, dass Suko nicht mehr stoppen konnte und aus dem Fahrzeug katapultiert wurde, wobei er auf der Straße landete und sich mehrere Male überschlug, bevor er wieder auf den Füßen stand.

Dicht vor seinem Gesicht fauchte eine Feuerlohe vorbei. Sie trieb den Chinesen zurück. Suko trat zwar noch mit dem rechten Fuß zu, traf jedoch nicht, weil der Knochenmann ebenfalls sehr schnell reagiert und sich sofort zurückgezogen hatte.

Suko schüttelte sich. Er biss die Zähne zusammen. Seine rechte Hand schmerzte, aus der Wunde quoll das Blut, sammelte sich und fiel in dicken Tropfen zu Boden.

Es gesellten sich noch andere Skelette zu dem ersten. Er hörte Lady X schreien, sah sie allerdings nicht, weil ihm der dichte Rauch einen Großteil der Sicht nahm.

Dann wischten die Feuerdämonen heran.

Sie waren so schnell, dass Suko kaum ausweichen konnte, und er musste gleich drei von diesen Dämonen ausweichen. Einer streifte ihn an der Hüfte, der Zweite wischte über seinen Kopf hinweg, und als Suko am Boden lag, explodierte der dritte Feuerdämon dicht vor ihm, während die anderen beiden voll in den zerstörten Ford geschlagen waren.

Im Nu stand das Fahrzeug in Flammen. Eine heiße Wand schoss hoch, und neben Suko breitete sich das Feuer so rasch aus, als wäre es mit Napalm überschüttet.

Ort befanden, der allerdings Billings sein musste. Für mich gab es keine andere Möglichkeit.

Wir materialisierten mitten auf einer Straße. Das geschah nicht allmählich, sondern sehr schnell, sodass für mich der Übergang ein wenig rasch kam, schließlich war ich ein Mensch mit allen Fehlern, Schwächen und Empfindungen. Ich konnte mich einfach nicht sofort umstellen und brauchte eine gewisse Anlaufzeit.

Ich roch den Rauch, sah Feuer, fühlte Schwindel und Schwäche in den Knien und wurde gepackt.

Xorron riss mich kurzerhand von den Beinen.

Da erst wusste ich Bescheid. Ich befand mich in einer lebensgefährlichen Lage, wollte noch wegschnellen, als Xorron sich über mich warf. Er bekam Kontakt mit dem Kreuz. Über seinen Körper zuckte das grüne Licht, aber das störte ihn nicht weiter und brachte ihn auch nicht von seinem Plan ab.

Sein harter Schlag traf genau den Arm, dessen Hand den Würfel des Unheils hielt.

Der Hieb schüttelte mich durch. Er lähmte auch die Bewegungsfreiheit meiner rechten Seite, und für Xorron war es ein Kinderspiel, mir den Würfel abzunehmen.

Jetzt hatte er, was er wollte.

Tränen der Wut schossen mir in die Augen, und im nächsten Moment wurde mir die zweite Überraschung oder Niederlage serviert.

Jemand schrie Xorrons Namen.

Diese Stimme hätte ich unter Tausenden erkannt. Sie gehörte Lady X. Demnach befand sich die verdammte Blutsaugerin auch noch im Spiel. Und ich hatte ihr ausgerechnet den treuesten Diener wieder mitgebracht. Welch ein Wahnsinn.

So schnell wie Xorron war, konnte ich überhaupt nicht handeln. Er besaß genau den nötigen Vorsprung, um immer eine Idee schneller zu sein als ich.

Die Scott löste sich aus einer Haustür. In den folgenden Sekunden überstürzten sich praktisch die Ereignisse. Es fällt mir schwer, sie nachzuvollziehen, denn alles ging blitzschnell.

Wahrscheinlich rettete mir Xorron sogar das Leben. Nicht nur wahrscheinlich, er tat es auch. Allerdings unbewusst und dadurch, dass er mir den Würfel aus der Hand gerissen hatte.

Ich lag deckungslos auf der Straße, Suko stand zu weit entfernt, konnte nicht mehr rechtzeitig genug eingreifen, die Menschen hatten sich verflüchtigt. Lady X legte auf mich an und brüllte sich vor Triumph fast heiser, als Xorron, der ebenfalls seinen Sieg dokumentieren wollte, ihr quasi in den Weg lief und einen Arm hoch erhoben hatte.

In der Hand schimmerte der Würfel!

Die Scott hätte trotz allem an ihm vorbeischießen und mich treffen können. Xorrons irrer Schrei jedoch und das Vorzeigen des Würfels lenkten sie ab.

Plötzlich war ich vergessen. Die ehemalige Terroristin sah nur diese Waffe, die Xorron zurückerobert hatte, und sie wusste Pandora weit entfernt.

Ihr Sieg!

»Xorron!« Selten habe ich sie so schreien gehört wie in diesen Augenblicken. Sie wollte damit die Probe aufs Exempel machen. Und Xorron gehorchte ihr.

Er hatte seine eigentliche Herrin wiedergefunden, rannte auf sie zu und Lady X schrie weiter.

»Den Würfel her!«

Xorron gab ihn aus der Hand. Er warf ihn der Untoten zu. Lady X wechselte blitzschnell die Maschinenpistole in die linke Hand, um die weitaus stärkere Waffe mit der rechten aufzufangen.

Dann hatte sie ihn.

Für eine Sekunde schien sie auf der Stelle einzufrieren. Voller Triumph stand sie da, den rechten Arm hochgereckt, den Würfel des Unheils sicher festhaltend.

Der Sieg!

Das alles nahm ich wahr, während ich Deckung suchte. Ich hatte mich wieder aufgerafft und rannte auf einen Baum zu, der von den Flammen verschont geblieben war. Aus der Gaststätte schlugen weiterhin die Flammen. Rauch trieb dick und schwarz über die Straße. Er gab mir zusätzliche Deckung.

Längst hatte ich die Beretta gezogen, warf mich zu Boden, fiel auf meinen malträtierten Arm und fluchte bitter, bevor ich hinter dem Stamm Deckung fand.

Von Lady X sah ich nichts mehr. Nur noch von Xorron. Er blieb dort für einen Moment stehen, wo Lady X verschwunden war. Sie hatte sich in dem Haus verkrochen, dessen Dachrinne an der Vorderseite schräg nach unten hing und fast den Boden berührte.

Dann entwischte auch Xorron.

Ich kam wieder hoch.

Suko setzte sich von der anderen Seite her in Bewegung. Als wir aufeinander zu liefen, entdeckte ich, dass er verletzt war und an der rechten Hand blutete.

Wir trafen vor dem Haus zusammen, verständigten uns mit Blicken und stürmten den Bau.

Durchsuchung von unten bis oben. Von Lady X und Xorron fanden wir nichts mehr.

Ich hätte mich vor Wut irgendwohin beißen können. Es war meine Schuld, dass wir den Würfel nicht hatten, ich hätte besser aufpassen und ihn nicht aus der Hand lassen sollen.

Suko versuchte mich zu trösten.

»Beim nächsten Mal, Alter, da packen wir es.«

Wütend winkte ich ab.

Da wurde Suko sauer.

»Was willst du eigentlich?«, fuhr er mich an. »Du hast doch zahlreiche Menschenleben gerettet, die sonst verloren gewesen wären.«

Das stimmte zwar, trotzdem fühlte ich mich mies. Es war eine harte Auseinandersetzung gewesen, und ohne Blessuren waren wir diesmal nicht davongekommen.

Wir blieben noch zwei Tage in Billings. Die Menschen waren wieder normal geworden, nur die Toten konnten wir leider nicht mehr lebendig machen. Da es oben in den Bergen stark geschneit hatte, war es ein Ding der Unmöglichkeit, mit dem Wagen das Kloster zu erreichen. Ich forderte einen Hubschrauber an, den man mir genehmigte.

Als wir auf dem Klosterhof landeten, die trüben Wolken waren inzwischen von einem strahlend blauen Himmel abgelöst worden, liefen die Mönche zusammen, an der Spitze Pater Ignatius.

Wir umarmten uns und mussten erzählen. Fast zwei Stunden hielten wir uns im Kloster auf, das frei von jeglicher Magie war.

Als schreckliches Mahnmal jedoch und als Erinnerung daran, was noch alles hätte passieren können, war der tote Bruder zurückgeblieben, dessen Haut der einer Mumie glich.

Pater Ignatius versprach, sich sofort an die Herstellung neuer Silberkugeln zu begeben, damit wir rechtzeitig Nachschub erhielten. Die andere Ladung befand sich in den Händen von Lady X.

Der nächste Kurs führte uns in die Berge. Genau dorthin, wo der Leih-Rover sein Ende gefunden hatte. Landen konnten wir dort nicht. Ich musste über eine Strickleiter aussteigen, während der Hubschrauber so lange in der Luft stehend wartete, bis ich den Einsatzkoffer und den Bumerang geborgen hatte.

Dann ging es ab.

Es wurde Zeit, dass wir nach London zurückkehrten, denn unsere Gegner legten sicherlich keine Pause ein. Da Lady X wieder im Besitz des Würfels war, würde sie mit Elan an ihre neuen Pläne herangehen.

Darauf ging ich jede Wette ein …

ENDE